"从前我在太空舱,小角色一个我。"
段峭轻而动听的声音,在深冬夜晚只对许微樱流淌:
"流落宇宙某一方全免你夜看星光。"
怡逢这时,天空再次被烟火点燃,雪夜被镀上色彩,似幻梦场景。
段峭站在许微樱颈侧,呼吸青浅,呓语般轻轻哼唱着:
"你黑暗中喜观我,才令我绽放花火。"

甜野豹

大鱼

有爱的青春陪伴者

渡夏天

甜野豹 / 著

江苏凤凰文艺出版社
JIANGSU PHOENIX LITERATURE AND
ART PUBLISHING

图书在版编目（CIP）数据

渡夏天 / 甜野豹著. -- 南京 : 江苏凤凰文艺出版社, 2024. 11. -- ISBN 978-7-5594-8959-3
Ⅰ. I247.5
中国国家版本馆CIP数据核字第2024KZ1993号

渡夏天

甜野豹 著

责任编辑	王昕宁
特约编辑	李　娜
出版发行	江苏凤凰文艺出版社
	南京市中央路165号，邮编：210009
网　　址	http://www.jswenyi.com
印　　刷	长沙鸿发印务实业有限公司
开　　本	880mm×1230mm 1/32
印　　张	9
字　　数	323千字
版　　次	2024年11月第1版
印　　次	2024年11月第1次印刷
书　　号	ISBN 978-7-5594-8959-3
定　　价	42.80元

江苏凤凰文艺版图书凡印装、装订错误，可向出版社调换，联系电话025-83280257

目 / 录

Chapter 01　/　芜禾街巷的夏天　　　　　　001

Chapter 02　/　小朋友，吃糖吗？　　　　　　029

Chapter 03　/　明目张胆的主动　　　　　　053

Chapter 04　/　你对我，还挺有——占有欲　　083

Chapter 05　/　她和他安静相拥　　　　　　115

目 / 录

Chapter 06　/　夏日倾情　　　　　　　　　　　152

Chapter 07　/　盛夏光年的热恋　　　　　　　　179

Chapter 08　/　My cookie can　　　　　　　　 204

Chapter 09　/　她的少年　　　　　　　　　　　229

Chapter 10　/　温柔爱她一生的阿峋　　　　　　255

Extra　　　 /　美梦成真　　　　　　　　　　　277

/Chapter 01/
芜禾街巷的夏天

榆椿市是一座繁华的二线城市，市中心的房价寸土寸金，高昂到令人咋舌。

刚大学毕业出来工作的年轻人，若是手头不宽裕，基本上租不起小区楼房。所以这些年轻人要么会选择合租，要么会租住在房价低廉的城中村。

城中村的道路四通八达，纵横交错的路两边是各种高矮不一的自建居民楼。房间只开一扇窗，没有阳台，从外面看过去，方方正正又密密麻麻的窗户让人略感压抑，但架不住房租便宜。

许微樱就是住在城中村的年轻人之一。

她大学毕业后，没有回小镇老家，通过校招进了一所私立幼儿园做财务工作，担任会计。

这份工作缴纳五险一金，周末双休，幼儿园环境优美，每月给的工资也令许微樱感到很知足，对生活的方方面面都很满意。

除了，她住的地方。

许微樱拎着从菜市场买的一些瘦肉和河粉，穿过巷子，走到一幢五层高的自建楼前，她用门禁卡开门，爬楼梯上楼。

她住四楼，租了一个小单间。

许微樱爬上楼后，站在楼梯口，先警惕地四处看了看，才掏出钥匙，"噔噔"地跑到她的小单间房门前，插入钥匙。

整个过程，动作一气呵成。

只不过，许微樱的身体却是紧绷着，犹如一只机敏又受惊的鸟雀。

钥匙插进锁孔，转了两圈，房门打开，许微樱莫名地松了一口气，迅速就要闪身进屋。陡然间，从身后传来一句带有口音的广普"靓妹"，吓得她一个激灵。

许微樱轻吸一口气，稳稳心神。她回眸看向从斜对面的房间，探出半个身子的邻居兰姐。

许微樱无奈地笑了笑："兰姐，你吓到我了。"

兰姐的视线落在面前的妹仔身上，在心中啧啧称赞，可真是够靓绝，赏心悦目——许微樱雪肤乌发，巴掌大的鹅蛋脸上，眉昆纯净靓丽，一双圆润的眼眸，盈盈如水。她轻轻睨过来一眼，都似在放电，漂亮得不像话，就真似从港片电影中走出来一样。

兰姐提醒："靓妹，下午又见咸湿佬（粤语，指下流猥琐的男性）在这层乱窜，你注意小心。"

许微樱搬进城中村有近两个月的时间了。一个月前，她突然被一个四十多岁的中年男人像膏药似的，纠缠上了。

法治社会，他自然不敢乱来。可他却喜欢堵在许微樱上下班的路上，露出油腻猥琐的笑容，说想要和她交朋友。这让许微樱担惊受怕又困扰不已，每天上下班都宛如打游击。

在一星期前，他老婆甚至找了过来，不分青红皂白地怒骂许微樱是勾引她老公的小三。无论许微樱如何冷静解释，都无济于事，场面混乱又难堪。若不是兰姐在场，帮忙护在许微樱身前，许微樱想，第二天也许网络上就会爆出"打小三"的热搜视频。

直到警察过来，众人一起去了派出所，这场混乱才告一段落。

可没想到，还没过几天，那猥琐男竟然又敢来纠缠她。

许微樱紧抿着唇，眼神平静又冷。

她低声说："谢谢兰姐提醒，我知道了。"

看靓妹情绪不佳的模样，兰姐啐了一口："这对公婆真是害人不浅！男的咸湿佬无脸无皮！女的痴线（粤语，意为神经兮兮，言行举止有点不正常）拎不清！"

兰姐是好心肠，许微樱安静地听着。

她在楼道和兰姐聊了几句后，转身进屋，仔细地锁好房门。

小单间面积不大，没有厨房，许微樱平常就是用一个插电的小锅来煮晚饭。所幸幼儿园包早午餐，让她省了不少事。

没一会儿，饭做好了。许微樱直接用小煮锅吃着汤河粉。她吃得慢，热气扑过来，雪白挺翘的鼻尖上熏出了红晕。

许微樱吸了吸鼻子，埋头继续吃。

城中村房租便宜，附近菜市场的菜也新鲜便宜，就连水果都要比市中心便宜好几块钱。

可想着这一个月以来，断断续续受到那对公婆的骚扰，许微樱的心就如坠石一样往下沉。

她想过换房子，但若是前往市区租住小区，把月租价格、地理位置、居住环境等综合考虑，租房APP上放出的房源实在没有合适的。

她刚出来上班，可用来租房的存款太少了，能选择的余地自然就大范围压缩了。

所以许微樱就打算着，咬咬牙在这里再多住一个月，住满三个月租期，不浪费房租钱，并多攒一个月的工资后，再搬出去。

想到这儿，许微樱心底宛如有了盼头，整个人都轻松不少。

她加快速度吃完晚饭，刷完小锅。

许微樱拿出买的嫩绿番石榴，给兰姐送了几个后，她回到小单间，再次谨慎细致地反锁好门，才拿出睡衣，进卫生间冲凉。

深夜，榆椿市的城中村宛如不夜城，路边大排档的烧烤摊和海鲜摊依旧坐了不少人，嘈杂声一片。

许微樱睡觉前把窗户关上了，也逐渐习惯了这种隐隐约约的吵闹声。

只不过在今晚，许微樱却睡得格外不安稳。

"砰"的一声，门外有尖锐的叫骂声传来，充斥着"狐狸精""小三"等词汇。许微樱眼皮一跳，她惊醒睁眼，从床上坐起来，深呼吸一口气看向房门。

房门外的叫骂声断断续续，持续时间并不长，随即是离开的脚步声。

许微樱手指紧攥，盯着房门，眉眼间没有丝毫情绪。

下午，兰姐才看见那猥琐男在楼道里乱窜，深夜，他老婆就过来"警告"她了。

许微樱收回视线，再无睡意。她垂下眼，指尖点开手机，果断地继续刷租房APP。

她要尽快搬出去，这里真不能再住了。

翻看房源信息，看了两三个小时，直到天蒙蒙亮，许微樱撑不住了，才合眼眯了一会儿。

早晨六点四十分上班的闹钟响,许微樱按按眉心,在床上赖了几分钟才爬起来。

睡眠不足加精神紧绷,站在镜子前,她就看见淡淡的青紫黑眼圈,都能进动物园表演了。许微樱苦中作乐地被逗笑了,她刷牙洗脸,用气垫略遮了遮。

收拾妥当后,她拎包站在房门前,下意识地屏息听着外面没动静后,才谨慎迅速地开门锁,下楼。

拐七拐八地穿过巷子,离开城中村区域,走了十几分钟,来到公交站台,许微樱刷卡上车。

在公交车拥挤的早高峰中,听着车内电台的路况播报,她轻呼一口气,才彻底放松下来。

幼儿园八点半上班,许微樱会提前十五分钟到,空出时间吃早餐。进了饭堂,她端餐盘打早餐,拿了一碗黑米粥和一颗水煮蛋。

许微樱和相识的几位幼师打了声招呼后,找位置坐下喝粥。

喝了几口,她看见黄嘉雯急匆匆地冲了进来。黄嘉雯迅速打完早餐走过来,坐在许微樱旁边的空位上。

许微樱温声问:"你今天又起晚了?"

"今天真没起晚,"黄嘉雯嚼着炒米粉,口齿不清地说,"是路上太堵了,孩子都要给堵傻了,气死我了!"

说完,她看许微樱的餐盘,不可思议地问:"就吃这么点?"

许微樱回答:"嗯,没什么胃口。"

许微樱和黄嘉雯是同一批入职的毕业生,只不过她是做财务,黄嘉雯做行政人事。两人年龄相仿,聊得来,认识几个月,已经处成了好朋友。

听到这话,黄嘉雯再看许微樱垂着眼睑的模样,她惊声问:"他们又作妖了?"

许微樱轻轻抿了下唇,把昨天发生的事告诉黄嘉雯。

黄嘉雯倒吸一口气,猛地拍下筷子:"几十岁的垃圾真是不要脸!这对公婆,真是痴线!"

她没收住音,另外几张桌上的幼师看过来,许微樱轻拍她的手臂,提醒:"小点声骂。"

黄嘉雯喘着气,压低声音:"要我说,我叫几个朋友,把他堵着揍一顿,才行。"

"不用。"许微樱安抚地握了握她的手,长睫低垂,温声说,"我决定搬了,不住那儿了。"

黄嘉雯点头赞同:"是要搬,你一个人住那边,太不安全。"又问,"房子看好了吗?"

许微樱:"还在看,但我会尽快搬出去……"

关于租房的事,两人聊了几句,就到上班的时间了。

许微樱和黄嘉雯起身离开饭堂,一起去办公室。许微樱放下背包,打开电脑,和带她的财务容姐对接了一下今天的工作安排后,就专心致志地处理起了工作。

黄嘉雯在核对幼儿园上个月的饭堂餐费,确认无误后,她在中午下班前敲响了园长周洁玲的办公室门,找她签名。

黄嘉雯递过核对单据,小心恭敬地开口:"园长,上个月饭堂餐费已核对完毕。"

周洁玲抬眸看了她一眼,"嗯"了一声,接过签字。

黄嘉雯眼巴巴地看周洁玲签好后,刚想招呼一声转身出去,园长竟指了下椅子,笑了笑,对她说:"先别走,有点事想问你。"

黄嘉雯心脏一跳,还以为是她工作出了问题,小心翼翼地坐下来。

周洁玲笑了一下,主动开口:"不是工作上的事,别太紧张。"

黄嘉雯露出洗耳恭听的表情:"园长,您说。"

周洁玲放缓了声音:"你和许微樱都是我亲自面试招进来的,两人都才大学毕业,是幼儿园里年纪最小的妹妹,你们的工作态度,我都看在眼里,我作为园长,是要多多关照你们,所以要是工作或者生活上遇到什么困难,都可以和我说。"她看过来,"听闻……许微樱是不是遇到困难了?"

面试时,许微樱证书齐全,文化课成绩过硬,说话也是慢声细语,性格安静细致,做财务工作很合适。入职后,她上手很快,把每项工作都处理得井井有条,周洁玲对她很满意。

黄嘉雯眨了眨眼,她也不傻,园长都这么问了,就说明肯定是知道了。

犹豫了一会儿后,黄嘉雯老实地把许微樱受骚扰想搬家的事说了出来。

周洁玲轻蹙眉:"房子找好了吗?"

黄嘉雯:"没有,她还在看。"

周洁玲若有所思:"行,我知道了,你去工作吧。"

黄嘉雯连忙点头,转身离开园长办公室。

周洁玲坐在办公椅上,若有所思。她在面试过程中了解了许微樱的家庭情况,小姑娘独自一人在榆椿市上班,没有足够的存款,若想在市区租到合适的房子，确实够呛。

周洁玲微眯了眯眼，想到许微樱工作时的细致认真和讨喜的温和性格，生出了恻隐之心。

她点开手机，拨通了一个备注成"峋崽"的手机号。

对方迟迟没接电话，周洁玲耐心地没有挂断，严肃的眉眼间已柔和起来。

良久，电话那头才姗姗来迟地接通，对方没有说话，只有大口吞咽喝水的声音。

周洁玲笑了笑，关怀地问："峋崽，是不是又在训练？"

她听见对方懒散地应了声。

周洁玲笑着，细心叮嘱他训练和出警时都要注意安全。她说得絮叨，都是长辈对自家后生仔的关心。

说了一会儿后，周洁玲告诉他，在她幼儿园上班的一位姑娘被骚扰，急着租房，又问他，他在芜禾街巷的那套吉屋（广东方言，一般指无人居住、待出租的房子），愿不愿意便宜点租出去。

段峋骨节分明的大手捏着塑料水瓶，他仰头，凸起的喉结上下滚动地喝完最后一口水。

他听着电话里姨妈的问话，眼皮懒懒地低垂。

段峋散漫地"嗯"了一声，应道："好，反正冇（没）人住，你安排。"

幼儿园实行双语教学，老师教授得精细，小朋友招收得不算多，连带着员工数量也不多。除了老师都是在一间办公室外，财务、行政、人资和负责外勤宣传的员工也都被安排在了同一间办公室。

许微樱坐在办公位上，正垂眸仔细地核对财务发票，却莫名感受到了一股挺强烈的视线。

她抬头，就能看见不远处另一张办公桌上的黄嘉雯正冲着她挤眉弄眼，还握着手机卖力地晃了晃，显然是在提醒她，看手机，有话要说。

许微樱眨了眨眼，小幅度地点了点头。

她指尖戳开微信，聊天界面上是黄嘉雯感叹号巨多的消息。

明天见黄女士：啊啊啊！樱妹，刚才进园长办公室找她签名，她向我问了你被骚扰想要搬家的事！

许微樱抿了下唇，困惑地回复：园长为什么会问这个？

明天见黄女士：我也不知道啊，她问我的时候，我都犯迷糊了，就都告诉她了。

许微樱看到这儿,掀眸往黄嘉雯的方向看过去,就见到她一脸欲哭无泪的表情。

许微樱被逗得唇角弯了弯,安抚她:没事儿,园长虽然严肃,但她是好人,你告诉她,也没关系。

许微樱住在城中村遭受了骚扰,这到底是私事。她和黄嘉雯一起在幼儿园上班,工作方面虽然和园长有接触,但彼此之间却很有距离感。所以,园长问起这些,黄嘉雯免不了会多想。

黄嘉雯触及许微樱望过来的纯透眼眸,她长呼一口气,提醒:我猜园长很快就会找你问话了,有什么情况,你和我讲!

许微樱:好。

幼儿园下午五点半下班。

不出黄嘉雯所料,临近下班,许微樱收到了周园长的消息,让她下班后去园长办公室一趟。

黄嘉雯打完下班卡,窜到许微樱身边,连忙问:"园长找你了吗?"

"嗯,找了。"许微樱抿了抿唇,站起身,"我现在过去一趟。"

黄嘉雯扭头见同事们都陆陆续续下班走人了,她说:"我等你。"

许微樱笑了笑点头,轻轻应了声"好"。

敲响园长办公室的门,许微樱走进去,温声问:"园长,您找我?"

周洁玲端着水杯,看向面前的年轻姑娘,手指着椅子:"先坐。"

许微樱睫毛轻眨,点头,听话地坐下来。她纤细的双腿并拢,指尖搭在大腿上,神情温和平静,姿态看起来很乖。

周洁玲喝了口水,没立马说话,而是把视线轻轻放在了许微樱的脸上,看了几眼。许微樱靓丽非常,一双圆润的眼瞳似漾着光,视线只要放在她身上,就很难移开。

周洁玲犹记得几个月前,前往学校校招时的情形。

校招聘会中,大大小小的企业很多,不乏知名国企和全国500强企业。按照许微樱的在校成绩和个人出色条件,给她抛出橄榄枝的大企业不少,可她却统统拒绝,选择了幼儿园。

面试时,周洁玲问许微樱原因,许微樱的回答是她想要在社交环境较简单的企业工作,大企业固然条件更好,却未必适合她。

她回答得很真挚,也很有主见和个人想法。

所以周洁玲心里明白,这位小姑娘性格虽安静温和,却是外柔内刚。

很合她眼缘。

周洁玲放下水杯，开门见山："你现在城中村住的房子，房租每月多少？"

许微樱神情微怔，她看着园长，温声报出了一个数。

周洁玲颔首点头："我向黄嘉雯了解了你的情况，知道你急着要租房。我这儿有套房子，就按照你城中村的房租租给你，你愿不愿意？"她是雷厉风行的性格，说话语速很快。

许微樱轻轻抿了下唇，呼吸一窒。她听着园长的问话，想到近期面临的骚扰，和深夜被拍响的房门，同样来不及多思考和犹豫，清澈的眼眸看着周园长，点点头，声线温和认真："谢谢园长，我愿意。"

"哇，真的？"黄嘉雯神情惊喜，她看着关电脑的许微樱，说，"园长竟然有套房子便宜租给你住，这也太好了！"

"是啊，园长人很好。"许微樱长睫轻眨，如释重负地笑笑，"园长这次是帮了我大忙，解了我燃眉之急。"

黄嘉雯双眼发亮，兴奋地提议："你现在就能准备搬家了，不用担惊受怕了，好值得庆祝，晚上我俩出去吃饭怎么样？"

许微樱拎起包，笑着，嗓音温和："你想去哪儿吃？"

"我知道有家开在小区外的茶餐厅'废记'，刚开不久，却火得要命，都要成网红店了，晚上就吃这家？"黄嘉雯挽上许微樱的胳膊，和她一边说话，一边往办公室外走。

许微樱点头，表示没问题，就去吃"废记"。

两人离开幼儿园，往地铁站走去。

正值下班晚高峰，站口人不少，排队乘地铁后，两人在平华路站走出来，再穿过两条街道，就见到了在一处小区外的茶餐厅"废记"。茶餐厅面积不大，招牌采用的是亮眼黄底和繁体字，一眼望去，十分吸睛。

许微樱和黄嘉雯排了一会儿队后，在靠近店门口的一处位置坐下来。

两人翻看餐牌，点了两杯招牌港式冻奶茶、一份炸鸡扒菠萝包和一份咖喱鱼蛋，以及两份黑椒猪扒饭。

店里正放着一首陈奕迅的粤语歌，歌声深沉又醇厚，每张台桌都坐满了食客。

很快，两杯冻奶茶被端上桌。许微樱用吸管搅了搅玻璃杯里的冰块，声响清脆，她低头慢吞吞地饮了一口。

黄嘉雯饮着奶茶，她问："樱妹，园长租给你住的屋子，是在哪边？"

许微樱咽下嘴里香浓丝滑的奶茶，说："园长和我讲，房子是在芜禾街巷，让我住过去。"

黄嘉雯惊讶地瞪大眼眸，神色兴奋道："竟然是芜禾街巷，这个地方很顶啊！"

许微樱眼皮动了动，有一瞬间的茫然："我只听过芜禾街巷是老城区，别的就不知道了。"

大学四年，许微樱虽在榆椿市读书，可她待在校园里的时间更多，在这座城市里倒是玩得少。

"就因为是老城区，所以才够顶，处处都有靓风景，风水也好啊！"黄嘉雯激动不已，"你什么时候搬家？我陪你搬，我也想去芜禾街巷看看。"

许微樱轻抿了下唇，点头："好，确认下来搬家时间后，我和你说，你陪我一起。"

关于"芜禾街巷"这个地方，黄嘉雯高兴地聊了一会儿，许微樱安静地听着。

半晌，两人点的餐食都端上了桌。

许微樱咬了一口咖喱鱼蛋，和黄嘉雯边吃边聊。

临近吃完，从茶餐厅外忽然传来消防车的鸣笛声，由远至近。外头人声喧哗，显然，消防车就是停在了这条街上。

店里用餐的食客都不由得放下刀叉，扭头往外张望，连连担心地问发生了什么事。

老板让员工出店查探情况，没一会儿，员工迅速回来，告诉大家，周边没有发生火灾，是小区住宅楼里，有位小朋友趁家长不注意，在卧室窗户边玩闹，意外悬挂在了十三层窗外。情况紧急，消防员正安排绳降救援。

许微樱皱了皱眉，轻呼吸一口气，低声说："希望孩子能被安全救下来。"

黄嘉雯探头朝店外看去，提议："反正我们也快吃完了，走，出去看看情况？"

许微樱毫不犹豫，拎包起身："嗯，出去看看。"

听闻有孩子遇险，许微樱和黄嘉雯都不免担心，麻利地埋单（广东方言，意为结账），脚步匆匆地走出茶餐厅。

相隔一条街，对面是一处高层住宅，楼层都笼罩在夜色中。

一辆红色消防车停在街边，冲击力极强，有一位消防员正神色焦急地对着对讲机说着什么。周边围观群众嘈杂一片，齐齐往一栋高层住宅方向看去，众人的脸上都写满了焦急和担忧。

许微樱在人群中,仰头看向高层的事发地,在住宅阳台透出的光亮中,能隐约看见一道穿着消防服的高挺身影正穿透夜色,从高处吊下来,在实施绳降救援。

旁边人群中有担忧的交谈声响起,说是夜色太暗,楼层距离过高又过远,配备的照明设备起不到作用,救援难度翻倍,现在全凭消防员丰富的救援经验来实施救援。

许微樱看着夜色里那道消防服身影,轻轻地抿了抿唇。

黄嘉雯听完旁边的说话声,下意识地握住许微樱的胳膊,小声惊呼:"好危险啊。"

"别担心。"许微樱安抚地拍了拍她的手背,温声说,"我想,这位消防员肯定能出色地完成救援,平平安安的。"

隔着遥远的夜色和距离,许微樱看得并不真切,可高墙外穿着消防服的那道高挺背影,却似一柄锋剑,莫名地让她感觉,他必定能平安出色地完成救援,平定一切。

许微樱抿了下唇,仰起头,继续看去。

倏然间,人群中有高兴激动的声音响起:"快看!救进去了!"

榆棒的夜色里,数十米的高空中,身着消防服的高挺身影抱起悬挂在外的小朋友,成功地从阳台进入,完成救援。

围观人群中响起欢呼声和掌声,不绝于耳。

黄嘉雯同样鼓起掌,高兴出声:"这位消防员真厉害啊!"

"嗯。"许微樱点头,笑着温声开口,"他真厉害。"

语毕,她点开手机,时间已不早了。许微樱轻拉黄嘉雯的手腕:"小朋友现在没危险了,我们走吧。"

黄嘉雯摇头,盯向街边的消防车,眼睛发亮:"救人的消防员还没下来,我们等一会儿,看看他长什么样。"

许微樱疑惑:"这你都要看?"

"当然了!"黄嘉雯扬声,她斩钉截铁地说,"我打包票肯定,他绝对是大帅哥!"

许微樱纳闷不已:"天这么黑,他也没露脸,你怎么看出来的?"

"身材啊!"黄嘉雯一脸"妹妹,你怎么这都不懂,我来给你开课"的表情说,"看男人,首先要看的是身材!"

黄嘉雯振振有词:"虽然天黑距离远,看得不太清楚,可刚才在高处救援的消防员,有着显眼的长腿宽肩,消防服的腰带一勒,还是窄腰——有这身材,脸会丑?"

"压根不可能丑!"黄嘉雯中气十足,"他绝对是顶级大帅哥!"

许微樱沉默了下,温声问:"也许他是'虾系'呢?"

黄嘉雯:"嗯?"

"要身材有身材,要颜值有身材"的"虾系"吗?

而不等黄嘉雯反驳,不远处传来一道欢乐的笑声。

两人朝笑声看去,看见乐呵的竟是刚才焦急呼叫对讲机的年轻消防员。救援结束后,他也放松下来,看过来的眼神中透着欢乐——显然,他是听见了两人的对话。

黄嘉雯倒吸一口气,颤声问:"你说,他听见了多少?"

"有可能是……"许微樱想了想,"全部。"

没想到,兴头上"口嗨"一下,就被听了个正着。黄嘉雯拉起许微樱的胳膊,扭头就走,想要远离这处地方——丢不起这个人。

许微樱忍着笑,逗她说:"不看大帅哥了?"

黄嘉雯吸气嘀咕:"不看了,姐妹儿还是要脸面的……"

陈晓东瞧着这两个姑娘匆匆离去的背影,再回想起她们说的关于峋哥的话,就止不住地想乐。峋哥宽肩长腿,八块腹肌,身材是队友们日夜泡健身房都练不出来的好,那一张脸更是妥妥惹眼勾人,完全是榆椿消防救援局的顶级门面。

可没想到,有朝一日,榆椿消防救援局的门面段峋,竟然被一位姑娘给揣测成了是只有身材没颜值的"虾系"。

陈晓东想想就乐。

恰逢,他视线里,穿着消防服、身形高挺的男人从小区里走了出来。对方眉骨很高,鼻梁很挺,下颌线弧度流畅利落,路边灯光笼罩在他身上,显出几分漫不经心。

陈晓东眼睛一亮,笑着跑着迎过去:"峋哥,我有事儿和你说!"

段峋的视线落在陈晓东身上,扯扯唇:"说。"

就这一瞬间,陈晓东却莫名地沉默了,毕竟看着段峋这张脸,他压根说不出刚才的事儿啊!

陈晓东犹豫着没说话,段峋眉梢轻扬:"把我叫停,看你表演默剧?"他扯唇笑了下,"我很闲?"

陈晓东眼皮一跳,不敢再吞吞吐吐了,连忙解释:"峋哥!刚才你救援结束后,围观群众里有两个姑娘在讨论你,被我听见了……"

话音落地,他咽了口口水。

段峋:"继续。"

陈晓东小声说:"其中一位长得像港星似的靓妹猜测你是'虾系'。"

段峋:"什么意思?"

陈晓东:"那个,'虾系'就是只有身材能看,脸不能看的意思……"

"是吗?"段峋轻笑了声,揶揄道,"那这位靓妹,看起来……眼光挺高啊。"

在地铁站和黄嘉雯分别后,许微樱顺着人流往城中村的方向走去,距离越近,空气中越能闻到路边排档的燥热烟火气。

许微樱抿了抿唇。她穿过街巷,避过垃圾堆,七拐八拐地来到租住的楼栋单元门前。

她停下脚步,扭头四处看了一圈后,才用门禁卡打开单元门上楼。

对门兰姐的房门紧闭,还未回来,许微樱看了一眼后,迅速插钥匙开门进屋,反锁门。

放下包,她轻呼一口气,感觉身上已出了薄汗,把手机充上电,拿上睡衣进卫生间冲凉。

洗完澡出来,许微樱点开微信,看见黄嘉雯转发了一则同城新闻报道给她。她没立马点开,只发了个"?"过去。

明天见黄女士:樱妹,这是我们围观的消防员救援的报道!你是不是还没点开看?发问号是几个意思!

许微樱垂眸打字:我知道,看见标题了。我的意思是,你没看见消防员的脸,是不是后悔了。

许微樱:你还念念不忘,所以转发了新闻报道给我。

黄嘉雯振振有词:我就不能是对为人民服务的消防员心生敬仰,才特意去看这则报道吗!

黄嘉雯:而且报道里介绍说,他可牛了!永远第一时间冲一线,参加过多次一线救援,次次出色完成任务,是榆椿市消防救援局获得表彰最多的一位消防员,好犀利!!!

许微樱:……你感叹号好多,"吵"到我眼睛了。

许微樱:所以,新闻报道里有救援消防员的照片吗?

明天见黄女士:呜呜呜呜,没有!孩子都要气哭了,太可恶了,做了他的救援报道,竟然都没放照片!脸蛋照片没放,身材照片也没有!报道我白看了!

许微樱伸手捏了捏眉心,困意袭来,昨晚夜里睡得太少,她需要补眠。

她躺在床上,有一搭没一搭地和黄嘉雯又聊了几句,看了一眼时间,不到十点,准备放下手机睡觉,于是发了个"困"的表情包过去,说:我要睡了,明天再聊。

黄嘉雯震惊:这么早就睡?樱妹,你这么养生,是真没夜生活啊。

许微樱:和你聊天就算我的夜生活了。

明天见黄女士:行,你睡吧,不过睡前,一定要点开大帅哥的新闻报道看一眼啊!

许微樱:用来催眠?

明天见黄女士:你厉害。

翻了个身,许微樱半合着眼,指尖把聊天记录往上翻,点开推送的新闻内容。

时间紧急,新闻紧抓时效性,这则报道就是纯文字,无配图。许微樱犯困,未仔细看清大篇幅的介绍内容,唯有今晚救援的消防员的名字,让她目光停顿了几秒——段峋。

许微樱抿了抿唇,晃了神,思绪有点发愣。她莫名地想起中考后,在老家小镇,蝉鸣不歇的夏日暑假,相遇认识的少年。

他的朋友们就叫他"阿峋"。

许微樱的老家在南方一个四季分明的小镇,小镇并不出名,但相邻的一座古村"宏村"却有着得天独厚的古朴美景,是美术生格外喜欢过来写生集训的地方。

宏村水绿山青,青砖碧瓦,有着宛如浸入静谧时光中的美。在这儿,能见到来自全国各地的画室集训生和各大美术院校的学生。

只不过,对当时的许微樱而言,学画画的艺术生,太过遥远。

唯一让她绷紧神经的就只有中考。

直到中考结束,许微樱才放松了心情。爸爸妈妈知道她学习考试很辛苦,就不让她帮忙操持家里小卖部的生意,催促她和朋友一起出去玩。

在一个夏日午后,许微樱答应了朋友一起去宏村游玩的邀请。

但那朋友中途遇见了亲戚,被催促回家,所以许微樱落了单。

她开始漫无目的地闲逛起来。宏村青砖碧瓦,踩在青石板小路上时,驱散了些许酷暑。许微樱走了一条幽静的小巷,走进去后,有浅唱低吟的歌声隐隐约约地传了过来——是一首粤语歌。

对刚结束中考的许微樱而言,她从来没了解过滨海城市,也不知道她听到的是粤语。她听不懂那首歌的歌词内容,只是全然被歌曲温柔的旋律所吸引。

许微樱走进去,停在了一家民宿前。

庭院木门微敞,有夏风吹过,歌声从里面传了出来。她在门外,犹豫踌躇了好一会儿后,才缓慢地轻轻推开木门。

许微樱轻抿了下唇,朝里看去。

倏然间,她见到了夏日庭院里,在躺椅上,倦怠合眼的少年。他穿着黑色短袖和短裤,肤色冷白,懒洋洋地倒在躺椅上,因为身形高挺,腿太长,在躺椅上压根伸不直,就懒散地支在地上。

在他不远处,是立起来的木质画板,和被夏风吹起的素描画纸,簌簌作响。

庭院内,颜料的气息被微风递送过来,他身上却有着清新的草木香,似绿柚。

许微樱站在门边看着,脸上的神色有点发怔。

直到低吟般的温柔歌声结束,躺椅上的少年缓慢地睁开眼,眼皮微垂,他懒懒地敛眸,隔着午后的夏日阳光看向门旁的许微樱。

停顿几秒后,他扯了下唇,眉骨轻抬地说了句话。

在刚醒来的午后,少年的声线格外随意慵懒,就似夏天的风。

只不过,许微樱没有听懂,在和他的目光对上时,她呼吸一室,没有说一个字就落荒而逃。

直到后来,在小镇再次遇见,许微樱才知道,那个午后,他对她用粤语说的是"小朋友,你找谁"。

思绪回笼,许微樱神情平静地按灭手机屏幕。她脸颊贴着枕头,闭上眼,百无聊赖地想,"段屿"这名字是挺帅的,就不知道,长得是不是真和黄嘉雯一口咬定的一样——是个大帅哥。

一夜无梦,许微樱今晚倒是睡了个好觉。

第二天闹钟准时响起,她眨了眨眼,没有耽搁地从床上爬起来,刷牙洗脸。

许微樱拿毛巾擦干脸上清凉的水珠后,点开手机,看了一眼榆椿市天气预报,近期都是天气晴朗,温度不算低。

榆椿,漫长炎热的夏天如约而至。

要开始,度夏天了。

许微樱垂眸,伸手拿起防晒霜往手臂上涂了涂,换好衣服后,她出门上班。刚把房门锁上,转身,许微樱就见到兰姐赶早买好菜回来了。

"兰姐,"许微樱打招呼,"早。"

"靓妹,早!"兰姐为人爽朗热情,笑着回应。她举了举手中的菜,热情地邀请,"气温好热,都有热气了,晚上我煲靓汤,一起来饮啊。"

许微樱搬进这栋楼后,兰姐对她照顾颇多。想到即将要搬家,许微樱抿唇笑了笑,没有拒绝兰姐的邀请。她点头,温声回应:"好,晚上尝尝兰姐煲靓汤的手艺。"

许微樱到达幼儿园,在饭堂和黄嘉雯一起吃完早餐后,两人回到工位上,开始处理工作。

做财务会计工作,讲究细心细致,许微樱性格安静,无论核对多繁杂的数据,她都能沉得下心。所以入职几个月后,财务部带她的容姐对她很满意,已经给她安排较重要的工作了,不再是简单的打下手、做助理。

上午的时间过得很快,许微樱向容姐汇报完一项工作进展后,她端着水杯,离开办公位,去倒了一杯水。

许微樱坐回位置上,不紧不慢地喝水时,放在鼠标旁的手机屏幕亮起,有消息进来。

她点开,是周园长发的微信:中午吃完饭,来我办公室一趟,我把房东的微信推给你。

许微樱垂眸:好的,收到。

中午饭堂师傅做了虫草花冬菇蒸鸡,黄嘉雯很喜欢吃这道菜,许微樱把餐盘里的分给她一半,对她说:"吃完后,你回办公室午休吧,我去找园长。"

黄嘉雯啃着鸡肉:"关于租房的事?"

"嗯。"许微樱点点头,"园长说把房东的微信推给我。"

黄嘉雯眼睛发亮,语气肯定:"芜禾街巷是老城区,住那儿的也多是老一辈的当地人。房东愿意把房子便宜租给你,绝对是心善的阿伯阿婆,肯定好相处!"

听到这儿,许微樱唇角微翘地点了点头。

用完餐,黄嘉雯回去午休,许微樱进入园长办公室。

周洁玲看过来,拉开抽屉,拎出一串钥匙,递过去:"你都知道房子的位置了,钥匙给你,行李收拾好后,你随时可以搬进去。"

许微樱接过钥匙，紧抿了下唇。

她深呼吸一口气，真挚道谢："谢谢园长。"

"不用谢我。"周洁玲笑了笑，"要谢，就谢房东。"

提到家里的后生仔段峋，周洁玲的表情不由自主地柔和下来："这套吉屋一直放着没租，你急着租房，我问他愿不愿意便宜点租出去，他没多问，就同意了。"

许微樱安静地听着，心底对这位素未谋面的好心长辈房东越发感激。

话音落地，周洁玲拿起手机，继续说："我把他的微信推给你，你加他。"

许微樱点头，想了想，轻声问："园长，我这边需要和房东签合同吗？"

"不用。"周洁玲摇头说，"你住进去就行。他很忙，也懒得管这些，合同就不签了。"

许微樱"嗯"了一声，表示明白。以低于市场价的房租住进芜禾街巷，是房东发善心，这已经是她走了莫大的运了，她自然毫无异议。

手机屏幕亮起，房东的微信被推了过来。

许微樱垂眸，指尖点开看。

倏然间，她微愣住，没想到，这位老一辈的房东，还挺潮流。

对方的微信名是"dx"，她猜测是名字缩写。许微樱看了几秒后，抿抿唇，礼貌地发了句"您好"，申请加了房东的微信。

另一边，榆椿市荔都区消防基地的饭堂里，队里的消防员用餐时，交谈着笑骂起来。

起因是队里的赵子逸，他家姐前段时间来基地看望他的时候，看见了段峋。

不得不说，顶级门面的称呼不是随意瞎颁的。段峋那张脸太勾人，光站在那儿，眉骨淡淡微抬，就似野性放浪的夜蝶，招人。

所以，赵子逸的家姐难逃，钟情于段峋。

这段时日，赵子逸迫于"家庭压力"，就天天求着峋哥能同意加他家姐的微信。

"峋哥……"赵子逸凑在段峋身边，双手合十，欲哭无泪地小心翼翼开口，"峋哥，求你同意加我家姐的微信吧，我日日被她手机轰炸。你不同意，我休假回家，她真的会请我'食饭'的！"

段峋扯唇，眼皮低垂，漫不经心地轻笑一声，没搭理他。

赵子逸简直要哭了，似牛皮糖一样盯着段峋。

一旁的陈晓东嫌弃又无语地看着赵子逸，故意问："是不是请你食'藤条焖猪肉'啊？"（"藤条焖猪肉"在广东是一句文雅的调侃语，指用藤条抽打）

陈晓东话音落地，旁边的几位队友都笑出了声，其中一位队员接腔："你把主意打到峋哥身上，想让峋哥做你姐夫。真是做春秋大梦！"

赵子逸一张脸皱成苦瓜，解释："我知道，可家姐心不死。我就希望峋哥能同意加她的微信，在微信上拒绝她，让她死了这条心。"

中意峋哥的靓丽女仔数不胜数，可是能近他身的，一个都没有，所以赵子逸明白家姐绝无可能，峋哥不会喜欢她。

语毕，赵子逸又凑到段峋身侧，拜神似的求着。

段峋听着他苍蝇似的嗡嗡声，伸出骨节分明的手推开他。段峋起身，头也不回地离开，闲闲的语声落下："让你姐死心是吧，行啊。"

赵子逸听着段峋懒散的声音，瞬间没反应过来，旋即才眼睛一亮，明白段峋是同意了。他喜笑颜开，激动道："多谢峋哥！"

消防基地在食堂一楼有专门的抽烟区，段峋咬住一根烟，擦开火机，低头点燃烟。他身形高挺，靠着墙，喉结滚动地吐出烟雾，从裤兜里摸出手机。

通讯录里申请加他的人很多，通过的却没几个。

当看见赵子逸姐姐的申请后，段峋咬着烟，倒是轻笑了声，没想到，她追人的开场白，还挺礼貌。

段峋唇角微扯地点了通过。

申请加了房东的微信后，许微樱回到办公室，就把手机放在电脑旁插上了充电，然后她从抽屉里拿出抱枕，垫在胳膊下开始午休。

下午工作很忙，许微樱跟随容姐跑了一趟银行去熟悉结算业务的流程，又做了本月幼儿园的进销存管理。直到下班，她在拥挤摇晃的公交车里，一手扶着吊环，一手点开微信，才见到房东"dx"已通过了她的好友申请。

许微樱盯着她和房东空白的聊天界面，沉默几秒后，退出，重新把手机装回裤兜。

毕竟，在摇晃的车里，她打字实在不方便。

下了公交车，许微樱走向城中村。她记得晚上要去喝兰姐煲的汤，路过水果摊时，就挑了一个哈密瓜和一大把香蕉，顺带在小超市拎了一箱纯牛奶。

临近居民楼时，她脚步一顿，面无表情地朝在楼下单元门前徘徊的一个中年男人看了一眼后，她敛眸避开，转进旁边的巷子。

又来了，真是墙上的狗皮膏药小广告，黏腻又不堪。

许微樱放下手里的东西,皱眉点开手机,给城中村的房东发了条消息过去,对他说,三月房租到期就不再续租,押金按照合同要求退还给她。

押金不算多,只有五百块,这儿的单间也不缺住客。房东最是清楚许微樱不续租的原因,所以也没为难她,微信上回了句"好"。

许微樱垂着眼眸,在巷子里站了半个多小时后,居民楼下"守株待兔"的中年男人离开了。

她拎起水果、牛奶,刷卡上楼回房间,疲倦地发呆歇了一会儿,才拎着东西,眉眼安静地敲响兰姐的房门。

兰姐见到许微樱,热情地笑着招呼,见她还买了东西过来,嗔怪她乱花钱。

许微樱笑了笑,对兰姐说自己就快要搬走了,谢谢她这段时间的照顾。

兰姐闻言,虽惊讶不舍,但想到她遭受的骚扰,继续住这儿,是不太安全合适。兰姐递过一碗冒着热气的眉豆花生猪骨汤给许微樱,问:"靓妹,新屋找好了吗?"

许微樱喝了一口滋润的补汤,轻声说:"嗯,找好了,领导帮的忙。"

兰姐闻言,放心地点了点头。

许微樱说完,点开手机,垂眸看着和新房东"dx"的聊天界面。除了她申请好友时发的一句"您好",再无其他消息,新房东通过好友后并未搭理她。

许微樱咬着汤勺,想了想后,指尖轻点转账,打算先把房租转给房东。

比起礼貌的客套话,直截了当先转账,许微樱感觉似乎更好。

只不过,当许微樱把房租费转过去后,正考虑给房东发句"您好,房租已转您"的消息时,新房东"dx"发了条语音过来。

——转账果然有用。

一下午都没搭理她的房东,看见转账后,语音都发来了。

许微樱放下汤勺,微微坐直身子,以一种"房东,您有何指教"的心态把手机放到耳边,神色认真地去听这条语音。

不想,给她发语音的不是她设想中的好心阿伯阿婆,反倒是一位年轻男人。对方的语气随意又慵懒,淡声问她:"上来就转账给钱,谁教你的追人手段?"

"你,"他顿了下,低沉补充,"礼貌吗?"

新房东的声音从手机里传出来,内容似乎带着刺。可他的嗓音却没精打采的,听不出多余的情绪,透着满不在乎的意味。

许微樱听完,微怔几秒,轻呼一口气,反应过来双方都误会了。她把房东误会成是好心长辈,对方把她误会成是在追他的女生。

018

许微樱抿了抿唇,解释道:房东你好,我是你的新租客,这是给你的房租。

把这句消息发过去后,她删删减减地打字,斟酌着补充:房东,感谢你愿意租房给我……我对你,还是很礼貌的。

许微樱很感激他租房给她,所以实在不愿意在对方心里留下没礼貌的印象。

发完消息后,房东"dx"并未回复,她喝了一口热汤,安静地看着手机聊天界面。

消防员宿舍里,段峋训练完,刚冲完凉,发梢湿漉漉的。他站在窗边,看手机里的消息。他扯了扯唇,很轻地笑了下,原来,这位是新租客,不是赵子逸的姐姐啊。

段峋眼皮垂下,他用指骨按手机回复。

dx:不好意思啊,误会了,我还以为。

dx:是来追我的。

他很受欢迎,有很多人喜欢他吗?许微樱看着手机界面上新房东的回复。虽然是文字消息,却让许微樱莫名地联想到他淡恬不为意的嗓音,明明情绪起伏不大,可听着就挺拽。

许微樱指尖戳着手机,她抿唇,下意识地回复:房东抱歉,我不是来追你的,让你失望了。

消息发过去,许微樱睫毛一颤,她慢半拍地反应过来,这句话怎么看都挺阴阳怪气的,尤其"我不是来追你的,让你失望了",她跟着一字一句地默读一遍,似乎嘲讽值拉满了。

许微樱呼吸一窒,眼疾手快地把这条消息按了撤回,在她轻吸了口气,想要找补重新斟酌用词回复时,微信聊天界面弹出了新消息。

对方发了一个"?"过来,以及一条语音。

许微樱紧抿了下唇,担心房东一气之下不愿意把房子租给她了,只能祈祷他没看见刚才撤回的消息。

她垂下头,把手机放到耳边去听语音,很短的一句话。

对方出乎预料地没有生气:"撤回有用?"他懒洋洋地说,"我看见了。"

许微樱轻轻眨了眨眼眸。也许是发现这位新房东虽然声音听着拽,但人挺好相处,不会和她计较。想到这儿,许微樱按着手机,真情实感地回:谢谢您,那您就还是假装没看见吧。

和兰姐聊了会儿天后,许微樱回到她租住的小单间。锁好房门,她默默地看向房间内简单的摆设,一张小床、一张桌子,和一副简易衣架,再无其他。

许微樱轻抿了下唇,弯腰从床下拖出行李箱,开始往里面收拾衣物。

她行李不多,收拾起来很快。收拾完后,许微樱把行李箱放到墙边,轻呼了口气。

冲完澡洗完头出来,许微樱坐在床边拔掉正在充电的手机,低头看日历。

今天周三,再工作两天,本周末她就要搬家,去芜禾街巷了。

许微樱想了想,开始在搜索引擎里查询"榆椿市芜禾街巷"的词条。在茶餐厅吃饭的时候,黄嘉雯虽然和她介绍过这处老城区,可现在,想到即将搬过去,她还是想要了解得更多一些。

手机界面跳转出"芜禾街巷"的介绍。

刷到有关芜禾街巷"簕杜鹃花墙"的照片时,许微樱清润的圆瞳微微睁大,被美到晃了神。一篇介绍新闻说在芜禾街巷这处老城区有一处花墙,每年的春夏季节,都会有簕杜鹃盛开。配图照片中,一簇簇鲜艳绚丽的簕杜鹃花,绽放盛开,美得夺目又浓烈,似灿烂的焰火。

"真美。"许微樱看着花墙照片,轻声感叹。

她把介绍看完,退出引擎界面,才发现微信里有黄嘉雯几分钟前发来的消息:樱妹,你几时搬家啊?时间确定了吗?

许微樱:嗯,确定了,我准备这周六就搬。

黄嘉雯:好!你打算几点,上午还是下午?

许微樱想了想:上午赶早搬,我担心下午会很热。

榆椿市的气温一天比一天高,阳光充足,照耀在路边树木上,似给绿叶镀上了一层浮金。黄嘉雯点头赞同,回复:好嘞,周六我陪你搬,上午我开我老豆(广东话,爸爸)的车,来接你。

许微樱眼睫轻垂,不太好意思多麻烦她:不用了,我东西不多,从你家开车过来,最少要二十多分钟,太麻烦了。

黄嘉雯解释:你和我客气什么!而且,樱妹,我和你讲,我老豆的车,他一直舍不得给我练手开。好不容易有了帮朋友搬家的机会,能开他的车,我能错过吗?肯定不能啊!

看到这儿,许微樱弯唇笑了笑,不再拒绝。

周六这天,许微樱起了个大早,把行李彻底收拾好后,她趁着兰姐还未出门时,上门和兰姐正式做了告别。

临近八点,许微樱收到黄嘉雯的微信,她拎着行李箱下楼。

黄嘉雯把车停在路边，她穿着牛仔短裤和复古美式T恤，戴着墨镜站在车旁。许微樱眼眸微弯地笑着，走过去，两人一起把行李抬进车后备厢。

上车后，许微樱低头扣着安全带，笑着说："你好靓啊。"

黄嘉雯眼睛发亮："我靓到你了吗？"

"嗯，靓到了。"许微樱说，"挪不开眼。"

听到这儿，黄嘉雯盯着许微樱，伸手揉了一把她的脸颊，怒其不争地说："樱妹，你才是天生丽质啊！我要是有你这张脸，天天把自己穿成花孔雀！"

许微樱偏头，纳闷："穿成花孔雀，会好看吗？"

黄嘉雯振振有词："必须的！"

黄嘉雯从小到大见过的靓女不少，可颜值给她冲击力最强的唯有许微樱。许微樱雪肤乌发，眉眼五官是挑不出瑕疵的精致漂亮，一双圆润的猫瞳莹润又清澈，一颦一笑都万分靓丽，似上世纪老港片中的女神。

黄嘉雯启动车子，开出城中村。

路上，她好奇地问："樱妹，你这么靓，高中和大学时，是不是有很多男仔排队追你啊？"

许微樱看向车窗外闪过的夏日街景，轻声解释："我大学读的是财务专业，女生多，和男生接触得少。学校里倒有别的系的男生追过我，可我不喜欢，也没有兴趣谈恋爱，就没谈过。"

黄嘉雯诧异："那高中呢？你这颜值，高中妥妥的是校花啊！"

"没有。"许微樱笑了笑，轻垂眼眸，"我在老家读的高中，那时的我，很胖……"

许微樱个子发育得晚，初三还没长到一米五。而那一整年，她在学习方面凭借勤奋和努力，慢吞吞地一步步进步。中考的压力压着她每天学习到深夜，妈妈会给她做各种丰盛的夜宵，因此，当时的她脸上和身上的肉都挺多的，父母有时会笑着叫她"小胖妞"。

中考结束后，明明都要是高中生了，她看起来却像个小学生……

许微樱长睫轻颤，微微怔了怔。

她现在回想，那个夏日午后，她鼓足勇气推开民宿的木门，见到的闲散地倒在躺椅上的少年，他用粤语懒洋洋地喊她"小朋友"，倒也不奇怪了。

路上不算太堵，不到半个小时，他们驶进了老城区，路牌上标注着"芜禾街巷"。

比起一路上的繁荣街景，榆椿市的老城区就有种独特的悠然老旧气息，似乎把时间的流速缓缓拉长，给人一种迈入旧时光的错位感。

黄嘉雯探头朝路两边的街道看了看，见到有上了年纪的阿伯和阿婆慢悠悠地走过。

不远处有一家老式凉茶铺"陈记"开着，摆在玻璃柜台上的凉茶壶显然已经用了多年，这是一家正宗的老店。而隔壁是一家制衣裁缝店，一位短发戴眼镜的师奶正坐在缝纫机前缝补裤子。

黄嘉雯收回目光，欣喜地说："芜禾街巷果然不一样，住在这儿，肯定舒服！"

许微樱笑着点了点头。

能从城中村搬到老城区，无论是安全性还是上班的便捷性都翻倍提高了。以后她就不用赶公交车，可以坐地铁去幼儿园了。想到这儿，许微樱抿了抿唇，点开手机。

她指尖按到和新房东的聊天界面，斟酌着发了条信息过去：房东，上午好，今天我搬家入住了，谢谢。

消息发送后，没有收到回复。

许微樱看了几秒聊天界面，安静地把手机重新放回包里。

老城区的芜禾街巷，似是藏匿在榆椿市的一座夏日小岛，四周的氛围都慢悠悠的。

许微樱租住的小区就叫"芜禾"，楼栋数不多，都是楼梯房，住这儿的人基本都是相识多年。上了三楼，她从包里拿出房门钥匙。

黄嘉雯往隔壁的房门看一眼，很有经验地说道："一层两户，樱妹，你要和新邻居处好关系。"

"嗯，"许微樱把钥匙插进锁孔，笑着点头，"会的。"

房门打开，两人一起走进去。

夏日阳光透过紧闭的玻璃阳台推拉门，空气中是日光的气息和浅淡的灰尘味，不难闻，反而让人觉得心安。

许微樱放下行李箱，上前拉开玻璃门，微风吹过，能见到小区内绿叶枝梢轻轻摆动——很有童年夏天的感觉。

黄嘉雯转了一圈，声音欣喜："老小区就是不一样，房型板正，南北通透，够顶！"

语毕，她挨个拧开卧室门："樱妹，你打算入住哪间？"

许微樱没有犹豫："我住最小的那间。"

黄嘉雯闻言，疑惑："最小？不住大点的？"

"不了。"许微樱摇头说，"小的就够我住了。"

这是一套小三房，若是租出去，每月的房租不会低。许微樱走运住进来，已经很知足了。她拉着行李箱进入最小的侧卧，打开窗户通风，然后对黄嘉雯说："现在要不要去芜禾街巷转转？"

"可以。"黄嘉雯犹豫了一下，"但现在不打扫卫生吗？"

"打扫卫生不急，我们先在老城区逛一逛，你不是说早就想来看看？"

现在若是打扫屋子，黄嘉雯肯定会帮忙，大夏天的会很热。许微樱就打算等她离开后，再慢慢地整理。

黄嘉雯被说动了，回道："好，下楼！"

走出小区，两人在老城区四处逛。芜禾街巷就和名字一样，在这里，悠长的巷子和青石台阶特别多。黄嘉雯爬了几条石阶后，就喘着气连连摆手吐槽，这老城区风景不仅美，还挺适合减肥。

当两人走出巷子，来到街上，许微樱见到不远处有一家茶饮店的招牌，她手指过去说："有家果蔬茶饮店，走吧，去店里坐一会儿。"

黄嘉雯眯眼看了看："店名叫'渡夏天'？还挺好听。"

开在芜禾街巷的茶饮店"渡夏天"，招牌设计的是较深的薄荷绿色，很清爽，店门口摆了两副白色茶台桌椅。

两人一起走过去，渐渐听见了茶饮店里放着的歌，一个年轻男人正背对着柜台切新鲜水果。

许微樱和黄嘉雯站在柜台前，看向点单的电子屏。这家果蔬茶饮店的单品，很有特色……特色到了稀奇古怪的程度。除了招牌的苦瓜柠檬茶，还有绿菜心柠檬茶，看得黄嘉雯不可思议，没忍住嘀咕："餐桌上的青菜都能做成果茶了？这能好喝？"

"也许，"许微樱一本正经地接腔，"……是卖给不喜欢吃青菜的小朋友喝的。"

听到她这话，黄嘉雯扑哧笑出声。

两人的交谈声，让柜台里的蔡铭宇听见了。他转身，要为"绿菜心柠檬茶"正名，自豪地说："两位靓女，这款柠檬茶口味很棒，点的客人可不少。"

"是吗？"黄嘉雯挑眉，"行，那就尝尝。"

她开始点单，没注意到许微樱在年轻男人转身后，眼睫轻颤了下。

许微樱看向柜台里长了一张娃娃脸的年轻男人，神色如常，心底却掀起波澜。

没想到，时隔这么多年，她又遇见了金毛蔡。不过显然，她认出了他，金毛蔡看她的眼神却和陌生人没差。

许微樱抿了抿唇，平静地垂下眼。

金毛蔡在榆椿市，是不是说明，当年夏日暑假，她在老家小镇遇见的少年——阿峋也在？

黄嘉雯和许微樱都点了绿菜心柠檬茶，然后在店里找位置坐下来。

过了一会儿，两杯冰凉的茶饮端上桌。

黄嘉雯喝了一口，入口清爽又有清新回甘，她眼睛发亮，欣喜道："樱妹，你快尝一口，味道还真不错，老板没夸大话。"

金毛蔡听到这儿，得意地说："必须好喝啊！店里可都是精品！"

黄嘉雯闻言，笑着和他聊了起来。

在两人聊天时，许微樱低头喝了口这杯特殊的柠檬茶，然后她偏头看了眼表情眉飞色舞的年轻男人。

收回视线，她的长睫轻轻颤了下。

犹记得，当年由画室老师带领着，从沿海城市来到宏村，参加写生集训的少男少女中，金毛蔡就是阿峋的发小，两人从小一起长大。

许微樱捧着微凉的柠檬茶，垂头慢吞吞地再次饮了一口。

就在这时，店里进来了一位女顾客，她穿着夏裙，化着精致妆容，打扮靓丽。只不过，当她环顾一圈后，表情显然失望。

她皱起眉头，不高兴地问："老板，怎么又是你守店？之前店里的那位大帅哥呢？我这都跑空三次了啊，有意思吗？"

金毛蔡笑了一声，慢悠悠地说："靓女，我和你解释过了，峋哥很忙，他只休假的时候会过来帮忙看店。你要是特意来找他，肯定会跑空。"

——峋哥。

许微樱轻抿了下唇，眉眼安静地看向交谈的两人。

女人问："老板，那你就把峋哥的电话或者微信告诉我，行吗？"

"这个啊，"金毛蔡笑了笑，拉长了调子回道，"还真不行，这你得当面和他要。"

连他的人都见不到，怎么要！年轻女人羞恼地跺了下脚，不死心地继续问："那他什么时候休假？"

金毛蔡实话实说："我也不知道，这要看他的安排。"

女人咬牙："一问三不知，那你到底知道什么？"

"我知道怎么做柠檬茶，"金毛蔡笑眯眯地说，"靓女，来一杯吗？"

女人倒吸了口气，语气硬邦邦地说："来杯薄荷海盐柠檬茶。"

不得不说，"渡夏天"的蔬果茶饮确实好喝。她跑老远，才来到老城区，总不能帅哥没见到，连杯茶都不饮一杯吧。

女人离开后，目睹了全过程的黄嘉雯冲着许微樱露出一脸吃到瓜的表情。

"老板，"黄嘉雯扬声好奇问，"什么情况啊？店里还有位大帅哥？"

金毛蔡嘚瑟起来："必须啊！芜禾街巷第一大帅哥，就在'渡夏天'！"说到这儿，他补充，"我可没吹水（广东话，吹牛）讲大话，刚才的靓女就是例子，你们可亲眼见到了啊。"

"真不真啊？这得多靓仔？"黄嘉雯简直要笑翻了。

"比珍珠还真，峋哥的颜值，你们放心！"金毛蔡毫不客气地拿段峋来拉客，"你们多来'渡夏天'光顾几次，说不准就能见到他了。"

"樱妹，"黄嘉雯挤眉弄眼，"你就住在芜禾，有时间了来这儿转转，看看是不是真有这么帅。"

许微樱面露回忆，慢慢地说："是有的。"

黄嘉雯还未听清她的话，金毛蔡看一眼许微樱，震惊地问："什么？这位靓女住在芜禾，我怎么以前都没见过？"

黄嘉雯笑："她今天刚搬过来。"

许微樱轻声"嗯"，点了点头。

金毛蔡热情地出声："我也住在芜禾，以后我们也算半个邻居了。"

黄嘉雯是"社牛"性子，看这位茶饮店的老板说话热情又逗，她笑着问："老板，你怎么称呼？"

"我姓蔡，叫蔡铭宇，"他说，"叫我'金毛蔡'就行。"

听到这儿，许微樱弯唇笑了下。

"我叫黄嘉雯。"语毕，黄嘉雯拍了拍许微樱的肩膀，"金毛蔡，这是我好姐妹，许微樱。"

"金毛蔡，"许微樱看过去，温声说，"你好。"

在"渡夏天"茶饮店里，黄嘉雯和金毛蔡天南海北地瞎聊着，双方都挺开心，许微樱饮着柠檬茶安静地听。

临近中午，黄嘉雯才依依不舍地和许微樱离开。

两人离店后，金毛蔡又继续忙了一会儿。然后他算准消防基地中午午休时间，消防员们能用手机了，给段峋拨了一通电话。

年轻男人似笑非笑的声音倾泻出来："金毛蔡，想你爹了，给我打电话?"

"没良心,"金毛蔡骂骂咧咧,"我才在两位靓女面前夸你是'芜禾街巷第一大帅哥',现在我收回这句话,芜禾街巷第一大帅哥明明是我!"

"金、毛、蔡!"段峋冷笑,"你又瞎扯,拿我拉客?"

金毛蔡装无辜:"阿峋,'渡夏天'是小本生意,现在茶饮店竞争多激烈啊,只能牺牲你的脸了。"

段峋懒得搭理他:"还有事吗?没了,我挂了。"

"有,有。"金毛蔡连忙出声,"你什么时候休假?你好久都没回来了,该休息了吧?"

"快了,周四。"段峋要笑不笑地补充,"你和我说重点,别问我这些没用的。"

金毛蔡振振有词:"有位顾客,来店里跑三次了,就为了见你!要是你再不休假回来,她若是来第四次还见不到你,我怕她会把'渡夏天'的房顶给掀了!"

"这不正好?"男人散淡的声音响起。

金毛蔡蒙了一瞬:"什么?"

"你正好能休个长假了。"段峋不疾不徐地低声补充,"不好吗?"

金毛蔡安静了几秒,果断换个话题:"阿峋,我和你讲,上午来'渡夏天'的两位顾客,有一位竟然入住了芜禾小区,今天刚搬过来。"他语气稀奇,"芜禾街巷这地方,我谁不认识?就小区里的每家每户,我也都门儿清,还真没听说有哪家把房子给租出去了。也不知道房东是谁,真是奇了怪了。"

听到这儿,段峋切出通话界面,点进微信,看见租客上午给他发的消息。

他回了个"好",然后对金毛蔡说:"房东是我,有意见?"

许微樱和黄嘉雯分别后,去小超市买了打扫卫生的用具,才重新返回小区。阳光灿烂的夏日午后,许微樱就在新住所沉默细致地打扫卫生。

彻底忙完时,日光消隐,远处天空已被晚霞浸染成了浅粉色,很美。许微樱安静地看了几分钟后,转身进卫生间冲凉。

搬进芜禾小区的这个周末,她没有再去过"渡夏天",直到新的一周上班,周四中午吃饭时,黄嘉雯一本正经地瞎扯让她去喝苦瓜柠檬茶,许微樱不明所以。临下班,黄嘉雯才笑着对许微樱说,她想让许微樱去"渡夏天"一趟,帮忙要金毛蔡的微信。

金毛蔡很搞笑,黄嘉雯想和他交个朋友。

许微樱应了下来。

走在芜禾街巷的老街上,临近"渡夏天",许微樱看向亮着灯光的招牌,发现今晚店里的客人不少,门外排起了队。

她默默收回视线,轻抿下唇,垂眸走上前,站在队伍后头。

她低头刷着手机,队伍慢慢缩短。临近柜台时,许微樱听到了一道轻柔的女声:"老板,点你家的柠檬茶,能赠送你的联系方式吗?"

金毛蔡,好受欢迎,许微樱划拉着手机慢半拍地想。

然后,她抬头下意识地往柜台望去,却见到,今晚在"渡夏天"的不是金毛蔡,是另外一个男人。他穿着黑色短袖,身形高挺,下颌线弧度流畅利落。鼻梁很高,脸上表情淡然,瞧不出真实情绪,对要联系方式的女生,他唇角轻扯了下,回了拒绝的话。

许微樱睫毛轻动了下,神情安静地注视这一幕。可她没想到,男人会漫不经心地敛眸看过来。

在这个瞬间,时隔多年,许微樱再次和他慵懒散漫的眼神对上。停顿两秒,她脑海里闪过念头,金毛蔡认不出她,阿峋,大概率也不会认出她。

许微樱轻抿了下唇,在前面的女生失望地离开后,她走上前。

隔着点单台,段峋眉骨轻抬,静看她几秒,缓缓地问:"喝什么?"

许微樱长睫轻眨,鼻尖嗅到了淡淡的绿柚叶气息,她微不可察地愣了下,下意识地说:"要一杯绿柚柠檬茶。"

段峋黑漆漆的眼珠盯着她,不动声色地回:"不好意思,这里没卖。"

许微樱轻声脱口而出:"那我怎么闻到了绿柚味?"

沉默几瞬,段峋眉梢轻抬,语气随意:"我用的沐浴露是这个味道。"

"怎么,"他说,"感兴趣?"

男人的声音漫不经心,却听得许微樱呼吸一窒,反应慢半拍得差点没控制好脸上的表情。

她长睫轻颤了下,抬眸看他,心不在焉地摇头:"不感兴趣。"

段峋轻扯唇角,没说话。

许微樱轻呼一口气,眼神没什么焦距地盯着菜单屏,继续说:"要一杯苦瓜柠檬茶。"

"行。"段峋轻瞥她一眼,下颌微抬,"店里有位置,坐等一会儿。"

许微樱愣了下,她本想着打包带走……

沉默几秒,她走进店内,在一处空桌位坐下,余光内不可避免看见了"阿峋",她轻抿了下唇,安静地望过去。

时隔七年，当年在躺椅上冲她笑着的少年，眉眼五官越显深邃利落。他站在柜台后，接待客人说话时，唇角似笑非笑地轻扯。店里清透的灯光聚拢在他身上，他似能让人沉溺的夏日海。

　　许微樱睫毛轻眨，看到又一位靓女顾客神情娇羞地和他搭讪要联系方式后，她安静地移开目光，低头点开手机，玩起了游戏——开心消消乐。这是她手机里下载的唯一一款单机小游戏。

　　不知过去了多久，当鼻尖再次闻到清新的绿柚气息，她分神一瞬。

　　许微樱的视线里，男人骨节分明的手指端着一杯沁凉的柠檬茶，放在了她的面前，他小臂紧实有力。

　　许微樱握着手机，神情温和地礼貌开口："谢谢。"

　　段崎看她，喉结滚动地应了声。他敛眸，无意间扫到手机界面里的"开心消消乐"游戏时，他顿了一下，旋即唇角微扯说："不客气，你慢用。"

　　语毕，他抬脚转身离开。

　　许微樱轻抿了下唇，偏头看一眼他走开的高挺背影，她捧着微凉的苦瓜柠檬茶，饮了一口。

　　苦瓜味的茶饮在唇齿间滑过，许微樱垂下眼眸。她神色安静地坐着，却无可避免地回想起，在夏日暑假，她和阿崎的第二次遇见。

/Chapter 02/

小朋友，吃糖吗？

那个夏季午后，许微樱落荒而逃般转身离开民宿，她独自一人，没有继续在宏村闲逛，而是选择了回家。

在宏村的隔壁小镇上，许微樱的父母经营着一家小超市，她性格安静懂事，会主动帮父母干店里的活儿。过了几天，爸爸妈妈要去亲戚家喝喜酒，她就主动包揽起了看店的工作。

夏夜降临，夜空缀满了繁星，晚上八点钟左右，父母还没回来，许微樱就纠结着是提前关门闭店，还是再等一会儿。

就在她犹豫时，在民宿有过一面之缘的少年走了进来。他穿着黑色短袖和棕色工装裤，身姿清瘦又挺拔。他懒懒地敛眸，一边按着手机，一边往收银柜台走过来。

当时，段峋头也没抬，只说了声拿包烟。

许微樱站在玻璃柜台后，能看见少年清晰的下颌线和立体的鼻梁，每一处都优越得过分。

许微樱轻轻应了声"好"，往玻璃柜台里伸出手，要去拿他要的烟。

段峋忽然抬眸朝她看了过来，他眉心跳了下，顿了顿后，出声："等会儿，换个。"

许微樱以为他是要换另一种品牌的烟，她想到卖得比较火的，下意识地问："请问要换成什么牌子的烟？玉溪，还是长白山？"

隔着玻璃柜台，少年居高临下地看过来。

停顿几秒后，他唇角微弯地问："小朋友，你对烟挺了解？"

029

少年声音散漫，吐字清晰，说的不再是第一次遇见时，许微樱听不懂的陌生语言。

她反应过来，他认出她了。

许微樱心情忐忑，抑制不住地感到窘迫。毕竟，她作为陌生人，却推开了民宿庭院的木门。

许微樱深呼吸，就在她想要解释什么时，少年修长干净的手指拨了一下柜台上的糖罐，他随手拿了几根棒棒糖，语调漫不经心："烟不要了，换它。"

许微樱眨了眨眼，慢半拍地看向他，一时间未反应过来。

两人视线对上，段峭眉梢轻扬，慢条斯理地问："怎么，小学生只卖烟，不卖糖？"

许微樱闻言，眼皮重重一跳。

沉默几秒，她摇头："卖的。"然后，她慢声慢气地解释，"我不是小学生。"

段峭看了她一眼，不知道有没有听进去，只是应了声，然后掏钱买单。

这时，小超市外面传来了一声接着一声的"阿峭"，紧接着蔡铭宇从外面窜了进来。

许微樱望过去，男生染了一头金黄色头发，颜色鲜亮，像是黄柠檬。许微樱第一次看见这么夸张的发型颜色，不由得多看了几眼。

金毛蔡来到段峭身边，看见棒棒糖后，他不可思议地瞪大眼睛，震惊地问："阿峭，怎么是糖啊？"

当时，金毛蔡说的是粤语，许微樱茫然地眨了眨眼睛。

段峭修长的手指拨开糖纸，语调懒懒地回："小朋友守店，买什么烟？教坏小孩？"

两人交谈时说的都是粤语，许微樱睫毛轻颤，话里的意思，她一句都不懂。她只安静地站着，出神地看着他们。

金毛蔡闻言，看向许微樱——守店的小女孩个子不高，绑着马尾辫，脸蛋圆圆的，瞧起来约莫是小学生或初中生的年纪。

金毛蔡收回视线，赞同地点了点头，然后他伸手拿起棒棒糖，笑嘻嘻地和段峭一起离开。

在夏季夜晚，两个少年走出去后，小超市里陷入了沉默的安静氛围。

许微樱的目光看向他们离去的背影。她走出柜台，莫名地不想要继续守店了，打算去关门。只不过，她未预料到小超市再次迎来了"客人"，一个拎着啤酒瓶、走路歪歪扭扭、喝得醉醺醺的酒鬼。

许微樱呼吸一窒,警惕地看着喝醉的中年男人。

她知道他姓王,在小镇上最是游手好闲,不出去找活儿干,每天都喝得醉醺醺的,名声非常差劲,小镇上的人都对他避之不及。

之前家里吃饭时,父母提过他,还告诉许微樱若是遇到他了,立马要离得远远的。

没想到,今天晚上她独自守小超市,喝醉的中年男人竟然进来了。

许微樱警惕地看着他,深呼吸说:"今天要关门了,不做生意了,你出去吧。"

中年男人拎着啤酒瓶,一张脸泛着油腻的红,他呵呵笑了笑,口齿不清道:"老子就不出去!"

说完,他醉醺醺地眯起眼,见小超市里只有许微樱一人,他仰头再次"咕噜噜"喝了一口啤酒,然后就全身冒着酸臭酒气地往柜台走去。

他边走边笑着,嘴里嘟囔说:"你家开超市,每天能挣不少钱吧,我手头紧,借我点钱花花啊。"

许微樱见他开始发酒疯,冷静地不与醉鬼硬碰硬,她准备往小超市外跑去,去喊附近的大人帮忙。然而她刚抬脚,拎着酒瓶的男人就一声暴喝,他怒吼:"你往哪儿跑,过来!给我借钱花!"

醉酒男的怒吼声响起,许微樱肩膀一颤,她脸色白了白,深呼吸,一字一句地回:"你冷静点,马上就有人过来了。"

"当我三岁小孩!"他恶狠狠地盯着许微樱,吼道,"别废话,快点!把钱给我!"

暴躁的怒吼声落地,他拎着啤酒瓶就朝许微樱走了过来。

许微樱紧咬了咬唇,眼睫颤抖,脸上彻底失了血色,只一双圆润的眼眸依旧冷静。

醉酒男看她害怕的模样,恬不知耻地大笑,晃着手里的酒瓶,催促:"快点去拿,别让我亲自动手!"

"好。"许微樱深呼吸一口气,拖延时间,冷静地问,"你要多少?"

也就是在这个瞬间,许微樱竟然看见刚才离开的两个少年,重新走进了小超市。她不可思议地睁圆了眼眸,冲他们使眼色,想让两人离开这儿,去喊大人来帮忙。

没想到,段崤咬着一根棒棒糖,偏头看了她一眼,就径直走了过来。

醉酒男听到了身后的动静,握着啤酒瓶回头,见到是位身姿清瘦挺拔的少年,他愣了下,然后骂骂咧咧道:"你是从哪儿冒出来的……"

只不过他一句话还未说完,就被面无表情的段峋动作干脆利索地卸掉了手里的啤酒瓶。

"金毛蔡。"段峋淡淡地喊了声,随手把啤酒瓶抛给他。

金毛蔡接过酒瓶,激动地喊道:"阿峋,揍他!"

段峋没搭理金毛蔡,只在醉酒男涨红着脸怒骂着要冲过来时,往他腹部狠踹了一脚。段峋眼眸漆黑,脸上是极冷淡的模样,依旧面无表情地咬着棒棒糖。醉酒男浮肿的身体一个趔趄,骂人的脏话憋进了喉咙里,他双腿摇晃地被踹翻在地,发出了一声巨响。

局面在瞬间扭转,许微樱愣怔地看向少年。

他咬着棒棒糖,垂眼,面无表情地看一眼倒在地上如一条鲇鱼似的直叫唤的醉酒男。

收回视线后,段峋看向金毛蔡,没几分情绪地说:"报警。"

金毛蔡笑嘻嘻地比画了一个"OK"的手势,然后掏出手机报警。他一边用夸张的哭腔说在小超市有醉鬼惹事,他很害怕,让警察叔叔快点过来救命,一边走出去,看了眼小超市的名字,仔细地报告具体位置。

许微樱听着店外金毛蔡的说话声,彻底失神呆住了。

在段峋的眼里,她这副失神的模样就是被闹事的醉鬼给吓到的。段峋眉骨轻抬,想了想,从裤子口袋里摸出一根棒棒糖,垂头,剥开糖纸。

他走过去,把一根葡萄味的棒棒糖递给许微樱:"小朋友,"他看着她,嗓音恢复了之前懒洋洋的散漫,问,"吃糖吗?"

许微樱握着茶饮杯壁,陷入久远的夏日回忆。

她还记得,在那个夏天夜晚,她接过阿峋递来的棒棒糖,慢吞吞地放进嘴里,他看了她一眼,就没有再说什么,低头按起了手机。

他没有安慰,显然他也不擅长这些,在小超市里,两人就这么安静地待着。

直到警察过来,调出监控,带走闹事的醉酒男,等她爸爸妈妈也回来了,阿峋才懒懒地看她一眼,没有说一个字地和金毛蔡一起离开。

许微樱安静地坐在"渡夏天"的角落里,思绪被回忆轻轻拉扯,直到手机屏幕亮起,有新消息传进来。

是黄嘉雯发来的消息,问她,有没有要到金毛蔡的微信。

许微樱抬眸,静看段峋高挺的背影,她吸了下鼻子,不慌不忙地打字回复:金毛蔡今天不在店里,守店的是另一个男人。

黄嘉雯秒回：就是金毛蔡说颜值有保障，能帅出大湾区的峋哥？

许微樱：嗯，是他。

黄嘉雯当机立断打了语音电话过来。

许微樱接通，耳边传出黄嘉雯的笑声："樱妹，"她笑着好奇地问，"金毛蔡真没夸大其词？有那么帅？"

许微樱想了想，温声地客观回道："有的，我看见好几位女顾客夫找他要微信。"

"你有去要吗？"黄嘉雯眼睛发亮，逗她。

许微樱愣了下，好奇地问："我为什么要去要他的微信？"

黄嘉雯眨了下眼，她这位朋友在感情方面还没开窍。她笑了笑，换个话题，不再逗许微樱。

许微樱安静地和黄嘉雯聊天。末了，临近通话结束，她想了想，轻声说："今天没见到金毛蔡，我明天再过来一趟。"

黄嘉雯想都没想，道："不用这么麻烦，你去找金毛蔡口中的'峋哥'要，他肯定有金毛蔡的微信。"

语音电话挂断。

许微樱低头，慢慢悠悠地把一杯苦瓜柠檬茶饮完后，想起黄嘉雯说的话。

她拎包站起身，看向不远处的男人。时间不早了，客人都点完了单，男人身形高挺地斜倚柜台，姿态散漫又随意，他骨节分明的手指划拉着手机，神情淡淡。

许微樱沉默几秒，走过去，站到他的面前。

段峋指骨微顿，敛眸看她，语气听不出好坏地问："有事？"

"嗯。"许微樱抿唇，仰头看他，神色客气地温声问，"请问，你能给我金毛蔡的微信吗？"

许微樱没想到，话音落地，气氛出乎意料地沉寂下来。段峋漆黑的眼珠静看她几秒，唇角轻扯，显然是懒得搭理她的模样。

在静谧的沉默中，许微樱长睫轻颤，以为是她称呼"金毛蔡"的外号，让他感觉不礼貌，才懒得理人。她轻声继续问："请问，可以给我蔡铭宇的微信吗？"

看着她的坚持，段峋的视线在她身上淡淡扫过。他没什么情绪地低笑一声，问："成年了吗？"顿了顿，他淡声补充，"就找我要微信追男仔？"

许微樱怔住，她闷闷地眨了眨眼，下意识地低头去看自己今天的穿着。

天气热，她穿了一条树莓色的长裙，到小腿的长度。上班前，她也有化淡妆，就算现在妆容稍微脱了，可她还涂着唇釉。

怎么看，都不可能是未成年的模样。

许微樱想了想，反应过来这是段峋不想给她金毛蔡的微信，故意搪塞她，才说的话。

她轻呼一口气，有点想不明白，他从来不是小气的人。

许微樱微抿了下唇，不再多"纠缠"，她仰头看他，温声缓缓地说："我成年了，今年二十二。"

段峋瞥了她一眼，喉结滚动，淡淡地应了声。

"你不想给蔡铭宇的微信就算了。"许微樱吸了下鼻子，轻声继续道，"打扰你了。"

话音刚落，许微樱却注意到，段峋的神情越发冷淡，透着不悦。她微怔了下，不知道她刚才说的话，哪句让他不高兴了。

许微樱微微敛眸，脸上的表情有点出神。

不过，她想到，多年未见，阿峋没有认出她。

在她单方面的"久别重逢"里，他对她是什么态度都不稀奇。

许微樱轻呼了一口气，低声说了句"再见"，转身离开。

段峋站在"渡夏天"门口，目光看向她离去的纤细背影。他眼眸轻垂，沉默地点了一根烟。在轻透的烟雾中，他若有所思地想，她是没认出他？还是认出了，不想认？

夏夜的老城小区，气氛柔软而静谧，夜风微拂，吹过枝叶树梢，有细微的簌簌声响。

许微樱洗完澡和头发，晾好衣服后，趴在阳台窗户上。她眉眼安静地待了一会儿，吹了吹晚风，才转身回房间休息。

第二天清晨，许微樱按时醒来。换了衣服开门出去上班时，她看见隔壁房门口出现了一个快递箱。

小区一层两户，搬过来时，黄嘉雯提醒她，要和邻居搞好关系，许微樱一直牢牢记在心里。但很可惜，她住进来一个星期的时间了，一直没看见隔壁有人回来，她都开始猜测隔壁屋子是空的，压根没有人住。

许微樱脚步一顿，往紧闭的房门处多看了一眼，默默地想，难道隔壁的邻居回来了？

上午工作结束，许微樱和黄嘉雯一起去饭堂吃饭。她轻抿了口汤，说：

"昨天晚上，我去问他要金毛蔡的微信了，他没有给我。"

黄嘉雯不可思议地瞪大了眼睛，她盯着许微樱这张赏心悦目的脸看了好一会儿，震惊地说："不应该啊！樱妹，凭你这张脸，只是要个微信，还不是手到擒来的事！"

许微樱哭笑不得地看着黄嘉雯，认真地说："你看我，能别自带滤镜吗？"

"实话啊！"黄嘉雯振振有词。

与此同时，她眼睛一亮，像是反应过来了似的，问："你找他要金毛蔡的微信时，怎么说的？有说是帮朋友要的吗？"

许微樱愣了下，摇了摇头："没有，我就问他——可以给我蔡铭宇的微信吗？"

"问题就出在这里！"黄嘉雯眼睛发亮，语气肯定，"他肯定以为是你想要金毛蔡的微信，所以才不同意。"

"是吗？"许微樱缓缓眨了眨眼，神情有几分茫然，但还是觉得黄嘉雯说得不对，她想了想，认真地说，"可是，这没有逻辑和道理。为什么他以为是我想要金毛蔡的微信，他就不同意了？这两者之间有什么关系吗？"

许微樱轻声说："或者说，这和我有什么关系吗？"

黄嘉雯呆住了，看着许微樱神色认真的模样，她被说动了。

是啊，没有什么逻辑和道理。也许就只是因为大帅哥作为金毛蔡的朋友，不想随便给出金毛蔡的微信联系方式，这和许微樱并没有什么直接关系。

另一边，段峭坐在客厅沙发上，神色淡淡地看着一部老港片。

看了一会儿，他俯身去拿茶几上的烟盒，抽出一根咬在嘴里，正要拿火机时，手机响了起来，他看了一眼，来电是金毛蔡。

他唇角轻扯了下，接通。金毛蔡哀号般的声音传了出来："峭哥！大佬！你在干吗呢？求你来'渡夏天'啊，'渡夏天'不能没有你啊！"

段峭冷笑："我昨天休假第一天，就在那儿待了一天，还不够？"

"不够啊！"金毛蔡连忙夹着嗓子说，"峭哥，求你过来吧，'渡夏天'不能没有你！"

段峭轻啧，淡声警告："说话别恶心我。"

金毛蔡："那你来吗？"

"等我把电影看完，"段峭说，"下午过去。"

"什么电影？"金毛蔡来了兴趣，压低声音贼兮兮地问。

段峭懒得多搭理他，漫不经心地说了句："昨天有位小姑娘，找我要你的微信。"

听到这儿,金毛蔡激动地"嗷嗷"叫出声,往常都是靓女找他要段峋的微信,这还是第一次反过来!

"不过,"段峋顿了下,要笑不笑似的,补充,"我没给。"

瞬间,金毛蔡捧着手机大叫起来:"阿峋!"

段峋挂断电话,把手机扔在茶几上,拿起打火机和烟盒,起身走进阳台。

阳台上有几盆绿油油的仙人掌,段峋敛眸看一眼,咬着烟,指间慢条斯理地按下打火机。

指尖火苗忽现,他眉宇间淡淡的,看不透情绪,夏风吹过时,他才眯了眯眼。

一根烟抽完,他转身要进屋,视线内却注意到隔壁租出去的房子,阳台上挂了一条树莓色的裙子。

分明和他昨天看见的许微樱穿的裙子一样。

段峋眉心微微一跳。

沉默几瞬,他皱眉进屋。坐在沙发上,他拿起手机点开和租客的聊天界面,静看一会儿,他给姨妈发了条微信过去:姨妈,你们幼儿园几点下班?

周洁玲收到段峋的信息时诧异了下,不知道他怎么关心起这个了。但她向来疼他,也知道段峋既然问了,就说明肯定是有重要的事。

她回复:峋崽,幼儿园的办公室员工是下午五点半下班,幼师晚上的下班时间会提前一小时。

段峋:好,我知道了。

下午的工作很忙,许微樱开了一堆发票,核对数据核对得头晕眼花。忙完后,她才抽空喝了杯水。五点半,打完下班卡,许微樱收拾好背包,黄嘉雯挽住她的手臂,两人一起朝幼儿园门口走去。

路过园区里小朋友们玩耍的户外玩具,黄嘉雯瞄了一眼,想到明天休息,她的脚步就不由自主地轻快起来。

"樱妹,"黄嘉雯眼睛发亮地笑着说,"明天下午,我去芜禾街巷找你。"

许微樱点头,应了声"好"。

"到时候,我们就直接在'渡夏天'碰头聚了,我亲自去找金毛蔡要微信!"黄嘉雯语气欢快,"希望能见到金毛蔡说的,颜值能帅出大湾区的大帅哥!"

听见"渡夏天"和阿峋,许微樱有些分神,她轻抿了下唇,扯开话题:"我昨天晚上喝了苦瓜柠檬茶。"

黄嘉雯蒙了一瞬："所以呢？"

许微樱顿了顿，对她说："所以……你昨晚吃'疯狂星期四'的时候，有感受到我在喝苦瓜茶，帮你去热气吗？"

两人走出幼儿园，在偌大的地铁站分别。许微樱站在黄线外，心不在焉地等候地铁。

地铁呼啸而过，周遭人声鼎沸，许微樱却自始至终都很安静。只有回想起昨夜在"渡夏天"和段峋的相遇，以及他看不透情绪的眼眸时，她才会莫名地晃下神。

此时，在芜禾街巷的"渡夏天"茶饮店里，聚集了不少顾客。

金毛蔡正在卖力地切新鲜水果，切着切着，他没忍住，突然号道："想当年，我这双手是握画笔的！我可是文艺青年！怎么现在就切水果了呢！"

段峋听着他的干号声，轻扯唇角："有区别？"

金毛蔡："嗯？"

"就你那画技——"段峋顿了一下，嗓音散漫地补充，"画水果，和切水果，有区别吗？"

金毛蔡扬声反驳："我，文艺画家！画水果还不是手到擒来！"

"手到擒来，水果？你还挺自豪。"段峋瞥他一眼，不等他再次"嗷"出声，掏出手机看了一眼说，"我再待半个小时，回去一趟。"

金毛蔡蒙了："你回芜禾？"

段峋下颌轻抬，"嗯"了一声。

"不是吧！这个时间点，你回去啊！"金毛蔡摸不着头脑，"回去干吗？"

段峋抬眼，没理他。

金毛蔡欲哭无泪："那你什么时候回来啊？"

听到这儿，段峋眉梢轻扬，懒懒地唤了声："金毛蔡。"

"啊？怎么了？"

"我们是什么关系？"

他突然问这个问题，金毛蔡一脸蒙地挠头回："发小，兄弟。"

"是吗？可我还以为，我们是父子，你真把我当你老豆了。"段峋要笑不笑，慢条斯理地补充，"要不然怎么没我不行？"

金毛蔡眼皮重重一跳，喊道："收皮（粤语俗语，结束，你不要再那样说那样做的意思）啦！"

老城区的芜禾小区，楼道每层都有宽敞方正的窗户，会轻轻送来夏风和不知名的花香。

许微樱走上二楼时，站在窗户前向外看了一眼。恰逢见到一对头发泛白的阿伯阿婆，在楼下边讲白话交谈边慢悠悠走过。他们的嗓音中带着独属于芜禾街巷的悠然。

移开目光，她垂眸转身继续上楼，但踩过几级阶梯后，倏然间，她脚步一顿，微怔了下，除了夏夜不知名的花香，她竟闻到了若有若无的浅淡绿柚气息。她下意识地伸手摸了摸鼻尖，长睫轻颤。

许微樱抬眸，见到在楼道内站了一个男人。

楼外有夏风吹拂树梢枝叶的簌簌摆动声和小朋友欢快的嬉笑声，楼道内却安静无闻。

许微樱看向他，不知道他为什么会出现在这里。男人身形修长挺拔地斜倚着墙，骨节分明的手指在按手机。手机屏的光照过他高挺的眉骨，透出几分散漫的淡然。

自始至终，他都没有看过来一眼。

许微樱轻抿了下唇，也彻底打消了主动打招呼的念头，因为在他眼里，两人压根不熟，她若是打招呼，反而会显得奇怪和突兀。

许微樱从包里掏出钥匙，垂眼，走到门前去开门。

可她没想到，刚把钥匙插进锁孔，手机却响起了铃声，打破了宁静。

来电是城中村的房东，许微樱愣了下，接通电话把手机放在耳边。也就在这个瞬间，她抬眼时，撞进了男人漆黑的眼眸中。

短暂两秒，许微樱轻轻错开视线。她微侧过身，认真去听房东说的话。

听对方说完，许微樱面露歉意，低声回道："抱歉，是我搬家太匆忙，忘记把门禁卡退回。"她想了想，说，"我现在就过去一趟，还门禁卡。"

话音落地，在她未注意到的地方，身后靠墙按手机的男人，指骨微顿，他掀眸，看了她一眼。

段响神色淡淡，看不透情绪，他莫名地记起，姨妈给他打电话时，是说她被骚扰，才急于租房搬家。

许微樱挂断电话，轻抿了下唇。

入住城中村的小单间时，除了小单间的门钥匙，房东会给到一楼单元门的门禁卡。她匆忙搬家退房，钥匙留在了小单间里，门禁卡却遗漏了。

明天是周末，黄嘉雯会过来找她，她不如现在直接过去一趟，去还门禁卡。

许微樱把门上的钥匙拔下来，重新装回包里，准备转身下楼。

但是，当她迈下一级阶梯，身后却传来了男人煞有介事的声音："新邻居,"他顿了下,淡淡补充,"不打声招呼,认识一下?"

他散漫的嗓音响起,许微樱长睫一颤,回眸看过去。

出乎意料,她隔壁住的邻居就是阿峋。

许微樱低声说:"我不知道邻居是你。"

段峋看她一眼,语气平静:"现在知道了。"

许微樱轻轻应了声,然后想了想,说:"我还有事,就先走了。"

段峋唇角轻扯,摸不透情绪好坏地说:"去城中村?"

许微樱轻抿了下唇,点头:"是,要过去一趟。"

楼道统共就这么大,他听见她与城中村房东的交谈声,并不奇怪。只不过……许微樱疑惑茫然地看过去,她不明白他为什么会毫不掩饰地直白地问。

段峋眉梢轻扬,语气是一如既往:"刚好,不介意的话,"他从容地说,"顺路一起,我也要去城中村一趟。"

许微樱眨了下眼,下意识地问:"这么巧吗?你过去也是有什么事吗?"

段峋:"嗯,有事,饿了去吃夜宵。"

城中村里,滋味地道正宗的店有很多,专门过去吃夜宵很正常。

只不过,许微樱沉默了下,想到刚才接电话时,手机上显示时间没到七点,她还是没忍住,轻声问道:"这个时间点,你吃的是夜宵,不是晚餐吗?"

段峋扯唇笑了下:"有问题?"

许微樱慢腾腾地摇头,你满意就行。

段峋敛眸看她一眼,然后他摸出门钥匙,打开房门,丢下一句"我去拿车钥匙"后进了屋。

房门敞开,许微樱站在门口,可以看见房子内的部分装修,充满了随意和慵懒的气息。

黑色皮质沙发旁边是一个黑胡桃木柜,里面存放了一沓一沓的……许微樱仔细分辨了下,才确认是黑胶唱片。

沙发前的桌上也有一摞影碟片,极其复古的外壳,都是老电影。

许微樱睫毛轻颤,忽地出了神。

她想起,某个夏日,在民宿庭院里,画完画的少男少女,休息时玩闹着说集训结束回去后,要去阿峋家看电影……男生们大笑着谈论起电影剧情,女生们对去阿峋家表现出了浓浓期待,笑个不停。

唯有段峋倒在躺椅上没出声。

当男生们谈的电影剧情越来越偏,他才轻"啧"一声坐起来,然后在许微樱半知半解的茫然目光中，他用沾了颜料气息的手捂住她的耳朵，用粤语不耐地说："还有小朋友在，聊什么乱七八糟的，都给我注意点。"

在微风吹拂的夏日庭院里，少年不耐烦的声音响起后，其他人都消了声，不再去谈偏离的电影剧情。另外两个女生则瞪向刚才兴冲冲讨论剧情的几个男生，不高兴地说道："就是啊！你们说的什么乱七八糟的？"

听到这儿，几个男生讨饶地回道："只是聊聊！"

男生女生们打闹的嬉笑声响起，也许是段峋不耐出声时说的是粤语，所以此刻他们的交谈，也就同样说起了粤语。

许微樱只好奇地看过去一眼，就收回了视线。

她听不懂他们的聊天内容，同样的，她也没有太多想要知道他们话里意思的想法。

只不过，当许微樱看向姿态慵懒地重新倒回躺椅上的少年时，她伸手无意识地摸了下发热的耳朵，犹豫了一会儿后，出声问："你刚才说了什么？"

午后，夏日阳光从绿叶树梢间落下来，躺椅上的少年发梢间镀上了浅浅金色，耀眼又夺目。他眯了眯眼，偏头看向许微樱。

隔着柔和的阳光，段峋掀眸，嘴角轻扯地笑了一下。他淡然地说："小朋友，你想学粤语啊？"说到这儿，他笑着，神色大方地补充，"我教你？"

现在回想，许微樱当时只是纯粹地好奇他说了什么话，完全没有想要去学粤语的想法。

但经过段峋这一问，反倒变成了她对学习粤语抱有很大兴趣的模样。这就导致在当年那个蝉鸣不停歇的盛夏，张扬恣意的少年除了集训画画，便开始格外有耐心地教起她粤语。

许微樱垂下眼睫，陷入短暂的失神中。

直到有一道高大挺拔的身影笼罩她，头顶响起情绪散漫的男声："新邻居，不让让，在这儿当门神？"

许微樱眼皮一跳，骤然回神。她轻抿了下唇，下意识地仰头看过去。

两人在门口，面对面地站着。

男人眉眼五官硬朗利落，下颌线弧度流畅分明，他薄薄的眼皮低垂，漆黑的眸子似幽深的海洋，神情不咸不淡。

两人的视线撞在一起，沉默着。几秒后，许微樱后退几步让开位置。

段峋的视线在她身上扫过，没再说话。他随手关上房门，头也不回地转身下楼。

许微樱看向他下楼的高挺背影，轻轻抿唇，抬脚跟在他身后。

两人一前一后地走出楼栋。段崂停下脚步，侧眸看她，淡声说："新邻居，我去开车，你在这儿等我。"

不知道是不是许微樱的错觉，"新邻居"这三个字从他嘴里说出来时，她总能听出一股不太满意的感觉。想了想，许微樱看着他，温声说："我的名字是许微樱。"

段崂轻瞥她一眼，下颌微抬，"嗯"了一声。

他要抬脚离开时，许微樱轻抿了下唇，斟酌着继续说："你的名字，我还不知道。"

段崂神色一顿，敛眸看她，嗓音听不出情绪好坏地重复："不知道？"

许微樱点了下头："嗯，不知道。"

多年前的夏天，她只知道他被叫作"阿崂"，她内敛的性格让她没有主动地去问过他的全名。所以，自始至终，在她的记忆中，有关他的一切，都是——阿崂。

"行。"段崂见她回答得干脆利索，扯唇笑了。他低头，漆黑的眼眸盯着她，语气散漫地说，"你都知道金毛蔡的名字，到我这儿，你就不知道了？"

许微樱莫名地察觉出他的不悦，安静了几秒，她缓缓摇头："也不是，虽然我不知道你的名字，但我知道其他的。"

段崂笑："说给我听听。"

许微樱仰头看他，视线在他眉眼间轻轻扫过，温声说："我知道你是芜禾街巷——"

说到这儿，她停顿了几秒。

段崂眉梢微抬："什么？"

许微樱暗暗吸气，在他幽深的目光中，一字一句地补充："第一——大帅哥。"

许微樱说完，清晰地看见男人的神色僵了下。旋即，他垂眸，要笑不笑地说："金毛蔡扯给你听的。"

不是疑问句，许微樱眨了眨眼，点头。

"别听他瞎扯。"段崂看着她，眉梢轻抬，神色恢复了漫不经心，顿了顿，他慢条斯理地补充，"要谦虚。"

段崂把车子开过来，许微樱在副驾和后座间犹豫几秒后，打开了副驾的车门。毕竟只有两人，她坐副驾要礼貌些。

许微樱系好安全带，偏头看了他棱角分明的侧脸一眼，感谢地说："谢谢你送我过去。"

段峭启动车子,语气如常:"顺路而已。"
许微樱眨眼,轻抿了下唇,看向车窗外的夏夜街景。

车子往城中村的方向开去,在红灯路口停下时,许微樱看向前方闪亮的车尾灯,主动开口:"段峭,我是一周前搬到的芜禾。一直没见到隔壁邻居,我还以为没人住。"
段峭的手腕搭在方向盘上,喉结滚了滚,说:"队里忙,休假时我才会回来住几天。"
许微樱长睫抖了下,低声问:"能请问,你现在是在做什么工作吗?"
绿灯亮起,段峭脚踩油门开出去。
他言简意赅:"消防员。"
夏夜中,街边灯光呈现出昏沉的暖黄色,许微樱出神地看着,脸上的表情有些恍惚。
旋即,她似是想起什么,点开和黄嘉雯的聊天界面,垂睫往上翻,翻到几天前黄嘉雯推给她的有关救人消防员的推文。
许微樱指尖轻点,认真地看着这篇有关"段峭"的新闻报道。报道介绍他参加过多次一线救援,次次出色完成任务,是勇冲救援第一线的消防战士……许微樱指尖紧握手机,怔怔地看完,下意识地偏头,去看向段峭扶着方向盘的手。
他有一双很优越且很好看,骨节分明的手。
许微樱记得,在那年的夏日暑假,眉眼张扬的少年,他干净修长的手指握着画笔,坐在画板前写生画画的模样。夏日阳光格外偏爱他,他手握画笔的指骨在阳光下似暖玉。
所以……当年意气风发的少年,他的手不再握画笔,而是改拿更有力量的救援工具,在火海中穿梭。
许微樱发怔地看着,胸腔内莫名地感到闷闷的堵,她一时间好难去形容现在的情绪。
好难。
车子在下一个路口停下。段峭侧头,定睛看她几秒,唤了声:"许微樱。"
许微樱愣愣回神,望过去。在安静的车内,两人的视线撞在一起,她看见了他幽深又沉沉的眸子。
段峭扯了下唇,轻描淡写地说:"别想了,不危险。"
他轻描淡写又随意得要命,可许微樱不是三岁小孩。她紧抿了下唇,没忍住说:"段峋,还记得你刚才说的话吗?"

前方绿灯亮起,段峋发动车子,眉梢轻扬:"哪句?"

许微樱轻呼了一口气,看着他,眨了眨眼,一字一句地回:"要谦虚。"

段峋没忍住,轻瞥了许微樱一眼。他扯唇,散漫地似笑非笑地问:"什么意思啊?"

许微樱眨了下眼,说:"就谦虚点,注意安全。"

——在火场上一定要注意安全。

段峋打着方向盘,唇角勾起,喉结滚动,明白似的"嗯"了一声。

许微樱听着他轻淡的话语,总感觉还有另外一层意思。她困惑地问:"怎么了?"

"没什么,只是发现,"他顿了下,慢条斯理地补充,"你关心人的话,说得还挺含蓄。"

含蓄的方式和小时候一样,他敛眸,瞥了她一眼。

许微樱动了动唇,垂下睫毛,安静沉默地没再说话。

直到车开进人声鼎沸的城中村区域,想到四通八达的街道上摆出来的各种夜宵摊,许微樱轻抿了下唇,说道:"我就在这儿下吧,车子往里面去,会很堵。"

段峋伸手拿起中控台上的手机,随口问:"房子在哪条街上?"

许微樱眨了眨眼,告诉他位置,然后她想了想补充道:"那条街比较窄,巷子也多,车开进去不方便。"

言外之意就是,她现在下车走过去就行。

段峋掀眸看她,说:"你还挺碰巧。"

许微樱茫然:"怎么了?"

"我吃夜宵的店,也就在那附近。"话音落地,段峋把车子停好,随手拔下车钥匙,淡然道,"走吧,一起过去。"

许微樱清润的眼眸中流露出茫然,未及时回过神。

她没有预料到,除了过来的路程,她和段峋还会继续单独相处。在她印象中,段峋对待不熟的陌生人,都挺冷淡。

茫然几秒,许微樱慢半拍地看向他,默默地点了点头。

下车后,段峋锁上车门,看了她一眼,说:"你刚才的表情,是不是挺勉强?"

许微樱睫毛轻眨,仰头看他,眉眼认真地说:"不是勉强。"

段峋垂头,漆黑的眸盯着她,没吱声。

"就是，毕竟……"许微樱沉默了下，实话实说，"我们不熟。"

在许微樱看来，阿峋没认出她，两人现阶段只是有"两面之缘"的普通邻居。

她说完后，面前的男人眉心微微一跳，神情散淡中透着不悦。段峋的视线在她身上淡淡扫过，他没什么情绪地低笑一声，平静地回："嗯，不熟。"

城中村灯火通明，街道两边都是一排排摆出的夜宵摊，人头攒动，很热闹，也很挤。

许微樱和段峋并排走着，特意相隔了一段距离。

只不过，人流拥挤，她虽然小心避着，但一个不察，还是不小心被路人碰到，身体一歪，撞在了段峋的侧肩上。

距离拉近，瞬间，浅淡的绿柚气息将她笼罩。许微樱下意识地抬眼看去，她看见男人垂着眼，同样望过来，他神情很淡，瞧不出情绪。

许微樱眼皮跳了下，想后退和他拉开距离，可还未等她出声，男人扯唇笑了下，语气散漫地说："不是不熟？"

简单的四个字，许微樱听出了他话里的意思，呼吸一窒。她后退两步，温声解释："我不是故意的。"

段峋敛眸看她一眼，应了声，不知道有没有听进去。

两人沉默地继续往前走，走了一段距离后，许微樱才后知后觉地反应过来——她特意拉开的距离已消隐，她站在了段峋的内侧，倒是避免了人流的擦碰。

许微樱愣了下，抬头下意识地去看他。

恰逢，男人正在按手机，他敛眸，压根懒得注意她的模样。

许微樱默默收回视线，把刚才脑海里突兀冒出的念头抛在了脑后。

临近退租的自建居民楼，许微樱停下脚步，手指过去，提醒说："段峋，我到了。"

"到了，你就进去。"段峋掀了掀眼皮，微微扯唇，"难不成你想让我一起？"顿了顿，他漆黑的眸盯着她，"我们不熟。"

此刻，饶是许微樱再迟钝，也发现了，她说的"我们不熟"，这四个字必定是戳中了段峋。许微樱暗暗呼出一口气，慢吞吞地回道："我没有想让你一起进去的意思。"

段峋眉梢轻挑，看着她。

"我的意思是，我到居民楼了，你也要去吃夜宵了，就再见了？"语毕，许微樱眨了眨眼，也不等段峋出声，摆了摆手，轻声说，"谢谢你载我过来，麻烦你了,我上楼了。"

话音落地,许微樱轻抿了下唇,转身往居民楼走去。楼下单元门逐渐关上时,她见到不远处,身形高挺的男人摸出烟盒,神色淡淡地咬了一根。他指尖烟火明灭,隔着轻透烟雾,男人下颌轻抬,看了过来。

倏然间,许微樱怔了下。

"吧嗒"一声响,单元门关上,阻挡了一切视线,许微樱长睫颤抖,抿了下唇,转身上楼。

许微樱退租的房子,城中村房东已经租了出去,所以她过来直接把门禁卡给新租客就行。

到了三楼,许微樱敲响房门,把门禁卡给了对方后,她给城中村房东发了一条"门禁卡已交接"的信息。

见到兰姐的房门有灯光透出来,许微樱走过去轻轻敲门,准备和她打声招呼。

只不过没想到,房门打开,她看见兰姐皱眉揉着额头,一脸不舒服的模样。

"兰姐,"许微樱担心地看着兰姐,"你是不是生病了?"

兰姐先是愣了下,然后笑着有气无力地问道:"靓妹,点解(粤语,为什么)过来了?"

"我门禁卡没还,然后来看看你。"许微樱紧抿下唇,皱眉轻声问,"你的脸好红,是发烧了吗?要不要我陪你去医院?"

"不用。"兰姐摆摆手,按着眉心道,"只是湿热来的,我煲点凉茶饮就可以。"

许微樱扶着兰姐在床上坐下,她看向放在桌上还没拆封的凉茶包,问:"只是湿热,不是生病?"

兰姐笑:"老毛病来的,湿热气重了,饮凉茶祛湿就行。"

"好。"许微樱点头,拿起凉茶包,"兰姐,你休息吧,我帮你把凉茶煲上。"

兰姐坐在床上,用刮痧的手势刮着脖子,她看着要帮忙照顾她的许微樱,心底涌起暖流,笑着点了点头。

许微樱拆开凉茶包,是微苦涩的草药味,她拧开水龙头接水,开火煲着。

凉茶要煲二十分钟左右,许微樱看向炉灶跳动的火光。她心不在焉地、莫名地,想到了在楼下,段峭神色淡淡地敛眸,指腹按打火机的模样。

把凉茶煲好,许微樱盛出一碗,稍微晾凉些,端给兰姐。

兰姐边饮着凉茶，边笑着说道："靓妹，今晚多亏你在。"

许微樱笑着摇摇头，温声说："要是还不舒服，一定要去医院看看。"

兰姐点头表示明白，旋即想起什么似的，皱眉说道："靓妹，你搬走后，我又撞见那对害人不浅的痴线公婆一次，咸湿佬在楼下徘徊，被那女的逮个正着，还吵了起来。"

许微樱垂眸，抿唇听着。沉默了几秒，她低声说："是不是又骂我了？"

兰姐神色一僵。她记起前段时间，靓妹被骂成是勾引人的"狐狸精"，然后众人闹到派出所时，混乱又难堪的场面。她吐出一口气，拍了拍许微樱的手，神色歉疚："怪我，你都搬走了，我还多嘴和你说这些晦气事。"

许微樱轻抿下唇，慢吞吞地摇了摇头。

等兰姐把凉茶饮完，许微樱把碗勺洗干净后，她又待了一会儿才拎起包离开屋子。

许微樱轻呼一口气，边下楼边点开手机看时间。她在兰姐家待了大半个小时，现在赶去地铁站，能搭乘八点四十五分那趟车回芜禾街巷。

到家后，也不算太晚。

打开单元门，许微樱走出去，她下意识地偏头，往某个方向看一眼，预料之内的——空空如也。

许微樱收回视线，安静地垂眸。她握着手机，步履不停地往外走去。

许是兰姐说的话让她心里到底生出了烦躁，她闷头走着，忘记了要避让其中一条路。所以，当许微樱回过神，视线内就出现了那个骚扰她的猥琐男开在街角的五金小店。她脚步停住，呼吸一窒。

当时，许微樱搬进城中村入住一段时间后，卫生间的花洒管出现了问题，得重买换新。

猥琐男开的五金小店，距离最近，她就进去了。

可没想到，进店后，当她说要买花洒管，猥琐男先是发出了一声意味不明的怪叫，然后就开始若有若无地把话题往洗澡方面引，完全就是不安好心。

她心底厌烦，当机立断地换了一家店。

却未料到，那一次后，开五金小店的猥琐男就毫不知耻地骚扰上了她。他先是在她前往公交车站的路上找她搭讪，堵她上下班的路，然后又摸清了她租住的自建居民楼的地址，开始在楼下盘旋。末了，更过分的是，不知道他从哪儿弄来了这栋自建楼的门禁卡，直接大咧咧地刷卡进来了。

某天她下班回来，看见猥琐男竟然出现在了楼道里，她吓得够呛，立马转身离开，晚上在城中村找了一家小旅馆，凑合了一夜。

后来,他老婆不分青红皂白地找了过来,一口咬定许微樱去买花洒管就是为了勾引她老公……

许微樱紧抿了下唇,只要回想起这些事,就头皮发麻。

她加快脚步准备绕开,可没预料到猥琐男一眼就看见了她。

他眼神发光地笑了笑,故意问道:"靓女,你怎么搬家了啊?我一直想问,你现在冲凉洗澡还有没有问题,我都没机会帮你换上浴室的花洒,也太可惜了。"他边笑着边靠近问,"靓女,你现在搬哪儿去了,能透露透露吗?浴室花洒要是再出问题了,就让我来帮忙啊。"

猥琐男的说话声不算小,周遭有路人的视线若有若无地看过来。

现在路边灯火通明,人来人往,猥琐男不敢做什么,只是,他这种一而再再而三的言语骚扰的行为,实在令人恶心。

许微樱再也按捺不住烦躁火气,看过去:"还想往派出所走一趟?"说着话,她低头按开手机,语气冷冷地警告,"你再言语骚扰,我就报警。"

听见报警,猥琐男的神色僵了下,嘴巴放老实了。

许微樱垂眼收回视线,不再和他多浪费时间,抬脚就要离开。

可就在这时,从不远处传来一声尖厉的"狐狸精!被我逮到了吧"的叫骂,听得许微樱身体一僵。

下一刻,就见到一位中年女人气势汹汹地冲了过来。她恶狠狠地瞪向许微樱,咬牙尖声骂道:"你这个狐狸精,还说没勾引我老公!这下又被我逮到了吧!"

女人的声音尖锐中又饱含怒气,越来越多的人围观过来。

在人群的注视下,许微樱有一瞬间的僵硬。她手指颤抖地点开手机,一字一句地说:"你给我冷静点,我们报警解决。"

双方不久前才去了派出所,现在再次听见"报警"两个字,中年女人抑制不住地炸了,尖声怒骂:"你勾引我老公,还敢报警!要不要脸!"

说着话,那女人愤怒地朝许微樱逼近。

许微樱神经紧绷如弦,心脏重重一跳,她后退想要离开这里,可围观的人群却把路给堵上了,吵嚷的交谈声不绝于耳。

慌张间,许微樱扭头,竟看见了神情极冷的段峋迈步走过来。

还未等她来得及反应,下一瞬,她的手腕被从后面拽了一下,段峋的手指贴着她的发丝,在她身后捂住了她的耳朵,他的气息铺天盖地笼罩过来。

许微樱怔住,在这一刻,吵嚷的交谈声和叫骂声都似乎消隐了,她能听见的唯有段峋那句情绪很淡、嗓音极冷的:"你再造谣一句,给我试试。"

047

身形高挺的男人脸上没几分表情，漆黑的眸淡淡地看着那对中年男女，神色冷漠到极致。许微樱看过去，他侧脸利落的下颌线连着喉结凸起的弧度，在夜色中似刀如刃般锐利。

围观的人群都无意识地消了声。

中年女人张了张嘴，还想要说什么时，段峋松开捂住许微樱耳朵的手，他扯了扯唇角，迈步走过去。接着，他在猥琐男面前停下脚步，面无表情地看了猥琐男一眼，伸出手扯住了猥琐男的衣领。

在猥琐男挣扎无果，惊慌失措的叫唤声中，段峋淡淡地敛眸，看向中年女人，没有半点表情地说："你造谣她，我废了他。试试？"

被段峋的气势吓到，中年女人彻底呆住。

许微樱长睫一颤，倏然想起多年前在小超市里的阿峋，她唇瓣动了动，连忙走过去，她仰头看他，轻轻唤了声。

段峋垂眸，瞥了她一眼。

他松开扯住猥琐男衣领的手，扯了扯唇，用白话淡声道："你们两公婆，是要一起去派出所，还是选择道歉？"

城中村的夜晚时常会发生混乱场面，但不代表有人喜欢把进派出所当家常便饭。而这对夫妇说到底也是欺软怕硬，听见段峋说的话后，都老老实实地选择了道歉。

一切结束。

许微樱看向身侧，眉宇间依旧没什么情绪的段峋。她抿了抿唇，低声说："今晚谢谢你帮忙。"

段峋垂眼看她："多久了？"

"什么多久了？"许微樱有一瞬间的茫然。

段峋淡声："被骚扰和造谣多久了？"

许微樱安静了几秒，说："从搬家前算起，有一个月时间了吧。"

闻言，段峋漆黑的眸静静看了她几秒，旋即他喉结滚动，没说什么地移开了目光。

两人回到车上，许微樱低头系好安全带。她指尖攥着衣角，斟酌着用词，想了想，温声说道："段峋，我很感谢你帮我，但你不能……"

段峋靠着车椅，淡淡地看着她："什么？"

顿了下，许微樱补充："打架。"

当时周边人不少，段峋扯住了对方的衣领，没有动手。可现在回想，许微樱真的很后怕，他会因为她的事出手教训对方。

段峭掀眸看她，笑了下，唤了声："许微樱。"

车窗外的光线划过，许微樱偏头看过去。

"我了解那种人。"段峭眉骨轻抬，说，"知道怎么解决，没想着在大庭广众下动手。"

许微樱慢半拍地愣了下，歪头再次望向他。她莫名感觉，他这话里还有另一层意思。

不过，也许是她想错了。

段峭敛眸，语气中倒有了几分漫不经心的安抚意味，他说："别担心我。"

许微樱沉默了下，安静几秒，温声回道："你帮了我大忙，我还是要……担心你的。"

段峭扯了下唇，没再说话地启动车子。

车子开出去，许微樱坐在副驾驶，垂着头发起了呆。

当余光看见车窗外出现"芜禾街巷"的路牌后，她抿了下唇，才忽地想起了什么。她轻声问："段峭，你在城中村，有吃到夜宵吗？"

段峭扶着方向盘的指骨一顿，他瞥了她一眼："你关心这个？"

许微樱暗暗呼了一口气，实话实说："就是，我感觉你应该没吃上夜宵。"

这一路上，许微樱都在想忽然出现的段峭。她在兰姐家只待了半个多小时，这个时长，按理说从点菜上菜，到吃完一顿夜宵，应该是不够用的。

"嗯，没吃上。抽了两根烟，接了个电话。"段峭顿了下，语气如常地说，"接完电话，过去吃时，碰巧撞见了你。"

许微樱闻言，明白地点了点头。她转头往车窗外的街道两边看去，这个时间点，还是有不少店铺开着，没有收档。许微樱眨了眨眼，认真地说："今晚，要不要在芜禾街巷吃夜宵？你选地方，我请客。"

话音落地，段峭侧眸看了她几秒，喉结滚了滚，若无其事地应了声。旋即，他懒洋洋地继续说："地方我选，下次你请。"

许微樱怔了下，清澈的眼眸看着他，下意识地说："你帮了我，今晚吃夜宵，应该我来。"

"不是说了你下次请吗？"段峭扯了下唇，问，"有区别吗？"

许微樱张了张嘴，还想再说什么时，段峭瞥了她一眼："你这么勉强，夜宵就算了，直接回芜禾？"

许微樱眼皮一跳。她暗暗呼了口气，放弃挣扎地摇头："你高兴就行，那我请下次。"

段峭随意地应了声，车子驶进芜禾街巷的另一条街道，在一家正营业的生滚粥档门口停下。

停好车子,段峋随手拔下车钥匙,看向许微樱,问:"夜宵喝粥,行吗?"

"嗯,"她点头,嗓音温和,"好。"

开在芜禾街巷里的店都是经营了几十年的老店,粥档里吃夜宵的也大多是住在这儿的居民。

段峋出现时,经营粥档的李叔和正在招呼客人的阿姨都笑得很亲昵地和他打招呼。

看见许微樱后,这些老街坊的长辈总归是没忍住地问段峋,是什么关系。

段峋的语气干脆利索,只说了句:"朋友。"

许微樱听着他们的交谈,眉眼间自始至终都很平静。段峋在芜禾街巷长大,这儿都是老街坊,她和他出现在一起,免不了会被关心他的长辈们询问。

许微樱眨了下眼,往段峋的方向看去。她回想起他刚才的语气,比起她,他看起来才更像是不能忍受被误会双方关系的模样。

两人落座后,点了一煲热腾腾的生滚海鲜粥、一份沙姜炒鸡和一盘湿炒牛河。

许微樱舀了一勺鲜香的热粥吹了吹热气,喝掉后,她抬眼看向坐在对面的段峋。他同样在喝着粥,眼皮懒懒地垂着,是没有拘束的姿态,莫名地让她联想到芜禾小区里的一只猫。

它是小区里的流浪猫,许微樱见过它几次,它不怕人,而且极其懒得搭理人。所以许微樱每次看见它,它都是翘着尾巴在小区里走过,然后找一处最闲适的地方,懒洋洋地晒太阳睡大觉。

许微樱眨了眨眼,再次喝了一口热粥,想了想,问道:"段峋,你什么时候休假结束,能告诉我吗?"

"干什么?"段峋凝眸看她。

许微樱:"请你吃饭。"

段峋:"没想到,你还挺急。"

许微樱滞了滞,她抿了下唇,语气如常地回道:"也不是急,就想尽快请你,才能显得我有诚意。"

段峋瞥了她一眼:"是吗?"

许微樱默默点头:"嗯,是的,说明我有诚意。"

段峋笑:"你这么有诚意,就等着吧。"

"嗯?"许微樱长睫颤了下,不解地看过去。

"等我通知。"段峋顿了一下，随意地回，"我什么时候想被你请吃饭了，再吃。"

许微樱抿了下唇，沉默了下后，配合地点了点头。

许微樱没忍住再次朝段峋看了一眼，不由得腹诽，比起少年时的张扬恣意，成年后的段峋似乎更加难以捉摸了。

两人吃完夜宵重新坐上车，都没有再说什么话，直到车子停在芜禾小区门口，段峋才看着她，说："你先上楼吧，我还有事。"

许微樱眨了眨眼，"嗯"了一声，低头开始解安全带。伸手开车门时，她想了想，再次偏头感谢地说："今晚很谢谢你。"

段峋喉结动了动，出声："两天。"

许微樱愣了下，旋即似明白了什么，偏头问他："是你的假期还有两天吗？"

段峋没接话，只敛眸，漆黑的眼静静地看着她。

许微樱眨了眨眼，温声解释："我只是和你确认一下，怕理解错了。"说完，她抬起手挥了挥，说了声"再见"，开门下车。

夏夜的风吹过，路边有树叶轻轻摆动，在街面晃出虚影。

段峋瞥了一眼，伸手摸出烟盒，掐出一根咬住，然后看向车窗外。他看到许微樱垂着头走向小区，纤细的肩膀拢着，只是背影，就能看出情绪不佳。

这和她小时候，心情不好时的反应一样。

段峋收回视线，敛眸，擦开打火机点燃烟。

他不知道许微樱还记不记得他，但这么多年，他没忘，是事实。

钥匙插入锁孔，许微樱往隔壁看过去，微微出神了一瞬，才打开房门进去。回到家，她坐在沙发上歇了一会儿，随后疲惫地进卫生间洗头洗澡。

休整好，她坐在床上，才想起来点开手机看一眼。

除了工作群里有几则新消息，黄嘉雯在今天晚上也给她发了消息。

黄嘉雯：樱妹！我……想介绍一位新朋友给你认识！

许微樱眨了眨眼，后知后觉地发了条语音过去，困惑地问："怎么了吗？"

周五的夜晚，黄嘉雯手机不离手，收到许微樱的消息后，就立马打了语音电话过来。

许微樱吸了吸鼻子，接通。

黄嘉雯的声音传了出来："樱妹！我本来也是很纠结，到底要不要介绍你们认识，但我听小舅舅说过，你们之前有见过，那我就立马不纠结了！"

许微樱沉默了下,轻声说:"什么?你能说清楚点吗?你小舅舅?"

黄嘉雯听见她说话的声音,愣了下,没立马回话,反而诧异地问:"樱妹,你怎么了?声音听着有点不对劲。"

许微樱是有点累了,但她不想扫了黄嘉雯的兴致,笑了笑说道:"没什么,你继续,我听着呢。"

黄嘉雯笑着"嗯"了一声,然后卖关子问道:"樱妹,你记不记得,你在临近毕业前,陪过你舍友一起去口腔医院拔牙?"

许微樱仔细回想了下,应声:"是有这回事,你怎么知道的?"

"太巧了!那医院里的一位牙医就是我小舅舅,他见过你!那天还下了雨,他想借伞给你的,但你没要。"黄嘉雯语气欢快,"前两个星期,幼儿园做文创活动,有小道具,我不是拉着你拍照嘛,然后我发了照片到微信朋友圈,我小舅舅看见了,认了出来。他感觉很有缘分,所以就想让我问你,能不能认识一下,交个朋友。"

听完黄嘉雯说的话后,许微樱揉了揉眉心,隐约记起这件事。

当时她陪舍友去口腔医院拔牙,要离开的时候天空下起雨,有一位戴口罩的年轻医生问两人需不需要伞,他有伞可以借。只不过她当时叫的车已经到了,雨下得也不大,她和舍友就没借对方的伞。

许微樱抿了抿唇,轻轻应道:"好,那就认识一下,也没什么。"

听到她的答复,黄嘉雯欢快地笑了笑,脆声说:"樱妹,明天下午在'渡夏天',我们详聊啊!"

"嗯。"许微樱点头,温声回,"明天见面聊,我好困了,准备睡觉了。"

挂断电话,许微樱把头发吹干,关上灯,疲惫地躺在了床上。

这一夜,许微樱睡得并不安稳,她做了一个无比真实又让她害怕的梦。

梦里是她被围堵的场面,只不过这一次没有人捂住她的耳朵,她也没有闻到熟悉的绿柚气息。她周围都是指指点点的骂声,看热闹的群众中有人拍下了小视频,传到了网上,好多人骂她。

许微樱在骂声中猛然惊醒,愣愣地坐在床上,久久未能回神。

她抬手一摸才恍惚发现自己的眼角湿润了一片。她慢吞吞地擦了擦眼泪,呆滞地坐着,直到从阳台的方向,传来了细微的声响,才缓缓回了神。

许微樱慢半拍地眨了眨眼,梦中惊醒后,她莫名地不想再待在房间里。

她缓缓下床,开门,循着刚才听见的那一点细微声响,走向阳台。

/Chapter 03/
明目张胆的主动

　　天光未明，万籁俱寂，远处天色只呈现出透薄的浅青色，似瓷釉的底色。许微樱迟钝得不能准确地分辨出这是深夜还是凌晨。她站在阳台上，感受微风吹过，与此同时，她听见了一道淡淡的呼喊声——
　　"许微樱。"
　　许微樱愣了愣，慢半拍地循着声音看过去。然后，她看到了站在隔壁阳台上的段峋，他似刚洗完澡，利落的眉骨间有水珠滚落，指腹间轻拨着一小盆仙人掌。
　　许微樱张了张唇，想说点什么，但又不知道该说什么。
　　有风吹过，她闻到了空气中的植物气息。
　　许微樱安静无言地看向他。
　　看着她水光湿润的眼眸，段峋停顿几秒，语气平静地问："看电影吗？"
　　电影。
　　许微樱怔了下，她思绪缓缓收拢，眨眼，盯着段峋。他神色淡淡，眉眼间看不透情绪，状态一如往常那般散漫，好似问上一句只是心血来潮，对她的回答并不会太在意。
　　许微樱抿了抿唇，沉默了下，点头温声道："看。"
　　段峋敛眸瞥了她一眼："过来。"
　　说完，他头也不回地离开阳台，转身进屋。
　　许微樱看着隔壁空了的阳台，长睫轻颤了下，然后转身离开，穿过客厅，伸手去开门。

她的手指握住门把手时，冰凉的触感从指尖传递，她有瞬间的恍惚，脑海里掠过一瞬间的念头——如果隔壁邻居不是段峋。

在她刚被噩梦惊醒的状况下，有人问她要不要看电影，她只会觉得冒犯，根本不会同意，可对方是她认识的阿峋，就没关系。

而且这个时候，她确实不想一个人待着。

许微樱垂下眼睫，打开房门走了出去。

芜禾小区一层两户，房型不是对门，就是挨在一块儿。所以许微樱走出来后，往旁边稍微迈开脚，就来到了段峋家门口。

门已经打开了，开了一条门缝，看起来不太像是欢迎邻居上门的样子。

许微樱眨了眨眼，抿了抿唇，伸手轻轻把门打开走进去。

她站在门边，往段峋的方向望过去。他姿态懒散地坐在沙发上，脑袋往后靠，闲适随意。听见她开门的动静后，他也只是瞥了她一眼，没说话，显然没有招呼她的兴致。

许微樱的睫毛颤了颤，她转身关门，慢吞吞地走过去。

站在沙发旁，她低头看向桌上的一摞影碟，沉默几秒，温声问："要看什么电影？"

段峋坐在沙发上，眉骨轻抬，掀了掀眼眸，随口说："你自己挑。"说完，他就低头按起手机，一副懒得理人的模样。

许微樱沉默了下，轻轻应了声，然后她坐下来，俯身伸手去拿桌上的影碟。她穿着短袖短裤睡衣，四肢纤细白皙，双腿并拢，把碟片直接放在腿上，低头仔细翻看介绍。

她垂睫，看得认真，没注意到身侧按手机的男人在某一瞬间掀眸看了她一眼。

许微樱犹豫几秒，偏头望向段峋。他靠着沙发，手机屏的微光映过他利落的眉骨，他薄薄的眼皮垂着，显得散漫淡然。

许微樱眉眼安静地看他。

段峋抬眼，漆黑的眸回视她几秒，眉梢轻抬，语气自然地问："怎么？"

许微樱眨了眨眼，想了想，斟酌用词，含蓄地说："还有其他的影碟片吗？我感觉这些题材有点……单一。"

她看完影碟介绍后，才发现都是喜剧片。

许微樱不由得猜测，段峋拿碟片时，是不是图方便随手就把这一类都拿了过来。

许微樱也不是不喜欢看喜剧电影，只是她还想了解下有没有其他题材的影碟片可看。

段峋按手机的手指微顿："你还挺挑。"

许微樱轻抿了下唇，想了想，捧起腿上的影碟片，一字一句地温声道："不是你让我挑的吗？"她清润的眼眸盯着他，默默提醒，"而且，也是你问我，看不看电影的。"

言外之意，就是——你先主动的。

话音落地，段峋漆黑的眸定定地看了她几秒，然后他扯唇笑了笑，语气悠然道："我这是请了位主子看电影。"他伸手接过许微樱手里的碟片放在桌上，然后身形高挺地站起来，垂睫看她，漫不经意地说，"来吧，想看什么，继续挑。"

段峋家的碟片很多，末了，许微樱挑出一部名叫《我左眼见到鬼》的港片。

当她看到上面的主演是郑秀文和刘青云后，下意识地愣了下，在她的印象中，郑秀文不是歌手吗？

许微樱长睫眨了眨，举起碟片封面，递到段峋眼前，好奇地问："郑秀文，不唱歌了吗？她怎么开始拍电影了？"

她肤色雪白，乌黑发丝轻轻垂着，柔润的眸中盛满困惑。

"这是2002年的老片子，"段峋靠着沙发，敛眸，喉结滚了滚，嗓音微哑，"郑秀文出道早期的作品，而且她拍过不少电影。"

许微樱眨眼，恍然大悟地"嗯"了声，她对港台明星的了解确实不多。

她抿了下唇，安静了几秒，继续问："那她，演技好吗？"沉默了下，她轻声补充，"她的演技，有唱歌好吗？"

听到这儿，段峋扯唇笑了，他黑漆漆的眸看着她，不紧不慢地说："怎么回事啊，你问题还挺多？"

许微樱滞了下，倏然反应过来，她的话是有点多了。

可能……也许是梦境太糟糕的原因，让她的心情算不上多好，所以在阿峋身边，她就无意识地想说很多话。

此刻许微樱才恍然，不知不觉间，她竟然代入了好些年前的盛夏暑假，她和阿峋的相处模式。

许微樱的眼皮猛地一跳，感到了窘迫。

她抿了抿唇，想解释什么时，却看见段峋眉梢轻扬，瞥了她一眼，继续说："不过，谁让我是主动喊你过来看电影的，问题多，也要受着。"

男人散漫慵懒的声音响起，许微樱长睫一颤，唇角轻轻翘起。她手指握着影碟片，想起自己听过一首郑秀文的歌，她眨眼看向靠着沙发的段峋，下意识地问："你会唱郑秀文的歌吗？"

段峋挑眉，眯眼看过来。他幽深的眸定定地看了她几秒，才唇角轻扯："想听我唱歌？"他顿了顿，说，"想什么好事呢？"

段峋的话让许微樱噎了下，她脑子里闪现过一个念头——也不是没听过。

回神后，她摇头回："我就问问。"她想了想，小声继续说，"没有……想好事的意思。"

段峋看她一眼："是吗？"他散漫的腔调中，摆明了是不太信。

许微樱暗暗吐出一口气，当机立断换个话题，温声问："就看《我左眼见到鬼》这部电影了？"

段峋敛眸："嗯。"

客厅里的电视上，播放着这部二十多年前的老港片。

许微樱和段峋坐在沙发上，谁都没有再说话，客厅内响起的就只有电影画面的对白声。

许微樱没有看过这部电影，仅凭名字《我左眼见到鬼》，她就下意识地以为这是一部很恐怖的惊悚片。但她没想到，这原来是一部带有奇幻色彩的温馨爱情片。男女主角双方都爱得很深，是跨越了生死距离的爱。

许微樱坐在沙发上安静地看着，看到临近电影末尾，女主角何丽珠坐在泳池边哭喊着丈夫出现，泣不成声的模样。

许微樱紧抿了抿唇，只感觉眼眸抑制不住地酸涩起来。她吸了吸鼻子，抬手用手背快速地抹了一下，但低头时，她的眼泪终归不受控制地滚落出来。

她抹了抹，可泪水根本擦不完。

段峋本是懒散地靠着沙发在看电影，当他随意偏头，看见许微樱垂着脑袋，慢吞吞地抹眼角，她衣服上都有了湿润痕迹时，段峋的视线定住，眉心重重一跳。他从纸盒里抽出几张纸，递过去，迅速低唤了声："许微樱。"

他轻又低的嗓音似在哄小孩，许微樱吸了吸鼻尖，她泪眼蒙眬地抬头看过去。

"哭什么？"看着她通红的眼眶，段峋顿了顿，才抬手把纸巾覆在她眼角下，动作轻轻地擦了擦。他手上的动作轻缓，神情却算不上多自然，唇线紧抿，显然不擅长做这些。

感受着眼皮下柔软纸巾轻拭过的触感，许微樱怔了下。距离拉近，她闻到了男人身上清新的绿柚气息。她目光定住，他鸦色长睫根根分明，薄唇抿起，下颌线弧度流畅清晰。

他帮忙擦着泪水，却只是隔着纸巾，极有分寸地没有碰到她。

许微樱抿了抿唇，讷讷开口："我没忍住，电影很感人。"

段峤看着她，喉结滚动地"嗯"了一声，他收回手。

无声的沉默在两人间萦绕。许微樱后知后觉地感到尴尬，唇动了动，想了想后，总归是没忍住地找补说："我不经常哭的，是电影太感人了。"

段峤站起身，把湿了的纸巾扔进垃圾桶。

他走向餐桌倒了一杯水过来，掀了掀眼皮看她，半晌后，才漫不经心地应了声。

从他的嗓音中，许微樱又听出了他的不信。她眨了眨眼，深呼吸一口气后继续说："真的，我不经常哭的……"

段峤把水杯放在她面前："哭都哭了，解释这么多干吗呢。"他顿了一下，漆黑的眸看着她，"我又不会嘲笑你。"

许微樱听着他的话，成功地被噎住。

她端起水杯喝了一口，垂下眼睫，放弃解释，只"哦"了一声，顺着他话里的意思，慢悠悠地回："不嘲笑我，那你人还挺好的。"

"嗯？"段峤眉梢轻扬地瞥了她一眼，"你在这儿，给我发好人卡呢？"

许微樱滞了滞，她舔了舔湿润的唇瓣，下意识地轻声脱口而出："不是好人卡，但你要是这么想，我也没办法。"

话音落地，不等段峤作何反应，许微樱捧着水杯，愣愣地眨眼，人已经僵住了。

她倏然反应过来，平常她和黄嘉雯小姐妹之间聊天，开玩笑习惯了。现在，她在段峤这儿，一个不注意，也说漏嘴了——经典渣男语录！

许微樱暗暗深吸一口气，站起来，她尽力维持面部表情说："我能借用一下卫生间吗，想洗下脸。"

她不知道段峤尴不尴尬，但她确实有点尴尬，就想短暂地消失一下。

段峤靠着沙发，下颌轻抬，撇头，勾唇笑了："先给我发好人卡，又冲我说渣男语录。"他盯着许微樱，优越眉眼间是毫不遮掩的惹眼，"你是不是，对我……有意见啊？"

灯光落在他悠然眸间，薄唇含着似有似无的笑意，客厅微光轻轻掠过，他高挺鼻梁，深邃眉骨，每一处都优越到明目张胆的过分。

许微樱呼吸室了下，脑海里莫名地闪现出"芜禾街巷第一大帅哥"和"颜值能帅出大湾区"这两句话，形容得还挺对，不夸张。

许微樱抿了抿唇，轻轻错开视线，垂下眼，迅速温声回："没意见。"她暗暗吸了口气，继续说，"我能借用下卫生间吗？"

段峋抬眼，嗓音听不出情绪好坏地"嗯"了一声。

许微樱看了看他，匆忙丢下一句"谢谢"，就转身往卫生间走去。

进去后，她打开水龙头，机械地开始洗手洗脸。清凉的水珠滑过脸颊，许微樱抬头往镜子中看去，顿了下，才恍然发现，自己的双颊竟然红了，泛起了绯色。

是太热了吗？

许微樱的长睫颤了颤，她把水龙头关上，轻呼了口气。

与此同时，她再次闻到了若有若无的植物气息。许微樱下意识地偏头，目光轻轻落在了浴室内的一角置物架上，一款绿色外瓶，包装印有繁体字的沐浴露映入眼帘。

她怔了怔，大脑中突兀地冒出了前不久和段峋的对话。

——"那我怎么闻到了绿柚味？"

——"我用的沐浴露是这个味道。怎么，感兴趣？"

倏然间，许微樱呼吸停住。

她反应过来后，眼皮都重重一跳，差点没控制好脸上的表情。

许微樱迅速收回视线，不再多看。她深呼吸一口气，毫不犹豫地打开卫生间门冲出去，莫名地有了几分落荒而逃的意味。

来到客厅，许微樱突然停住脚步，看向段峋。

他坐在沙发上，低头在看手机，眼皮略微耷拉着，透出几分懒散的困倦。

许微樱闭了闭眼，后知后觉地也感受到了困意。她想了想，慢吞吞地说道："谢谢你喊我过来看电影。现在看完了，我就先回去了。"

段峋掀了掀眼皮，懒洋洋地点头。

许微樱收回目光，没犹豫地转身就走，只不过，在临近房门前时，从她的身后传来了一道嗓音散漫的呼唤声："许微樱。"

许微樱眨了下眼，愣愣地回头，茫然地温声问："还有什么事吗？"

电影已播放结束，客厅安静无声，两人的视线撞在一起。段峋眉骨轻抬，语气随意地说："忘记问你，卫生间里是有什么，让你……"他顿了下，若有所思地补充，"不忍直视的东西吗？"

许微樱张了张嘴，神色认真地摇头："没有啊。"

她没多看，可段峋家的卫生间干净又整洁，完全没有奇怪的地方。

听到这儿，段峋靠着沙发，他眉梢轻扬，放心似的点了点头，接着没再说话，继续垂头看起了手机。

摆明了，话题到此结束，你可以开门回去了。

许微樱滞了下，莫名感到有股气被吊了上来。她紧抿了下唇，礼貌客气地说："能告诉我，你为什么问这个吗？"

段峋掀了掀眼皮："没什么，就是担心卫生间里有让你不忍直视的东西，那我就不礼貌了。"

许微樱深呼吸，纳闷道："我是做了什么，才让你有这种担心？"

"也没做什么，"段峋扯唇笑了下，视线在她身上扫过，"就是看你出来时像颗炮弹一样冲了出来，才问上一句。"

像颗炮弹？

许微樱的眉心重重一跳，木着一张脸，机械地说："有吗？没有吧……也许是你看错了。"她盯着段峋懒散倦怠的眉眼，平静地强调，"你困了，就容易看错，赶紧睡吧。"

段峋看过来，忽地笑着"嗯"了一声。

早上六点二十五分，许微樱手指点进搜索软件，输入《我左眼见到鬼》的词条后，知道了这部电影的时长是九十八分钟。

看完一部电影，她感受到了困倦，可精神却莫名亢奋。

许微樱眯着眼睛，翻看有关这部电影的细节介绍，直到困得坐不住了，她才放下手机闭上了眼。

这一觉，她是被手机电话的铃声给吵醒的。

许微樱摸到手机，掀开眼皮，来电是黄嘉雯。她接通，嗓音带着困意地应了声。

黄嘉雯听许微樱透着困倦的声调，惊讶道："樱妹！你还没起床啊！这都中午了！"

许微樱慢半拍地回应："嗯，还没起。"

"你昨晚干什么了？熬夜了？"黄嘉雯不可思议，"你不是睡得挺早吗？"

"没熬夜，"许微樱说，"是凌晨看了电影。"

凌晨看电影？她什么时候有这兴趣爱好了？

黄嘉雯茫然，不过她没多问，只语气欢快地笑着说道："下午三点我会到'渡夏天'，你记得过去等我啊！"

"嗯，"许微樱眨了眨眼，"记得。"

两人聊了几句后，许微樱逐渐清醒过来。挂断电话，她进卫生间洗漱，然后进厨房做了点东西吃,接着开始整理房间打扫卫生。

当许微樱拎着拖把来到阳台,她下意识地往隔壁看了一眼——无人。她轻轻抿了抿唇,浅浅松了口气,垂下眼眸。

下午两点半,许微樱出门去"渡夏天"。

"渡夏天"的柜台后,金毛蔡笑容灿烂,许微樱点了两杯蔬果茶饮,然后找位置坐下来。

金毛蔡做好两杯茶饮端上桌,看向许微樱,好奇地问:"点两杯,还有朋友?"

"嗯,"许微樱点头,"嘉雯等一会儿就到了。"

金毛蔡闻言,恍然大悟地点头。

没多久,黄嘉雯就冲了进来。她的视线往店里扫了一圈,只见到金毛蔡一人后,连忙问道:"金毛蔡,你说的大帅哥今天来不来店里?"

"来啊!"金毛蔡毫不客气地拿段峋拉客,"他下午会过来,你们在'渡夏天'多坐一会儿,肯定能见到他!"

听到这儿,黄嘉雯也乐了。她和金毛蔡聊了几句后,就点开手机,相互加上了微信。

接着她坐到许微樱对面,戳开茶饮猛喝一口,高兴地说:"我今天一定要看看这位颜值能帅出大湾区的大帅哥!"

许微樱低头心不在焉地吸了一口果茶,笑了笑。

黄嘉雯看着她,掏出手机点开小舅舅的照片继续说:"樱妹,我小舅舅叫宋泊,这就是他的照片,你看看。"

说着话,她把手机递过去。

许微樱垂头配合地看了一眼,照片里是一位长相斯文的年轻人。

"樱妹,"黄嘉雯双眸亮晶晶地问,"你感觉怎么样?"

许微樱沉默了下,茫然地说:"什么感觉怎么样?我还要……表达看法吗?"

"不是啦!"黄嘉雯摆手,"就是问,我小舅舅合不合你眼缘,能不能认识认识,交个朋友。"

许微樱眨眼,想到宋泊是好友的小舅舅,她配合地点了点头,没多想地温声说:"挺好的。"

她话音落地,一旁的金毛蔡探头过来,八卦地问:"这是干吗啊,相亲啊?"

"我们这是年轻人扩大交际圈!"黄嘉雯反驳,"你别瞎扯啊!"

黄嘉雯知道许微樱性格慢热，现在也没有喜欢的人。而显然，她的小舅舅宋泊，对她的好朋友是有进一步了解的念头，她也就帮忙让双方认识一下，别的，她可就不会做了。宋泊若是想追樱妹，就得靠他自己的本事。感情方面的事，她有分寸，不会插手。

　　只不过，对于黄嘉雯的话，金毛蔡撇了撇嘴，表示不信。他说："都给人看照片了，这妥妥的是相亲流程啊，当我不懂？"

　　"爱信不信！他叫宋泊，是我小舅舅，是一名牙医。我介绍给樱妹认识，怎么了？"黄嘉雯瞪他一眼，懒得理他。

　　作为当事人的许微樱对两人的吵闹却未关注，她垂眸点开手机看了看。

　　一边，金毛蔡哼了声，掏出手机，没按捺住八卦心态，给段峋发了一条微信过去：阿峋，租你房子的靓女，几岁啊，这就安排相亲了？她说对方挺好的，这都走上相亲流程了，结婚肯定也快了，那她是不是就不用租你房子了啊？

　　对方秒回：［问号.jpg］

　　金毛蔡低头看着手机里的问号，他愣了一瞬，纳闷不已：不是吧，大佬！我给你发信息，你罕见地才秒回一次，可甩个问号过来是几个意思啊？

　　只可惜对于金毛蔡的这条消息，别说问号了，对方直接不搭理他了。

　　金毛蔡看着自己唱独角戏似的手机界面，气笑了，看来是问不出什么八卦。他也明白了段峋的问号是什么意思——你看我，理你吗？

　　随即，金毛蔡骂骂咧咧地把手机装进裤子口袋。

　　他瞄了一眼黄嘉雯和许微樱，又凑了过去，并顺手拖了一张椅子，大大咧咧地坐了下来。

　　"你怎么又过来了啊？"黄嘉雯没给他好脸色，"一边去。"

　　金毛蔡装无辜："都是朋友，这介绍相亲，让我也听听，凑个热闹，行不行？"

　　许微樱握着茶饮杯，抬眼，安静地看着金毛蔡。她听着他说的话，只感觉他这股八卦劲头，和他少年时大大咧咧地讨论学校里他追女神失败，段峋被他女神追的事，没多大差别。

　　自从许微樱独自守小超市遇到酒鬼闹事后，她的父母就格外后怕。所以第二天，许爸和许妈就想带着许微樱，亲自去找段峋和金毛蔡道谢。

　　只不过，他们没想到，醉鬼被派出所的民警带走后，他七八十岁的老父老母，哭天抹泪地来到小超市，哭着说自己儿子只是喝醉了，脑子不清醒，才不小心闹出了这些事，要不不至于闹到派出所。

两个老人在小超市里哭闹，许爸和许妈都一阵火大，可偏偏对方年纪大了，不能硬吵，只能不耐烦地应付。而且，两个老人知道当时只有许微樱在小超市后，看她年纪小，打歪主意地冲她卖惨。

许爸和许妈妈的火气更盛，塞了钱给许微樱，让她买水果，然后先去找昨晚的两个少年道谢，今天就不要在超市里待了。

许微樱看着乱糟糟的小超市，听话地点了点头。

离开家后，她往隔壁宏村走去。

青砖碧瓦的宏村，有商贩开着小皮卡车在卖大西瓜，圆滚滚、绿油油的西瓜泛着清香，她直接买下了两个。只不过这西瓜又圆又大，许微樱拎起来有些吃力。

走走停停，拎着两个大西瓜的她费了好大的劲儿才进了巷子，停在民宿门口。

可没想到，民宿门竟然从外面锁上了，许微樱愣愣地看着紧锁的门，心情低落下来。

白跑了一趟。

许微樱垂眼看着脚边的大西瓜，抿了抿唇，抬手擦了下额头上的汗，坐在民宿的门廊边，发起了呆。

家里乱糟糟的，那对老人还在那儿闹，父母不想让她在家里待，她索性就听话地在外头多磨蹭点时间。

许微樱决定，如果一直没有人回民宿的话，她走前就把西瓜留在门口。

她不知道在门前坐了多久，也许是十分钟，抑或更长些。夏日里安静的长巷里，始终没人过来。

她垂眼，把两个大西瓜搁在门口，然后站起来往巷外走去。

临近巷口，倏然间，许微樱听见了金毛蔡的声音。他说的是粤语，她没听懂话里的意思，但他嗓音中透着郁闷。

与此同时，另一道含笑的声音响起。

许微樱脚步停下，滞在原地，见到了走进巷子的两位少年。

段峋身姿清瘦挺拔，一身清爽。一旁的金毛蔡的脸却皱成了苦瓜，他裤子湿了，鞋子里也灌了水，整个人像才从水里捞出来一样。

相隔一夜，在巷子里再次遇见，段峋朝她看过来，眉眼间有悠然自得的笑意，唇角微弯地问："小朋友，你怎么过来了啊？"

许微樱实话实说："爸爸妈妈让我来谢谢你们昨天晚上帮我。"

金毛蔡听到这话,嗫嚅起来,摆摆手:"洒洒水的小事啦!阿峋,你说是不是?"

"还洒水呢?"段峋瞥了他一眼,视线在他的腿上扫过,"你现在能快点去换条裤子吗?可别丢人了。"

金毛蔡不再耽误,立马就冲去民宿开门。

见到门前的西瓜时,他还纳闷地问了一嗓子。许微樱告诉他,是她带过来的。金毛蔡点头,开门后把西瓜一起带了进去。

段峋迈开步子,同样往民宿走去。

许微樱顿在原地,一时间不知道是现在就离开,还是和段峋说两句道谢的话再走。

在她纠结时,擦肩而过的少年停下脚步,他侧眸看她,优哉游哉地问:"不走?"

许微樱沉默了下,明白地点了点头,往巷外走去。

这时,身后又传来了少年散漫的笑声,他用粤语说的"傻傻的"融入轻缓的夏风中。许微樱下意识地茫然回望过去,长巷里的少年挑眉笑:"小朋友,你往哪儿走呢?"

许微樱怔在原地几秒,才反应过来他话里的意思,她沉默了下,垂眸跟了上去。

走进民宿的庭院后,段峋看了她一眼,嗓音散漫:"随意坐。"

许微樱"嗯"了一声,在一处小板凳上坐下来。

"喝水吗?"他问。

夏天热,许微樱是有点口渴了,可她无法理所当然地点头说"喝",她抿了下唇,摆手,安静地摇了摇头。

段峋垂首看她,目光微微定了下,随后转身进了屋。

许微樱望向他离去的背影,慢吞吞地眨了下眼,移开视线。民宿的风景很好看,微风吹过,庭院里的花草弥漫出清香。许微樱闻了闻,鼻尖嗅到了另一抹清新的草木香,少年白皙的腕骨出现在视线内。

他递过来一瓶矿泉水和一张创可贴。

许微樱愣住了,仰头看他。夏风吹过,站在面前的少年额前碎发微动,映着碎光,他天然地流露出自由干净的少年气。

"小朋友,"段峋看着她,"你手心磨破皮了,我都看见了,你没感觉到吗?"

说着话，他俯身把水和创可贴放进她怀里。

段峭拎起另一张椅子坐下来，问："怎么搞的？"

许微樱垂眸，后知后觉地看着磨破皮的手心。她温声解释："拎西瓜，勒的吧。"

段峭"嗯"了一声："你年纪还小，下次再过来，别带东西了。"

许微樱低头撕开创可贴。对于他的话，她顿了下，不知道该疑惑地问声"下次"，还是该再次解释，她只是个子矮，看起来年纪小，但真不是小学生。

许微樱沉默了须臾，最终没有说一个字。

她拧开矿泉水喝了一口，想了想后，温声问："他怎么了？裤子为什么湿了？"

段峭看着她，语气懒洋洋的："他啊，不老实，贪玩，滑到湖里去了。"

金毛蔡染着灿烂的金发，看起来像不良少年，偏偏又长着一张奶乎乎的脸，很有违和感，透着几分搞笑气质。

许微樱眨眼，想象那个场景，抿唇笑了下。

只是，当她余光看到少年在看她时，才倏然反应过来，偷笑似乎很不道德，她立马敛起笑容。

与此同时，段峭说："想笑就笑。"

许微樱看他，犹豫地回道："不太好吧，他毕竟是滑到湖里去了。"

段峭唇角微扯："没事，他滑下去时，我笑得比他大声。"

许微樱本来还能忍着，听到这儿，她眼眸弯起，笑成了月牙。

换好裤子的金毛蔡窜了出来，挥挥手："阿峭，我们走吧。"

许微樱听到两人说要走，也就立马站起身，礼貌地说道："谢谢你们，我就先回去了。"

只不过她没想到，金毛蔡却不愿意了，他说："妹妹！你现在要是没事，就和我们一起去写生地啊！刚好让他们见见，昨天夜里我和阿峭见义勇为的当事人！"

段峭懒得搭理他，只低头看手机。

许微樱茫然，不懂她为什么要过去。

金毛蔡手舞足蹈地解释，他昨晚回来后，给老师和一起来集训的同期生讲了这件事，但许是他讲得太浮夸，关于段峭的，大家信；有关他的，大家就挺怀疑。恰逢许微樱在，金毛蔡就想让大家见见她这个当事人，证实一下事情的真相。

许微樱抿唇，下意识地看向段峭。

少年又薄又淡的眼皮低垂着，姿态闲散地按着手机。察觉到许微樱的视线，他抬眸朝她看过来，定了几秒后，他问："一起吗？"他顿了下，尾音慵懒，"妹妹？"

一声"妹妹"喊得漫不经意，谈不上有多亲近。

许微樱沉默须臾，想到乱成一团的小超市，点了点头："好，我和你们一起过去。"

她话音落地，段峋"嗯"了一声，下颌轻抬："走吧。"

就在这时，金毛蔡又出声了："等等！"

"你事儿还挺多。"段峋停下脚步，看着他，"又怎么了？"

"西瓜！大西瓜！"金毛蔡双眼发亮，手指过去，"我们把西瓜带上。"

段峋掀眸："这么急着吃呢？"

"是啊，"金毛蔡冲许微樱挤眉弄眼，"这可是妹妹带过来的！"

金毛蔡性格外向又自来熟，许微樱有点不适应，下意识地低下头。

段峋眼尾轻扫，扯开他："想吃就去拎。"

金毛蔡高兴地点头，先进厨房拿了把刀出来，然后伸手去拎西瓜。段峋接过一个西瓜，顺手拿起桌上的钥匙，抬脚往庭院外走去。

许微樱安静地跟在旁边，看两人手里都拎着东西，她想了想，犹豫几秒后问："有需要我帮忙拿的吗？"

金毛蔡毫不犹豫地回答："没啊。"

许微樱眨眼，轻轻"嗯"了一声。

不过下一瞬，段峋眉骨轻抬地看过来，他把手里的钥匙，动作自然地抛了过来。

许微樱接过钥匙，未反应过来。

少年垂睫看她，嗓音散漫："帮忙锁下门？"

长巷里的这处民宿房门上面落着老式门锁。许微樱站在门前，先用钥匙把锁打开，然后把锁扣给挂上，锁好。

弄完后，许微樱转身走到段峋身边，把钥匙递给他。

"多谢。"段峋接过钥匙装回裤子口袋，抬脚往巷外走去。

许微樱跟在一旁，沉默了下，轻声回："不客气。"

段峋瞥了她一眼，没再说话。

三人离开巷子，往宏村的南边走去。许微樱在路上莫名发起了呆，后知后觉地冒出一个念头，段峋让她帮忙锁门，也许是不想让她尴尬。

毕竟，锁个门，他完全用不上别人帮忙。

想到这儿，许微樱朝他看过去。午后阳光笼罩在少年身上，他眉眼间的神色很淡，瞧不出情绪好坏。

写生的地点是一处湖边，七八个少年男女坐在画板前，一位留着小辫的老师守在一边。当段峋和金毛蔡出现时，他们都坐不住了，纷纷笑了起来，调侃地问他，湿裤子换了没有。

金毛蔡大大咧咧地摆手，回了几句，然后他立马嘚瑟地说起了昨天晚上在小超市发生的事。

这时，大家才注意到了小学生似的、脸蛋圆圆的、站在段峋身后毫不起眼的许微樱。她看起来年纪很小，又是跟着段峋和金毛蔡过来的，大家就都把她看成了小孩子。

许微樱张了张嘴，有一瞬想要解释，但又感觉没必要，所以最终只沉默着什么都没说。

当时，湖边有一处凉亭，大家聚在亭子里把西瓜切开后，就聚在一起吃西瓜。

段峋吃了一块，和老师说了两句话后，就继续回湖边写生去了。

他一走，亭子里有位女生没忍住，开口问："金毛蔡，你和阿峋是发小，知不知道他到底喜欢什么类型的女仔？"

金毛蔡啃着西瓜，摆摆手："我也不知道。"

女生狐疑："你们这么熟，怎么会不知道？"

"真不知道，"金毛蔡大大咧咧地说，"不过，我知道他不喜欢哪种女生。"

女生连忙追问："哪种？"

金毛蔡卖了关子，才慢悠悠地说："他不喜欢我女神那种类型。"

"真的？你女神是什么类型？"

"我也形容不出来，反正是靓女！"金毛蔡说，"我女神不喜欢我这种，喜欢阿峋那种，不过她也失败了。"

他话音落地，凉亭内所有人都陷入了短暂沉默，没想到，竟然还是个圈。

回过神来，旁边有人调侃地大笑道："快给金毛蔡点首《七友》和《走狗》。"

"你们吃蒙了？"金毛蔡不乐意了，嚷嚷，"我可没那么上赶着。"

金毛蔡咬了一口西瓜，看着一脸欲言又止似乎还想说什么的女生，他摆手，总结道："你也别问我，阿峋喜欢什么类型的女生了。

"他要是喜欢谁，会让对方感受到。他会主动，明目张胆的主动。"

湖边的夏日凉亭里,少年们聊着,许微樱捧着西瓜慢吞吞地咬了一口,安静地听着。只不过,有些话,她能听懂,有些就不太能理解意思了。

金毛蔡说完,她眨了下眼,视线看向湖边的少年。

他坐在支起的画板前,徒留一个清瘦背影。夏风吹过,他黑色衣摆微掀,似夜蝶,耀眼夺目。

当视线定格,许微樱莫名地把"他要是喜欢谁,会让对方感受到,他会主动,明目张胆的主动"这句话,记了好些年。

思绪回笼,许微樱抿了下唇,安静地看了一眼金毛蔡。沉默几秒后,她温声对黄嘉雯说:"他想凑热闹听,就让他听吧。"

金毛蔡忙不迭点头:"是啊,都是朋友,让我也听听。"

黄嘉雯警告:"得了,不赶你了,不过你不能插嘴!"

"行行行。"只要有八卦热闹凑,金毛蔡就好说话得很。

黄嘉雯点开手机,兴致勃勃地继续说:"我小舅舅今年二十四岁……"

她刚说完,金毛蔡没忍住乐了:"他和阿峋同岁。"

许微樱闻言,垂睫慢吞吞地喝了口果茶。

"怎么回事?"黄嘉雯不乐意了,"你又打岔?"

"我又不是哑巴。"金毛蔡反驳。

在两人你一言我一语,又要像小学生似的闹起来时,一道高挑的身影从外面走了进来,径直走向柜台。

黄嘉雯面朝店外,率先看见,她诧异地出声:"金毛蔡,有位帅哥进柜台了。"

金毛蔡扭头望去,看见是段峋后,他站起来,纳闷地嚷嚷:"大佬,我给你发信息,你怎么不理我啊?"

段峋掀了掀眼皮,朝几人的方向看了一眼,没什么情绪地说:"睡觉。"

许微樱呼吸一停,想到凌晨的那场电影,抬眼看了过去。他正拿着塑料杯在灌冰,头微垂着,眉眼倦怠,情绪淡淡。

段峋接过一杯冰水,喝了一口,放下后就倦怠地靠着柜台,低头看起了手机。

金毛蔡看着段峋,走过去问:"是不是没休息好,要不要回去补觉?"

段峋抬眼:"不用。"

"好吧。"金毛蔡挠挠头,然后凑过去继续说,"在聊介绍朋友的事儿,要不要一起听?"

段峋眼尾扫过，唇角扯了下，不耐烦地反问："我感兴趣？"

金毛蔡眨眼："行，那我继续听了。"说完，他又窜回座位上坐下。

黄嘉雯收回视线，竖起大拇指："金毛蔡，你真没讲大话啊，这位大帅哥是真够帅的。"说到这儿，她压低声音，"只不过，他看起来好像不太好相处的样子。"

金毛蔡挠头，纳闷今天段峋的心情怎么不太好。

他想了想，说："不是不好相处……是他心情不好，才懒得理人。"

许微樱抿唇，指尖下意识地握紧了茶饮杯壁，垂下眼眸。

接下来的时间，黄嘉雯继续介绍起她的小舅舅，金毛蔡时不时会插上一句，许微樱心不在焉地听着。末了，黄嘉雯看向许微樱，认真地说道："樱妹，我把小舅舅介绍给你认识，就只是扩大交际圈，当多认一位朋友。"

许微樱轻"嗯"了一声，明白黄嘉雯话里的意思，她点了点头。

其实，她认识新朋友的想法并不强烈，也没有太多的兴趣，她只不过是不想扫了黄嘉雯的兴致。

"樱妹，"黄嘉雯看着她，"那我就把你的微信推给小舅舅啦？往后有时间，可以一起出去玩。"

许微樱顿了下，眨眨眼，慢半拍地"嗯"了一声。

没多久，许微樱的微信列表里就出现了一个好友申请，她垂头看着，指尖点在上面。她脑海里闪出了一个念头——她好像还没有段峋的微信。

许微樱的长睫颤了下，她握着手机，余光视线瞥了眼段峋。他斜靠着柜台，情绪难辨，神情清淡如雾。

"樱妹，"黄嘉雯看过来，好奇地问，"你同意好友申请了吗？"

她这一声，让许微樱倏然回神。

与此同时，金毛蔡看见男人离开了柜台，他扬声："阿峋，你去哪儿？"

段峋头也没回，只留下淡淡一声："抽烟。"

接下来的时间，段峋没再回来过。中途金毛蔡的手机有消息传了进来，他点开看完后，没忍住骂了一声。

许微樱抬眼看过去，温声问："怎么了？"

"阿峋有事儿，先走了。"金毛蔡嘀咕说，"完了，我可是和不少顾客说，他今天下午会在'渡夏天'，这又有人要跑空了。"

听到这儿，黄嘉雯乐了，两人继续聊了起来。

直到顾客陆陆续续进店，金毛蔡又开始忙活，黄嘉雯和许微樱在"渡夏天"继续坐了一会儿后，也要各自回去了。

街道被阳光照过，空气中飘浮着闪闪发光的尘埃。金毛蔡忙完手里的活计，想到刚才阿峋发的信息，他摸不着头脑地"啧"了声。

没想明白，阿峋怎么突然先走了，难不成是有重要的事？金毛蔡摸出手机，给段峋拨通电话过去。

手机响了几秒，对面接通，有嘈杂的鸣笛声。

金毛蔡："阿峋，你在开车啊？"

段峋："没，刚熄火停下来。"

金毛蔡放心了，纳闷道："你去哪儿了，下午怎么没留在'渡夏天'，我还指望你揽客呢。"

另一边，段峋靠坐在驾驶位，语气随意："少来。"顿了下，他低声问了句，"我的租客和她朋友都走了？"

金毛蔡："她们离开有一会儿了。不过真是稀奇，许微樱年纪不大吧，怎么就开始相亲了。"

段峋指腹捏着手机，眼眸低垂，没说话。

金毛蔡没察觉出段峋的异样，自顾自地说着："她朋友介绍的时候，我凑热闹地听了，对方是她朋友的小舅舅……"

只不过，金毛蔡一句话没说完，被段峋打断："行了，你还挺八卦。"

金毛蔡一愣，瞥了眼店里喝东西的顾客，收了声，意识到有点八卦了，他果断扯回原来的话题："你还没说，怎么突然走了呢，下午有事？"

段峋："没。"他紧抿下唇，低声说，"就是不乐意听许微樱相亲的事。"

只不过，段峋嗓音太低，金毛蔡没听清他后面说的这句话。

段峋顿了顿，继续道："高二暑假，我们去宏村集训的事儿，你还记得吗？"

金毛蔡："当然记得了！当时不是还认识了一个小朋友，经常和我们一起，也不知道她现在怎么样了。"

段峋"嗯"了一声。

这么些年过去了，许微樱的变化太大，金毛蔡甚至没有发现，她就是当年的小朋友。

与此同时，"渡夏天"店内有新顾客进来，金毛蔡又要开始忙起来，就结束了和段峋的通话。

段峋靠着座椅靠背，指腹滑动手机屏，切换出通话界面。

下一秒，他手机屏保的照片映入眼帘，那是许多年前，在夏日庭院里，段峋拍下的许微樱的小猫小狗的合照。

他沉默地看着屏幕，良久，没有动作。

夏夜，阳台上有亮起的灯光。许微樱放下笔记本，起身走向阳台去收晾晒的衣服。她抱着衣服，往隔壁看过去，漆黑又静悄悄的一片，显然没人回来。

在安静的夜色中，她只能看清仙人掌小盆栽的轮廓。

许微樱收回视线，垂眸进屋。

洗完澡后，她把衣服放进盆里，倒上洗衣液泡着。也许是感到有点累了，许微樱准备明天再洗，于是她回了房间。

但躺在床上，刷了好一会儿手机，她总是会想到泡着的衣服。

许微樱叹了口气，看了眼时间，晚上十一点半。她认命地爬起来，进卫生间洗衣服。

夏季的衣服很好清洗，许微樱洗干净后，端着去阳台上晾。就在这时，她脚步一顿，隔壁阳台有灯光透了出来，浅色的灯光在阳台瓷砖地面上投出浅浅的光影。

许微樱抿了抿唇，垂眼，伸手拿起衣架，把衣服抖开晾上。

几分钟后，她忙好，转身要进客厅时，见到段峋拿着烟盒和打火机，进了阳台。

他敛眸，看见许微樱后，本要拿烟的手一停，把烟盒和打火机随手放在了台面上。

许微樱看他，唇瓣动了动，在犹豫着要不要主动说些什么时，段峋神色平静地淡声问："还没睡？"

许微樱实话实说："刚把衣服洗了，晾完就睡。"

段峋瞥了她一眼，"嗯"了一声。

许微樱沉默了下，温声说："我休息了，你也早点睡。"她想了想，没忍住地补充说，"我还欠你一顿饭，你哪天想吃了，一定要提前通知我。"

段峋漆黑的眸看着她，淡淡地应了声"好"。

许微樱发觉他似乎情绪不高，不太想理人。她轻呼一口气，不再多说什么，进了客厅，"嗒"的一声，关掉了阳台灯。

段峋扫了一眼隔壁空了的阳台，转身进了客厅。他坐在沙发上，俯身拿起手机，挑了一款性能最好的洗衣机和几样必备的家用电器下单。

购物界面显示下单成功，他把手机放在桌上，这才咬了根烟点上。

隔壁屋子太久没人住了，段峋都忘了缺东西。

许微樱第二天中午吃饭时，脑子里突然想起，段峋今天是假期最后一天。她不知道消防员是怎么排班休假的，但金毛蔡说过，段峋很忙，不经常回来。许微樱心情莫名地闷了下，心不在焉地想，会不会过了这个夏天，她都没机会请段峋吃饭？

桌上的手机亮起，有信息进来，是房东dx：下午有快递上门，记得签收。

搬家前许微樱和房东联系过，后面就再没发过消息。许微樱看着这条信息，虽然不知道是什么快递，但她也没有多问，只回道：好的，收到。

许微樱记着房东的信息，下午也就待在家里，刷网课，不准备出门了。

只不过，她没想到，临近下午四点，快递员和工人同时上门，送的是各类家用电器。许微樱愣住了，回神后她升起的第一个念头——房东是不打算租房给她了吗？

当工人安装好电器，全离开后，许微樱拿着手机，删删减减地打字，斟酌着给房东发了条信息过去：家用电器都已安装好，请问您这边是对这套出租房另有打算吗？

许微樱在处境困难时能短暂地住进芜禾街巷，就已心满意足，房东若是有别的打算，她也不会有异议。只是她希望，他能提前告诉她，好让她能空出时间，重新租房子。

一时间，房东没有回复。

许微樱想了想，把安装好的崭新电器都挨个拍照片给他发了过去。

对方依旧没有回复，许微樱放下手机，忙起了自己的事情。

忙完后，她点开手机，发现十几分钟前房东给了她回复。

dx：没有另外打算，你住着用。

dx：别多想。

许微樱垂眸看着手机里的消息，轻轻抿了下唇，真情实意地回复：谢谢。

周一上班，许微樱忙完工作，中午和黄嘉雯一起去饭堂吃饭。

吃着饭时，黄嘉雯看着许微樱，总归是没忍住心里的好奇，凑过去，小声问："樱妹，我小舅舅有找你聊天吗？"

许微樱眨眼，她和宋泊加上微信好友后，他是主动打了招呼，她也就礼貌地回复了几句。紧接着，他又说了什么，她就没什么印象了。

许微樱抿了下唇，她偷懒不想和黄嘉雯复述，索性点开微信聊天记录，递过去:"你自己看。"

黄嘉雯探头看过来,短暂停留几秒,就把两人寥寥无几的对话给看完了。

双方都很客气,活像AI(Artificial Intelligence,人工智能)对话。瞬间,黄嘉雯就敏锐地反应过来,在樱妹这儿,她小舅舅肯定没戏。

不过,黄嘉雯心里明白,嘴上却没多说。

她把手机递还给许微樱。

两人继续吃饭。吃了几口,黄嘉雯看向垂眸喝汤的许微樱,她脸上没什么妆容,眉眼纯透靓丽。黄嘉雯疑惑地问:"樱妹,你一直没谈恋爱,是因为没有喜欢的,还是你心里没有比较中意的类型?"

"类型?"许微樱眨眼,怔了下。

黄嘉雯:"有理想型吗?"

许微樱握着筷子的手指下意识地紧了紧,她沉默着没说话。

"我明白了,"黄嘉雯看着她,"你这番模样,肯定是没有。"

许微樱顿了下,有瞬间的茫然,温声回:"就是,我也不知道,我想的,算不算是……理想型。"

"什么?"黄嘉雯眼睛一亮,"说给我听听。"

许微樱晃了下神,不知道在想什么。沉默了下后,她低睫轻声道:"主动的吧。"她低头,声音细不可闻,"那种,明目张胆的主动?"

许微樱从小到大,没喜欢过别人,可若是仔细地想一想,也许喜欢的……就是主动的吧,似太阳。

下午,许微樱下班从地铁口出来,她想了想,没立马回芫禾小区,而是进了"渡夏天"。

金毛蔡在柜台后面笑容灿烂地招呼顾客,见到她来了后,笑着唤了声。

许微樱唇角微弯地回应,点了一杯柠檬茶。她站在柜台边安静地等,金毛蔡把茶饮做好后,递给她。

许微樱接过来,温声说了句"谢谢",然后找了个座儿坐下来。

插上吸管,许微樱低头饮了一口,然后点开手机。就在这时,微信聊天界面上跳出了兰姐的语音通话。平日里兰姐很少会给她发信息,许微樱以为出了什么事情,立马点了接通。

"兰姐,"许微樱抿唇问,"怎么了?"

"靓妹!"手机里传出兰姐中气十足的说话声,语气中还透着喜气。

许微樱松了口气,笑了笑,问道,"发生什么好事了吗?"

兰姐笑着点头,应了一声,把事情告诉她。前两天城中村区域做检查,骚扰她和造谣她是小三的那对公婆开的五金店因为检查不合格,被勒令关店整改。

许微樱听到这个消息,心里松了口气,有种"善恶到头终有报"的感慨。

不过,她想了想,温声问道:"兰姐,当时有哪些人来做检查?"

"靓妹,我也不是很清楚,"兰姐说,"就记得有工商局、消防队……"

每年各个区域都要做检查,这是合法合规的事,只是听见有"消防队"几个字后,许微樱还是下意识地愣了下。她挂掉和兰姐的语音通话,安静地坐了一会儿。

在离开时,她路过柜台,看向金毛蔡:"我能问你一个问题吗?"

"你说,"金毛蔡笑着看过来,"什么问题?"

犹豫了几秒,许微樱轻声问道:"我能问一下,段峭是哪个区域的消防员吗?"

之前的报道里,是有关他职业的信息,可没有指出工作区域。

金毛蔡毫不犹豫地回答:"阿峭是荔都区的。"

荔都区,和城中村区域相隔甚远。

许微樱点了点头。

走出"渡夏天"后,她轻呼了一口气,不再去多想刚才脑海里突兀冒出的念头。

不知不觉,过了两周的时间。

许微樱没再看见段峭,隔壁阳台一直安安静静的,他也一直没休假回来,她又恢复了没有邻居,每天上下班的日子。

这周二上班时,工作群里传来幼儿园将进行消防演练的消息。

这次消防队进幼儿园的时间定在了下周三的下午,消息确认通知到各位教职员工后,周洁玲在办公室里继续处理工作。

忙活了一会儿,她看了眼时间,点开手机给段峭打了个电话。

消防演练是全榆椿市的学校每年都会定期开展的教育活动。只不过,进入校园演练的消防队伍,基本上是按照区域进行分配的。所以周洁玲的这所幼儿园,荔都区的消防队伍是不会过来的。

但周洁玲有一段时间没看见段峭了,她还是想打电话问问他,下周三他有没有机会能来幼儿园。

电话接通,她关怀地问了问他近期在消防队的近况。

知道一切都好后,周洁玲放下心来,然后问他:"峭崽,下周三幼儿园要进行消防演练,你能不能过来?"

电话那头的人安静了几秒,就在周洁玲照例以为他不过来时,他散漫地应声说:"好,下周三过去。"

幼儿园的财务部和行政部员工属于办公室员工,不会全程参与消防演练。比如,消防员和小朋友们进行宣讲互动时,办公室员工就能回去办公了。

黄嘉雯从办公室的姐姐们口中得知,往年消防演练,她们只会参加短暂的一会儿后,她不可思议地纳闷了,立马给许微樱发了微信:不是吧!我还想着相当于放假了,原来还是要上班啊!

许微樱笑了笑,打字回复:你要是幼儿园的小宝宝,别说上班了,还可以上台和消防员互动。

黄嘉雯:我也想啊,下辈子一定!

许微樱看着手机里的消息,弯了弯嘴角。

中午,用餐的食堂里,不少幼师在讨论消防演练的事情。黄嘉雯听了几耳朵,八卦地对许微樱说:"你猜猜,我听到了什么?"

许微樱配合地摇头:"我猜不到,你告诉我吧。"

黄嘉雯笑了笑:"有几位还没男朋友的女孩子,准备趁着消防队队员进来,要个微信。"

"很正常。"许微樱眨眼,理解地点了点头。

黄嘉雯往嘴里塞了一口饭,想到什么似的说:"你还记不记得,前段时间,我们围观消防员绳降救援,救小朋友的那次?"不等许微樱说话,黄嘉雯琢磨着说,"那次看到的消防员,我敢肯定是大帅哥,但可惜没看见脸。不知道消防队进学校演练的时候,有没有可能碰上。"

许微樱沉默了下,眨眼提醒:"其实,你已经看过了。"

"什么?"黄嘉雯不可思议,"我什么时候看过了,我自己怎么都不知道?"

许微樱垂睫,轻声解释道:"前几周我们在'渡夏天',进来的男人就是他。"

黄嘉雯大脑宕机了几秒,才猛地反应过来:"原来金毛蔡说的'渡夏天'里的大帅哥段峋,他就是那位消防员啊!"

许微樱慢吞吞地点了点头。

黄嘉雯乐了,说:"金毛蔡虽然喜欢瞎吹,但大帅哥这张脸,没夸张,够帅啊!"说到这儿,她压低声音,笑着继续道,"消防演练的时候,要是段峋在,我敢肯定,他的微信能被女孩子们给加爆。"

074

许微樱抿了下唇，轻声说："是吗？"

黄嘉雯点头："当然啦！"

幼儿园的教职工们对下周三要进行消防演练的事讨论度挺高，下午上班时，黄嘉雯偷偷给许微樱发消息，围绕的还是这个话题。

只不过，许微樱工作太忙，她不是能分心的人，看到黄嘉雯兴致高昂的消息后，她想了想，回道：我工作还没忙完，下班后出去吃饭，细聊？

同办公室的黄嘉雯悄咪咪地比画一个"OK"的手势，秒回：好！晚上我们去吃椰子鸡？我想喝汤，好久没吃啦！

许微樱唇角微弯：嗯，好。

到了下班时间，许微樱把办公桌收拾好。她拎起包，和黄嘉雯一起走出校区。

吃椰子鸡的店是一家连锁店，位置在一处商场，人均价格不贵，味道也不错，刚开业时还做了促销团购活动，两人一起来吃过。

许微樱和黄嘉雯乘坐地铁，来到商场后先四处逛了逛。路过一家宠物用品店时，许微樱停下了脚步。

"怎么了？"黄嘉雯问她，"想进去看看？"

"嗯。"许微樱抿唇点了点头，"想看看猫粮。"

黄嘉雯闻言，一边拉着她往宠物用品店走去，一边纳闷地问："樱妹，你养猫了吗？"

"没有。"许微樱笑着摇头，嗓音温和，"只是芜禾小区里有只流浪猫，偶尔能看见它。"

黄嘉雯明白地点了点头。

许微樱最终挑了一款最常见的猫粮，付款结账，然后她拎着购物袋和黄嘉雯一起进了吃饭的店。

服务员端着椰子鸡上桌，黄嘉雯夹着一块鸡肉吃着，她看一眼许微樱手边的购物袋，好奇地问："芜禾小区的流浪猫很多吗？"

"不多吧，"许微樱想了想，"我偶尔能见到的就那一只。"

"它是什么样子的？"黄嘉雯说，"有些流浪猫的性格很好，有些就警惕性很高，非常凶，看到人就会特别凶地龇牙。"

许微樱放下汤勺，抿了抿唇，轻声说："我见到的那只猫，它不凶的，它就是……不亲近人。"她顿了下，思索着形容词，温声补充，"它不怕人，但也懒得理人，不亲近人的。"

黄嘉雯瞪大眼睛:"樱妹,那你给它喂猫粮,它会吃吗?"

"我不知道,"许微樱笑了笑,诚实地说,"只是想试试。"

芜禾街巷的那只流浪猫,许微樱见到的次数不多,每回看见,它也都是懒散地翘着尾巴,懒得理人的模样。

所以,许微樱买猫粮,只是想试试。

黄嘉雯恍然大悟地"嗯"了一声。

两人一边吃饭一边聊天,黄嘉雯似乎想起什么,双眼亮了起来:"樱妹,有个消息,我都忘记和你说了,是关于我们园长的。"

"园长?"许微樱眨眼看过去,"什么消息?"

黄嘉雯"嘿嘿"笑了笑:"我这还是听办公室里的姐姐们说的嘞!"

"是吗?"许微樱茫然,"我们都在一间办公室,姐姐们有聊过关于园长的话题吗?我怎么一点都不知道?"

"你肯定不知道啦,聊天时你又不在听的。"黄嘉雯摆手,继续道,"我就是听说,周园长的侄子,也是消防员。"

倏然间,许微樱怔了下,握着汤勺的手指一紧,她脑子里电光石火般地闪出一个念头。

许微樱紧抿了下唇,暗暗吸了口气,问:"周园长的侄子,叫什么名字?"

黄嘉雯正拿着勺子捞香喷喷的鸡肉,听到这个问题,她放下勺子,脱口而出:"我也不知道他叫什么名字,办公室的姐姐们聊天时,只提了周园长的侄子是消防员,没说名字。"黄嘉雯疑惑,"樱妹,你怎么想起问这个了?"

黄嘉雯了解许微樱,知道对方的好奇心不重。

比起她什么都想知道的八卦心态,许微樱无论是在生活中还是工作中,对别人的事都不会太关注。大多数时候,她都只是一位安静的倾听者。你说了,她会听,但你若不说,任何事情,她也不会好奇多问。

可现在,许微樱罕见地主动问她,周园长的侄子叫什么名字。

许微樱抿了下唇,轻抬眼眸,实话实说道:"我想确认一件事。"

黄嘉雯挑眉,示意她继续。

餐桌上,椰子鸡飘出了袅袅烟雾,许微樱垂睫,丝丝缕缕的雾气缭绕她的安静眉眼,她的声音很轻很轻:"我想确认,是不是他……"

黄嘉雯未完全理解许微樱的话,但看许微樱的模样,她心有所感地理解,眨眼说:"我也不知道你要确认什么,等你确认好了,仔细说给我听啊。"

许微樱唇角弯了弯,笑着点头,温声应好。

不知不觉间,这个话题掠过,两人继续吃饭。

临近晚上八点半,许微樱和黄嘉雯挽着手臂从商场走出来,往地铁站走去。

两人住的方向不同,乘坐的线路也不一样。许微樱乘坐的三号线先到站,她一手拎着猫粮购物袋,一手和黄嘉雯挥别说再见,然后上了地铁。

夜晚这个时间点,三号线并不挤,许微樱在一处空位上坐下,把购物袋放在腿上,接着她点开了dx的微信聊天界面。

许微樱看着,想了想,又点开他的微信朋友圈。

映入眼帘的是一条横线,空白一片。许微樱抿了抿唇,知道这不是对方屏蔽了她,而是因为他没有发过朋友圈,所以才什么都看不见。

许微樱低头,眼眸中有迟钝的茫然。

毕竟,她从没考虑过会有家庭买下同一层的两户房子,所以也从未设想过段峋就是租房子给她住的房东。

直到吃饭时,黄嘉雯说周园长的侄子是消防员,许微樱的脑海里才闪出这个念头。一切抽丝剥茧般显露出脉络,是周园长好心帮忙给她搭线租到芫禾街巷的屋子,并说这是她亲戚家的房屋,而段峋就住在那儿,周园长的侄子就是消防员……答案呼之欲出。

许微樱垂睫,她盯着手机上dx的微信名,紧抿了下唇。

她早该联想到的。

许微樱轻呼了一口气,安静几秒后,从包里掏出有线耳机戴上。她指尖往上滑了滑,在两人刚加上微信的那一天,因为双方误会,他发过语音。

许微樱轻抿了下唇,指尖停顿了下,无意识地捏着耳机线,旋即点开dx的语音消息。

语音点开的那一瞬间,一道语气懒洋洋、勾着尾音的散漫嗓音,不轻不重地刮过耳郭。

许微樱有点失神,她抬起眼。地铁呼啸而过,车窗玻璃上倒映出模糊的光影,似加速倒退的影帧画面,在一帧帧画面中,她听见了,他慵懒地说着:"上来就转账给钱,谁教你的追人手段?"

许微樱的睫毛轻颤了下,脸上的表情微微恍惚,她怎么就没听出来呢?

这分明就是段峋的声音。

许微樱看着她和段峋的微信聊天界面,最新的已经是两个星期前,他发消息,让她签收家用电器快递的对话。

犹豫半晌,许微樱发了条消息过去:段峋?

消防队基地宿舍。

段峋刚冲完澡，眉梢湿漉漉的，他用毛巾擦着头发，随手去拿桌上的手机。

他还没解锁，一旁的陈晓东看他，哭丧着脸问："峋哥，你怎么申请调动了啊？你不参加荔都区的消防演练活动了，怎么申请去别的区？"

"只是去别的区参加个演练活动。听你这话音，不知道的人，还以为我是调出荔都区了。"段峋掀了掀眼皮，神色自若，嗓音散漫，"至于？"

陈晓东看着他，挠挠头，说："峋哥，你不是以往都没调过嘛，我才没想明白。"

段峋神色如常，眉骨轻抬，问："好奇心这么重吗？"

话音落地，不等陈晓东回话，段峋就懒得理人了。他站在窗边，眼皮低垂着，解锁手机。看到微信里许微樱发来的消息时，他指骨顿了下，敛眸。他回复：嗯。

短暂的停顿几秒后，段峋继续轻轻敲字：怎么了？

地铁到站，许微樱拎着猫粮购物袋，走出地铁口。她低头看手机上的消息，段峋没有间隔太长时间就给了她回复。

许微樱盯着他的信息，手指按着键盘，流露出犹豫的神色。

她删删减减地打字，一时间竟然有点不知道该回复什么。难道告诉他，她现在才反应过来——他是房东吗？

好奇怪。

许微樱轻眨眼，想了想后，回复：请你吃饭。

这四个字发出去后，许微樱莫名地松了口气，她补充：我什么时候能请你吃饭？

她走出地铁口，看着繁闹夜色，轻轻呼了口气。微信聊天界面上，出现了段峋发来的一条语音。

许微樱刚爬完楼梯，她调整呼吸，把手机放在耳边。

"快了，还有八天。"段峋那边很安静，可以听见浅浅的风声，他的嗓音似能融入风声中，有种低沉又随意的感觉。

地铁站口人来人往，车声连绵，不算安静。

许微樱想着他说的八天，下意识地点开日历，指尖往后数了数，停在下周的时间上，八天后，刚好是下周三，学校进行消防演练的日子。

原来那天段峋也会过来啊。

许微樱轻抿了下唇，回复：好，下周三见。

段岣：嗯，回见。

看着聊天界面上的文字消息，许微樱眨了眨眼，轻呼口气，莫名地有点遗憾，她还是挺想听段岣声音的。

倒没别的意思，就只是因为，他声音真的挺好听的。

另一边，陈晓东看着身形高挺地站在窗边、把玩着手机的段岣，他憋了好一会儿，总归是没憋住好奇心，问："岣哥，你刚刚说，还有八天，是什么意思？"

段岣瞥了他一眼，心不在焉地问："听见了？"

陈晓东老实地回道："你也没避着。"

"旧友要请吃饭，"段岣眉梢轻扬，"我就帮她记着时间。"

陈晓东蒙了，岣哥什么时候有这兴趣爱好了？帮忙记时间？

想到这儿，陈晓东眼睛发亮，打着商量说："岣哥，我下月要去办事，可我记性太差了，你能帮我记一下吗？到时候你也提醒我一下？"

话音落地，段岣看向陈晓东。

几秒后，他眉骨微抬，轻扯唇，漫不经心地反问："提醒你，我很闲？"

回到芜禾小区，许微樱没有立即上楼，而是拎着猫粮在小区的花丛周围转了转，想要碰碰运气看能不能见到那只不爱搭理人的流浪猫。

但可惜，许微樱在楼下徘徊了好一会儿，都没见到。

回到家，许微樱倒了一杯水，坐在沙发上喝着，然后点开手机，浏览了一下朋友圈，刷到黄嘉雯二十分钟前分享的一首歌。

明天见黄女士：救命！谁懂啊！随机播放到这首歌，听见"你快乐过生活，我拼命去生存"后，我的笑容凝固了，这也太贴切"社畜"了！@《高山低谷》分享至网易云

许微樱点了个赞，与此同时，收到了黄嘉雯发来的新消息：樱妹，到家了吗？

许微樱：嗯，刚到。你呢，到了吗？

黄嘉雯：我到小区了，还没上楼，在坐着吹吹风。

许微樱放下杯子：听歌听到"emo（网络流行词，指情绪低落）"了？

黄嘉雯：可不是！都怪我老豆不争气，让我失去了快乐生活，只能拼命去生存！

许微樱慢吞吞地打字：那你争气点。

黄嘉雯：嗯？

许微樱：争气点，让你未来的宝宝成为富二代。

黄嘉雯：……我申请换个话题……回头休息日，我们去唱 K 吧！好久没唱了。

许微樱：好，我都行。

黄嘉雯：对了，樱妹，你会说粤语吗？到时候我们一起合唱！

黄嘉雯知道许微樱听得懂粤语，但不知道她会不会讲，也没听她讲过。

许微樱垂睫，抿了下唇，慢慢打字：会一些，只是我发音不标准。

明明多年前，阿峋教她粤语，是很上心的，可粤语的发音和声调，她学起来实在吃力。许微樱晃了下神，心不在焉地想到了他，无论是年少，还是如今，他都引人注目，张扬得要命。

手机上弹出电量过低的提示。

许微樱进屋把手机充上电，然后拿起衣服进卫生间洗澡，拾掇好后时间已经不早了，她索性回房间，直接关上灯，准备睡觉。

只是，她闭上双眼后，思绪莫名地有点飘，想起她跟着段峋学习粤语的日子。

在中考结束后的暑假，许微樱本以为她会安静地度过一个没有什么特别的暑假，普通得就似夏日蝉鸣的自然状态。

可认识段峋后，总归是有了不同。

那时，在宏村的民宿庭院里，他说会教她粤语，不是随口讲的逗她玩。

两天后的晚上，许微樱坐在小超市门口发呆乘凉时，她看见他走了过来。少年穿着短袖，身姿清瘦挺拔，额发间有湿润的水汽。他眯眼，抬手随意地往后捋了下，露出了他优越的眉骨，有着恣意的少年气。

许微樱坐在椅子上，慢半拍地看着他，不知道他怎么过来了。

"这就忘了？不是说了，教你粤语？"段峋眉梢轻扬，笑了，他坐在另一张椅子上，"说话要算数，我总不能骗小孩。"

许微樱反应过来了，温暾地点了点头。

小镇的夏夜，能看见闪烁的繁星，夏风里有草木的清香。许微樱坐在小超市门口，看着段峋散漫地摇着她爸爸的蒲扇，驱赶两人周围的蚊虫，然后，他喉结滚动地叙述着粤语发音声调。

她不知道，段峋教了她多长时间。

直到金毛蔡出现，挥手喊他，他才站起身，留下一句"明晚继续"后，转身离开。

但不得不说，每次段峋来小超市门口教她粤语时，他姿态虽散漫，却是有耐心的。她学得吃力总是理解不了时,他也不会不耐烦,只是坐在椅子上,往后一靠,偏头看她。

"小朋友,你以后可别说,"他唇角扯起,挑眉揶揄,"你的粤语是我教的啊。"

第二天上班,黄嘉雯想到许微樱买的猫粮,问:"昨天晚上,你回家时,有在小区喂那只流浪猫吗?"

"没有。"许微樱摇头,温声说,"我在楼下找了一会儿,没看见它。"

黄嘉雯好奇:"它是不是很难见到?"

"是有点,"许微樱轻声说,"我见到它的次数也不多。"

黄嘉雯困惑道:"樱妹,那你怎么会突发奇想地去喂它?"

"也不是突发奇想。"许微樱眨了下眼,实话实说,"我感觉,那只猫有点像认识的一个人。"

黄嘉雯诧异了:"哪里像?"

许微樱:"性格吧。"

黄嘉雯听乐了,提议道:"樱妹,你回去以后可以把猫粮分装一下,小分量的随包带着。要是碰巧遇到猫咪了,你就能直接喂了。"

许微樱轻轻"嗯"了一声,点了点头。

许微樱下午要和容姐一起做税务申报,所以午间回到办公室后,她没玩手机,而是拿出软枕垫在臂弯下,直接闭眼睡觉了。

办公室里没人发出声音,静悄悄的,许微樱不知不觉就睡着了。

不知过了多久,她半梦半醒间以为到上班时间了,就摸到手机点开看,手机屏幕上显示了一条十几分钟前发来的消息。

许微樱完全没清醒,眼神都没聚焦,大脑还是蒙的。她看清手机上的消息是段峋发来的:吃饭了吗?

很简单的一句话,最平常普通的一句寒暄,没有其他意思。

许微樱迷迷糊糊的,手比脑子快地回复了一条:吃了,你吃猫粮了吗?

消息发出去后,她神情困顿地放下手机,埋头继续睡。

段峋眉心微微一跳,手里拿着手机,没动。好半响,他瞥向陈晓东,散漫地唤了声。

陈晓东从餐盘里抬起头,一脸茫然:"峋哥,怎么了?"

段峋语气如常:"有件事问你。"

陈晓东眨巴着眼看他。

"也没什么,"段峋抬眼,放下手机,"就是有朋友问你,有没有吃猫粮,这是什么意思?你帮忙解释一下。"

什么朋友会问有没有吃猫粮啊?正在干饭的陈晓东,蒙了。

过了一会儿,陈晓东想了想后,明白似的恍然大悟:"峋哥,这是朋友开玩笑呢!"

"所以?"

陈晓东一脸很懂的样子:"配合就行。"

"行,"段峋看他,重新拿起手机,"你继续吃。"

段峋起身,走到一楼抽烟区。

站在窗户边,他斜靠墙,垂眸,点开手机微信的聊天界面。静看几秒后,他敲了两个字过去:吃了。

午休结束,许微樱抬起头,反手揉了揉后颈。彻底清醒后,她把软枕塞回抽屉,端起水杯慢悠悠地喝了一口,就开始工作。

打开电脑版微信,准备给容姐发材料数据时,许微樱指尖一滞。

她盯着好友列表栏,映入眼帘的红色提醒是段峋发来的消息:吃了。

他吃什么了?许微樱蒙了一瞬,感觉这条消息没头没尾的。忽地,她眨了眨眼,才后知后觉地记起,午休间隙,她似乎给段峋回了消息。

她轻抿了抿唇,点开聊天界面。下一秒,看清了两人的全部聊天内容。

许微樱彻底怔住了,好半天没反应过来。她伸手端起水杯,战术性地喝了一口,感觉隔着聊天界面都挺尴尬。

她没想到,午睡发蒙时间的消息,段峋竟然配合地回复了,还挺……冷幽默。

许微樱眨眼,沉默了须臾,想到两人约着下周三见面。她犹豫了一会儿,同样配合地回了条消息过去。

许微樱:别吃猫粮了,下周见面,我请你吃点好的。

消息发送完,段峋许久没有再回复,许微樱以为话题结束,也就不再多想,给容姐发了工作消息。

/Chapter 04/
你对我，还挺有——占有欲

临近晚上八点，芜禾小区的夏夜，褪去了白日的燥热，晚风很清爽。许微樱轻呼了一口气，她拿着猫粮，在花丛附近转了转，没有看见小猫。

许微樱抬眼，看向凉亭，想了想后，她走过去。

平时，周六日的午后，许微樱能见到芜禾小区里的阿伯阿婆们在凉亭放着粤语老歌和粤剧，悠闲地乘凉。不过，晚上这个时间点就看不见阿伯阿婆们了，凉亭里也是静悄悄的，许微樱准备在这儿坐一会儿。

倏然间，她的目光怔住。她找的流浪猫正懒散地趴在凉亭的长椅上，它的尾巴垂了下来，百无聊赖地摇了摇。对于许微樱的出现，流浪猫看了她一眼，就撇过头，不再搭理。

许微樱望向它，长睫轻颤了一下。她走过去，犹豫几秒后，试探性地坐在了它身边。

流浪猫没什么特别反应，依旧是不理人，也不怕人的姿态。

许微樱轻轻眨了眨眼，她打开猫粮袋，在它面前倒出了一点。流浪猫静看了她几秒，圆润的猫瞳眯了一下，才"纡尊降贵"般吃起来。

许微樱唇角弯了弯，看着手里的猫粮袋，想要再倒一点出来。可没想到她指尖不小心伸了进去，沾上了一点猫粮细屑。

恰逢此时，许微樱放在腿上的手机有消息进来。她用另一只手点开，看见是段崤的信息，他发来了一条语音。一道语气懒洋洋的散漫男声随着夏风，不轻不重地刮过她的耳郭，他勾着尾音说："就这么期待请我吃饭呢？"

许微樱听完，下意识地又点开听了一遍。

她垂眸，指尖按着手机，准备给段峋回复。因为手上沾了猫粮，打字不方便，许微樱就想着发语音过去，可未料，她不小心按成语音通话，拨了出去。

许微樱盯着手机界面，呼吸一停，想将电话掐掉，另一边的段峋却已经接通。

许微樱愣了愣，看着手机界面上的跳动的通话时间，她舔了下唇，莫名感到有点紧张。

毕竟是她突兀地拨了语音通话，在段峋眼里，怎么看都会觉得奇怪吧。

许微樱张了张嘴，想解释。可段峋没有给她解释的机会，语气自然地问道："下周见面，你挺期待？"

许微樱噎了下，不知道段峋是怎么从她发的一条信息里，理解出她挺期待的。

许微樱想了想，认真地说："你挺久没有休假了，我见不到你人，一直没有机会请你吃饭，心里过意不去。"

仔细想一想，距离段峋在城中村帮她解围，已经过去很长一段时间了。

许微樱垂眸，轻轻抿了下唇。

旋即，她听见段峋的声音从手机里倾泻出来，他说："下周五。"

许微樱茫然一瞬："什么？"

"下周五，开始休假。"他顿了下，慢条斯理地补充，"你就能见到我了。"

不知道是不是许微樱的错觉，她总感觉段峋说话时，在"你"和"我"上面加重了语气，勾着的腔调，听得她耳朵有点痒。

许微樱沉默了下。她思索了下，温声提醒："你说得也不对。"

"嗯？"

许微樱抿了下唇，认真地说："下周三，我就能见到你了。"

话音落地，手机那端出现短暂的安静。

下一瞬，段峋的声音响了起来，带着低不可闻的笑意："嗯，下周三，我就能见到你了。"

许微樱眨了眨眼，不知道是不是因为段峋的音色，好听得带着天然的蛊惑因子，他明明只是顺着她的话开口，两人话里的意思也并没什么不同，许微樱听着，就是感觉他心情很不错，勾着的尾音都是愉悦的。

她一时间不知道该继续说什么。

不过，没等她纠结太久，段峋就换了个话题，问她："中午，你回的消息，到底是什么意思？

"你问我，有没有吃猫粮，是干什么呢？"

许微樱实话实说:"我午休睡蒙了,看到你的信息,没多想就回你了。"

"是吗?"段峋若有所思地说,"那和我吃猫粮,有什么关系?"

许微樱的视线不由自主地移动到身旁的流浪猫身上,它有一搭没一搭地吃着猫粮,尾巴小幅度地摆动一下,对于她的注视,这只猫只懒懒地投过来那么一眼。

许微樱呆住了……这让她怎么回答?难不成和段峋说,我看这只猫很像你,才发错消息了吗?

许微樱下意识地屏住呼吸,努力淡定地解释:"脑子没反应过来……"说到这儿,她心虚地补充,"你理解一下。"

"行,"段峋的声音清晰地传出来,"我理解。"

许微樱轻呼了口气,她张了张嘴,想要岔开话题,可下一秒,长椅上的流浪猫懒洋洋地叫了一声,就跳了下来。

许微樱彻底怔住,她犹豫着,不知道段峋有没有听见这声猫叫。

可紧接着,他的话告诉她答案:"养猫了?"

许微樱沉默了下,索性说实话:"没养,是小区里的一只流浪猫,我在给它喂猫粮。"

"我明白了,"段峋笑了,"你还挺欲盖弥彰,说是睡蒙了。"

许微樱神经一紧,小心翼翼地问:"什么欲盖弥彰?"

"你是不是,"段峋的声音传出来,刮过耳朵,他顿了一下,许微樱莫名紧张起来,段峋漫不经意地补充,"在背后,想把我当猫一样养起来啊?"

许微樱呼吸停住,差点被他这话给噎住。

不过,她听出来了,段峋嗓音中那漫不经心的揶揄和玩笑。她抿了下唇,想了想,一本正经地慢吞吞地反问:"你就不能……做个人?当什么猫呢。"

段峋低笑了一声,语气揶揄:"没看出来,你还真有要在背后养我的念头啊?小区里的流浪猫,是替身?"

许微樱彻底沉默,她没预料到段峋竟然会这么掰扯。

她心里梗了一下,顺着他的玩笑话音,破罐子破摔地平静回道:"不是的,你误会了。"

"嗯?"

"你想错了,小区里的流浪猫是正主。"许微樱抿唇,一鼓作气地补充,"你,段峋,才是替身。"

语毕,许微樱不等段峋反应,迅速丢下一句"手机没电了,我先挂了",就心虚且果断地掐断了语音通话。

坐在长椅上，许微樱轻轻呼出一口气，感觉心跳有点快。

良久，她心不在焉地再次解锁手机，看见微信界面时，她目光轻怔。

通话结束后，段峋发来消息。

段峋：替身啊，行。

段峋：那你给正主喂猫粮时，顺带帮我这个替身向它问声好呗。

看着这两条文字消息，她却似乎能想象到段峋说这两句话的腔调。许微樱眨了眨眼，回复：好，我会帮你向正主问好。

聊天框弹出去，许微樱偏头看向旁边装着猫粮的袋子，她点进段峋微信的好友界面。

许微樱垂睫看着他"备注"那一栏，抿了下唇，迟疑了一会儿后，慢吞吞地修改成了三个字——段猫猫。

另一边，消防基地的宿舍里，陈晓东看着站在窗边握着手机的段峋，他眼神发亮，语气笃定地说："峋哥，你是不是在和女生聊天？"

段峋一愣，眉梢轻扬："很明显？"

陈晓东笑了："太明显了，我撞见过周齐和女友通话，就是你这样！"

话音落地，段峋握手机的手微微收紧，他心底仿佛有种子在破土而出，眨眼间便生长出美丽的花，铺成花海。刚好周齐进了房间，他听见了陈晓东说的话，八卦地看向段峋："阿峋，你谈对象了？"

段峋顿了顿，说："还没。"

陈晓东眼睛一亮："'还没'的意思不就是快了，要脱单了！"

周齐闻言，好奇地追问："阿峋，你是有喜欢的女生了？"

段峋是消防救援局名副其实的门面担当，他每次出警和参加外界活动，都能受到年轻姑娘的青睐。可他压根不感兴趣，干脆地拒绝了所有向他表达好感的姑娘，消防队的战友们也一直没见到段峋谈恋爱。

周齐不由得惊讶，段峋现在有中意的女生了？

段峋的指腹轻轻敲了下手机屏，他没回话，脑海中下意识地出现了许微樱的样子。

高二美术集训的暑假，他和她初识在一个夏天。久别经年，当他再次遇见许微樱，在他心里，他是觉得幸运的。

他在许微樱身边，时光好像被拉长了，慢悠悠的，暖洋洋的，充满安心。

段峋弯唇，"嗯"了一声，语气认真："感觉挺幸运的，能再遇见她。"

他运气好到能再次遇到她，不止一个夏天，让他心动。

把凉亭里的猫粮收拾干净，许微樱上楼开门回家，她走到餐桌边倒了杯水，喝了几口，转而进卫生间冲凉。

洗完澡后，许微樱用毛巾擦着湿发，然后插上吹风机，坐在床边吹长发。

在吹风机"嗡嗡"的运转声中，她心不在焉地拨弄着头发，忽地想到，段峋也许是吸引小动物的体质。

那时，段峋在夏季夜晚来到小镇上教她粤语，她家里养的一只小狗和一只猫都很亲近他。

小镇上，家家户户喂养的猫狗都是散养的，会到处乱跑。除了吃饭的时候，许微樱平日里能看见它们的次数都不多。可不知道怎么回事，段峋出现后，家里的小猫和小狗都开始围着他打转。

他坐在椅子上，后脑勺往后靠着，小狗就趴在他的脚边摇着尾巴，而小猫已经跳到了他的大腿上，他修长干净的手指有一搭没一搭地给它顺着毛。

夏夜繁星点点，蝉鸣不歇，小超市亮着柔和的灯光。神色慵懒地坐在超市外的少年，他脚边的小狗在摇尾巴，他腿上的小猫发出了舒服的呼噜声。

猫猫狗狗和眉眼干净的少年，构成了一幅柔和的夏夜画卷。

许微樱眨眼看着，莫名感觉有点眼热，她从来没有像段峋一样，这般闲散地撸过猫。

也许是她的眼神太"炙热"，段峋看了过来，笑问："小朋友，你看什么呢？"

她眨了下眼，实话实说："我也想摸猫。"

"想就过来，"段峋眉梢轻扬，懒洋洋地提醒，"这可是你家养的猫呢。"

她"嗯"了一声，走过去。看着趴在段峋腿上的小猫，她蹲下来，伸手轻轻地揉了下它的软毛。

轻揉几下后，她看着小猫惬意放松的模样，仰头看他，没忍住，问："为什么我家的小猫和小狗这么喜欢你？"

听到她的话，段峋低睫看她，鸦色长睫根根分明，柔软的黑色额发轻拢过他的眉骨，他唇角弯起，露出笑意。

晚风吹过，少年揉了揉小猫的脖颈。他挑眉看她，笑着说了一句话："也许是随主人吧。"

他的回答似融入了晚风中，许微樱一时间只记得，她的视线定格，无尽夏夜心甘情愿地成了少年的背景色，美得不像话。

翌日，一天工作结束。

许微樱回到家后，晚上照例拿着猫粮下楼。只不过今天，她没看见那只流浪猫，凉亭里也没有它的身影。并且一连几天，许微樱都没有看见它。

那只流浪猫本就行踪不定，性格散漫，不爱搭理人，所以许微樱见不到它，也不会失落，心情自始至终都很平静。

而再次看见它，已经是几天后的周日晚上了。它还是无精打采地趴在凉亭的长椅上，尾巴有一搭没一搭地晃着。许微樱唇角弯了弯，走过去，倒了些猫粮在它面前。

流浪猫瞳孔眯着，懒懒地看了她一眼，表情似乎是在分析她，随后才慢条斯理地吃起来。

许微樱笑了笑，等它快吃完时，她想到段峋的信息。

犹豫几秒后，她看着面前的流浪猫，说了一句："你的替身托我向你问声好。"

语毕，许微樱自己都感觉奇怪，但幸好周围没别人。

她收拾干净猫粮，准备上楼回家，途中迎面遇到了金毛蔡，他手里还拎着一个保温盒。

看到许微樱，金毛蔡走过来，笑着问："许微樱，你这是干什么去了？"说着话，他的视线看向许微樱手里的小包装猫粮。

她温声回答："在喂猫。"她想了想，礼貌地问他，"你今天没去'渡夏天'吗？"

"下午和晚上休息，没去。"他自说自话地继续道，"我妈煲了靓汤，让我给阿峋送点过去。"

许微樱轻轻应了声。

金毛蔡拎着手里的保温盒，看向许微樱，再想到她是阿峋的租客，他没多想地就笑着邀请说："要不要一起去消防基地走一趟，看看是什么样的？"

许微樱怔了下，未及时反应过来。

金毛蔡以为她这是同意了，就顺势把保温盒递给她，乐呵呵道："你先拿一下，我现在去开车啊。"

许微樱长睫轻颤，沉默了下后，轻轻应了声，接过保温盒。

这一路，金毛蔡的嘴巴就没停下来过，他先聊家里煲的汤，又说他妈催命似的催着他去给阿峋送煲汤的事。

许微樱双手护着保温盒，安静地听着。

约莫二十分钟后，车子行驶到荔都区消防基地。到了地方，金毛蔡把车子停在路边，他和许微樱往基地走去。

　　金毛蔡在大门口停下脚步，说："这儿外人不能进，我给阿峋打个电话，让他来拿。"

　　许微樱点了点头，看向消防基地，几辆红色消防车并排停着，在夜色中十分夺目。

　　就在金毛蔡拨电话时，整个基地响起了震耳欲聋的警报声。许微樱紧抿了下唇，滞了一下，倏然反应过来，看向金毛蔡轻声问："这是要出警吗？"

　　金毛蔡手里还拿着手机，保持着拨电话的手势。

　　他愣了愣，似乎也没想到，这么不凑巧。

　　金毛蔡"嗯"了一声，他脸上的笑容消失了："是，有火灾，要出警了。"

　　一位接着一位的消防员下了楼，许微樱和金毛蔡看过去，在夜色里见到了段峋。

　　许微樱的印象里，他的姿态总是散漫且慵懒的。但在这个夜晚，看见段峋身形高挺地穿着消防服，动作干脆利索地上车时，他脸上没有几分表情，神色严肃沉静到极致，似沉沉夜雾。

　　红色消防车鸣笛驶出基地，红色尾灯闪烁，争分夺秒地往火灾现场开去。

　　很快，基地重新恢复了安静。

　　——安静地等待，他们平安归来。

　　金毛蔡低头看着保温盒，沉默了几秒，然后佯装情绪如常地说道："我把它放在值班室，等他回来后，自己去拿。"

　　许微樱指尖紧了下，她抿唇，点了点头。

　　再次上车后，金毛蔡没有立即开车，而是打开手机，搜索了一下本地新闻。

　　关于这场火灾，已经有了最新报道，失火地点是荔都区的一家三星级商务酒店。

　　金毛蔡看向许微樱，商量着说："火灾点是一家商务酒店，开过去距离不算远，过去看一看……"

　　不等他说完，许微樱嗓音清晰地回道："嗯，过去。"

　　金毛蔡点头，不再耽搁时间，启动了车子。

　　几分钟后，他们到达酒店附近，消防车的鸣笛声和救护车的声音交织在一起，周边乱成一团。为了不耽误救援，车子没有靠得太近，只是远远地停在了路边。

　　酒店三楼的位置，烈焰火舌，烟雾席卷，发出迸裂声响，震耳欲聋，消防员的身影奔走在火光中。

许微樱看向不远处的橙红色火焰和滚滚浓烟,脸上的表情有点恍惚。"砰"的一声,酒店再次发生爆炸声响,周遭人群的吵闹声更重。许微樱沉默地打开车门,她看向站在车边、一言不发的金毛蔡。

金毛蔡轻轻呼出一口气,冲许微樱笑了一下,只是笑得很难看,索性也就不笑了,神情不痛快地说道:"阿峋当消防员两年了,也不知道是不是我矫情,若是不知道他出任务还行,要是知道,我心里就不得劲。"

许微樱张了张嘴,想说些什么,可远处再次发出巨响和惊呼。

金毛蔡烦躁地挠了挠头,发泄似的说道:"我当年劝过他,可不管用。他大学一毕业就进了消防队,谁说都不管用。洁姨,我老豆老母,都劝,就是不行。"金毛蔡笑容苦涩,"一眨眼,这都两年了⋯⋯"

酒店的浓烟升空,在夜色中铺上难堪的一笔。

闻着呛鼻的气味,许微樱看向远处的烈焰火光,全凭心底本能地低声问:"他为什么一定要当消防员?"

金毛蔡神色黯淡下来:"他的父母是火灾中走的。"他眼神难过,"那年,阿峋十七岁。"

远处嘈杂一片,起火的商务酒店火舌席卷,浓烟滚滚。许微樱感到有一瞬间的空气稀薄,她紧抿了下唇,有些失神,觉得喘不过气。她不知道,是因为十七岁的阿峋没有了爸爸妈妈,还是因为这场烈火。

金毛蔡看向许微樱,才后知后觉地反应过来,他心里不畅快,堵得慌,所以一个没忍住,话太多了,竟然和阿峋的租客说了这些私事。

金毛蔡重重地吐出一口气,尴尬地笑了笑,找补地提醒:"怪我,哪壶不开提哪壶。这都是阿峋的私事,你听过就忘,别放在心上,也别⋯⋯和别人说。"

许微樱回过神,点了点头,温声说:"嗯,我知道的。"

金毛蔡笑了笑。

他虽然和许微樱见面的次数不算多,大多还是在"渡夏天",了解有限。但他也发现,她性格温和,话不多,不八卦,不是会外传的性子。

想到这儿,金毛蔡莫名地想起,高二那年,他和阿峋一起去宏村,参加美术集训度过的整整一个夏日暑假,因见义勇为认识的一个小朋友,也是话少安静的性子。

小朋友脸蛋圆圆的,个子矮,胖乎乎的,长相稚嫩,像是位小学生。

阿峋会像带妹妹似的带这位小朋友玩,还教了她一段时日的粤语。

小朋友乖得不得了，她过来时，要是大家正好在写生画画，她就搬着小板凳安静地坐在一边发呆。

当时，阿峋想着小朋友会觉得无聊，还把手机递给她玩。

金毛蔡作为和阿峋一起长大的发小，看着这待遇眼热羡慕。

晚上，他睡觉前看向另一张床上，姿态悠闲地靠着床头，玩着手机的段峋，没忍住哀号问："阿峋，你要不要这么偏心啊？"

段峋瞥了他一眼，嗓音懒散："我怎么偏心了？"

"我还是不是你最亲的发小兄弟！"金毛蔡振振有词，"我都没玩过你的手机！"

段峋掀了掀眼皮，随口答："你自己没有？"

金毛蔡控诉："这不一样！你又没把你手机给我玩过，你这不是偏心，是什么！"

段峋听完他说的话后，扯唇笑了，还"嗯"了一声，漫不经意道："是啊，我就偏心了。"

救援仍在继续，有来往走动的警察在周边疏散围观市民。

金毛蔡的车停在路边引起了交警的注意，对方打手势提醒离开。他配合地点头，不再停留，启动车子开往芜禾街巷。

回去的路上，想到阿峋还在火场救援，情况不明，金毛蔡叹了口气，话也少了。

车内安静，当车子停在路口等红灯时，金毛蔡想到当年跟着阿峋一起认识的小朋友，他下意识地通过后视镜看了眼坐在后座的许微樱。

倏然间，不知道是不是他的错觉，他感觉许微樱除了温和安静的性格和当年的小朋友一样，连眉眼轮廓也隐隐约约，似乎也有那么一点相似。

只不过，这个念头出现后，金毛蔡就硬生生地掐断了。

当年的小朋友，圆乎乎的，太不起眼，放在人海里都捞不见，可许微樱呢，雪肤乌发，是夺目的靓丽漂亮。

就算有女大十八变的说法，金毛蔡也感觉把当年的小朋友和许微樱联系在一起，根本就是无稽之谈，是他发蒙了。

金毛蔡眨了下眼，绿灯亮起，他不再多想地启动车子。

从下车和金毛蔡分别，到开门进屋，许微樱神色都如常。可坐在沙发上，她心不在焉地垂眸，才发现，思绪是紧绷的，毫无理由地紧绷着。

许微樱紧抿了下唇，慢吞吞地呼出口气。

洗完澡出来，许微樱躺在床上，按开手机，看了一眼，时间刚到十一点。

晚上的十一点，还很早。可许微樱没什么兴致再玩手机，她把手机充上电后，就闭眼睡觉。

只不过，这场觉，她迷迷糊糊地睡得不安稳。

等许微樱再次睁开眼，窗外有月光倾泻进来，周遭寂静一片。

她愣愣地发了下呆，想闭眼继续睡，可困意却似退潮的海水。

许微樱伸手拔掉正在充电的手机，指尖点开屏幕，现在是凌晨两点。

她靠着床头，迟疑了一下，开始在同城微博上搜索有关商务酒店火灾的新闻消息。榆椿市本地的官方新闻号，在凌晨十二点左右发布了关于这场火灾事故的报道。

许微樱垂眸看完了事故起因，末了，视线轻轻停在了段落结尾。新闻报道上写着，荔都区消防队出警救援专业及时，火灾现场未出现人员伤亡。消防队的救援和现场清理在晚上十一点半全部完成，平安收队。

许微樱盯着"平安收队"四个字，肩膀松了松。

手机屏幕的微光还未熄灭，她侧身躺下来，下意识地按开微信。许微樱轻轻眯了下眼，屏幕的光在夜色中似萤火的光亮，聊天界面上，有段峋发来的一条消息，时间是临近十二点。

"段猫猫"三个字备注，随着他的信息，就排在界面首位。

许微樱握着手机，翻了个身，指尖点开，他发来的是一条语音。

房间内静悄悄的，安静到许微樱能听见自己的呼吸声。

她轻抿了下唇，把手机放到耳边。

"许微樱，"段峋轻轻唤了声，低哑的嗓音中透着疲倦，又似有笑意，"出发救援前，我好像看见你了。"

语音结束，房间重归安静。

许微樱轻轻呼出一口气，眨了下眼，又听了一遍。

她忽然记起，在七年前的夏日暑假，十五岁的她遇见段峋，青春恣意的少年，正是十七岁的年纪，所以，是在同年，他没有了爸爸妈妈吗？

许微樱眉头无意识地皱起，缓缓睡了过去。

周一工作日，许微樱走进幼儿园园区内的时候，有两位保安同事在表演台的位置正踩着凳子挂横幅，上面能看见"消防安全"几个字。

许微樱看了一眼，收回视线往饭堂走去。

今天黄嘉雯来得早，坐在位置上冲她疯狂招手。许微樱端着餐盘走过去，坐在她身边。

因周三要办消防演练的事，今早饭堂内挺热闹的。

"樱妹，"黄嘉雯冲许微樱挤眉弄眼，"你猜猜我又听到了什么消息？"

许微樱默默地竖起大拇指，感叹道："这才周一刚上班，你就又有新消息了？"

黄嘉雯挑眉，然后凑过去说："我听说，有人上周五和园长申请，周三这天不穿幼师工作服。"

许微樱："谁？"

黄嘉雯哼了声，下巴轻抬，往不远处餐桌上的一位年轻女幼师的方向示意："王瑶瑶咯。"话音落地，她忍不住嘀咕一声，"显眼包。"

许微樱偏头，往王瑶瑶的方向看一眼。王瑶瑶正笑着和身边的同事说着什么，笑容娇俏。

黄嘉雯负责行政人事的工作，因着月度考勤打卡的原因，王瑶瑶和她闹得很不愉快。明面上，月底签考勤时两人能说几句话，但实际上，双方互相看不上，话里带刺。而黄嘉雯和许微樱作为办公室人员，除了必要的工作交流，和幼师同事们相处都不多，泾渭分明。

许微樱收回眼神，安抚地轻拍了下黄嘉雯的手臂："她怎么会突然想要申请不穿幼师工作服？"

"当然是为了周三来这儿进行演练的消防员啊，除了学习消防安全知识，也挺想搞联谊的。"黄嘉雯哼哼，继续道，"看她笑得那么开心，跟朵花似的，园长肯定是同意了。"

她纯粹是和王瑶瑶有过节，才忍不住吐槽，实际上，她才不在乎周三消防演练那天她们穿什么衣服。

许微樱笑了笑，逗她说："别哼了，周三演练，她们会全程参与，我们还要工作。"

黄嘉雯一阵哀号。

周三这天，为了迎接下午的消防演练，表演台上的LED滚动屏也打出了消防安全相关标语。

许微樱去办公室的路上偶遇几位幼师同事，她们今天换上了私服，都很漂亮。其中数王瑶瑶最引人注目，淡黄色的长裙和小白鞋，头发也被细致打理过，看起来青春洋溢。

许微樱以欣赏的目光多看了两眼。

中午吃饭时，黄嘉雯余光瞟向精心打扮过的王瑶瑶，她用力扒了口饭嘀咕："淡黄的长裙，蓬松的头发……"

许微樱沉默了两秒，没忍住提醒："好老的梗。"

黄嘉雯嘿嘿笑了笑，换个话题："消防演练下午两点半开始，我们跟着办公室的姐姐们下去，也就待个二三十分钟，就回来了。"

"有说几点结束吗？"

"得两个多小时吧，我问过去年的情况，是差不多快放学时结束的。"说到这儿，黄嘉雯似乎想到什么，好奇似的道，"园长的侄子不就是消防员嘛，也不知道他今天会不会来。"

黄嘉雯还不知道园长的侄子其实就是段峋，她说过的——芜禾街巷第一大帅哥。

许微樱轻轻眨眼，点了点头，说："他会……"

只不过，她一句话还未说完，黄嘉雯就再次被王瑶瑶吸引了目光，压根没听到。

许微樱低头继续吃饭。

下午两点半，各个班级的小朋友们被老师领出了教室，聚在活动空地上。

小朋友们嘻嘻哈哈地闹成一片，财务容姐和另一位姐姐听见动静后，没忍住站在窗户边往外看去，然后就看见一辆红色消防车正往这个方向开过来，两位姐姐便招呼大家下楼。

许微樱和黄嘉雯站在人群里，看到几位穿着火焰蓝训练服和消防战斗服的年轻消防员。他们笑容满面地走进幼儿园，瞬间就引起小朋友们的欢呼和尖叫。

许微樱抬眼看过去，发现没有段峋。她睫毛颤了下，不再多想，认真听着台上的消防员讲解防火知识。

二十分钟后，办公室员工提前结束活动，回去工作。

许微樱对着手机点开微信，沉默几秒后，又缓慢地把手机放在一边充电。

楼下的活动场地上，消防演练如火如荼地进行着，时不时能听见孩子们的欢呼声。

许微樱沉下心，把部分工作完成。时间临近四点半，她端着杯子去倒水，路过窗边，下意识地往外看一眼。

消防演练即将结束，小朋友们欢快地围在消防员身边。

王瑶瑶就站在一位身形高挺的男人面前，黄色裙摆轻飘着。视线被绿植遮挡，许微樱只能看见男人的背影，以及隐约能看见他穿的挺阔的制服。

许微樱慢半拍地眨了下眼,想到刚才在楼下见到的消防员,好像没有穿制服的。

不过,这个念头闪过后,她没有放在心上,重新回到办公位。

段峭没细听面前的女人说的话,他低头,看着微信上给许微樱发的消息,一直都是未回复状态。

他长睫垂着,问:"说完了吗?"

王瑶瑶卡了下壳,旋即她娇笑着挥手机,继续说:"可以加个微信,交个朋友吗?"

"不好意思,我不缺朋友。"段峭没什么情绪地说,"而且我来这儿,就是来见朋友。"

王瑶瑶看着男人离去的高挺背影,不可思议地瞪大了眼睛。

没想到,这位消防员竟然这么不好相处。

之前消防演练时,他来得晚,是自己开车过来的,才到没多长时间。

和穿着训练服和消防战斗服的消防员不一样,他穿着蓝色制服。男人身形高挺,肩宽腿长,眉眼利落。一身挺阔的制服穿在他身上,透着毫不遮掩的锋芒,太惹眼夺目。

王瑶瑶和同事都看愣了,有人没忍住拿手机偷拍了张照片。

男人进来后,他们就见到他径直走向周园长和本次消防演练领头带队的队长,王瑶瑶距离稍近些,隐约听见男人说临时参加了一个会议……只不过,再细致的对话,她就听不见了。

男人说完话后,就往办公楼走去。

王瑶瑶拿着手机立马跟了过去,想要加微信。

可未预料,她说了一大堆,却完全是白费劲儿,男人毫不犹豫地冷淡拒绝,不留一丝情面。

许微樱坐在办公位置上没多久,便去了趟厕所。

洗手时,在"哗啦啦"的水声中,她莫名想到了刚才站在窗边,惊鸿一瞥见到的高挺背影,感觉有点眼熟,像段峭。

只不过想到他面前轻摆的黄色裙角,许微樱紧抿了抿唇,轻轻地吐出一口气。

傍晚时分,橘色的余晖落在走廊地面和墙壁上。许微樱慢吞吞地洗完手后,走了出去。

在橘色的光线里，许微樱见到有人朝她走来。

她脚步一顿，下意识地眯了下眼。

倏然间，她鼻尖嗅到了熟悉的绿柚气息，视野内出现了一个穿着挺阔制服、身形高大挺拔的男人。

许微樱眨了下眼，抬眸，与段峋的眸子对上。

他低睫看她，鸦羽根根分明，瞳孔在昏黄的暖橘色里折射出光芒。

许微樱的唇瓣动了动，下一瞬，段峋笑着试探道："是没看见吗，怎么不回我信息呢？"

两人视线交汇，许微樱想到一下午都在充电没拔下来的手机，温声解释道："手机在充电，我没看到。"

段峋眉梢轻扬，似是接受了她的回答。

许微樱："你给我发了什么消息？"

段峋唇角微弯，笑了下，随口回："也没什么，就解释下迟到的事。临时被拉去开会，就没赶上这儿的演练。"

许微樱看着他身上的挺阔制服，明白地点点头。

简单聊了几句后，两人朝办公室的方向走去，许微樱的余光不免会注意到身侧的段峋。

毕竟，他的存在感真的很强。

段峋身姿挺拔修长，平日里就引人注目，现在他穿着挺阔的制服，更显得肩宽腿长，很是耀眼，利落的眉眼间皆是锋锐。

许微樱不由得失神一瞬。

忽地，段峋唇角上扬，他停下脚步，垂眸看她，问："你在看什么呢？"

落日的光线掠过段峋的高挺的眉骨，他挑眉一笑，眉宇间的神色摆明了是在说"我知道你在看我，敢承认吗"。许微樱呼吸微窒，心底无端地生出几分紧张，她轻轻抿了下唇。

在两人安静的几秒内，许微樱想了想，老老实实地点头，轻轻"嗯"了一声，回答："看你。"

段峋心情不错地想接上一句"我弯个腰，给你光明正大地看"，他还没来得及出声，就听许微樱温声细语地补充："你别误会，我没见过消防员的蓝色制服，就多看了两眼。"

段峋神色一僵，低眸，若有所思："讲半天，你看的是衣服？"

许微樱顿了下，心虚地"嗯"了声，继续往前走。

段峋跟在她身侧，来了一句："你这眼光有点不够呢。"他摆明是在说，如果她眼光够，哪能只看制服，应该连穿制服的人一起看才对。

许微樱噎了下，假装没听懂他话里的意思。

临近办公室门口，许微樱主动说，"我五点半下班，还要一会儿，要麻烦你等我下班了。"

段峋看向她，"嗯"了一声。

"晚上吃什么，你来决定。"许微樱想了想，温声说，"毕竟是为了感谢你。"

段峋："在哪儿吃，等你下班再说。"

许微樱抿唇点了点头，不再多说地准备回办公室。

不过，还没等她迈步，段峋唤了她一声。

许微樱疑惑地回头。

段峋眉梢轻扬，语气如常："我就在园长办公室待着，不介意的话，你下班后，一起下楼？"

许微樱眨了眨眼，应了他。

微信聊天界面上是段峋发来的消息，信息不多，只有寥寥几条，却都间隔几分钟时间。

许微樱看完后，放下手机，收回思绪继续专心处理剩下的工作。

她把所有工作忙完，距离下班时间还有十多分钟。她打开微信，给黄嘉雯发消息：段峋帮了我，我今晚请他吃饭，下班后，我就先走了。

临近下班时间，黄嘉雯秒回：他是消防员，开始休假了？

许微樱：不是，他下午也演练了，只是来得晚，现在他在园长办公室。

黄嘉雯蒙了：他怎么在园长办公室啊……

下一秒，她反应过来了：不是吧！园长当消防员的侄子难不成就是段峋？

许微樱低睫：嗯，是。

黄嘉雯：那这样，他也就是你房东啊！

许微樱眨眼：没错。

办公位上的黄嘉雯一边戳着手机，一边冲许微樱疯狂使眼色。许微樱低头看聊天界面，只见她总结似的来上一句：你们还挺有缘分。

许微樱愣了下，她早在七年前的宏村就认识他了，确实也算是有点缘分的。

许微樱打了卡，走出办公室，就见到段峋斜倚在墙边，神情懒洋洋地在等她。

他已经把制服换下来了,穿着黑色短袖,手臂垂着,拎着一个包。

许微樱走过去,段峋抬眼看了她一眼,说:"走吧。"

两人一起下楼,穿过小朋友们的活动区。走出门口,看见停在不远处的黑色汽车,许微樱后知后觉地反应过来:"你是让金毛蔡把车开到了消防基地吗?"

上周五,她看到车子还在芜禾小区,现在段峋开了过来。

段峋瞥了她一眼,嗓音散漫:"要用,就让他送了下车。"

想到他说的参加会议,许微樱明白地点了点头。

上车后,许微樱低头系好安全带。

她偏头看向段峋:"你想好吃什么了吗?"

段峋的手腕轻搭在方向盘上,他侧眸,漫不经意地回:"没想,你想吃什么?"

明明是请他吃饭,以他喜好为主,怎么问题又抛了回来?许微樱沉默了下,看段峋也懒得决定吃饭地点的模样后,她思考了几秒,温声问:"结束后,你还是要回基地的对吗?"

"嗯。"

许微樱轻轻抿了下唇,低头按手机,查询了一番消防基地附近的美食店,发现寥寥无几。

不过,前段时间,她和黄嘉雯一起去吃过的茶餐厅"废记"距离消防基地没太远。

段峋眼皮低垂,饶有兴致地问:"你这是想好了,还是没?"

许微樱眨了眨眼,举起手机界面,试探性地轻声问:"吃这家茶餐厅?"

段峋眉梢轻扬,扯唇笑:"行,就这家。"

他启动车子,往茶餐厅开去。临近目的地,因"废记"地理位置的原因,车位不算好找。

段峋把车子停在路边,望一眼车窗外的茶餐厅:"我去停车,你在这儿先下。"

"好。"许微樱点头,"我先排队进店等你。"

段峋唇角上扬,"嗯"了一声。

许微樱拉开车门下去,走向茶餐厅。"废记"生意不错,她看一眼正在排队的人,缀在后头。

随着队伍长度逐渐缩短,许微樱抬眸往餐厅内看了一眼。

却没想到,从茶餐厅里走出来的一位年轻人也看向了她,并走了过来。

宋泊紧张地看向排队的许微樱,心底涌出惊喜,没想到在这儿能遇见她。

"许微樱。"宋泊笑着喊了声。

许微樱茫然地眨了下眼,对面前这位面容斯文的年轻人没有什么印象……自己认识他吗?

许微樱没吭声。

宋泊短暂地尴尬一瞬,旋即继续笑道:"我是宋泊,以前我们在口腔医院见过面,微信上也聊过。"

话音落地,许微樱心中了然,她礼貌地笑了笑:"宋泊,好巧……"

停好车的段崤走过来时,他视线直勾勾地盯着许微樱唇边的笑容,顺带扫了眼面前的男人。

这是谁?

段崤不认识,但听到"宋泊"这两个字后,他轻嗤一声,记起来了。

他走过去,来到许微樱身边,眼尾轻扫过宋泊,没说话。

许微樱偏头,对上段崤的视线。

宋泊愣住了,回过神后,他看向许微樱:"你朋友?"

不等许微樱回复,段崤笑了:"是啊。"他散漫的声音响起,"我,她朋友。"

宋泊神色僵了下,听他这语气,不知道的还以为在说——女朋友。

宋泊深呼吸一口气。

段崤唇角轻扯,瞧着宋泊,音色听不出情绪,道:"我们现在要去吃个晚饭,你这是想横插一脚,一起吗?"

横插一脚?这个词是这么用的吗?

许微樱轻抿唇,茫然了一瞬,愣愣地看向段崤。

他垂睫,点漆似的瞳孔回视她。

两人的视线撞在一起,他眼里的情绪有点沉。许微樱心底莫名紧了下,她垂下眼,手指下意识地捏住挎包的细带,轻轻错开视线。

段崤敛眸,神色如常。

宋泊闻言,神色彻底一僵。他张了张嘴,想要说些什么。可一时间,他竟然不知道该怎么回"横插一脚"这四个字。

恰逢这时,从茶餐厅里传出他朋友的呼唤声,宋泊尴尬地笑了笑,说:"朋友喊我了,我先进去了。"

许微樱礼貌性地点了点头。

队伍继续缩短，茶餐厅里有了空座位。许微樱和段峋走进去落座，她随手把挎包摘下来放在一边，抬头时恰巧看见宋泊和他朋友就坐在对面不远处的位置。

宋泊也看见了她，朝她笑了笑。

许微樱客气地弯了下唇。

段峋顺着她的目光瞥了一眼，收回视线后，他说："我们俩换个位置，行不行？"

许微樱一顿："怎么了？"

"没什么，"段峋笑，语调懒洋洋的，"就突然发现，你坐的位置，更合我眼缘。"

许微樱沉默了下，他这个说法也是挺奇怪的，茶餐厅的吃饭座位，还要合他眼缘？

不过，她没多想，好脾气地和段峋换了位置。

点完单，两杯冻柠七率先被端上桌。

许微樱低头，慢悠悠地饮了一口。

段峋姿态闲散地坐在她对面，漆黑的眸子随意扫了下不远处的宋泊，才端起冰饮喝了一口。

放下杯子，段峋盯着许微樱，语气随意地说："在'渡夏天'，你同意加的微信，就是他的？"

对于他的话，许微樱茫然地怔了下，旋即她才后知后觉地记起，这已经是近一个月前的事了，她都要没什么印象了。

许微樱舔了舔唇，略显诧异地看着段峋。她记得段峋虽然是在现场，可当时他眉眼倦怠地靠着柜台，拿着杯子灌冰。

没什么情绪，也懒得搭理人的模样和姿态。

末了，他更是头也没回地走出了"渡夏天"。

许微樱没想到段峋当时也听见了，她点头，温声说："是他，叫宋泊。"语毕，她不自觉地补充了几句，"毕业前我陪舍友去医院补牙，他是牙医，就见过一面。后来，没想到他是好朋友的小舅舅，这才加了微信。"

段峋眉眼散漫，似随口问："聊天多吗？"

"不多，没聊过几次。"许微樱实话实说，"不熟，也没什么话题可聊。"

段峋低睫，漆黑的眸子直勾勾地盯着她。他唇角上扬，毫不遮掩地说："做得对，少和他聊。"

"嗯？"

"他是你好朋友的小舅舅，"段峋挑眉，加重语气，"这差着辈分……听起来就不靠谱呢。"

点的餐食上桌，许微樱拿着叉子叉了一颗咖喱鱼丸，视线下意识地看向了餐桌上的一瓶番茄酱。

段峋抬眼看了她一眼，伸手动作自然地把番茄酱放在她手边。

用餐时，两人都没有说话，氛围却并不冷淡。许微樱吃着东西，听着茶餐厅放的一首粤语歌，曲调很温暖，歌手唱得也很好听。

只不过，她没听过这首歌，不知道歌名。

许微樱喝了一口柠七，在歌手唱到"我未似从前幼稚，我在找天生意义"时，她轻抿下唇，没忍住温声问："你知道这首歌叫什么吗？"

段峋眉梢轻扬地瞥了她一眼："喜欢？"

"挺好听的，"许微樱轻声说，"想加入歌单。"

段峋笑了下，嗓音散漫："这首歌叫《小白》。"他顿了顿，随意补充，"'小白'是歌手曾养过的一只猫。"

正在喝饮料的许微樱听到这话，差点被呛住。她想到自己给段峋修改的微信备注，和曾说过他是芜禾小区流浪猫替身的话，莫名心虚。

她舔掉唇上的水渍，轻轻垂下睫毛。

许微樱吃饭的速度不算快，段峋姿态散漫，同样没有吃得多快。

她抬眸看一眼他，收回视线后，再次拿起番茄酱，挤了一点。

一个不注意，她指尖蹭到了红色酱料。

她放下瓶子，要用另一只手去抽纸巾，但段峋已经抽了几张，伸手递给她。

许微樱眨了下眼，后知后觉地反应过来，吃的这一顿晚饭，段峋似乎总能照顾到她，他做起来也很自然，就和七年前一样。

许微樱怔了下，恍了下神，未及时反应过来。

"发什么呆呢？"段峋掀眸看她，动作不轻不重地顺手把纸巾覆在她手指上。

语毕，他若有所思地问："你是不是想让我帮你擦？"许微樱倏然回神，她张嘴刚想否认，段峋挑眉，补了一句，"也不是不行。"

旋即他低垂眼帘，隔着柔软纸巾，他骨节分明的手指顺势用了点力度，帮她擦去指尖蹭到的番茄酱。

许微樱怔住，却没有条件反射地挣脱。

酸酸甜甜的番茄酱气息在她鼻尖萦绕，很好闻。她的长睫颤了颤，感觉耳朵有点热。她轻轻地屏住呼吸。

擦完后，段峋收手，他看了眼她白皙的指尖，满意似的轻扬唇角。

许微樱的手指无意识地蜷缩了下，然后她努力控制着面部表情，语气平静地说了声："谢谢。"

段峋笑着道："不客气，顺手的事。"

许微樱眨眼，轻轻地"嗯"了一声，继续吃饭。

接下来的时间，许微樱莫名加快了进食速度。她迅速吃完，起身，说了句去趟洗手间后，转身离开。

走进洗手间，许微樱紧抿了下唇，感觉心跳有点乱，又长呼了口气。

她站在洗手台前，边洗手边抬眸看镜中的自己。

果然不出她所料，耳尖红了。

从小到大，她情绪波动时，耳尖要比脸先红，并且是很明显的嫣红。

许微樱盯着镜子里自己绯红的耳朵，脸上的表情有点发怔。怎么就不受控制地红了呢？她茫然地深呼吸口气，轻轻地调整了下呼吸。

在准备走出去时，许微樱的视线再次落在镜子里自己泛红的耳尖上。她犹豫了几秒，抬手把发圈给摘了下来。

乌黑柔顺的长发披肩，她用手指拨了拨发丝，尽量把绯红的耳尖遮住，旋即，她才神色自若平静地走出去。

来到餐桌边，许微樱停下脚步，温声说："现在走吧？"

"嗯。"段峋抬眼看她，视线扫过她的长发。盯了几秒后，他唇角微弯，伸手捞起她放在一边的拎包，起身。

许微樱主动接过拎包，低头从包里拿出手机，就要往收银台走去。

只不过，她刚转身迈步，拎包的细带就被人从身后勾住，她脚步一顿，茫然地偏过头。

段峋的手指勾住了她拎包的细带，不轻不重地把她往身边扯。他直直地盯着她，眼眸含着笑意，低笑着说："往哪儿走呢？"

许微樱长睫轻颤，喃喃："去买单。"

段峋修长的手指牵着她拎包的细带，带她走出茶餐厅："买过了。走，送你回家。"

许微樱亦步亦趋地跟在他身侧，熟悉的绿柚气息顺着夜风从段峋身上传递过来，她怔了怔，看着他利落的侧脸，轻轻应了声。

坐上车，许微樱系好安全带后，才想起段峋还要回消防基地。她考虑了下,温声说道:"你还要回基地,我坐地铁回去就行。"

她垂眸就要去按身侧的按钮,把安全带给解开。

段崎偏头,见她的动作,他扯扯唇,伸手力度不轻不重地按住她的手腕。

许微樱抬眸看他。

段崎眉骨轻抬:"说了送你回去,你想耍赖皮?"

许微樱抿唇,温声解释:"怕你回基地太晚了,不行。"

段崎笑:"我差送你回去的时间?"

许微樱噎住,眨了下眸子,不再说话。

段崎瞥了她一眼,松开手,眉梢轻扬,启动车子。

车内没有开电台,也没有放音乐,很安静。许微樱看着车窗外一闪而过的街景,短暂几秒后,她慢一拍地看见了车窗玻璃上,自己和段崎的倒影。

不知道是不是她的错觉,段崎在某个瞬间似是侧眸看了她一眼。

许微樱轻轻眨了下眼,盯着车窗倒影,然后,她抬手慢吞吞地揉了下被头发遮住的耳朵。

回到家,许微樱走到餐桌边,倒了一杯水,坐回沙发上喝了几口。

她低头,视野内看到轻垂下的发尾。她舔了下唇,反手想重新把头发给扎上。可抬起手腕时,她才注意到,发圈不见了。

她眨了下眼,没多想,俯身,拿起茶几上的手机,却没有立马点开,而是心不在焉地发起了呆。

许微樱垂下长睫,有点失神。

她和阿崎的相处,似乎如倒转拨动的时针,在滴答地流转到多年前,两人熟悉的相处状态。

这是让她怀念的。

毕竟,在她黯淡无光、木讷少言、灰扑扑的少女时代,耀眼恣意的少年是唯一一位会站在她面前保护她的人。

深夜,许微樱轻呼口气,舒服地躺回床上,点开手机。

一晚上她都没怎么看过微信,点开后,才发现黄嘉雯犹如开机关枪似的,在两个小时给她发了一连串消息。

许微樱侧躺调整到一个舒服的姿势,她手指滑动聊天界面,眨眼看着。

黄嘉雯:段崎这芜禾街巷第一大帅哥的称号,真不是瞎掰的。下午,他来幼儿园没多长时间,不仅被要微信,还被偷拍了照片。

黄嘉雯:哈哈哈哈哈哈哈,尤其我听说王瑶瑶去找他要了,他都懒得理,没给，笑"发财"了。

许微樱眨了下眼，想到下午在办公室窗边，偶然见到的一幕。

原来，那时王瑶瑶是找段峋要微信。

许微樱抿了下唇，轻轻打字：你是怎么知道的？

过了一会儿后，黄嘉雯发了新消息：嘿嘿，我是听刚入职没多久的小方老师和我说的。

黄嘉雯：我听小方说，偷拍段峋的是另一个幼师同事。说他到现场时，穿着蓝色制服，特别帅。但我也就听她这么说，没看到照片。

许微樱沉默了下，记起傍晚走廊她和段峋的遇见。她垂下眼，心不在焉地回复黄嘉雯。

第二天上班，许微樱打完卡走向饭堂，却在门口就见到了黄嘉雯。

黄嘉雯显然是在等她，脸上的笑容透着奇怪。

许微樱一脸莫名："怎么了？"

黄嘉雯拉着她走到角落，忍着笑意，说："我今天早上收到了小舅舅的消息，他说，昨天晚上吃饭看见你了。然后他就和我打听，和你一起的朋友是谁。"

许微樱："你说了吗？"

"我没说。"黄嘉雯笑，"他虽然是我小舅舅，可段峋是你朋友。你们在一起吃饭，我干吗说那么多。"

黄嘉雯虽然八卦，却很拎得清。

语毕，黄嘉雯拍了下她的肩膀："昨天你和段峋吃饭，遇到了我小舅舅，你怎么没和我说？"

许微樱实话实说："我给忘了。"

虽然吃饭前和他打了个照面，可在她心里，这就是一个无关紧要的人，到家后她都忘了这一茬。

结束上午的工作，许微樱和黄嘉雯吃完午饭，回到办公室午休。

她拿出软枕垫在胳膊下，脸颊贴着，却没立即闭眼，而是打开手机刷了一会儿。许微樱把各种各样的新闻都看了一遍后，困意逐渐袭来，就在这时，微信上有新消息进来。

许微樱指尖点开。

dx：你发圈落在我车上了。

dx：明天我休假，拿给你吧。

是段峋。

午休时间，办公室静悄悄的，遮光帘也都放了下来，光线偏暗。

许微樱拿着手机，屏幕的微光轻轻笼着她的眉眼，她眨眼，盯着段峋发来的信息。

原来，发圈是掉在了他车上。

许微樱脸颊贴着软枕，轻轻抿了抿唇，回复：好哦，明天，你拿给我。

下班，许微樱收拾好工作台面，和黄嘉雯一起走出办公室。

黄嘉雯挎着许微樱的手臂，一脸八卦地笑着说："猜猜，我今天看见了什么？"

"什么？"许微樱老实地摇头，"我猜不到的，你告诉我吧。"

黄嘉雯没卖关子："我看见了昨天下午段峋在现场的照片！"

她说："小方老师发给我看了。"又轻"啧"一声，"不得不说，段峋这张脸真够绝的啊。要不是他是消防员，不然真的可以靠脸吃饭呢。"

许微樱沉默须臾，说："在'渡夏天'，金毛蔡不就用他这张脸，"她停顿了一下，斟酌着用词，一字一顿补充，"'拉客'？"

许微樱话音落地，黄嘉雯"扑哧"笑出声。

许微樱紧抿了下唇，垂下长睫，低不可闻地喃喃："没说错吧。"

黄嘉雯狂笑："樱妹，你说得可也太对了！"

许微樱轻轻抿唇，垂下眼眸——她知道的，无论是年少还是现在，阿峋都是惹眼招人的存在。

黄嘉雯看了一眼手机，想起了什么，好奇地问："樱妹，你之前跟我说过，你大学报考到这边，是因为中考结束后的暑假，遇到了去你老家进行美术集训的学生，才对这里感兴趣的？"

许微樱点头，温声回道："假期遇到的美术生，让我记忆深刻，高考结束填报志愿的时候，就填到了这边。"不知怎的，她忽然鼓起勇气，坦白地说，"那个，就是段峋和金毛蔡他们。"

黄嘉雯眼睛一亮，恍然大悟："段峋和金毛蔡就是当时去集训的美术生，你认识了他们。"

许微樱"嗯"了一声。

黄嘉雯："哇，那你们好有缘分啊！"

黄嘉雯还在说话，许微樱低头，"缘分"这个词在脑海中盘旋，她沉默又心不在焉地和黄嘉雯走出幼儿园。

在地铁站两人分别，许微樱上了地铁，从包里掏出手机。刷了一会儿微博后,她退出来,点开微信。

黄嘉雯在几分钟前给她发了消息:樱妹,段峋的照片,小方老师发给我了,你看看!

黄嘉雯:[图片]

许微樱低头看手机界面,她吸了下鼻子,指尖慢慢地点开照片。

这是一张偷拍照,镜头角度不够出色。

可有时候,照片是不需要精心去找角度的,被拍的人已足够耀眼夺目。

照片中身穿挺阔制服的男人,身形挺拔修长,宽肩长腿。午后阳光倾洒下来,他整个人犹如沐浴在了光芒下。在浅金色的光线里,他眉眼轮廓利落,唇边有浅淡笑意,肩膀处的徽章熠熠生辉。

许微樱垂眸静看了几秒,轻轻眨下眼,按灭手机,莫名有点失神。

许微樱不由得想到,在夏日暑假,曾发生过的一件事,让十五岁时的她后知后觉地反应过来,自己认识的段峋有多耀眼。

许微樱在小镇上的初中学校读书,师资、生源都很一般,可以说是一般到差劲的地步。

学校的学习氛围并不浓厚,有部分学生准备中考结束后,就外出打工不上学了。因此在那种乱糟糟的环境里,老师们毫无办法,只能紧抓几位愿意努力读书、为中考冲刺的学生,许微樱就是其中之一。

在学习这方面,她的悟性算不上高,但她是愿意一步一步地努力的。当时,以她的成绩是有一线希望考进县城一中的。

只不过,她个子发育得晚,有点胖,性格也是木讷少言。只看一眼,就知道是很好拿捏欺负的存在。

班级里,有几位相当于放弃中考的同学,会时不时地讥讽嘲笑她。

"肥崽""又胖又矮,成绩好又有什么用""话都说不利索的胖子",裹挟着恶意的词汇朝许微樱袭来,可学习的压力就已让她精疲力竭,她实在没有精力再去抵抗什么。

而且,她似乎找不到可以去反驳的理由,因为她也觉得自己又矮又胖,不好看。

她努力地屏蔽外界恶意,只专注学习。

她默默地把"敌军围困万千重,我自岿然不动"这句话写在本子上,告诉自己,等到中考结束就好了。

考完试,暑假来临,结束了初中生活,她确实是松了一口气。

在那年暑假,她认识了段峋和金毛蔡,以及画室集训的人。少男少女们青春洋溢,朝气蓬勃,是她从未接触过的热烈、明灿。

所以,许微樱虽然不善言辞,没有表达出什么,可她很愿意,很愿意,和他们待在一起。

就算什么都不做,只是坐在旁边,发呆地看着众人画画,她也没有感觉浪费时间。

因此,那时候许微樱会主动地去宏村,用蹩脚的理由找段峋和金毛蔡,安静地待在一旁看他们写生。

等他们白天写生结束后,许微樱回到小镇。

夏夜,繁星点点时,段峋就会来这儿,悠闲地坐在超市门口,教她粤语。在蝉鸣不歇的夏季,许微樱拥有了她从未想象过的放松的盛夏日常。

只是,她没有预料到,在某天她再次去宏村时,撞见了当时讥讽嘲笑她的同学。那三个女生已经不读书了,她们脸上化着妆,看见许微樱后,几人也是愣了一下,随即都乐了,然后就犹如见到"老朋友"似的,笑着招呼她过去。

许微樱只看她们一眼,就一声不吭、当机立断地转身跑。

那天下着雨,空气中蕴含着水汽,宏村的青石板路上是一个接着一个的小水坑,滴滴答答的落雨砸下来,天际是摇摇欲坠的颜色。

许微樱圆乎乎的,下雨天更跑不快,没一会儿就被她们抓住带回了巷子里,逼至墙边。

其中一个绿发女生用手指戳着许微樱的脖子,笑嘻嘻地道:"怎么说都是同学一场,见到我们,你跑什么?"

许微樱后背贴着湿漉漉的墙壁,她张了张嘴,平静地说:"我还有事。"

女生们笑了:"你能有什么事?"

另一人伸手拍了拍又掐了掐许微樱的脸,感慨似的说:"毕业才没几天,这胖子的脸都没机会掐了,手感都不熟了,感觉肉少了点,她该不会是瘦了吧?"

又一只手伸了过来,那女生哈哈笑着:"别开玩笑了,这胖子要是会瘦,母猪都会上树。"

雨滴滴答答地落着,嘲笑声混着雨声砸过来,许微樱感受到脸上传来的微微痛意。雨水溅到了她的睫毛上,她的视线变得模糊,如从前一样,她紧抿着唇,沉默地等待她们收手。

"我都怀疑她不是亲生的,"绿发女生讥笑着接腔,"我在她家店见过她爸妈，长得不丑啊，她怎么会长成这样？"

连绵的雨中，湿漉漉的巷子里，另一个女生抬手又想去掐许微樱时，一只骨节分明的手伸了过来，把她给扯开。

那女生脚步不稳，另外两个女生发出了惊呼，不可思议地回头看。

在连绵的雨幕中，许微樱望见了撑着伞的段峋。

少年穿着黑色短袖，肤色冷白，一张脸上不见一丝表情，漆黑的眸沉得似摇摇欲坠的天际。

许微樱用力地眨了下眼，睫毛上的水滴滚落，她的视线慢一拍地和段峋对上。

下一瞬，他伸手把她带到伞下。

"小朋友。"他低睫看她，没有几分情绪地笑了下，"找你有一会儿了，原来是被困在了这儿。"

许微樱迟钝地仰头，讷讷无言。

雨还在下。

巷子内寂静无声，段峋和许微樱站在同一把伞下，仿佛隔绝了两个世界。

段峋眸色极冷，面无表情看着惊慌失措的三个女生，一字一句道："我不打女的。"顿了顿，他扯唇，要笑不笑地补充，"但你们要再欺负她，我有别的法子整你们。"

雨幕中身形高挺的少年，柔软的黑发沾了雨水，他神情冷得要命，字字句句，如浸了寒冰，似刀如刃。

那三个女生看着他，既是感到畏惧，又被他的长相吸引，心跳快了起来。

在淅淅沥沥的雨中，回过神的绿发女生看向面前的少年，她没忍住地大胆问道："以后都不欺负她了！你叫什么名字，我们能不能交个朋友啊？"

话音落地，许微樱倏然间愣住了，她怔怔地仰头，看向段峋。她完全没有想到，以嘲笑她为乐的女生，竟然会说出这种话。

站在她身侧撑伞的少年，似是听见了笑话，他掀了掀眼皮，薄唇轻扯，冷冰冰的嗤笑随着雨声毫不客气地砸向那三个女生："交个朋友，我不挑？"

段峋撑伞，许微樱亦步亦趋地和他一起走出巷子。

雨珠滴落伞面，绽放雨花，许微樱神情有点茫然，她不是第一次这样被对待，却是第一次有人把她拉到伞下。

停下脚步，许微樱才恍然她跟着段峋走到了宏村一家老式小商店门口。

经营小商店的是位老人家，门檐下摆了几个竹藤小椅，段峋看了她一眼："先坐。"

许微樱垂着脑袋点了点头，慢慢地坐下来。

他收伞走进小商店，出来时，手里多了一瓶冰饮。

段峋坐在许微樱身边，他把冰饮递过去，嗓音轻得似安抚："脸都被掐红了，敷敷。"

微凉的气息从他的指尖传递，许微樱睫毛颤了一下，抬手接过，缓缓地把它往脸上贴。

她不是第一次承受这种伤害，所以习以为常，情绪自始至终都挺平静。可是现在，当饮料瓶的外壁贴着她的脸，凉气一丝丝地顺着过来时，许微樱后知后觉地感到眼眶有点酸涩。她低着头，吸了下鼻子，机械似的拿着饮料瓶贴脸颊。

门檐的雨滴滚落，一颗接着一颗的雨花绽放，在绵绵雨幕中，谁都没有说话，安静得只能听到雨声，和身后的小商店里，老人家用收音机播放出的戏曲声。

不知过去了多久，许微樱侧过头去看段峋，映入眼帘的就是他望过来的视线。

许微樱一时间未反应过来，段峋低眸看她，伸手拿过她手里的饮料，拧开瓶盖，然后递给她喝。

许微樱愣了愣，捧着饮料，慢吞吞地喝了一口，抿了下唇。

"小朋友。"段峋盯着她，表情认真，似是在观察她的反应，安静几秒后，他才说，"现在有感觉好点了没？"

少年的嗓音和雨声交织在一起，可许微樱听得十分清晰。

在她黯淡无光、灰扑扑如路边不起眼的石子的青春期，许微樱始终记得，在落着雨的巷子里，有那么一个人伸手把她拉到伞下，在老式小商店门口安静地陪着她。

飞驰而过的地铁响起字正腔圆的播报声。

许微樱缓缓收回思绪，平静地眨了下眼，起身走出去。

进入老城区的芜禾街巷，许微樱走在树下，路过"渡夏天"时，她看向站在柜台后，笑容灿烂地和客人聊天的金毛蔡，她随即走过去。

金毛蔡看到许微樱，笑着和她打招呼："下班啦？"

许微樱笑容温和地应了声，然后看着点单屏，考虑了一下后，说道："来一杯金橘柠檬茶。"

"好嘞，你稍等一会儿。"

许微樱点头，找了个空位坐下来，安静地等。

金毛蔡把柠檬茶端上桌后，许微樱道了声谢，然后插上吸管喝了一口。

一杯茶饮喝到三分之一时，许微樱想了想，拿起柠檬茶，准备回去了。

路过柜台时，金毛蔡看了她一眼："要走啦？"

"嗯。"许微樱笑着点点头。

她犹豫了几秒，斟酌着说："我可以说一下，喝这款柠檬茶的感受吗？"

"当然可以！"金毛蔡眼睛发亮，"顾客的意见，是我改良配方和出新品的灵感来源。有什么感受，你快说。"

许微樱捧着柠檬茶，实话实说："也没什么，就是感觉你做的没有段峋做的好喝。"

话音落地，空气有瞬间的静默，金毛蔡整个人都呆了。

回神后，他瞪大眼睛，盯向许微樱，不可思议地号问："真的假的啊？我做的还没阿峋做的好喝？"

许微樱眨眨眼，看看手里还没喝到一半的柠檬茶，默默地点了下头。

许微樱考虑了下，安慰似的轻声说："别太难过，也许只是我个人的口味原因，别的顾客还是会感觉你做的更好喝。"

金毛蔡并没有被安慰到，他纳闷地开始找原因："怎么就没阿峋做的好喝了？做法和以前一致，没变啊。"

许微樱局促地握紧手里的柠檬茶，眉眼平静地低声说："可能是因为，你懈怠了吧。"

金毛蔡一脸蒙。

许微樱轻抿了下唇，神色认真地看着他，不疾不徐地解释："在'渡夏天'，你经常用段峋的脸……"她顿了下，诚实地补充，"'拉客'。'渡夏天'不缺顾客了，你在做柠檬茶方面，就懈怠了。"

"啊？"金毛蔡愣愣地说，"是这样吗？"

"嗯，我感觉是的。"许微樱想了想，嗓音温和，"这是'歪门邪道'，我认为不太好。"

金毛蔡挠头，茫然地问："所以你有什么建议吗？"

"我就建议，"许微樱紧抿了下唇，诚实地回答，"你少用段峋的脸来'拉客'。"

第二天是本周的最后一个工作日，许微樱爬起来，进卫生间洗漱。吐掉嘴里的薄荷味泡沫，她用凉水洗脸，彻底清醒后，回卧室换衣服。

110

打开衣柜,许微樱看着里面的夏装。

她的衣服不算多,大多还是毕业前买的。迟疑了几秒,许微樱拿出一条香芋紫的连衣裙换上。

这条夏裙长度能遮住许微樱的大腿,她裙摆下的双腿纤细又白皙,骨节处泛着浅浅的粉。许微樱低头看了看裙摆,抿了下唇,坐在梳妆台前。

她在脸上稍微化了点淡妆。

末了,她拉开抽屉,盯着一支哑光雾面的口红。她轻轻眨了下眼,拿起口红塞进包里,起身出门去上班。

幼儿园饭堂里,许微樱拿着勺子舀了一口黑米粥,吹了吹热气,专心地喝着。喝到一半,察觉到身边有人落座,许微樱偏头,不偏不倚地对上了黄嘉雯饶有兴致的打量目光。

许微樱握着勺子的指尖顿了下,神色温和地低声问:"怎么了?"

黄嘉雯咬了一口叉烧包,斩钉截铁道:"樱妹,我感觉你今天有点不一样!"

许微樱表情如常:"是吗?"

黄嘉雯笑眯眯地盯着她:"这条夏裙,我没见你穿过。"

她发现新大陆似的直直盯着许微樱,与此同时,在心里感慨,樱妹可真是够靓的,太赏心悦目了,只是看一眼,就让人舍不得挪开目光!

许微樱今天穿了一条香芋紫的裙子,很温柔清新的颜色,微微露出白皙精致的锁骨。她雪肤乌发,眉眼纯净又靓丽,穿上这条裙子后,就似夏日枝头水灵灵的紫葡萄。

许微樱实话实说:"毕业前和舍友一起逛街时买的,只穿过一次,今天是第二次。"

"噢,难怪。"黄嘉雯恍然大悟,不过她还是没忍住追问,"那你今天怎么会想起来穿这条裙子了呢?"

许微樱垂睫,抿了抿唇。安静地思索了几秒后,她柔润的眼眸看向黄嘉雯,似是在回答对方的问题,也在说服自己。

"今天周五,为了迎接快乐的周末。"许微樱长睫轻颤,低不可闻地小声补充,"而已。"

夕阳渐沉,许微樱打完卡后,走出办公室。

不过,她在门口脚步微顿,然后往卫生间走去。

许微樱站在洗手台前,抬眸看向镜中的自己,旋即她的视线落在背的白色小挎包上，她指尖动了动，打开包，拿出口红。

许微樱拧开口红盖子，动作细致缓慢地往柔润的唇瓣上薄涂了一层。

涂完后，许微樱眨了眨眼，她盯着镜子才发现，自己天然绯色的唇瓣，在涂上一层口红后，看起来反而透着奇怪，有点太……艳丽了。

许微樱轻轻抿了抿唇，垂下眼，抽出一张纸巾沾湿了水，一点没犹豫地把唇上的口红给擦了。

她盯着沾上口红印的纸巾看了一眼，把纸巾团成一团，扔进垃圾桶。不知道想到了什么，她眉眼间的表情莫名地透出一股僵硬。

旋即，她轻呼出口气，头也不回地迅速走出卫生间。

出了地铁站，许微樱往芜禾街巷走去，进了老城区区域后，时间都似乎被延长了。

许微樱下意识地放慢脚步，平日里十分钟就能走到芜禾小区，今晚磨蹭了二十分钟。

周五晚上，芜禾小区比以往热闹，小朋友们追逐打闹，欢快地跑过。夏风吹过，葱郁的树梢发出簌簌的声响。

许微樱看着楼栋门，轻轻抿了下唇，抬脚上楼。

直至迈上三楼台阶，她脚步一顿，仰头，视线猝不及防地和站在楼道内的男人对上。

他穿着黑色短袖，身形修长，斜倚在窗台上，懒洋洋地看过来，唇角勾着笑。

晚风吹拂，送来不知名的花香和他身上浅淡清新的绿柚气息，许微樱眨了下眼，眉眼温和地仰头看他。

段峋身后是一方夏季夜晚，夜风轻掀他黑色的衣摆，他姿态慵懒，似随意栖息在这儿的夜蝴蝶，漫不经心地挥挥翅膀，就会飞进夜晚。

"许微樱。"

段峋漆黑的眸直直地盯着她，唇角弯起："进小区后，你走路速度这么慢呢？"他顿了下，道，"挺磨蹭啊。"

许微樱迈完台阶，走过去，眉眼平静地回道："有吗？我平常走路就这个速度。"

段峋瞥了她一眼，轻笑着没有说话。

许微樱沉默了几秒，想了想，在他面前主动提道："你说的发圈，现在可以给我了。"

112

段峋低垂着眼帘看她,语气懒散:"不好意思,本来是要把发圈带给你的,可它突然消失了,没法给你了。"

许微樱眨眼看着他,虽然段峋说着"不好意思",但听他散漫的语气,丝毫没有"不好意思"的态度,还很理直气壮。

不过一个发圈而已,许微樱也不会计较。

只是,她没太听懂他说的话。

许微樱困惑:"消失了,是什么意思?是不见了吗?"

"不。"段峋唇角轻扯,"消失了,就是说,它还会不会出现,就全凭我心情。"

许微樱愣了,没反应过来。

"你落在我车上的发圈,凭我心情,出不出现。"段峋垂下眼帘看她,弯了下唇,"回头我赔个新的给你。"

许微樱眨了下眼。站在她面前的段峋忽然俯身弯腰,两人的距离在一瞬间拉近,他的气息铺天盖地地将她笼罩住。

四目相对,许微樱撞上了他那双看似玩世不恭的眸子。

段峋低垂着眼看她,露出笑意。许微樱唇瓣轻动,还未来得及开口,段峋唇角上扬道:"听金毛蔡讲,你给他提建议,少用我的脸'拉客'?"

他语气悠然,一句话说得拖腔带调。

许微樱呼吸窒住,清润的眼眸愣愣地看着他,万万没想到,金毛蔡向段峋"告状"了。

她现在感觉有点尴尬。

许微樱扇了扇长睫,努力维持面部表情,说:"嗯,我是提了,不过我没别的……"

一句话还没说完,段峋勾唇笑了,打断她:"没看出来。"

许微樱:"什么?"

"你对我,还挺有……"段峋漆黑的眸盯着她,唇角上扬,一字一句地补充,"占有欲。"

小区内,小朋友欢快玩闹的声音在这一刻尽数消失,四周静谧无声。许微樱耳边听见的只有段峋从喉咙里滚出来的一句"占有欲",腔调慵懒,不轻不重。

夜晚的风吹过,许微樱的目光直直地撞进段峋漆黑的眸中,她长睫颤了颤,低下头,神色镇定地找理由解释:"我这只是以顾客的角度,为'渡夏天'的经营提的一个建议,没有别的意思。"

"是吗?"段峋瞥了她一眼,神色如常,懒洋洋地笑,"那我这是误会了?"

许微樱眨眼,心底松了口气,顺着他的话音接腔,她"嗯"了一声,语速缓慢:"你是误会了。"

段峋站直,视线落在她身上,他眉骨轻抬,似是随意出声:"不过,这种提议,还真挺容易被误会。"

他顿了下,唇角扯起弧度。许微樱的神经无意识一紧,她睫毛轻抖,条件反射地屏住呼吸,莫名紧张起来。

段峋俯身凑近她,眉眼玩世不恭,语气听不出情绪好坏,他说:"你让我白高兴了一场。"

空气陷入短暂寂静,许微樱心脏一跳。

她沉默了下,紧抿了下唇,抬眼对上段峋,温声说:"你不亏。"她深呼吸,温声温气地说,"我也让你高兴了一下,不是吗?"

段峋直勾勾地盯着她,好半晌后,他唇角上扬地"嗯"了一声,似随口回应:"下次继续,再多让我高兴几次。"

许微樱张嘴想要说些什么的时候,窗台外的绿色树梢发出簌簌声响,时间仿佛无限拉长,这个瞬间,两人的视线不轻不重地对上。夜风吹拂,在柔软的风声中,许微樱听见他慢条斯理地补了句:"白高兴也行。"

许微樱沉默不语,却莫名地觉得心跳有点快。

她稳了稳心神,仰头看他,想了想后,说:"段峋。"

段峋笑:"怎么?"

许微樱舔了舔唇,慢吞吞地说:"你还挺容易满足,白高兴都行。"

段峋挑眉,低睫看她。

"你应该,"许微樱顿了下,一鼓作气地说完,"有点追求。"

她话音落地,段峋唇角上扬,眼眸定定地看着她,眸色深了些,拖腔带调地"嗯"了一声。他笑,似意有所指,一字一顿道:"在追。"

/Chapter 05/
她和他安静相拥

晚上，洗漱完的许微樱躺在床上，房间里安静得只能听到自己轻缓的呼吸声。

她现在回想刚才和段峋在楼道窗台边的谈话，总感觉有点奇怪，似乎还有一层别的意思，

只是她没琢磨明白。

她握着手机，翻了个身，调整了一个舒服的姿势，垂眼看向手机界面上的"点赞"。

没有想到，段峋会给她之前发的一则朋友圈"点赞"。许微樱指尖按着手机屏幕，思考几秒后，她慢腾腾地发了条消息过去：你还没睡吗？

下一秒，他给了回复：在看电影。

许微樱轻轻眨了下眼，脸颊贴着柔软的枕面，翻了个身，手指按住键盘，却看见段峋又发来一条信息：你看不看？

许微樱握着手机，睫毛颤了下，盯着聊天界面，想到了一个多月前，她和段峋一起看电影的那天。

许微樱抿了下唇角，垂眼打字：嗯，看。

段峋言简意赅：过来。

许微樱一点困意都没有，看了眼段峋的信息，她回了个"好"，就从床上爬了起来。

她从卧室走出来，路过卫生间时，迟疑了几秒，开灯走进去。

许微樱抬眼看了看镜中的自己，乌发披肩，肤色很白，唇瓣是天然的绯

115

色。她长睫颤了下,眸中流露出一丝不自然。她伸手拿起梳子,快速地梳了下长发后,轻呼出一口气,走出家门。

隔壁房门开着,客厅的灯光倾泻出来,照亮了楼道的一小方天地。

许微樱迈步走进去,未料到段峋正姿态闲散地靠着玄关,她愣了下,下意识地问:"你站这儿,是在等我吗?"

段峋闻言,稍稍弯下腰,漆黑的眸看着她,唇角上扬:"哪里是等你,你再慢点,我不得去隔壁接你?"

许微樱噎了下,但她还是觉得需要解释一下。她直视着他,认真地说:"我不慢的,回完你的消息,也才过去几分钟,我就过来了。"

段峋唇角扯起散漫的弧度,未说话。

沉默了下,许微樱语气如常地补充:"下次吧,我要是来晚了,你再去隔壁接我。"

段峋眉心微微一跳,旋即挑眉笑:"行,你等着。"

四目相对,距离拉近,段峋身上浅淡清新的绿柚气息,无孔不入地侵袭过来,许微樱如跌入浪潮般跌入他的眸中。

许微樱舔了舔唇,眨了眨眼,镇定自若地轻应了声。

深夜,近凌晨一点,小区静谧无声,只能偶尔听见些许微风声和夏虫的叫声。

许微樱坐在沙发上,侧眸,往阳台外的夜色里看了一眼。收回视线后,她仰头,见段峋站在她面前,递过来一沓碟片。

她下意识地忽略了碟片,视线落在他手腕处微凸起的腕骨和肌肤下清晰可见的青筋脉络上。

段峋敛了敛眼皮,下颌轻抬:"想看什么,自己选。"

他这话和上次一样,许微樱"嗯"了声,眉眼平静地把碟片接过来,"轻车熟路"地低头挑选。

段峋瞥了她一眼,走向冰箱。

本想问许微樱喝点什么,可看见冰箱里只有啤酒后,段峋轻"啧"一声,随手又给关上了。

他走向餐桌,拿杯子倒了一杯水,俯身放在她面前的茶几上。

许微樱手指翻着一沓碟片,抬眸看了眼水杯,偏头望向段峋。

"冰箱里只有啤酒,没饮料,"段峋抬了抬下巴,"喝水行吗?"

许微樱对饮料没什么兴趣,点了点头,温声问:"你呢?"

段峋坐在沙发上,懒洋洋地往后靠,眉梢轻抬:"什么?"

116

许微樱:"你不拿啤酒喝吗?"

她话音落地,段峋掀了掀眼皮,视线落在她身上,盯着看了两秒。她穿着短袖短裤,四肢纤细白皙,乌发柔顺地披在肩头,肌肤白得似冬季的第一捧雪。

说这话时,她眉眼平静又温和,显然没觉得有什么不对。

段峋收回视线,扯了下唇角,笑了,反问:"合适?"

夏夜凌晨和她一起在家里看电影,孤男寡女的,要是他再开罐啤酒喝,他觉得,他现在名不正言不顺的,还真不太合适。

许微樱闻言,蒙了一瞬,没明白有哪里不合适。

她眨了眨眼,想了想,思考了几秒后,清润的眸看他,试探性地温声问:"你是觉得拘谨吗?"她抬眼看向客厅的冰箱,"你别拘谨,这是你家,我都不拘谨。你想喝就喝。"

气氛陷入短暂的安静。

段峋漆黑的眼眸直勾勾地盯着她,他舌尖抵住下颚,似是气乐了:"谁拘谨?"

"不是你吗?"许微樱抿了抿唇,好脾气地说。

倏然间,段峋的眸沉了沉。他毫无征兆地伸手攥住许微樱纤细的手腕,力度不轻不重地把她往身边扯了一下。

许微樱的身体往一侧倾斜,倒在了段峋肩侧。相触的刹那,她清晰地感受到了他肌肤的温热。

距离在一瞬间拉近,段峋的气息铺天盖地地兜头把她笼罩住。许微樱怔了怔,却没有感到惊慌失措,只是仰头茫然地看着他。

两人视线定格。

他鸦色长睫下的黑眸似午夜海岸,深不见底,摄人心魄。许微樱眼皮跳了下,没移开视线。

"你怎么回事啊?"段峋直直地看她,要笑不笑的,"这要是换另一个男人,这时间和你一起看电影,你也能丝毫不介意对方开酒喝?"

客厅的白炽灯漾出光影,四周都静悄悄的,唯有段峋低哑的一句问话轻轻刮过耳郭,似带了点躁意。饶是许微樱再迟钝,也听出了他语气中的不豫。

许微樱舔了下唇瓣,沉默须臾,她实话实说地缓缓回道:"你这个假设不存在。"

段峋喉结滚了滚,没回话。

"这个时间点,若是有其他人问我看不看电影,无论是谁,我都不会答应的。"许微樱眨了下眼，诚实地补充，"除了你。"

段峭盯着她的脸，唇角微微一松，忽地笑了。

他挑眉，若有所思地问："我在你这儿，还有特权？"

"嗯，你可以这么理解。"许微樱诚实地点头。

许微樱的想法很简单，段峭在她这儿到底是不一样的，很不一样，所以，他行，别人不可以。亦如，在多年前初次相遇的夏天，她在段峭那儿，也是有着好多"特权"。

段峭低眸看她，唇角上扬，他拖腔带调地"嗯"了声："行。"

许微樱："嗯？"

段峭身形高挺地站起身，往冰箱的方向抬了抬下巴，尾音慵懒："你都这么说了，我不得行使下我的——"顿了顿，他眉梢轻挑，愉悦地低笑，"特权？"

段峭拎着两罐冰啤酒随手放在茶几上，然后坐下来。在沙发上，两人相隔不远不近的距离。许微樱看了他一眼，就继续挑选电影。

末了，她挑了一部喜剧片，她翻看完影碟片背面的内容介绍后，感觉还不错。

许微樱拿起来，往段峭眼前递了递，温声说："这部电影好像还挺有趣的，你看一下怎么样。"

段峭靠着沙发，握着一罐啤酒。他垂眸，眼尾轻扫，懒洋洋道："行，就看这部。"

许微樱抿了下唇，感觉他回答得好敷衍。她垂下眼，声音低不可闻地问："你看完简介了吗？"

段峭喉结滑动，毫不遮掩地回："简介没看。"

许微樱彻底哽住，莫名感到有股气被吊了上来，她低声："那你刚才看什么了？"

段峭掀了掀眼皮，嗓音是一如既往的漫不经心："上映时间。"语毕，他姿态闲散地往后靠，手指拨了下啤酒罐的拉环，发出清脆的一声响，他似随口说，"你的出生年。"

许微樱握着碟片的指尖一顿，她怔了下，垂眼，这部出品时间刚好是两千年的电影，和她的出生年一致。

许微樱睫毛颤了下，舔了舔唇，温暾地应了一声，没再说话。

安静的客厅内响起电影的对白声。

118

这部喜剧片节奏快，笑点密集，时长也短。

看完，许微樱还有点意犹未尽，她捧起水杯，喝了一口。抿掉唇上水渍，她侧眸看向段峋，想了想，试探性地问："还能再看一部吗？"

段峋懒散地靠着沙发，唇角轻扯了下："不困？"

许微樱摇头，然后她礼尚往来地问："你困吗？"

段峋喝了一口啤酒，眉梢轻扬，觉得好笑："我精力足，怎么会困？"

许微樱沉默了下，伸手拿起另外一张碟片，温声温气地说："那就再来一部？"

段峋笑："嗯，继续。"

另一部电影播放出来，放片头时，许微樱俯身点开茶几上的手机，看了一眼时间——凌晨两点半。

收回视线后，她坐在沙发上继续看电影，余光往段峋的方向瞄了一眼。

他穿着黑色短袖和长裤运动裤，泰然自若地坐在沙发上，姿态慵懒。喝完的一个空啤酒罐已经被扔进了垃圾桶，他有一搭没一搭地在喝着另一罐。

许微樱眨了下眼，莫名觉得段峋往后靠的散漫姿势很舒服，所以她迟疑几秒后，位置往后挪了挪，脑袋同样贴靠在了沙发上。

许微樱轻呼出了口气，心想，果然很舒服。

电影对白声响起，许微樱看着，明明有趣的剧情，却渐渐看得她不知所云，眼皮也越来越沉重。

她睫毛颤了下，不知不觉间，脑袋一歪，闭上了眼。

不知过去了多久，许微樱鼻尖闻到了绿柚气息，以及淡淡的啤酒麦芽气味，两者糅合在一起，闻起来格外令人沉醉。

她长睫抖了抖，缓缓地掀开眼皮。

许微樱神色怔然，只有清新浅淡的气息在一点一点地拉回她的思绪。倏然间，她神情一僵，愣愣地看着近在咫尺的段峋，眉心不受控制地重重一跳。

男人闭着眼，温热的呼吸平缓，显然是睡着了。他根根分明的鸦色长睫乖顺地铺在眼下，柔和了他锋利的脸部轮廓。

而她不知道什么时候倒在了他身侧，依偎似的贴着他。她脸颊蹭到了段峋的T恤，鼻翼呼吸间都是他身上浅浅的绿柚气息，就连她的手心都按在了他紧实的腰腹位置。

许微樱的呼吸彻底顿住，心跳已漏了半拍。她顾不得去思考，神色讷讷地看着自己的手。她小心翼翼地抽离自己的手，并万分希冀他中途不要醒过来。

随着许微樱的动作，男人的鸦色睫毛颤了下，未睁眼醒来，可他的手臂竟直接圈了过来。

许微樱神色僵硬，不受控制地再次贴倒在了他胸前。她的脸颊贴着他温热的胸膛，能听见他的心跳声，抬眼的视线里是男人利落的下颌线和凸起的喉结。

在这一刻，两人的姿势亲密得要命，段峋身上的气息无比清晰，似能顺着她指尖萦绕勾缠，直直把她淹没。

许微樱控制着呼吸频率，却明显感受到耳尖起了热意。她咬了咬唇，移开视线，再次动作小心缓慢地挪腾着。

这次许微樱做得越发小心谨慎，约莫用了五六分钟的时间，才从男人的怀里移开。

当距离隔开后，许微樱看了一眼段峋，慢吞吞地揉了下耳尖，放松地轻呼了口气。

阳台外，天际已显露晨光，天色将明。

许微樱十分清醒，她抿了下唇角，天都快要亮了，现在是几点？

许微樱脑子里慢半拍地闪过这个念头，旋即就去找手机看时间。她伸手去碰放在茶几上的手机，却因动作急促，未细看，指尖按在了段峋的手机屏幕上。

当界面亮起，她下意识地把手机拿起来，看见屏幕壁纸后，她视线怔怔地落在上面。

许微樱的长睫毛颤了颤，脸上的神色透着恍惚，思绪心不在焉地飘了起来。

没想到，这么些年，手机更新换代，这张她家的猫猫狗狗的照片作为壁纸，段峋却还一直用着。

没变。

在蝉鸣不歇的暑假，段峋夜晚来小镇上教许微樱粤语时，她家里的小猫和小狗格外喜欢他。段峋懒洋洋地坐在小超市外，小狗会趴在他脚边摇尾巴，小猫会跳到他腿上，发出舒服的呼噜声。

而某个阳光灿烂的晴天白日，她家的猫猫和狗狗竟然溜达似的去到了宏村，还准确地找到了段峋住的那家民宿。

显然，它们是冲着段峋来的，看得金毛蔡和许微樱都呆住了。

来到民宿的猫狗引得画室里的少年男女惊讶围观,金毛蔡更是震惊地号出声:"阿峋,什么情况啊?你竟然被小猫小狗找上门了,牛!"

在民宿庭院里,段峋懒散地坐在躺椅上,他修长白皙的手指轻轻揉了揉小猫的软毛。他眉梢一扬,挑眉,揶揄地轻笑:"怎么办呢,太受欢迎了。"

那日阳光清澈,笑着的少年,黑色的发被镀上了浅浅金色,眉眼干净又恣意。他脚边的小狗摇着尾巴,怀里的小猫打着呼噜,定格着独属于夏日的温柔画面。

段峋把小猫放下来后,拿起手机给猫和狗拍了张合照。

午后,夏日阳光从绿色树梢间施施然地落下,微风吹拂,画板上的素描纸被吹出簌簌声响,空气中有清新草木香。和风吹过的庭院里,惬意地趴在地上的狗和猫成为段峋手机镜头下的主角。

许微樱是在两天后发现段峋把这张照片设置成了他的手机壁纸。

那时,在画室的男孩女孩画画写生时,她会安静地坐在一旁发呆地看。

段峋怕她无聊,就时常把他的手机递给她玩。

刚中考结束的许微樱到底年纪还小,爸爸妈妈不给她玩手机的机会,所以当段峋把手机递给她时,她虽然不好意思,可小孩心态,也没舍得拒绝。她小心翼翼地接过来,输入他所说的手机密码。

段峋手机上唯有一款名叫"开心消消乐"的游戏。

而许微樱是第一次玩这款游戏,新奇的吸引力让她捧着他的手机,在欢快的音效声中,心无旁骛地闯过了一关又一关。

段峋休息时,会看过来,瞧一眼她闯的关数。旋即他笑着,眉骨轻抬,对她说:"小朋友,你好威啊。"

许微樱已经知道了在粤语中"威"代表着"厉害"的意思。她听着少年的夸奖,眼眸弯起,笑成了月牙。

后来,当许微樱再玩段峋的手机时,就看见他锁屏界面的壁纸换成了明灿阳光下猫猫和狗狗的照片。

思绪回笼,许微樱紧抿了一下唇,愣愣地看着段峋手机锁屏的壁纸。

她的神情中透着茫然。手机更新换代得这么快,他却还一直保存着多年前夏天拍下的照片吗?

许微樱的睫毛颤了下,她偏头看向身侧的男人,不受控制地往他的方向挪了挪。

拉近距离,许微樱视线上移,落在他的脸上,茫然又疑惑地盯着他。

段峤闭着眼，呼吸温热，睡着时，他平日里冷峻的眉眼放松下来。

许微樱移开视线，手指却不小心又碰到了段峤的手机。界面点亮，她连忙想要去按灭，并且慢半拍地反应过来，她一直拿着段峤的手机这一行为，太奇怪了。

幸亏他没醒，否则她都不知道该如何解释。

只不过，当许微樱要去放下段峤的手机时，段峤的眼皮动了动，睁开了眼。

他垂眸看过来。

许微樱呼吸一窒，想开口说些什么，又看见段峤眉眼倦懒，似未完全清醒。她抿了下唇，想先把他的手机放下来，只是当她伸出手时，就听到段峤低哑的声音："想玩？"

下一瞬，段峤从许微樱的手里拿过手机，解锁，不甚清醒地按了按。

旋即，"开心消消乐"的启动音效赫然响起，然后他又把手机随手塞给她。

许微樱盯着手机游戏界面，呼吸停住。段峤倦怠地往后靠了靠，用手心揉了下她的脑袋，闭了闭眼，嗓音微哑地说了句："玩吧。"

空气在这一刻仿佛凝固了起来。

男人揉她脑袋的力度不轻不重，动作自然。可许微樱的心跳莫名滞了一下，她轻轻呼出口气，先是看了一眼游戏界面，然后又看向合上眼的段峤。

她尽力控制脸上的表情，眉眼平静地说："你还没睡醒，你继续睡，我先回去了。"

语毕，许微樱伸出纤细的胳膊，轻轻地把段峤的手机放到茶几上。

她收回手，侧眸，视线却直直地和段峤的目光撞在一起。

他微微坐直身子，眼皮散漫地垂着，眉眼间的倦意缓缓消退，神色清醒不少，若有所思地盯着她。

一时间，两人谁也没说话。

许微樱沉默着，段峤先她一步出声："几点了？"

许微樱低眸看自己的手机界面，嗓音温暾："五点五十七，快六点了。"

段峤懒洋洋地"嗯"了声，他掀了掀眼皮，嗓音有些沙哑："行，等会儿一起去芜禾街巷吃个早茶？"

他这话题跳跃得有点快，许微樱一时间没反应过来。可一想到，因睡相不好，她刚才整个人趴在了段峤身上，手心还无意识按在了他腰腹上这一过分行为，他都不知情，她就感觉有点心虚。

她抿抿唇，斟酌着说道："你这是需要饭搭子吗？"安静几秒，她轻轻眨眼，慢吞吞地补充，"好，我当你饭搭子。"

段峋漆黑的眸看着她,眉心重重一跳,似是没想到她能理解出"饭搭子"这话。

半晌后,他唇角一松,好似被她逗乐了。

"行吧。就按你说的,先当饭搭子。"段峋拖腔带调地"嗯"了一声,他刻意顿了下,视线毫不遮掩地直勾勾地盯着她,"不过呢,"他唇角上扬,一字一句,"往后是什么关系,就由我说了算。"

许微樱拿钥匙打开房门,换上室内拖鞋,机械地往卫生间走,只感觉自己的脑子有点迷糊。除了饭搭子,往后她和段峋还会是什么关系呢?

许微樱的心跳莫名地有点快,她打开水龙头,在"哗啦啦"的水流声中,慢腾腾地洗了洗脸,然后挤牙膏开始刷牙。

她举着牙刷,白皙的脸颊边有湿漉漉的水珠,也没擦。

薄荷味的牙膏刺激着许微樱的嘴巴,她深呼吸一口气,思绪又不受控制地飘到了段峋解锁手机,点开"开心消消乐"这款游戏递给她玩的那一幕。

当时,他倦懒地合眼,神色还未完全清醒,但动作熟稔又自然。

许微樱抑制不住地猜想,段峋是不是已经认出她来了?只是……

许微樱不敢去肯定自己的猜想。

毕竟,她的变化真的很大。

许微樱愣愣地盯向镜中的自己,肤色雪白,素面朝天,下巴上有水珠滚落,眉眼五官精致好看。

这是一张和小时候没有太多相似之处的脸蛋。

许微樱有点恍惚,慢半拍地记起,开始变好看,好像是从高三那年开始。

许微樱抽条发育得晚。在高中的班级里,她也是个子最矮的女生,脸蛋也依旧胖乎乎的,格外显小,她被老师安排在靠近讲台的位置。

她性格内敛沉默,话很少。除了课堂上老师提问,她回答问题,平常很少会和同学聊天,只是安静地写题、做试卷。就连晚上在女生宿舍里,舍友们闲聊,她也只是沉默地听着,完全接不上话茬。

所以,时间一长,同学们对许微樱的印象就只有——寡言木讷的书呆子。

存在感低到宛如透明。

只有每次考试排名出来后,许微樱的名字排在前面,会受到几分关注外,其余时候,学校举办文艺晚会和汇报演出时,班级里的热闹永远和许微樱无关。

偶尔,许微樱听着他们的热闹笑声,也会停下手中的笔,回头,平静地看一眼。

而那一瞬间会让许微樱无可避免地回想起,中考结束后她在民宿庭院的暑假。她也曾短暂地参与和拥有过这般青春热烈的日子,而不是透明安静到无人问津。

不可否认,高中时的许微樱很怀念那个热烈的暑假,那是在她记忆中,无法抹去的明灿一笔。

所以,当迈进高三,距离高考越来越近时,爸爸妈妈问她高考后填报志愿的想法,问她要不要在省内读大学,许微樱安静地摇摇头,说她想要去南方省份读大学。

那年,她在民宿庭院中度过暑假,性格使然,她没有勇气去询问画室的少年男女来自哪座城市,但她是知道他们是哪个省份的。

许微樱默默定下了将来要报考大学的省份,就似随着蝴蝶的轨迹,她想要去抵达。

在学习压力剧增的高三,许微樱开始抽条长个,她瘦了下来,脸上的婴儿肥慢慢褪去,显现出五官轮廓。

高考结束,同学们都解放了似的喧笑欢呼。班长安排在成绩出来前,全班同学请老师们聚餐吃饭,感谢他们的教导。

聚餐地点在县城内的一家大饭店,他们订了一间大包厢。

高中毕业了,男生女生们都不约而同地收拾打扮起来。男生染了头发,女生化了妆,每个人都有或大或小的变化。众人却未预料,在聚餐那天,最让他们惊讶于变化的,是透明人许微樱。

许微樱上午出门前,妈妈张岚从衣柜里拿出了一条她给许微樱买的裙子,让许微樱换上。

许微樱看向那条裙子,认真地说:"码数小了,我穿不上。"

话音落地,张岚哭笑不得,才明白过来,她的女儿竟然没发现高三一年自己已经瘦了很多。

张岚拍了拍许微樱的肩膀,笑着说:"你现在瘦了,妈妈给你买的裙子是 M 码的,你能穿。"

许微樱沉默须臾。高三时她全部的专注力都放在了冲刺高考上,从没关注过自己的体重变化。

回神后,她"嗯"了一声,听话地换上新裙子。

薄荷绿的浅色夏裙贴着少女柔软的腰肢,许微樱没费力气地就穿上了。

那一刻，她愣了一下。

而张岚看着穿上新裙子的女儿，也心满意足地笑了起来。

许微樱从小到大性格安静寡言，没什么朋友。除了中考暑假那年，她认识了一群比她大两三岁的男孩女孩，其中有位少年会像带妹妹似的带许微樱玩，她跟在他身侧，眼眸明亮，脸上放松的笑容才多了起来。只不过那年暑假结束，少年和朋友们离开后，许微樱进入高中读书，周末她回家时，依旧是沉默又安静的老样子。

所以高考结束，张岚很是希冀，女儿能明媚活泼一点，多结交朋友，和同学们多聚聚玩一玩。

看着穿着薄荷绿夏裙，逐渐显露出漂亮眉眼的许微樱，张岚开心地说："女大十八变，樱樱抽条长开了，现在就很漂亮了，以后还会越来越好看的。高考也结束了，你就多和同学们聚一聚，好好放松放松……"

妈妈说的话，许微樱安静地听着。但对于妈妈说自己抽条长开变漂亮的话语，许微樱却并未放在心上，只当妈妈是在鼓励自己。

她有自知之明，从不认为自己会和"漂亮好看"挂钩。

到达聚餐现场后，许微樱安静地坐在角落，却总感觉有似有若无的视线落在她身上。

许微樱茫然又不适应，如坐针毡。没过多久，坐在她身边的一位同班女生盯着她，诧异地说："许微樱，你怎么瘦了这么多啊？高考前忙着学习，都没怎么注意到。"

女生的目光盯着许微樱，发现她不仅瘦了，皮肤也是细腻的白，她穿着薄荷绿的裙子，似柔软抽条的新柳。

那天，班级里的同学们都没有想到，瘦下来的透明人许微樱会这么吸引人。

聚餐结束，同学们转场去 KTV 唱歌。包厢里，沉默安静地坐着的许微樱还引得两个男生主动找她要联系方式。那时候，许微樱才后知后觉地反应过来，自己好像看起来和以前有点不一样了。而对于男生要联系方式的行为，她没有犹豫地都婉拒了。

高中三年都没有怎么接触，毕业后加联系方式，许微樱觉得没有必要。

一位男生挠挠头，尴尬地说："在班里，我们接触少，你不愿意加联系方式，能理解。"

说到这儿，男生看着许微樱，鼓起勇气继续说："不过，想到填完志愿以后就更没什么机会见面了，我想告诉你，你刚才进饭店包间的时候，我还以为看见了曾经看过的一部港片电影里的女演员……就隐约感觉有点像，很好看。"

许微樱听着对方说话，直到听见"好看"两个字，她才迟钝地明白过来，男生是在"夸"她。

只是，那时的许微樱对于有关她外表的话语，听起来都是平静且无感的，她心底依旧不觉得自己是好看的。

所以许微樱只是礼貌客气地"嗯"了一声，当作一个插曲掠过。

同学们在包间里欢闹地唱歌，环境太吵闹，许微樱去了趟洗手间。当她站在洗手台前洗手时，想到男生提起的港片，她避无可避地再次回想起了三年前的夏天。

某个阴沉的午后，画室老师带着学生们在宏村的一处古朴的长廊下写生。

许微樱捧着段峋的手机，戳开手机屏，慢吞吞地输入密码，把音量关闭，点开"开心消消乐"开始玩。

她心无旁骛地玩了几关后，画室老师让大家休息。

天色乌压压的，雨水不知何时会落下，所以大家都待在长廊下，哪儿都没去，开始闲聊起来。

聊起喜欢的明星，一位男生毫不掩饰对朱茵的喜爱，说她在《大话西游》中饰演紫霞仙子冲至尊宝眨眼的那一幕，真是太绝了，看得他念念不忘，还说朱茵就是他的女神。

话题聊开后，曾经在湖边问过金毛蔡，段峋喜欢什么类型的女孩，却没得到准确答案的女生借着这个话由，笑着打探道："阿峋，你喜欢哪位女明星呀？"

当时，许微樱正在玩"开心消消乐"，段峋凑过来，低眸看着，并顺手调高音量，帮她消了几个。

听到女生的问话后，他眼皮都没抬，只散漫地回："没有。"

女生惊讶地追问："你没有喜欢的女明星类型吗？"

她话音落地，金毛蔡大剌剌地接腔："阿峋电影看得多，但还真没喜欢的女明星，你就别好奇追问了。"

女生无言，消了声。

许微樱一心二用地听着，没顾上手上的"开心消消乐"。段峋指腹点在上面，帮她消。他看她一眼，弯了下唇角："怎么着？小朋友，你有喜欢的女明星？"

许微樱老实地摇头："没有。"

沉默了下后，她小声好奇地问："他们都有喜欢的女明星……你为什么没有？"

段峋笑，似散漫随口说："我这人呢，比较专一。"说着话，他俯身点"开心消消乐"的动作没停。

在彩色小方块消除，发出的清脆音效声中，许微樱听见少年拖着尾音，懒洋洋地补充："不轻易喜欢人呗。"

水龙头"哗啦啦"的水流声拉回许微樱的思绪，她轻轻地垂下眼睑。

她不能确定段峋是不是还记得她，并认出了她。所以，这也存在着另一种可能，就是段峋把她错认成了别人，才自然地做出了递手机的动作。

许微樱吐掉嘴里的牙膏泡沫，睫毛轻颤。想到他可能是认错了人，她的心莫名地沉闷了一下。

用清水漱了漱口后，许微樱用凉水再次洗了洗脸。

她抬头，看了下镜子中眼眸湿润的自己，反手慢慢地把头发拢起来，露出纤白的脖颈。

许微樱轻呼口气，回到房间。她打开衣柜，伸手拿出浅灰色T恤和牛仔短裤，慢悠悠地换上。

许微樱四肢纤细，个子不算矮，骨架却是纤薄小巧。换好衣服后，她顺手把T恤衣摆披了一下。牛仔短裤下的双腿修长笔直，膝盖泛着浅粉，是柔润又健康的光泽。

许微樱走出卧室，想到是在老城区吃早茶，距离不会太远，就没带包，只拿上手机和钥匙准备出门。在衣柜边换鞋时，她图方便，穿了一双夹趾凉拖。

许微樱穿着凉拖走出去，随手关上门，往隔壁看了一眼。

隔壁房门半掩着。

许微樱站在门口，犹豫了几秒后，走进去，看了一圈，没在客厅里见到段峋。她注意到卫生间的方向有水声传来。

他这是在洗漱吗？

许微樱明白了，转身坐在沙发上等段峋出来。她低头点开手机。

几分钟过去，许微樱听见有开门的动静传过来，她抬眼往卫生间的方向看过去。瞧见段峋后，许微樱彻底愣住了，握着手机的指尖一僵。

段峋刚洗完澡，周身有清凉的水汽，他手上拿了条毛巾正随手擦着头发。他穿着浅灰色的长运动裤，挺拔强壮的上身裸露，也无遮挡。腰腹的人鱼线

127

条分明,腹肌利落紧实,宽肩窄腰,有几滴剔透的水珠顺着他紧致的肩颈线条滚落下来。

场面有点过分了。

许微樱的眼皮重重一跳,她强装淡定地移开目光,紧抿了下唇,努力维持平静的神色。

段峋见到坐在沙发上的许微樱后,拿毛巾擦头发的动作一顿。他眉梢轻扬:"什么时候进来的?"

许微樱迅速回答:"就刚刚。"

段峋语气散漫地"嗯"了一声,他没进客厅,转身往卧室走去。

许微樱余光见他走开后,肩膀松了松,轻呼出一口气。她后知后觉地感到了尴尬,低头想要继续刷手机,短暂逃避一下。可没想到,她指尖点开娱乐软件,刚滑看一个萌宠视频,下一个视频竟然就给她推荐了男博主的光影换装视频。

客厅内响起快节奏BGM(背景音乐),许微樱还未反应过来,视频里的博主就开始露肌肉,手机界面上出现了赤裸上身的男人。

与此同时,清新浅淡的绿柚气息铺天盖地地袭来。

许微樱下意识地抬头,视线和已套上了黑色T恤,稍稍弯腰的段峋撞在一起。

段峋眼皮散漫垂着,正看着她手机界面上的男博主视频。看了几眼后,他唇角扯起不咸不淡的弧度,眉骨利落又锋锐,看不透情绪好坏。

在激荡的换装BGM中,许微樱长睫颤了下,莫名地感觉手机有点烫,她指尖下意识地滑到下一个视频,并按下暂停。

段峋眉梢轻扬,点漆眸子盯着她,出声:"不看了?"

许微樱噎了下。

她放慢呼吸,慢吞吞地解释:"只是大数据推给我的,我没想看。"

"是吗?"段峋扯了下唇角,笑了。

他坐在许微樱身侧,低睫看她,拖腔带调地说:"我还以为你刚才看我看得不够过瘾,才上网搜视频呢。"

不知道是不是许微樱的错觉,"过瘾"两个字听起来,段峋是加重了语气的,仿佛从喉咙里滚出来似的。

许微樱深呼吸一口气,平静心绪,说:"我进来的时候,听见卫生间有水声,以为你在刷牙洗脸,就没喊你,没预料到你在洗澡。"

"解释理由还挺充分。"段峋眉梢轻扬,吊儿郎当地说,"不过,我这就白给你看了？"

许微樱哽了下，紧抿了下唇，对他的话有点茫然无措。可一想到是她没打招呼地走了进来，才造成现在的尴尬局面，她就挺心虚。

沉默了下，许微樱斟酌着轻声问："那你的意思，是想怎么样？"

段峋姿态闲散地靠着沙发，唇角微微一松，忽地笑了。他的视线落在她身上，漆黑的眼眸定住，尾音慵懒："你看都看了，我也不能把你怎么样，就当我吃点亏了。"他顿了下，补充道，"只不过，你才看完我，就转头刷视频看别的男人，这不太好吧？"

段峋掀了掀眼皮，盯着许微樱，喉结滚动，语气一如既往，笑道："你当个裁判，点评一下咯。"

许微樱眨眼，神色茫然。

旋即就见段峋靠着沙发，下颌轻抬："谁的身材更好呢？"

当个裁判点评一下男博主和段峋，谁的身材更好？许微樱脑子里乱七八糟的，彻彻底底地被这个提议给呛到了。

许微樱坐在沙发上，全身都僵硬起来。她舔了下唇角，表情迟钝地看向段峋。他穿着黑色T恤和浅灰色长裤，身材修长，姿态放松。

段峋偏头，眼眸直勾勾地看过来，唇角有似有若无的笑意，清新好闻的绿柚气息弥漫过来。

两人间谁都未说话，气氛看似沉寂下来，却又有涌动的暗流。

许微樱呼吸窒了窒，耳尖不受控制地红了起来。半晌后，她深呼吸一口气，憋出一句："段峋，你还挺有……"说到这儿，她脑子一卡壳，顿了下。

段峋挑眉，语气慵懒："什么？"

"男人的好胜心。"说完，许微樱紧抿了下唇。

"可不是，看都被你看了。"段峋掀了掀眼皮，"我这不是得理解一下你的想法？"

随着他漫不经心的话，许微樱轻轻吐气，视线下意识地落在他身上，缓慢地眨了下眼。

偶尔，许微樱刷娱乐小视频时，也会刷到一些男博主展示身材的视频，她匆匆看了一眼，只会感觉有点油腻，然后心如止水地掠过。

可段峋确实不一样，也许是他身上的清浅气息和年少时没有变化。

多年过去，他五官褪去青涩，眉眼趋于锋利成熟，可依旧有着清爽的少年气。他和多年前，夏日庭院里，懒洋洋倒在躺椅上，在阳光下笑着的少年，并无任何不同。

许微樱沉默了下,思考着轻声道:"真的要让我说你和视频里的男博主,谁身材更好吗?"

"嗯。"段峋抬眼,"给你个机会。"

在这件事上,段峋不依不饶。

许微樱抬手揉了揉发烫的耳尖,索性顺着他的话音,破罐子破摔地说:"不好意思,刚才没看清。"她抿了抿唇,一鼓作气地看向他,"你要是不介意的话,就让我……再看一次?"

晨间,客厅气氛陷入安静。

段峋眉心一跳,微微坐直了身子,点漆眼眸直直地看着她。停顿两秒,他舌尖抵住下颚,似笑非笑地说:"没想到。"

许微樱:"嗯?"

"你看我,"段峋笑,一字一顿,"还真没看过瘾呢。"

许微樱面不改色,话语温暾:"我是没看清。"

段峋垂睫,眼尾轻扫,低笑道:"你挺会找理由。想躲,是吧?"

许微樱语气温柔地扯开话题:"如果你介意,不想给我再看一眼的话,就算了。"她弯了弯唇,一副为你着想的模样,"你不要勉强自己。"

段峋盯着她,没有回应。

许微樱眨眼,下意识地松了一口气,以为这个话题到此结束,就想要站起身。可下一瞬,段峋偏头,一字一句说道:"想再看一次?"他眉骨轻抬,姿态慵懒地重新往后靠,"我就坐在这儿,衣服任你撩。"

他挑眉笑,抬了抬下巴,眸光似天然勾人:"来?"

沉默,无声的沉默。许微樱神色僵硬,指尖和耳朵都抑制不住地开始发烫,脑子乱了起来。她本以为说了"再看一眼"后,段峋就会跳过这个话题,可没有想到,他懒懒地来了一句"想看就自己动手"。

许微樱呼吸窒住,慢半拍地看着段峋,莫名感觉他现在还挺放浪。

似夜蝶,展开蝶翼,就会飞进暧昧的沉沉昏夜。

许微樱心跳乱了乱,下意识地看向他黑色T恤的衣摆。她若真有胆量撩上去,他紧窄的腰身、利落分明的人鱼线条和紧实的腹肌就会再次显露。

许微樱闭了闭眼,她默了须臾,摇头,实话实说:"我没胆。"

段峋眉梢轻扬,他瞥她一眼,似早有预料,语气散漫,随口道:"什么时候胆子大点啊?"

许微樱的耳朵还在发烫,脑子也有点乱。她舔了下唇角,顺着他的话音,佯装镇定地回:"有胆后,我会自己动手的。"

段峋眉心微微一跳,唇角上扬,漆黑的眼眸看着她,尾音慵懒:"行,我等着,还挺期待呢。"

"我尽量,"许微樱眨了眨眼,慢吞吞地补充,"不让你等太久。"

段峋挑眉,懒懒地靠着沙发,嗓音愉悦地"嗯"了一声。

两人一起下楼出小区,吃早茶的地点就在芜禾街巷的盛记。茶楼里食客不少,服务员推着冒着热气的餐车在大厅里来回穿梭。

段峋和许微樱在窗边的餐桌落座,他随手把菜单递给她:"先点单。"

许微樱眨了眨眼,应了声,握着笔,低头开始思考地选餐。

余光中见到段峋在拆碗筷包装,许微樱抿了下唇,钩了几样后,她伸手把菜单递过去,温声说:"点了这些。"

段峋掀了掀眼皮,没接,只眼尾轻扫了一眼:"再加几样。"

许微樱收回手:"加什么?"

段峋把烫洗好的餐具推到她手边,垂眸盯着她,又报了几样。

许微樱察觉到他毫不遮掩的目光,手指紧握着笔,听着他说的话挨个钩着,镇定地没抬头。

点完单,没要多久,一笼笼餐食被端上桌。

许微樱夹了一个虾饺,她咬了一口,慢慢地嚼着,看了一眼段峋,可视线旋即就被他的手机给吸引了。

许微樱安静了几秒,没忍住唤了声:"段峋。"

段峋眉梢轻扬:"怎么?"

瞬间的迟疑后,许微樱带着商量的语气,温声说:"你用作手机壁纸的照片,能发给我吗?"

其实,在多年前的那个暑假,许微樱玩段峋的手机时,见到他用这张合照当作壁纸,她就挺喜欢的。只不过那时候她没有手机,就没有办法拥有它。

段峋看着她,扯了下唇,问:"你要照片干吗?"

许微樱眨眼,实话实说:"我也想用来当壁纸。"

段峋眉梢轻扬地瞥了她一眼:"也当壁纸,确定?"

许微樱:"嗯。"

"照片现在不能给你,"段峋扯唇,语气听着莫名透着股痞劲儿,"不太合适呢。"

许微樱一时哽住。她不懂这张猫猫狗狗的合照,给她怎么就不合适了?而且照片里明明是她家养的小猫和小狗。

许微樱深呼吸,好脾气地问:"哪里不合适了?"

段峋随手端起茶杯,喝了口,他唇上带了点绯红,散漫道:"现在就是不合适呢,不能给你。"

他理直气壮的回话让许微樱心里有股气被吊了起来,她盯着他,问:"什么时候合适?"

"你什么时候有胆了,什么时候给你。"段峋看着她,"就当作,你有胆的奖励。"

许微樱沉默了下,轻轻"哦"了一声,表示当作奖励也不是不行,她知道了。

吃完早茶从盛记出来,两人往芜禾小区走去。许微樱低头看了看手机,顺带回复了几条消息,可当她回完后,刚想把手机屏幕按灭,她脚步一个趔趄,身体不受控制地往前扑。

下一刻,男人温热的手心贴着她手臂肌肤,力度不轻不重地把她扶住。

许微樱愣了下,站稳后,说了声谢谢,然后低下头,才看见她左脚踩着的夹趾凉拖断开了。段峋垂睫,顺着她的视线看了一眼。

视线内是她纤白笔直的腿,他移开目光:"还能走?"

许微樱咬了下唇,无比后悔自己穿着凉拖出门的决定。她深吸一口气,尝试继续往前走了两步。可断开的凉拖踩起来实在困难,许微樱沉默了须臾,想了想说:"距离小区也没多远,我不穿鞋了……"

一句话还没说完,段峋打断道:"我是空气?"

许微樱蒙了一瞬,旋即才反应过来他话里的意思。她抿了下唇角,低头看着脚上坏掉的凉拖,若有所思地问:"难道你会修鞋?"

听到她这话,段峋似是气乐了。他直勾勾地盯着她,要笑不笑地道:"背你回去,要不要?"

许微樱的睫毛颤了下,秀白的脚趾无意识地蜷缩,她低头看着双腿和脚,因为穿着牛仔短裤,腿部肌肤大面积露着,夏日阳光照在上面,她感觉有点热。

段峋看着她,没说话。许微樱舔了下唇角,安静了几秒后,慢吞吞地"嗯"了一声。

夏季阳光洒下,带着灼热的温度,空气中唯有几丝微风。许微樱看着蹲在她面前的段峋,长睫轻颤,莫名感觉脸颊都烫了起来。她轻吸了口气,俯身趴在了他背上。

段峋背着她往小区的方向走去,随口说道:"你怎么这么轻?"

"是吗?"许微樱鼻尖闻到了他身上清新的气息,很好闻,"我好久没称体重了，都不知道现在有多重了。"

"太轻了，跟羽毛似的。"段峋说，"以后能多吃点，长点肉吗？"

许微樱眨了下眼，下巴垫在他肩膀上，唇角弯了下："尽量吧。"

语毕，许微樱脸颊贴着他的黑色T恤，呼吸间都是他身上浅浅的绿柚气息。这是她记忆里熟悉的，有关夏日的味道。许微樱没忍住，小狗似的用力嗅了下。

段峋感受到她温热的呼吸扑在他颈侧，他脚步一顿，喉结缓慢地滚了下，偏头看她，语气微哑："你干吗呢？"

许微樱眨了下眼，纤长卷翘的睫毛在她雪白肌肤上投出浅浅的光影，她十分坦诚道："我就闻一下，也没干什么。"

段峋眼眸沉了沉，似笑非笑地问："怎么着，闻得还满意吗？"

许微樱没回答满不满意，她舔了下唇，回想了片刻，然后说道："你不是问过我，是不是对你的沐浴露感兴趣吗？"她长睫微颤，嗓音温柔，"你说得对，我是感兴趣的，很好闻。"

段峋意味不明地笑了声，一字一句地说："你能承认吗？"

"什么？"许微樱手臂圈着他的脖颈，茫然，"承认什么？"

"你不是对我用的沐浴露感兴趣，"段峋唇角上扬，尾音勾着，"你是对我这个人感兴趣。"

许微樱眨眼，沉默须臾，认真思考了一会儿后，缓缓地说："我有点分不清，要好好想想。"

段峋背着她，手臂收了收，慢条斯理地"嗯"了一声。

微风吹过，许微樱趴在段峋背上，脸颊贴着他的肩头，鼻尖闻到的都是他身上清新好闻的气息，莫名地，困意催生，她有点想睡觉。

只不过，就在许微樱合眼，迷迷糊糊不知道过去了多久时，她听见段峋嗓音微哑地说了一句："许微樱，你能老实点吗？"

许微樱有些迟钝，没反应过来，茫然地"啊"了一声。

"你的手别总乱动。"段峋喉结滚了滚，"碰着我喉结了，知不知道啊？"

许微樱呼吸停住，她的脸颊贴着段峋温热的肩头，后知后觉地回过神。她抬眼愣愣地看了下自己的指尖，轻抿了下唇角，迟钝地问："我真碰到了？"

段峋背着她，脚步未停。他轻轻"啧"了一声，散漫道："你还不信呢？"

"没有不信的意思，只是我没有感觉到我碰到了你……"许微樱沉默了下，看着他利落的侧脸，想了想，认真地强调，"我没有感觉。"

"嗯？"段峋眉梢轻扬，"不是，被碰到的是我，你要什么感觉？"

许微樱噎了下，反应过来她解释得有歧义。她考虑了几秒，斟酌着字句，继续说："我的意思是，我刚才差点睡着了，就不小心碰到了，没有注意到。"

段峋："困了？"

"刚才有点困，"许微樱眨眼，将下巴搁在他肩膀上，柔声回道，"现在不困了。"

段峋"嗯"了一声，唇角微弯："快到家了，你回去后补个觉。"他笑，"醒得比我都早，能不困嘛。"

许微樱弯了弯唇，轻轻应了声"好"。旋即她偏头，目光下意识地落在他利落的侧脸和喉结上。

他鼻梁高挺，眉骨锋锐，侧脸利落，下颌线连着喉结凸起的弧度，清晰流畅。

许微樱眨了眨眼，收回视线，又再次看了看自己的手指。刚才，她手臂圈着他的脖颈，迷迷糊糊犯困时，指尖碰到他喉结上是很有可能的。

许微樱长睫颤了颤，轻轻叹了口气。

段峋侧眸："怎么，叹什么气？"

这时，许微樱拢在脑后的柔顺长发松了，有几根落在脸颊边，遮住了视线。她垂头，脸颊贴着他温热的肩头，在他黑色T恤上顺势蹭了下颊边，没来得及回话。

她面颊轻蹭的触感柔软无比，段峋脚步一顿，喉咙缓慢地滚动了下，嗓音微哑地问："能解释一下，你现在又在干什么呢？"

段峋无奈地笑了："在我肩上蹭，你还挺理直气壮。"

许微樱镇定自若地眨眼，语气温和，缓慢地换了个话题："我刚刚叹气是在想，手指碰到你的喉结时，你有没有感觉到疼？"

段峋的眉心微微一跳："不疼。"

"噢。"许微樱下意识地问，"那你是什么感觉？"

段峋侧眸看她，声音散漫，听不出情绪好坏："好奇心这么重，这都想知道？"

"也不是好奇心重，"许微樱低垂着眼，温声细气地解释，"就是，你说我碰到了你，总得要有，具体的……"说到这儿，她卡壳了下，想了想后，补充道，"证据。"

段峋扯唇，似笑非笑道："比如？"

许微樱面不改色:"你的感觉。"

段峒挑眉,半晌后,他唇角上扬,勉为其难般地懒懒说道:"行吧,既然你想知道,我就讲一下,"话音落下,他咬字停顿,一字一句,"我的感觉。"

许微樱把下巴搁在他肩头,眉眼温和地"嗯"了一声。

"感觉很痒。"段峒扯了下唇,语气不太正经,"毕竟我还挺敏感的。"

许微樱长睫颤了下,没想到段峒会直接回这种话。她看着他,轻轻屏住呼吸,只感觉段峒身上清新的绿柚气息,闻起来太招人了。

沉默须臾后,许微樱说:"让你敏感了,真不好意思。"

段峒侧头,视线轻轻扫过她微红的侧颊。他慢条斯理地低笑了声,懒洋洋地问:"不过,我敏感,你脸红什么呢?"

他散漫低笑的声音不轻不重地刮过耳郭,许微樱圈着段峒脖颈的纤细手臂僵硬了一瞬。旋即她垂眼,神色平静,镇定地说:"有吗?"不等段峒说话,她抿下唇角,自顾自地补充,"天太热,晒的吧。"

段峒背着她,在街边的树荫下往前走,他笑:"嗯?不是挺阴凉,这都能晒红?"

许微樱呼吸微顿。她安静几秒,镇定自若地开口:"我怕热,就被晒……红了。"语毕,她轻轻呼吸,下意识地将脸颊埋在他肩头处,扯开话题,闷声闷气地说,"我好像又有点困了。"

段峒掀了掀眼皮,唇角上扬:"你犯困,还挺会挑时机,我还没见过这样的呢。"

许微樱沉默了下,脸颊贴着他肩头,又埋了埋,鸵鸟似的假装没听见。

段峒感受着从肩膀处传来的力度,他眸中含笑,唤了声:"许微樱。"微停顿了下,他慢悠悠地补充,"你脸颊埋得挺紧,还能呼吸吗?"

许微樱鼻尖萦绕的都是他身上清浅的好闻气息,她闷闷地"嗯"了一声,脑子有点乱,却佯装平静地说:"当然能,我总不能把自己给憋死。"

段峒拢了拢背她的手臂,听乐了似的放声大笑。

周一清晨,许微樱一觉醒来,她伸手摸索着拿过床头的手机,点开屏幕。

时间还早,距离设定的闹钟响铃还有二十分钟。许微樱揉了揉眼,翻了个身,索性躺在床上刷手机。

她百无聊赖地点开微博,浏览着。忽地,她刷到一个百万粉丝的情感博主发的一条"你和异性朋友做过的最暧昧的事是什么?"的博文。

许微樱目光怔怔,这条微博的评论数量很高,有近一万,转发数量也是高得让人咋舌。

她抿了下唇,点进去。

各种各样的评论很多。

许微樱看见有关学生时代的暧昧——雨天,从饭堂到教学楼的距离共撑一把伞;闷热的停电日,对方用书当扇子帮忙扇风;晚自习请教问题时偶然撞到的臂弯。

学生时代的暧昧,都是小心翼翼、暗戳戳,不直白但十分可爱。

许微樱握着手机翻看评论,又见到了有关成年人的暧昧:秋冬外出露营,晚上气温低,共用一个睡袋相拥而眠;朋友聚会玩游戏,失败惩罚,双方咬住Pocky(百奇,日式零食)两端,饼干棒断裂,在起哄声中两人不小心触到的唇角。

微博里有关成年男女的暧昧,都似有似无地带了几分张力。

许微樱轻轻眨了下眼,看着评论,莫名失神。她和段峋的相处状态,好像也是有一点点暧昧的。

许微樱回想起自己被段峋背回来的那一幕,有点不自在,耳郭似乎在发热。她闭了闭眼,脸颊抑制不住地发烫。

她轻轻呼出一口气,放下手机。

她和段峋的暧昧程度完全比不了评论区网友留言的那些,她发呆地想,只有一点点。

她抬手慢慢揉了下耳朵,把刚才升起来的念头抛到脑后……

晨光洒进屋内,许微樱换好衣服,走到玄关边弯腰穿上鞋子,随后伸手拿起挂在旁边的挎包,她深呼吸,眉眼平静地开门出去。

开门的瞬间,许微樱猝不及防地见到了段峋。

他斜靠着门,无聊地按着手机,神色散漫。

听到动静,段峋抬了抬眼皮,目光看过来。两人视线对上,他眉梢轻扬,说:"走吧,我送你。"

许微樱愣了下,她舔了下唇角,轻应了声。

两人一起下楼。夏日清晨的楼道间,阳光是柔和的浅金色,似浮光跃金。许微樱抬眼,下意识地往身侧的段峋看过去,他的发梢浸上了一层薄薄的淡金色。这一瞬间,许微樱恍了下神,仿佛看了多年前在民宿庭院里被阳光偏爱的少年。

时间迁移,他却没有改变。

许微樱的长睫轻颤了下。她收回思绪,就要移开视线,段峋却在这时偏头,目光毫不遮掩地看过来,他唇角上扬,笑问:"看我干什么?"

许微樱的呼吸顿了下,她舔了舔唇,实话实说:"你好看,就多看两眼。"沉默了下,她语气诚恳地补充,"不愧是芜禾街巷第一大帅哥。"

段峋挑眉,定定地瞧她,顿了两秒,揶揄道:"今天怎么回事?还挺会撩人。"

许微樱的心脏重重一跳,只感觉耳尖的热意又起来了。她抿了下唇,假装平静地温声说:"我只是实话实说。"

段峋直勾勾地看着她,低笑出声。

车子开到了幼儿园路边,许微樱与段峋分别,下车进园区。

她慢慢地往饭堂走去,拿着餐盘排队打好早餐后,坐下来心不在焉地吃着,连黄嘉雯什么时候坐在了她身边,她都没有注意。

黄嘉雯喝着粥,纳闷地问:"樱妹,怎么了,你想什么呢?"

许微樱握着筷子的手指一顿,她回过神,摇摇头。旋即她长睫轻眨,轻呼了一口气,回想起段峋在车上和她说的话,没想到,段峋的假期要结束了,今天是他休假的最后一天。

下午工作结束,许微樱和黄嘉雯打完下班卡,两人聊着天一起往地铁站走去。

上地铁后,许微樱低头刷看手机,却见到一条"快递到了菜鸟驿站,通知取件"的取件码短信。看到菜鸟驿站的地址,许微樱轻轻眨了下眼。

她反应过来,这个快递肯定是妈妈给她寄过来的。下单时,街道地址必定是填错了,所以快递员把快递送到了另一个菜鸟驿站。

短信上显示的菜鸟驿站在"渡夏天"附近,不在芜禾小区旁边,许微樱常取快递的站点。

到站的播报声响起,许微樱上楼梯走出站口,然后掏出手机,再次看了眼快递站的取件码,往菜鸟驿站走去。

这家菜鸟驿站在芜禾的街边,人流量大,取快递的人也多,许微樱排了一小会儿队。

纸箱子的体积不算大,但有点沉,许微樱两手抱起来,工作人员扫码出库后,她轻轻道了声谢,走出菜鸟驿站。

许微樱抱着快递往芜禾小区走去,看见路对面的"渡夏天"时,她脚步微顿了下,然后没有停留地继续往前走。

与此同时,"渡夏天"茶饮店里,斜靠在柜台的段峋看见了街对面的许微樱。

他瞥了一眼金毛蔡,走出柜台,随口说:"我先回去了。"

金毛蔡不可思议地连忙问道:"阿峤,你回哪儿啊?现在回消防基地吗?不是说了晚上再回去吗?你怎么现在就走了啊,不在'渡夏天'多陪陪我啊?"

"陪你?"段峤轻啧,头也没回地往店外走,"你回房间睡觉,做梦比较快。"

金毛蔡骂了声。

另一边,许微樱抱着快递箱子慢吞吞地往前走,她低头看了眼纸箱上粘贴的快递单据。

寄件地址是小镇上的一家快递站点,和家里的小超市相隔两条街道的距离。许微樱想,不知道妈妈寄的东西是什么,还挺沉。

她又吃力地把怀里的快递抬了抬。

下一瞬,重量消失,快递箱子被不知道什么时候出现的段峤接了过去。他单手拿着快递箱子,很轻松的样子,站在她身侧,低眸看过来。

两人的视线撞上,许微樱轻轻眨眼,往"渡夏天"的方向看了眼,问道:"你刚才是在'渡夏天'吗?"

段峤眼皮垂着,懒洋洋地"嗯"了一声。

许微樱弯了下唇角,点头,然后两人一起往芜禾小区走去。

只不过,当她想按照往常的路线继续走时,段峤侧头看了她一眼,尾指勾住了她斜挎包的细细背带。

许微樱脚步一顿,茫然地看他:"怎么了?"

段峤稍稍弯腰,视线与她齐平。他眉梢轻扬,笑道:"带你抄个近路?"

许微樱长睫轻眨,"嗯"了一声。

段峤唇角上扬,一手拿着快递箱子,一手勾着许微樱的挎包细带,两人一起走进一条青石长巷。

芜禾街巷的长巷很多,许微樱和黄嘉雯一起逛过,但是她没有走过这条巷子。

长巷里有一段长长的青石梯,仿佛看不清尽头。傍晚,橘子海般的落日光线照耀着每一级石梯,呈现出暖融融的色彩。这条青石长梯在余晖里,安然静谧,似旧电影画面。

许微樱眨了下眼,和段峤一起走上石梯。沉默几秒后,她偏头看他,温声问道:"走完长石梯,就可以到芜禾小区了吗?"

"当然——"段峭眉梢轻扬，故意顿了下，悠然地笑着回，"不是。"

许微樱噎住，想要说什么时，耳边隐隐约约地听见了歌声，越往上走，歌声就越清晰。

这歌声有几分"靡靡之音"的感觉，她蒙了一瞬，抬眼看段峭，问："你有听见歌声吗？"

"嗯，是宝歌舞厅。"段峭低眸回看她，"芜禾街巷的旧舞厅，开了几十年了。"

许微樱轻眨眼睛，明白地点了点头。

两人逐渐走到石梯尽头，许微樱视线里率先出现了芜禾街巷的簕杜鹃花墙。浓浓盛开的簕杜鹃浸透在黄昏的夕阳里，美得鲜艳又绚丽。

纵然许微樱已经看过这处花墙，眼眸还是忍不住弯了弯，她温声说："没想到，穿过这条石梯能看见簕杜鹃花墙。"

段峭看着她，唇角微弯地应了声。

许微樱笑了笑，循着歌声，在花墙的一侧，瞧见了不远处的宝歌舞厅入口，隔着一层厚厚的红丝绒挂毯，看起来很复古。

段峭的视线落在她身上，嗓音微低："感兴趣？"

许微樱诚实地点头，问："你是想要陪我一起进去看看吗？"

"嗯？"段峭忽地笑了，低睫看她，促狭道，"你还挺主动呢。不担心舞厅是不好的地方？"

许微樱抿了下唇，眨了眨眼，顺着他的话音，接腔道："是吗？那要不我现在举报吧。"

段峭看着她，眉眼间皆是笑意，他抬了抬下巴，随口笑道："来，报。"

落日傍晚，在簕杜鹃花墙前，段峭眉眼愉悦地开玩笑，他下巴轻抬时，自带张扬的蛊惑意味。

鲜艳夺目的花墙，心甘情愿地成了他的背景色。

许微樱恍了下神，耳边回响起的唯有他的那句——来，"抱"。

她长睫轻颤。在黄昏的夕阳中，在盛开的簕杜鹃花墙前，她看着他，不由自主地上前一步。

她伸出手臂，抱住了阿峭。

微风吹过，许微樱轻轻地抱着他，呼吸间皆是他身上浅淡的绿柚气息，比簕杜鹃花香更醉人。

在这一刻，许微樱感受到了段峭胸膛间起伏的心跳，温热的体温裹挟着独属于他身上的清新气息再次深深地侵袭她，浓烈似落日海岸的光辉。

她感受到了清醒的沉沦。

许微樱脸上的表情有点发怔,下一瞬,她脚步微动,佯装镇定地松手后退。

同时,她头顶响起了段峋低哑的嗓音:"许微樱。"

许微樱下意识地抬头,前额蹭到了他的下颚,如淌过了一层细小电流,她怔住。

段峋垂眼,眸中倒映出落日的光影。他毫不遮掩地直勾勾地看着她,喉结轻滑,唇角微弯,出声:"逮到了。"

"什么?"许微樱闭了闭眼。

"逮到——"段峋停顿一下,尾音似带着钩子,"你又占我便宜了。"

许微樱神色有瞬间的不自然,她沉默了下,强撑着说:"你说,来,抱……我就抱了。"

段峋拖腔带调的语气中透着玩味:"我说的是举报的报呢,你这都能听错吗?"

许微樱舔了下唇角,面不改色地点头:"是的,听错了。"

"就当你真是听错了。但你今天又占我便宜了,你总得给我个说法吧。"他笑,尾音慵懒,"今天可没上次那么容易解决了。"

许微樱长睫颤了下,感到一阵阵心虚,上次是意外,但刚才的拥抱,她确实挺清醒。

沉默几秒后,许微樱抬眼看着他,打商量似的说:"你今天,就再大方一次?"

段峋盯着她的脸,唇角微弯,听乐了。

许微樱眨眼,心底下意识一松,小声问道:"你这是同意了?"

"你想什么美事呢?"段峋眉梢轻扬,扯了下唇,"我可没同意。"

他抬了抬下巴,气定神闲地补充:"毕竟这种便宜,我还真不能再大方一次。"

许微樱噎了下。她紧抿了下唇,斟酌着词句:"其实,我感觉,抱过你的人应该不少。"

"嗯?你这是污蔑还是造谣?"段峋挑眉,稍稍弯腰,"我守身如玉,是能随随便便被抱的?怎么就抱过我的人不少了?"

守身如玉,这个成语能在这种情况下用吗?

许微樱的眼皮跳了下。她稳了稳心神,解释:"你是消防员,要参与救援,所以你救人时,也会有肢体接触的……"

一句话还没说完,许微樱闭了闭眼,自己都感觉越发心虚。

她深呼吸一口气，尽量面不改色地小声补充："我刚才说的就只是这个意思……"

段峭眉梢轻扬，漆黑的眸看着她，懒洋洋地问："这能一样？"

许微樱茫然："哪里不一样？"

"出警救援时会穿防护服。你刚才抱我时，我可没穿。"段峭的视线落在她身上，嗓音散漫，"我这人，你也知道的，比较敏感呢。"

他的语气透着股玩世不恭，一字一顿道："我这么敏感的人，却被你一而再，再而三地占便宜，你说怎么办？"

不知道是不是许微樱的错觉，她总感觉，在"敏感"和"占便宜"几个字上面，段峭加重了语气。

许微樱眼皮一跳，神情呆滞，大脑乱成一团。

救命，谁能来救救她。

她抿下唇角，胡乱地想着解决办法，可末了，只憋出了一句："请你吃饭，当赔罪可以吗？"

段峭盯着她看，轻"啧"一声："你能不能有点诚意？"

四目相对，距离拉近，许微樱睫毛颤抖。安静几秒后，她看着他漆黑的眸，似想到了什么，舔了下唇角，试探性地说："我欠你……"

剩下的话，许微樱莫名有点不好意思说出来。

段峭耐心地问："什么？"

许微樱深吸了一口气，佯装镇定地一鼓作气地说："就当，我欠你一个拥抱，可以吗？"

段峭目光微顿，唇角弯了下："会还？"

"嗯，"许微樱点头，语气温暾，"会还的。"

段峭："随时？"

许微樱的耳尖变红，她努力地保持冷静，面不改色地开口："对，你随时可以来找我。"

段峭眉梢轻挑，注视着她，深深定格。

半响后，他唇角上扬，似勉为其难道："行吧，这还算有点诚意了呢。"

回到家，房门关上的刹那，许微樱放下快递，只感觉指尖都酥麻了。眼前的场景似万花筒般变化，让她抑制不住地回想起在簕杜鹃花墙下发生的一幕幕。

簕杜鹃花墙下的拥抱，宛如场景回溯。

感到脸颊热意渐起，许微樱紧抿了下唇，呼出一口气，往卫生间走去。

掬了捧凉水洗脸，许微樱才逐渐平静下来，她低下眼，伸手扯下毛巾，慢吞吞地擦干脸上的水珠。

走出卫生间，她在餐桌边倒了杯水喝了一口，然后去拆妈妈寄过来的快递，坐在沙发上给妈妈发了一条微信，告诉妈妈快递已经收到。

妈妈秒回消息。许微樱唇角弯了弯，拨通妈妈的视频电话。

时间不知不觉地过去，许微樱结束和妈妈的聊天，把手机充上电，然后拿上睡衣去卫生间洗澡。

夜里，许微樱去阳台晾晒衣服，偏头，视线往隔壁看了一眼。

阳台上静悄悄的，无声也无人，段峙已经回消防基地了。

许微樱抿了下唇，低下头，穿过客厅回到卧室。

躺在床上，许微樱脸颊贴着枕头，随手拿过正在充电的手机解锁，百无聊赖地刷了刷。点开微信，只见在半个小时前，段峙给她留了条消息：走了，欠我的拥抱，不许耍赖皮。

许微樱看着手机，轻轻眨了下眼。

她舔了舔唇角，指尖按键盘，打字回复：嗯，不耍赖皮。

接下来几周的日子过得很快，黄嘉雯一直想要约的一站式 KTV 一再推迟了开业时间后，总算迎来了营业。

开业第一天是周五，黄嘉雯就打算当天下班后直接过去，刚好能放松放松打工人的心情。所以，星期四这天下班后，黄嘉雯和许微樱一起走在去地铁站的路上，她就约定道："樱妹，那我们就明天下班后去唱 K 了啊。"

许微樱"嗯"了一声，点头。她想了想，又温声说道："我还没有问你，除了我们两个，还有谁过去呀？"

在约定要去一站式 KTV 玩时，黄嘉雯就约了金毛蔡，她说："金毛蔡会去，明天晚上他不看店了，和我们一起聚一聚。"她停顿了下，继续说，"除了金毛蔡，还有一个你认识的。"

许微樱愣了下，而后反应过来，眉眼平静地道："是你小舅舅，宋泊吗？"

黄嘉雯点了下头："对，是他。"

人太少的聚会，玩不起来，没劲。但人多，要是许微樱不认识，也尴尬。黄嘉雯想，宋泊好歹是认识的人，也算合适。而且宋泊知道要聚会后，还主动地问了黄嘉雯两三次，表达出想要一起去的意愿。

许微樱明白地眨了眨眼。

星期五下午上班时，黄嘉雯就止不住地开心，疯狂冲许微樱使眼色，示意她下班后就立马打下班卡冲。

许微樱笑了笑，表示收到。

出园区的路上，黄嘉雯看了看手机，然后对许微樱说道："金毛蔡要晚一点才能过来，让我们先玩，不用管他。"

许微樱"嗯"了一声。

说到这儿，黄嘉雯眨了下眼，继续说："我小舅舅宋泊想过来接我们，一起过去。"

语毕，她看向许微樱，没再说话，显然是在询问许微樱的意见，毕竟她小舅舅对樱妹是司马昭之心，她自然要确认好友的想法。

许微樱笑了下，神情温和地说："可以，我无所谓的。"

在许微樱这儿，宋泊就是无关紧要的人，所以对方想要做什么，她都不会过多关注。

黄嘉雯心有所感，了然了，她这位小舅舅在樱妹这儿是完全没有机会的。

约莫过了半个小时，车子开到地方。

今天是这家一站式KTV开业的第一天，地面铺着红地毯，立式大花篮在门口两边摆放，数量不少，看起来非常喜庆。门口人来人往的，十分热闹。

许微樱、黄嘉雯、宋泊三人下了车后，先上二楼吃晚饭，随后乘电梯去了四楼的KTV包厢。

黄嘉雯已经嗨起来，拿起话筒就开始点歌唱，许微樱坐在一边安静地听着，而宋泊就坐在另一侧，相隔不远不近的距离。

黄嘉雯唱完两首歌，许微樱看见她放在台面上的手机屏幕亮了起来，便提醒道："嘉雯，你有语音通话进来。"

黄嘉雯放下话筒，低头看过去，见到是金毛蔡打来的。

接通电话，对面的人说了什么，她点头说"行"，又应了两声后，她挂断电话，往包厢门口走，边走还边吐槽："我无语了，金毛蔡找不到地方，让我下楼接他，我现在过去。"

闻言，许微樱站起身，温声道："我和你一起去吧。"

"不用，"黄嘉雯摆摆手，"我很快就回来啦。"说完，她打开门，走了出去。

许微樱看着关闭的包厢门，沉默了几秒，安静地重新坐下来。

偌大的包厢里只有她和宋泊两人，他递过来一个话筒，笑着问道："要不要点歌唱?"

许微樱眉眼平静地笑了笑,摇头婉拒:"我就不唱了,唱得不好听。"

宋泊闻言,略显失落地收回手,但旋即他就端起透明水壶往杯子里倒了一杯柠檬水,递给许微樱。

许微樱眨了下眼,礼貌地接过来,道了声谢。

她捧着杯子,慢慢地喝了口柠檬水。

宋泊紧张地看着她,似在做心理建设。末了,他轻呼出一口气,开口道:"许微樱,我有话想和你说。"

许微樱偏头看过去:"嗯,你说吧。"

KTV包厢里音乐声很安静,在略显昏暗的光线里,许微樱的眉眼一如既往的平静温和,她情绪很淡,看他的目光是礼貌又客气的。

莫名地,宋泊心底鼓起的勇气就像被戳破的气球,陡然蔫了下来。

他张了张嘴,想说的话却说不出来了。他见过许微樱和段峋站在一起的模样,那时的她神情自然又放松。

宋泊一时间很难再张口,他已经提前知晓了答案——他若是表白,许微樱必定会拒绝他。

所以,沉默几秒后,宋泊无奈地笑了笑,摇头道:"没什么。"

闻言,许微樱没有多问。

过了一会儿,包厢门被推开,黄嘉雯和金毛蔡聊着天走进来。这两人都闹腾,包厢里瞬间热闹了起来。

金毛蔡咧嘴笑着和许微樱打招呼,说道:"不好意思啊,来晚了点。"

他和宋泊相互认识了下,就开始唱了起来,房间里的麦霸成了黄嘉雯和金毛蔡。

两人"撕心裂肺"地唱了一会儿,黄嘉雯摆摆手,坐在许微樱身边要歇一会儿。就在这时,包厢门再次被推开,服务员送了果盘小吃进来,还有一打珠江啤酒。

黄嘉雯纳闷了:"怎么还有啤酒?没点啊。"

"我点的。"宋泊笑了笑。

黄嘉雯惊诧:"你不是不怎么喝酒的吗?而且开车过来,能喝?"

宋泊:"没事,可以叫代驾。"

听到这话,黄嘉雯也就没再多问什么。她坐在许微樱身边,没忍住地压低声音说道:"奇怪啊,我小舅舅不太喝酒,今天竟然主动叫啤酒了,真是破天荒。"

许微樱眨了下眼,莫名想到了刚才宋泊的欲言又止,她没有自作多情地联系到一起,只道:"也许就只是因为想喝了吧。"

"也对。"黄嘉雯赞同地点了点头。

另一边,金毛蔡一个人就能撑起整个场子,他拿着冰啤酒边喝边高声唱歌。

只不过没一会儿,他捂了下肚子,连忙放下话筒和啤酒罐,大大咧咧地摆手说:"我先去个厕所,你们继续啊。"

话音落地,他就往门外奔去。

黄嘉雯看乐了,对许微樱说道:"金毛蔡这是妥妥的'社牛',可真是够闹腾的!"

许微樱唇角弯了弯:"你也是呀。"

黄嘉雯嘿嘿笑了笑,没忍住好奇地问:"樱妹,你中考结束认识他们的时候,金毛蔡就是这个性子吗?"

"是的。"许微樱点了点头,"当时,他和现在一样,是很'社牛'的。"

黄嘉雯听乐了,笑个不停,又好奇地问了几句,许微樱一一回复。

准备去卫生间时,许微樱随手拿起手机,黄嘉雯本想说一起去,但她看见正坐在一边喝酒的宋泊,还是决定留下问问小舅舅的情况。

所以,她冲许微樱摆了下手,笑嘻嘻地说:"你去吧,我等你回来。"

许微樱唇角微弯,点了点头,走出包厢。

第一天正式开业的KTV,来来往往的客人不少。许微樱顺着标识牌往卫生间走去。路过门未关严的包厢门时,能听见震耳欲聋的歌声,她下意识地加快了脚步。

从卫生间出来,许微樱心不在焉地擦手,没注意不是按原路返回,而是拐进了另一侧靠近男卫生间的长廊。

就在这时,许微樱停下脚步。

不远处的消火栓旁站了两个男人正在说话,其中一个赫然就是金毛蔡。

两人的交谈声不甚清晰地传了过来,许微樱低下头,隐隐约约听着,两人像是在叙旧。

相隔一段距离,许微樱看不清楚另一个男人的模样,只觉得那人有点眼熟,似乎在哪里见过。

只不过,她一时间没想起来。

许微樱沉默了下,转身走向来时的路,往包厢走去。

包厢里此时只有黄嘉雯一人在,宋泊不见了踪影,许微樱看了一眼,重新坐下来。

她落座后,黄嘉雯立马凑过来,脸上的八卦笑容止都止不住。

许微樱疑惑地看着她:"怎么了?"

黄嘉雯不正经地笑:"你刚刚去卫生间,我就问了下小舅舅怎么回事,他应该是喝酒喝晕乎了,就和我说了。"

许微樱眨眼,配合地问:"什么情况?"

黄嘉雯压低声音:"原来他今天想和你表白,但还没开口,就预感你肯定会拒绝他。说完后,他应该是有点不好意思,找理由出去透气了。"

许微樱闻言,沉默了几秒后,点点头,"嗯"了一声:"确实会拒绝,他的预感是对的。"

她神色平静,语气温和坦诚,听到有人要和她表白,就像在听"天气预报",完全没有一点别样反应。

神情淡定的许微樱仿佛直接戳中了黄嘉雯的笑点,她笑个不停:"宋泊还是尿,我要是他,就算知道你会拒绝,肯定也会莽一波。"

许微樱唇角弯了弯,并没有把这件事太放在心上。

聊了几句后,黄嘉雯看向包厢门,"啧"了声,纳闷道:"金毛蔡怎么回事?这是掉厕所了吗?还没回来?"

许微樱眨眼:"我从卫生间出来时,看到他在走廊里和人聊天,应该是遇到朋友在叙旧吧。"

黄嘉雯恍然大悟地点了点头:"难怪这么慢。"

说罢,她拿起话筒继续唱歌。

良久,包厢门被推开,金毛蔡走了进来,宋泊也从外面回来了。

只不过这次,上半场闹腾的金毛蔡安静了下来,心不在焉的,看起来状态和宋泊有点像,一坐下就拿啤酒喝了起来。

黄嘉雯纳闷地看了金毛蔡一眼,又茫然地看向许微樱:"他这是怎么回事?被宋泊传染了?"

许微樱眨下眼,同样茫然地摇了摇头。

包厢里点的啤酒被金毛蔡和宋泊给喝光了,虽不至于喝醉,但两人的脸都红了,所以几人决定撤场回家。

许微樱和金毛蔡都住在芜禾小区,两人打车一起回去。

许微樱和金毛蔡坐上出租车,司机通过后视镜看了看脸发红、似喝醉了的金毛蔡,连忙提醒道:"靓仔,不能吐我车上啊,吐了要加钱。"

金毛蔡扒着车窗，吹了吹风："放心，不会吐。"

司机放下心，启动车子往芜禾小区开去。

吹着风的金毛蔡挠了挠头发，又偏头看向许微樱，问："有纸巾吗？"

许微樱点头，从挎包里拿出一包纸巾递给他。

金毛蔡接过道了声谢，他用纸巾擦了擦鼻子，没忍住地叹了口气。

许微樱安静了几秒，侧头问："怎么了？"

金毛蔡靠着车座，实话实说："刚才遇见了高中美术时，同画室的一位朋友，好多年没见了，就聊了一会儿。"

闻言，许微樱神色怔了下。

她终于想起，在KTV走廊里和金毛蔡一起聊天的男人，赫然就是当年在宏村参加集训的美术生之一。他看起来胖了不少，所以她一时间没有回想起来。

许微樱看向金毛蔡。

车子开进隧道，金毛蔡觉得有点晕，加上心情不太好，他揉了揉额头，没忍住，一股脑地说道："小时候我和阿峋一起学画画，这位朋友就是在画室认识的。高二暑假，我们还一起参加了画室去宏村的集训，待了一个夏天。"

说到这儿，金毛蔡脑袋发晕地问："你知道宏村吗？"

许微樱恍惚了一下，低低应了声："知道。"

"美术生写生集训，各大美院的学生都喜欢往宏村跑，那儿风景漂亮，适合取景画画。"金毛蔡继续说，"我们和那个朋友不同校，当时他已经是高三了，比我和阿峋高一届……后来，听画室老师说，他成绩不错，考进了川美。"

车子开出隧道，金毛蔡闭了闭眼，呼出一口气，低声絮絮叨叨地说："好久没见了，他问我，阿峋当年考进了哪所美院……"

许微樱神色怔住，眼底有难以言喻的恍惚。她看向金毛蔡，慢一拍地说："他没考，是吗？"

金毛蔡喝了酒，脸红了，眼眶也有点红："嗯，没考，阿峋不画画了。"他偏过头，声音有点干涩，"高二是阿峋学画画的最后一年，我们本来是要一起考美院的，但那年冬天发生了一些事，不好的事……他不画画了，不拿画笔了，他正常参加了高考，去读了大学。"

许微樱想起金毛蔡曾讲过的话。她指尖有点僵，神色怔怔："阿峋的爸爸妈妈，是在他高二那年冬天，走的吗？"

车窗半降，晚风灌了进来。

147

金毛蔡低低的声音混在风里:"高二暑假,阿峋去宏村参加美术集训,是他最后一次集训画画。几个月后,阿峋家里开的工厂发生了火灾。"他闭了闭眼,"段叔和温姨救了厂里的员工,但他们两人被送进医院的时候,伤势太重了。"

在这一刻,他醉意的脸上透着难过,声音抑制不住地发涩:"那天,阿峋在参加美术考试……可考试地点距离医院太远了,他赶过去时,没赶上……阿峋没赶上见段叔和温姨的最后一面。"

许微樱眼睫垂着,突然感觉身体难以动弹,出租车内灌入的风呼呼作响,年少时的记忆似涌入的风,如电影一帧一帧地在切换。

她记起——

民宿庭院里,坐在画架前执笔画画的少年。

连绵不绝的雨幕中,伸手把她拉到伞下的少年。

夏日繁星闪烁的夜晚,慵懒地笑着,却耐心教她粤语的少年。

一帧帧,一幕幕,年少时的记忆回溯,永不停歇。

可许微樱年少记忆里,干净恣意、骄傲耀眼,会被阳光偏爱的他,却在同年冬天永远地失去了爸爸妈妈。

十七岁的阿峋,成了流浪猫。

不知不觉间,榆椿市漫长炎热的夏季过去。迈进十一月份时,空气中蕴藏了深深的秋意,气温大幅度下降。

在降温前,许微樱提前把厚衣服整理了出来,穿上了牛仔裤和柔软的毛衣,偶尔还会带上一件外套去幼儿园上班。

时间过得很快,十一月份下旬,黄嘉雯翻看日历,琢磨着距离元旦放假也就只有一个多月的时间了,便止不住地高兴起来。

中午在饭堂吃饭的时候,黄嘉雯看一眼正在按手机的许微樱,了然地问:"在回复段峋的消息?"

许微樱眨眨眼,老实地点了点头。

黄嘉雯想到元旦跨年,问:"元旦他有假吗?"

许微樱轻轻抿了下唇,慢吞吞地说:"嗯,有。"

听到这儿,黄嘉雯放心了,立马出声:"行,元旦跨年夜,你们能一起过了。"

许微樱弯唇笑了笑。

说话间,黄嘉雯似想到了什么,换了话题说道:"马上就十二月了,我听娟姐说,每年的12月9日,园长都不会来幼儿园,一整天都不在。所以要是有什么需要紧急她签名审批的资料单据,得提前一天去找她。"

许微樱沉默了下,低声说:"12月9日这天,园长是有什么事吗?"

黄嘉雯摇摇头:"不知道是什么事,但应该很重要吧,要不然也不会每年的12月9日都不在。"

听到这儿,许微樱低下头,心不在焉地继续吃饭。

十二月,榆椿市下了几场淅淅沥沥的雨,气温低,加上天气阴沉,黄嘉雯和许微樱吐槽过好几次上下班路上心情不好。

雨还未停,阴雨绵绵的日子,坠落的雨滴似摇曳的鱼尾,视线内都是蒙蒙的水汽。

许微樱安静地听着,心底也莫名地沉闷。

12月9日这天,临近下班时,她走出办公室,前往走廊尽头的卫生间。路过园长紧闭的办公室门时,她脚步一顿,默默地看了一眼。

和黄嘉雯说的一样,园长一整天都没来上班。

许微樱想了想,按开手机,下意识地点开和段峭的聊天界面,停留的信息是有关今年跨年的事,时间已经是两天前。

这几日没有聊天。

许微樱吸了吸鼻子,又按灭屏幕,往卫生间走去。

下班时,黯淡的天际又落了雨。细雨如丝,许微樱撑伞和黄嘉雯走向地铁站,雨滴噼里啪啦地坠落在伞面上,偶有几滴溅在手背,激起凉意,许微樱睫毛颤了颤。

黄嘉雯嘀咕:"现在下雨,希望等会儿能停,雨一直下,下得烦。"

许微樱收了伞,安静地点了点头。

走出地铁站口,许微樱撑起伞往小区走去。

走了一段路程后,湿绵绵的雨才渐渐停歇,许微樱握着伞柄的指尖顿了下,却没有收伞,索性就撑着回去了,以免等会儿又会落雨。

走进芜禾小区,她收了伞,湿润的伞面上有雨水滴落,台阶上曳出水迹。许微樱轻呼口气,心不在焉地上楼。

当她迈到三楼,抬眼,却猝不及防地见到了段峭。

他穿着纯黑色外套斜倚在窗台边,情绪散漫,眼皮垂着,看起来有几分低沉的倦怠。

在他身后是一片摇摇欲坠的昏沉天色。

许微樱唇瓣动了动,下一瞬,段峋低眼看她:"许微樱。"

许微樱的心脏重重跳了下。

她迈步朝他靠近。

雨势渐起,空气中有湿润绵柔的水汽,窗外雨水拍打着树叶,楼道内安静无声。窗台前的男人朝她伸出手,他深深地看着她,眼眸似倒映出了暗淡的天色。

许微樱怔了怔,段峋攥住她的手腕,把她往身前扯,带进怀里搂住。他嗓音低哑道:"欠我的拥抱,现在还我吧。"

雨声悄悄,许微樱的呼吸也轻。她感受着段峋禁锢般把她锁入怀抱的力度,安静两秒,她抬手轻轻地环抱住他。他身上湿润的雨水气息和淡淡的烟草味丝丝缕缕地萦绕在她周围。

下一瞬,许微樱察觉到段峋身形顿了下,然后他缩紧手臂,把她搂得更紧密,稍稍弯腰垂头埋进了她的肩侧。

段峋的下巴蹭过许微樱的耳郭,他极轻的呼吸融入窗外淅沥的雨声中,低不可闻。

许微樱睫毛轻颤,她不确定发生了什么事,温柔地开口:"阿峋。"

段峋嗓音倦怠,微哑地"嗯"了一声。

许微樱抿了抿唇,没有再说话,只是用脑袋贴着他轻蹭了下,宛如是另一种无声的陪伴。

连绵淅沥的雨幕里,摇曳的水珠似鱼鲔。楼道窗台浸透出湿润的水汽,他和她在淅淅沥沥的雨声中安静相拥。

许微樱慢腾腾地开门回到家,机械似的往客厅沙发走去,坐下来,安静地发着呆。

想到段峋离开,回到消防基地后,许微樱吸了吸鼻子,心情复杂。她是第一次见到他这般模样,宛如可以轻而易举地融入绵绵雨幕中,化为一滴眨眼间消失不见的水珠。

在这一刻,她只希望,刚才的拥抱可以让他好过那么一点。

如果刚才的拥抱太短暂,她愿意多陪伴他,就像多年前的暑假,在小商店的屋檐下,他陪在她身边一样。

许微樱呆坐了好一会儿后,神不守舍地往卧室走去。

她没有胃口,洗漱完后就躺到了床上。

她呆呆地看着天花板好久,伸手拿过床头的手机,点开微信,手指慢慢往下滑了滑,直至看见金毛蔡的微信头像。

她点进去,盯着聊天界面。

加了微信后,两人几乎没聊过天。上一次联系还是去 KTV 聚会,喝醉酒的金毛蔡在回来的路上和她说了一些事,第二天,他酒醒反应过来自己又多嘴了,尴尬地给许微樱发了一条消息,请她别把他的多话说出去。

她回复了"好"。

许微樱心不在焉地盯着手机界面,在对话框里打字:我刚才见到阿峭了,但他状态看起来有点不对,你知道是发生什么事了吗?

看着这句话,许微樱轻轻呼出一口气,按了发送。

消息发出去,许微樱捧着手机,默默地翻了个身。

金毛蔡还没有回,她就安静地躺着,盯着雪白的墙壁。

她想到了,一整天都没有来上班的园长。

许微樱脑海里隐隐约约出现了一个念头,似翻涌的海水一点一点地拉扯她的思绪。

不知过去了多久,手机屏幕亮起来。

金毛蔡没有打字,而是发了语音过来。

许微樱点开他的语音,金毛蔡语气低沉地说:"你看见阿峭了吗?今天是段叔和温姨的忌日,他去祭拜了……"

房间里静悄悄的,金毛蔡的声音很低,话里的内容却似锤子在敲打许微樱,让她的呼吸都乱了。

她放下手机,安静地躺着。

这一刻,后悔的情绪似坠落的雨水,无孔不入地浸透许微樱的思绪。

她后悔了,后悔当时没有把段峭抱紧一点,她应该更紧紧拥抱他的。

/Chapter 06/
夏日倾情

两周后，临近元旦，各大商圈都开始做准备，推出了跨年夜倒数活动，提前预热气氛，商场的工作人员已经安装好悬挂的小彩灯，漂亮夺目。

许微樱在工作群里看见了元旦放假通知。大家即将迎来假期，办公室里的气氛格外轻松，就连向来只专注工作、不怎么闲聊的容姐，在许微樱给她送财务资料时，都笑着问了句："你们年轻人，元旦跨年都怎么过？"

许微樱想到和段峋的约定，眨了下眼，实话实说道："和朋友一起。"

容姐看向另一边的黄嘉雯："嘉雯，你俩一起？"

许微樱抿了下唇，老实地摇头："不是和嘉雯，是另一位朋友。"

听到这儿，容姐明白了什么似的，笑着点点头。

十二月的最后一天，恰好是周五，许微樱下班后往芜禾街巷走去，路上，她低头看了看手机上的消息，唇角弯了弯。

临近"渡夏天"时，许微樱脚步一顿，段峋出现在了视线内。

有一段时间没见了，他穿着一身黑，懒洋洋地在"渡夏天"门口的椅子上靠坐着。他眼皮微敛，姿态闲散随意地在看手机。

许微樱眨了眨眼，段峋似乎察觉到了视线，握着手机，偏头看过来。

看见是她后，他唇角勾起一抹笑，起身，迈步走了过来。段峋站在许微樱面前，他稍稍弯腰，眉梢轻挑，笑着问："现在回小区，等会儿一起出去吃个饭？"

许微樱眨了下眼，应了声，然后她想了想，说道："回去后，你可能要等久点。"

段峋看她:"嗯?"

许微樱低头往身上看了下,嗓音温和:"我想要换身衣服,再出去。"

段峋毫不遮掩地在她身上扫了扫,唇角弯了下:"这身不挺好?"

许微樱安静了几秒,眉眼淡定,慢吞吞地回:"那我也要换。"

段峋盯着她的脸,低笑着,喉结轻滑地"嗯"了一声。

两人一起往芜禾小区走去,路过"渡夏天"时,许微樱下意识地往里面看了一眼。今天是跨年的日子,客人还挺多,金毛蔡站在柜台后像陀螺似的忙活。

许微樱看了段峋一眼,问道:"要跨年了,今天客人挺多的。你没在'渡夏天'帮忙,金毛蔡有说什么吗?"

段峋偏头看她,无所谓地回:"没说,骂了。"

许微樱眼皮一跳,蒙了一瞬,问:"他骂你什么了?"

段峋眉梢轻挑,漆黑的眼眸看着她,唇角微扬,不着调地说:"不用搭理,我知道,他就是嫉妒我呢。"

回到小区,两人一起上楼,许微樱打开门,往身侧的段峋看去:"那你就等我一会儿。"

段峋回视看她,唇角微弯地"嗯"了一声:"换好衣服,去隔壁找我。"

许微樱眨眼,点了点头。

她走进屋,眼眸轻轻地弯了起来,似月牙。

许微樱洗了洗脸,然后往卧室走去,打开衣柜,她看着里面的秋冬衣服,感觉——都太普通了。

考虑半晌,她才从衣柜里挑选出一条灰色的半身裙、一件打底衫,和一件砂粉色的珍珠扣外套。

许微樱把衣服换好,坐在梳妆台前开始化妆,轻轻铺好底妆,细致地在眼尾处勾勒出眼线。她瞳孔圆润,似猫瞳,现在眼眸轻轻一眨,看起来有点撩人。

许微樱放下眼线笔,涂了一层水润唇釉后,抿了抿唇。她看着镜子中的自己,神色有一瞬间的不自然。镜子里的女人穿着砂粉色珍珠扣外套和灰色半裙,雪肤乌发,眉眼靓丽干净却莫名惹眼,唇瓣水润润的。

她轻呼一口气,起身站起来,拎上包,往门外走去。

隔壁房门敞开着,许微樱站在门口,往客厅内看去。段峋靠坐在沙发上,听见动静后,他偏头看了过来,视线落在她身上,深深定格。

153

许微樱被他看得莫名有点紧张，但依旧维持着淡定："我好了。"

段峋"嗯"了一声，走了过来，两人一起下楼。

今天，商圈广场上的巨幅LED显示屏循环滚动播放着几个小时后的跨年倒数预热，周边商铺也都是人来人往，无比热闹。

两人路过广场时，许微樱往显示屏的方向看了一眼。

段峋问她："想要参加倒数活动吗？"

许微樱眨眼，思考了一下，说："那要等到十二点。"

"嗯。"段峋看着她，语气自然，"那吃完饭后，就再看场电影？"

许微樱长睫颤了颤，神情努力保持镇定自若，轻轻地"嗯"了一声。

段峋的目光落在她身上，唇角弯了下，眉眼间透着愉悦。

两人晚上吃饭的地点，选在了一家椰子鸡店。乘坐商圈电梯上去，在服务员的指引下，两人找到空位坐下来。许微樱下意识地往四周看了看，才发现今晚出来用餐的顾客以情侣居多，举止亲密。

许微樱移开视线，莫名地有点紧张。

段峋看了她一眼，拿起柠檬水壶往她杯里倒："怎么了？"

许微樱眨了眨眼，小声回："没什么。"

"是吗？"段峋眉梢轻挑，往周边扫了一圈，笑着问，"那你刚才看什么呢？现在就跟'非礼勿视'一样。"

许微樱呼吸一窒，段峋还挺敏锐，这都能看得出来？

她沉默了几秒，端起水杯喝了一口："你好奇心还挺重呢。"

她话音落地，神色愣了下，这话有点耳熟。

下一瞬，许微樱抬眼时，就对上了段峋似笑非笑的眼眸。他直勾勾地看她，唇角上扬，语气拖腔带调："怎么回事，刚才你这话，是不是学我呢？"

许微樱后知后觉地感到耳尖热了起来。她轻呼出一口气，稳了稳心神，温声回道："嗯，是学你。"语毕，不等段峋回话，她神色平静地看着他，补了一句，"你忍着吧，提前适应一下。"

段峋挑眉笑："嗯？"

许微樱抿了下唇，语气认真，坦诚地讲："也许我以后不止会学你讲话呢。"

段峋撩眼看她，没忍住地大笑出声。

电影院在五楼，要乘坐电梯上去，而今天又是跨年夜，商圈的人不少，许微樱和段峋进电梯后，陆陆续续地，有很多人也进入电梯，两人能待的空间变得狭小起来。

许微樱的脚动了动,下一秒,她的手腕被段峋抓住,他动作自然地把她往身前拉。

两人挨在一块儿,许微樱鼻尖嗅到了段峋身上熟悉的绿柚气息,她下意识地抬头,额尖猝不及防地轻蹭到他的下颚,手条件反射地按在了他腰腹的位置,当作支撑点。

狭小的电梯内,两人的距离无限拉近。

许微樱感觉脸颊有点热,段峋低眸看她,他全身的气息铺天盖地地笼罩过来。

许微樱一抬眼,就跌进了他似无垠夜色的眼眸。她紧抿了抿唇,神色有瞬间的不自然,就要移开视线。

只是,她还没来得及动作,段峋垂头,他带着气音的低哑嗓音在她耳边蛊惑似的响起:"你的脸怎么红了?"

电梯门打开,许微樱迅速走出去,她偏头看了一眼身侧的段峋,沉默了几秒,说道:"刚才是太热了。"

段峋笑着,拖腔带调地"噢"了一声:"是太热了啊。"

许微樱听出他笑音中的揶揄,她舔了下唇角,胡乱地点了点头,就往影院柜台走去。

段峋迈开长腿跟上,他看着她,肩膀轻轻抖了下,低笑出声。

恰逢节假日,影院上线了好几部新电影,口碑都不错。两人挑选了一部国产喜剧电影,买好电影票进入观影厅。

看完电影,时间已临近十二点。

许微樱和段峋乘坐电梯往商场外走去。

广场上已十分热闹,巨幅显示屏上出现了跨年倒数的时间。

许微樱和段峋,站在人群中看过去。

最后十秒,来参加跨年夜倒数的市民们皆是语笑喧阗地齐齐呼喊:

"十、九、八……三、二、一!"

最后一秒倒数结束,四周人声鼎沸,彩灯光芒如璀璨星河,新的一年翻开篇章。

许微樱睫毛颤了下,点开手机举着往广场显示屏的方向拍去。当镜头偏移,手机屏幕里出现了段峋偏头盯着她的身影。

他鼻梁高挺,眉骨锋利,温暖光线拢上他眉眼间,点漆眼眸似含有笑意。

在这一瞬间,许微樱下意识地按下了拍摄键,画面定格。

她动作很快，短暂的两秒后，就伴装什么都没发生地继续去拍广场上的巨幅显示屏。

只不过，当两人离开喧闹的人群，准备回去时，段峋状似不经意地问："你刚才在广场上拍照时，有没有拍我？"

许微樱长睫颤了下，心虚地摇头："没有。"语毕，她"恶人先告状"地强撑着来了一句，"你不要自作多情。"

段峋低垂眼睫，紧盯着她，似是听乐了。

他笑了一声，稍稍弯腰，两人视线齐平，他若有所思地问："怎么回事？我就问一句，你反应还挺大，是不是心虚？"

许微樱的长睫抖了抖，神情越发虚。她语气温和，小心地换了个话题："阿峋。"

段峋："嗯？"

许微樱："新年，你有什么愿望吗？"

"怎么？"段峋笑了一下，目光深深地落在她身上，"说了，你会帮我实现？"

许微樱没有犹豫地认真回："嗯，只要我能做到，就帮你实现。"

闻言，段峋神色一顿。他看着她，唇角渐渐扬起，喉结上下滑动，一字一句道："明年，我们也一起跨年，行吗？"

许微樱听到这话，呼吸好像停止了一秒，耳尖莫名升起热意。

她舔了舔唇角，点头"嗯"了声："好。"

段峋眉眼舒展，笑了起来，伸手轻揉了下许微樱的脑袋："谢了。"

两人回到芜禾小区，时间已临近凌晨一点。

许微樱低头翻包拿房门钥匙，段峋瞥了她一眼，忽然道："等我一分钟。"

许微樱眨眼，歪头看他。

段峋打开门，走进去，再出来时，手里多了一个礼品袋。

段峋把礼品袋递给她，唇角微扬地说："新年快乐。"

许微樱拿着新年礼物回到卧室，把它放在床头。她看着礼品袋，没有想到段峋为她准备了新年礼物。

许微樱唇角弯了弯，然后拿上睡衣去卫生间洗漱。

出来后，她坐在床上良久，才伸手拿过袋子。

里面是一个首饰盒。

她眨了下眼，把盒子拿出来打开。

首饰盒里是一条樱花项链。

许微樱呼吸轻了轻，她把樱花项链拿在手里，轻轻往脖子上比了一下，朝镜子的方向看去。

"樱花"坠在她锁骨处的位置，适合又漂亮。

许微樱吸了下鼻子，弯了弯唇，又小心地把樱花项链重新装进盒子里。

她躺回床上，脸颊贴着枕头，眨了眨眼睛，视线里是桌面上装着阿峋送的樱花项链的首饰盒。

她抑制不住地回想起，这其实不是第一次收到阿峋送的礼物。

十五岁的夏天，对许微樱而言，似烟火般热烈，那是她年少时度过的最放松快乐的一个夏天。

可明灿夏日，总有迎来尾声的时刻。

开学的日子越来越近，许微樱的心绪沉了沉，并且，她清晰地明白，她不是不喜欢开学，她只是不喜欢分别。

八月下旬的某个夏夜，是分别的前兆。

许微樱认识的少年，懒洋洋地坐在超市门口，在教她粤语后，金毛蔡来找他时，他也没有像往常一样立刻回去，而是偏头看她，眉梢轻扬地说："小朋友，我们的集训要结束了，在走之前，你有没有想要的礼物？"

蝉声不歇的夏夜里，少年眉眼干净，问她有没有想要的礼物。

许微樱愣愣地看着他，神色恍惚了一瞬。她吸了下鼻子，慢慢地摇头，讷讷地回答："没有。"

即使知道夏日结束是必然，十五岁的许微樱也依旧会感到难过，只是，她努力地不表现出来。

段峋微微坐直了身子，俯身凑过来，拉近距离盯着她，似在观察她的反应。安静几秒后，他声音轻得似低哄："小朋友，哥哥送你一件礼物，收着？"

少年干净的嗓音响在许微樱的耳边，她神色怔怔地看着他，吸了吸鼻子，慢慢地点了点头。

后来，在八月的最后一天，许微樱收到了段峋送的礼物。

那天，画室的学生们因为集训结束，第二天就要离开宏村，在前一天晚上，大家起哄着要在民宿院子里举办烧烤晚会，吃吃喝喝玩一玩，画室老师笑着同意了。

离开前的盛夏夜晚，晚风习习，民宿庭院里支起了烧烤架，以及找当地居民借来的唱歌设备。

那晚的民宿庭院是别样的热闹。

暖色系的灯光照耀着一方天地,夜风轻轻吹过,空气中满是院内植物的气息和食物的烧烤香气,朝气蓬勃的男孩女孩嬉笑着聚在一起。

许微樱安静地坐在位置上,朝他们看过去。

直到她面前的餐盘里落了两串刚烤好的、冒着喷香热气的鸡翅。许微樱愣了下,抬眼,看见了站在餐桌边的少年。

段峋刚从烤架处过来,修长的手指上蹭了点酱料,随手抽了张纸巾擦着。

注意到许微樱的视线后,他抬了抬下巴,嗓音散漫:"趁热吃。"

许微樱眨了下眼,"嗯"了一声,拿起一串烤鸡翅慢吞吞地啃着,并下意识地看向少年。

他身姿清瘦挺拔,穿了白色短袖和工装裤,夜色里衬得他肤色越发冷白。

少年低垂眼睫,漫不经心地擦手时,他黑色的额发微遮住眉骨,姿态随意慵懒。

许微樱怔了怔,出了神。

段峋瞥了她一眼,笑道:"吃东西还能发呆呢?"

许微樱睫毛一颤,神色有瞬间的不自然,她讷讷地没说话,只连忙低头,继续啃鸡翅。

段峋看了她一眼,弯了弯唇角,留下一句:"等着,我再去烤几串过来。"

说完,少年转身离开,往烤架走去。

许微樱抿了抿唇,顺着他离开的方向看过去,烤架边的几位女生笑盈盈地围着他,喊着"阿峋"。

许微樱沉默了几秒,收回视线,低眼,又啃了一口鸡翅。

晚风吹拂,烧烤的食物香气弥漫,大家吃得差不多后,就闹着要唱歌。

有女生闹着要阿峋唱。

段峋坐在座位上按手机,他掀了掀眼皮,唇角轻扯,随口道:"不了,嗓子疼。让金毛蔡来,昨天晚上睡觉前,他还号个不停呢。"

众人笑起来。

金毛蔡号道:"阿峋,昨天晚上,我号什么了?你鬼扯啊!"

段峋笑,神闲气定:"你号的样子就和现在没差。"

金毛蔡一把拿过话筒:"我现在让你见识见识,什么叫号!"他眉飞色舞地喊道,"来一首《饿狼传说》!"

民宿庭院里,男生女生们都笑着欢呼起来,画室老师也是笑个不停。

极其动感的音乐声响起，金毛蔡唱了起来。

许微樱却没太认真地听，她偏头看向段峋，想了想说："你要不要喝点温水？"

段峋回看她："嗯？"

许微樱不动声色地说："你不是嗓子疼吗？"

懒散靠着椅子坐的少年忽然肩膀抖动地笑了。

许微樱茫然。

段峋偏头看她，微微拉近距离，低笑说："小朋友，你还挺容易被骗呢。"他揉了下她的脑袋，眼眸含笑，毫不遮掩痞劲，补了一句，"你猜猜，金毛蔡，为什么会中意骂我？"

那一晚，金毛蔡的一首《饿狼传说》足够嗨，他唱完，其他人轮流拿着话筒开始唱起了歌，氛围热烈又欢快。

末了，有人起哄要画室老师来一首。老师拒绝不了，摸了一下脑后的小辫子，想了想，笑着说道："这样吧，我唱一首 Leon（黎明）的《夏日倾情》，这首歌我比较熟。"

大家笑着欢呼起来，一人递上话筒，一人去点歌。

只是，当曲子前奏缓缓流淌出来，老师听着莫名地僵了一下："不对，版本不对，这不是 Leon 版的，我这可唱不好。"

他求救似的看了一圈，见到段峋后，连忙把话筒塞过去，拍拍段峋的肩："阿峋，这首歌你来唱，你来帮老师唱。"

段峋还没完全反应过来，周遭的男生女生们见到这一幕，立马欢呼地喊起来："阿峋！快来，快唱！"

晚风吹过，少年的 T 恤衣摆微掀，他扯了下唇角，懒散地"嗯"了一声。

这一瞬间，周围都安静下来，舒缓的曲调从头开始播放。

在曲声中，段峋单手拿着麦，嗓音慵懒勾人："是你吗，手持鲜花的一个，你我曾在梦里，暗中相约在这夏。"他手持话筒，眼皮低垂，模样淡然，"你会否听见吗，你会否像我，秒秒等待遥远仲夏，见你一面也好，缓我念挂……"

微风拂过，少年的声音似仲夏夜梦境，引人深陷沉醉。

许微樱看着他。

阿峋的一首粤语歌结束，在场的众人都愣住了，旋即才倒吸口气地反应过来，金毛蔡率先喊道："阿峋！怪不得你不唱，你嗓音这么牛！晚上唱歌哄我睡觉！"

他话音落地，段峭掀了掀眼皮，笑着没多搭理，随手放下话筒，完成任务似的头也没回地坐回了原位。

他侧眸看了许微樱一眼，嗓音散漫地问："想要唱歌吗？"

许微樱摇摇头，却莫名地把《夏日倾情》这首粤语歌给深深地记在了心里。

夜晚繁星闪烁，月色似水般笼罩过来。在欢快的聚会中，时间不知不觉地过去，明天要启程返回，所以他们不能熬太晚。只不过在聚会结束前，有位男生高呼提议要合唱。

大家都来劲了，金毛蔡喊道："《红日》！《红日》！合唱这首！"

旁边有人不服："唱《海阔天空》！"

画室老师哭笑不得地说："傻仔！两首歌都唱！"

他话音落地，金毛蔡嘿嘿一笑，立马眼疾手快地播出了《红日》。

熟悉的前奏响起，就像刻入骨子里似的，大家熟练地唱着《红日》。一首歌结束，还没尽兴，又立刻播放《海阔天空》，一起跟唱。

许微樱安静地坐在位置上，觉得这两首歌都十分好听。

微风吹拂，灯光微暖，在大合唱的歌声中，许微樱面前的饮料杯发出清脆的一声响，她茫然地看过去。

这一瞬间，视线定格。

庭院里，坐在她身侧的少年，眉眼恣意地朝她举了举杯，笑着说："小朋友，愿你天天开心，快乐成长。"

十五岁的夏日夜晚，永不停歇的盛夏，许微樱收到了段峭的礼物和祝福——他愿她天天开心，快乐成长。

跨年夜的凌晨，有关年少的盛夏记忆，如温柔潮汐般浸透许微樱的思绪。

她躺在床上，愣愣地出神。

当回忆一点一滴地收拢，许微樱无端地想到今晚段峭和她说的新年愿望——明年，我们也一起跨年，行吗？

许微樱用力地眨了下眼，在这一刻，她竟希望段峭能够"贪心"一点，希望他能向她提出，不仅只是一起跨年的愿望。

只要是他说出的心愿，她都会答应去实现。

同样，她也贪心地想：她想要陪在他的身边，陪在年少时，偶然的一个盛夏午后，她被低吟浅唱的温柔歌声吸引，驻足在民宿木门前——当她伸手轻轻推开木门，在夏日庭院里，隔着午后阳光，她初见到的少年身边。

元旦假期结束，许微樱开始上班。

距离除夕只剩下三周的时间。

过了几天，幼儿园公布了寒假时间。1月12日，小朋友们正式开始放寒假，教职工的放假时间定在了1月20日。

假期临近，许微樱提前订好了回老家的机票。

她在离开榆椿市的前一天晚上，接到了段峋的电话。

安静的夜晚，隔着手机，他的声音倾泻出来，磁性低沉，如贴着耳畔低语："什么时候回来？"

许微樱想了下假期时间，温声说："大概会待大半个月。"

爸爸妈妈都早早地盼着许微樱回老家过年，所以她会在过完年假后才回榆椿市。

段峋"嗯"了一声，笑道："行，等你回来。"

一月份，老家气温寒冷，最高温度只有十摄氏度。许微樱穿着长款羽绒服，手里抱着热水袋，吸了下鼻子，安静地坐在柜台后面，帮忙看店。

临近除夕，店里生意很好，顾客络绎不绝，都过来买新年礼品。忙活了一上午，直到下午，小超市的顾客才少些。

许微樱轻轻呼出一口气，手摸着热水袋，感觉不怎么热了，她扯过旁边的充电线，给它插上充电。

就在这时，许微樱看见妈妈掀起门帘，端着一个冒着热气的汤碗走过来。她眨了眨眼，温声问："妈妈，你煮了什么？"

妈妈张岚笑着："米酒甜汤，里面放了小汤圆，葡萄干，还有红枣，你趁热喝。"

"嗯。"许微樱笑了笑，伸手接过来，放在柜台上。

张岚拉开柜台抽屉，拿出一条烟，拆开散包摆放，然后她问："快大年三十了，过两天就要闭店，我和你爸会去走亲戚，你去不去？"

许微樱抿了抿唇，摇头："妈，我就不去了。"

张岚知道自家闺女的性子，逢年过节不喜欢走动，她和闺女她爸也不勉强许微樱。她点了下头："行。你今年回来过节，有没有约一起读初高中的同学聚一聚？大过年的，应该和老家朋友聚一聚。"

许微樱动作滞了下，她读书时朋友极少，这些年也早就没什么联系。

所以，她过年回来，压根没什么聚会。

只不过许微樱不想让张岚多想，慢慢说了一句："有约。"

张岚放心地点了点头，说："该出去玩就出去，大过年的，别总是在家里闷着。"

许微樱眨眼,唇角弯了弯,应了声"好"。

许微樱一边喝着米酒甜汤,一边和妈妈聊天。

等到她把甜汤喝完,热水袋也充满电了。许微樱拔掉插头,把热水袋抱在怀里,往后走去。许微樱家前面是个小超市,后面就是住宅庭院,她穿过院落,先进厨房把碗给刷了。

寒风在窗外呼呼地吹,她打了个哈欠,感觉有点犯困,想上楼回房间睡一会儿。

许微樱拧开卧室门,先把热水袋塞进被窝里,然后站在床边去拉羽绒服的拉链。在她的视线里,清晰地出现了她书桌上摆放的一幅用画框裱起来的素描画。

画里是许微樱家的猫猫狗狗和当年眉眼稚嫩的她。

这是在盛夏结束,离别前,她收到的阿峋的礼物。

这幅画,不知不觉间,在她的房间里已存放了七年。

许微樱轻轻抿了下唇,脸上的表情有些恍惚。她收回视线,脱掉羽绒服,钻进被窝。

许微樱脸颊贴着枕头,缓慢地调整了一个舒服的姿势,点开手机,百无聊赖地刷小视频。

房间内不断切换着响起了各种各样的背景音乐,直至一位翻唱博主的歌声响起,许微樱指尖下意识地顿了下。

视频里,博主在自弹自唱着一首粤语歌:"你会否听见吗,你会否也像我,秒秒等待遥远仲夏……"

年味浓厚,小超市开始歇业。

小镇的街道上能看见有小孩子嬉笑地跑过,手里拿着一盒摔炮,往地上一摔,发出"砰砰"的声响,欢快又嬉闹。

今天下午,吃过饭后,爸爸妈妈就准备出去走亲戚了。临近出门前,妈妈还问了句许微樱几号约的朋友。

她呼吸一窒,有点心虚地回复,今天。

所以,父母出门后,许微樱在家待了一会儿,索性戴上手套和围巾,出门转一转。

小镇的街道两边,商铺都已闭门歇业,但氛围并不冷清,走在路上总能感觉到年味。许微樱漫无目的地走着,不知不觉间,她前进的方向成了宏村。

许微樱怔了一下，随即没有停留地继续往前走。

宏村作为拥有悠久历史的古镇，自始至终没有太大的变化，游客来来往往，它不会改变，只不过在春节，这里却显现出了几分冷清的安静。

人影寥寥。

许微樱心不在焉地走着，脚步停下时，眼前是一条悠长的青石小巷。

她一时默然，走进巷子里，停在了当年她熟悉的民宿门前。

这家民宿已经开了许多年，木门上有岁月刻过的痕迹。许微樱的视线落在上面，看了几眼后，她转身离开。

回去的路上，天空开始飘雪。

许微樱拢了拢围巾，轻轻呼出一口气，埋头继续往前走。

冬天，夜色降临得早，许微樱走回小镇时，天际已经是沉沉的暗色，白茫茫的雪花无声地飘落。

不过，就算是在落着雪的冬夜，也不耽误放烟火。

许微樱仰头看了看，偶尔有几簇烟花在雪夜中绽放，光芒璀璨，极美。她伸手从羽绒服口袋里掏出钥匙。就在这时，她清晰地感受到了口袋里的手机在振动。

许微樱拿出手机，上面显示是段峋打来的电话。

她呼吸轻了一瞬，把手机放在耳边接通。

在不甚安静的冬夜，她听见了他的呼吸声，他似是在走路。

一时间谁也没有说话。

许微樱唇瓣动了动，倏然间，有烟火"砰"地升空绽放，灿烂火花尽数绽开，点亮一方落雪冬夜。

许微樱听着耳边放烟花的声音，大脑有瞬间的空白。

段峋似是说了什么，她也没有听清。在这一刻，她只是凭借自己的意识，本能地扭头，往身后看去。

视线猝不及防地停住，许微樱神色愣了愣。

段峋朝她走过来，他穿着黑色羽绒服，还维持着举手机的姿势，肩膀处落了雪花，他漆黑的眼眸穿过纷纷落雪看向她，"砰"的声响，有烟火再次绽放。

段峋身后的天际，明灿花火亮如白昼，似幻梦中的场景。

在落雪的冬夜，男人走向她。

这一瞬间让许微樱恍惚生出了错觉，宛如时间倒转，记忆回旋，她见到了十五岁的盛夏，蝉鸣不歇的夏日夜晚，她会见到的少年。

许微樱的思绪被拉扯，神情发怔地没动弹。

直至男人走到面前，她才嗓音微紧地说："阿峋，你吃饭了吗？"

段峋低睫看她，唇角微弯："下飞机后，在机场吃了。"

许微樱讷讷地点头，这时她才看见，他另一只手还拎着一个黑色袋子。不透明，但看起来也不可能是装的行李。

安静几秒后，她偏头看他，好奇地问："你手里拿的是什么？"

"烟花棒，路上买的。"段峋看着她，眉梢轻挑，"等会儿一起放了？"

许微樱的睫毛轻颤了下，她舔了舔唇，用力地点了下头："好。"

这场落雪，悄无声息地停歇。许微樱和段峋在一处空地停下，他把烟花棒从袋子里拿出来，递到她手上。

许微樱握着烟花棒，抬眼看向段峋。

他低眸，摸出打火机按开，指尖亮起火光，稍稍弯腰，把她手上的烟花棒点燃。

火花亮起，光影灿烂。

许微樱看见他眉梢轻扬，唇角微弯地在笑，很愉悦的笑容。

她挥了挥手里的烟花棒，眼眸同样弯了起来，然后她忍不住凑近，轻抿了下唇，含蓄地问："你这几天都会在这儿吗？"

段峋意味深长地看她，语气懒洋洋的："能直接点吗？"

许微樱下意识地发出一声："什么？"

"你这是想问我有几天假呢？"段峋漆黑眼眸看她，刻意地顿了下，然后他唇角微扬，补了句，"还是想问，假期能不能都和你在一起呢？"

许微樱抬眼，舔了下唇，末了，诚实地回答："都有。"旋即她慢吞吞地说，"但你假期不多，没几天吧，我都没见你带行李。"

段峋顿了下，"嗯"了声："两天，明天回。"

听到这儿，许微樱紧抿了下唇，失神了一瞬。

下一秒，段峋弯腰，两人的目光对上，他伸手，力度不轻不重地拢了拢她的围巾，他的气息似乎顺着指腹传递过来。

许微樱怔怔地看他，长睫轻颤。

视线相对，段峋喉结滑动，语气似散漫又认真地说："我们来日方长，知不知道？"

许微樱和段峋分开，他去宏村找民宿住，她回家。

走进卧室，许微樱路过镜子时，脚步一顿，才突然发现，自己唇角微弯，眉眼一直都是含笑的。倏然，许微樱有点不好意思。她抿了抿唇，端起桌上的保温杯，拧开盖子，慢慢地喝了口水。

洗漱好，她抱着热水袋钻进被窝。

许微樱翻了个身，欣喜仿佛从指尖开始蔓延，延至全身心。

在此刻，曾让她茫然，想要去获得答案的问题，今晚段峋出现在小镇上时，她就已彻底明白。

原来，不仅仅是只有她独自一人还记得七年前的盛夏。

她没有在唱独角戏，自始至终，段峋同样记得，他没有忘记她。

许微樱前所未有地开心起来，她唇角弯了弯，微撑起身子，往书桌方向的素描画看过去一眼。

许微樱呼吸轻了轻，心底闪出了一个新年愿望——希望，今年可以和段峋在一起。

许微樱眨了下眼，重新躺回床上，在心里不由自主地定下了一个期限——今年的盛夏。

在夏日开启前，她要完成心愿：她想要和段峋一起"渡"夏天。

转眼间，春节假期结束，许微樱和父母告别，脱下厚厚的长款羽绒服，返程回到榆椿市。

时间不知不觉地溜走，在这座城市，明明是春日的季节，气温却上升极快。许微樱想到自己的心愿目标，距离夏季来临只剩下不长的时间了，她心里不由得有点闷。

段峋的假期太少了，可以说，他这几个月就没有休过假。

许微樱莫名地生出了无从下手的感觉。

黄嘉雯知道她的情况后，也不由得纳闷："怎么回事啊？就算职业特殊，但也不会没假休吧？"

许微樱茫然地摇摇头："我不知道。"

黄嘉雯说："你就直接问，不管什么情况，你俩的窗户纸早该捅破了。"

许微樱安静了几秒，眨了眨眼，应了声。

几天后的一个晚上，许微樱洗完澡，拿起手机，走向阳台，偏头往隔壁看了一眼，主人太久没有回来，瓷砖地面积了一层薄灰。

收回视线，许微樱低了眼，轻抿了下唇，拨通了段峋的手机号。

往常两人联系，都是他主动，但这次，许微樱是想要主动的。

手机响了几下后，接通了。

许微樱唇瓣动了动，下意识地喊了句"阿峋"，然后就莫名地消了声，她大脑紧张到有点空白，竟忘记想要说的话了。

没等她沉默太久，段峋似乎明白了她心中所想，说道："能再等我两个月吗？"

许微樱茫然一瞬："嗯？"

段峋："没休假，见不到面，是我在攒假。"

"啊？"许微樱没反应过来。

段峋轻"啧"一声，低笑："第一次谈恋爱，没经验，不得多攒点假，做准备？"

许微樱呼吸滞了滞，她握着手机的指尖一麻，下意识地说："从什么时候开始决定攒的？"

他坦然："去年。"

许微樱的长睫颤了下，她抿了抿唇，认真地问："那你这段时间怎么不告诉我？"

段峋："提前知道，感觉没惊喜了。"

许微樱"噢"了一声，提醒："现在就已经没惊喜了。"

段峋闷闷地笑了声，补了句："假装一下。"

许微樱："嗯？"

段峋："装作不知道。"

许微樱眨了下眼，唇角弯了弯，似勉为其难地应道："好吧，我假装不知道。"

段峋唇角扬了扬，语气随意又自然："谢了，小朋友。"

许微樱的心脏重重一跳，耳尖升起热意。她讷讷地胡乱回道："你只比我大两岁。"

"噢。"段峋笑，散漫的语气莫名带着蛊惑，"那哥哥，也比你大呢。"

结束通话，许微樱手脚发麻。

她机器人似的往卧室走，动作僵硬，房间内的镜子清晰地照出了她的脸颊，已透着绯红。

许微樱轻轻呼出一口气，努力平复心情，然后躺倒在床上。

许微樱的脸颊贴着枕头，却依旧感觉到烫意未消。她抬手胡乱地摸了摸，压了压弯起的唇角。

好开心啊！

原来，阿峋对她，自始至终都是明目张胆的主动。

夏日来临前的某天，许微樱下班回家的路上，在"渡夏天"的门口见到了段峋。两人视线交汇，段峋唇角上扬，迈步走了过来，稍稍弯腰，直勾勾地盯着她。

许微樱长睫轻颤了下，感觉有点不好意思。她张了张嘴，讷讷地说："你攒完假了？"

段峋"嗯"了一声，眉梢轻挑："今天也抄个近路？"

许微樱眨眼，点了点头。

落日的傍晚，两人一起走进悠长的青石长巷，橘子海般的光线在这一方天地倾洒。

许微樱和段峋一起走上石梯，越往上，宝歌舞厅播放的乐曲声就越发清晰。许微樱安静地听了几耳朵，踏上长石梯尽头，芜禾街巷浓浓盛开的簕杜鹃花墙映入眼帘。

忽地，她的手腕被攥住，她脚步一顿，仰头抬眼，撞入了段峋点漆似的眼眸。

段峋稍稍弯腰，眼眸深深地盯着她，喉结滚动，再次喊出了久违的称呼："小朋友。"

许微樱的呼吸滞了下。

"你愿不愿意……"段峋攥住她手腕的手缓缓往下滑，他动作轻而郑重地牵住她的手，低睫看她，一字一顿地问，"让我参与你未来的一生？"

这一瞬间，许微樱宛如听见了自己的心跳声，似乎和那年夏季某个瞬间的心跳重重交叠。

有风吹过，榆椿市的风炙热又温柔。老城区的芜禾街巷，簕杜鹃浓浓盛放，宝歌舞厅的歌声如浸在了悠然时光里。

段峋和许微樱，在花墙下表白。

他和她在芜禾街巷的夏天开启热恋。

在浓浓盛开、鲜艳绚丽的簕杜鹃花墙下，许微樱仰头，怔怔地看着面前的男人。他专注低睫看过来时，眉眼间的少年气亦如从前。

微风吹过，段峋身上清新的绿柚气息丝丝缕缕地传递过来，一点一点地拉回许微樱的思绪。

她轻轻吸了下鼻子，垂头看了看两人相牵的手，才后知后觉地说："阿峋，从今天开始……"说到这儿，她卡了下壳，有点不好意思地抿了下唇。

段峋耐心地应："嗯？"

许微樱轻轻呼出一口气，郑重其事地小声问："我们这是在拍拖了吗？"

段峭扯了下唇角，低笑出声。他手指摩挲着紧牵许微樱的手，稍稍弯腰，与她视线齐平："感觉到了没？"

许微樱茫然地眨眼："什么？"

段峭扯唇，指腹缓缓上滑，直至停在她的手腕处，力度不轻不重地攥着，接着他用温热的指腹慢条斯理地蹭了下她的腕骨。

许微樱只感觉手腕如传导过了一股细小酥麻的电流，传遍全身。她呼吸停了停，呆呆地看他。

段峭眼眸深深，说："感觉到了吗？我在牵你的手呢。"

四目相对，他眼眸含笑，如溺人的浪潮。

许微樱的长睫轻颤。她舔了下唇角，喃喃地没吭声。

"所以，手都牵了，我们当然是在拍拖了。"段峭愉悦弯唇，眉梢轻挑，还吊儿郎当地补了句，"难不成你想要赖皮说不是？"

许微樱眨眼，垂头再次看了看两人牵住的手，她不自觉地弯了下唇，温暾地回："嗯，我们在拍拖。"

段峭唇角上扬，他牵着她，两人一起往芜禾小区走去。

路上，他似随意开口："等会儿我们出去吃饭，你想吃什么？"

许微樱眨眼："我都可以。"

"行，那就到商圈后，再看吃哪家。"段峭像是漫不经意地说，"吃完饭，再去看场电影。"

他话音落地，许微樱愣了下，呼吸轻了轻，这不就是情侣约会……她长睫颤了颤，回过神后，无意识地仰头去看段峭。

下一秒，段峭漆黑的眼眸直直盯她，他轻扬眉梢，扯了下唇，语气自然："今晚，我俩约个会。"

许微樱眼睫动了动，耳尖有点发烫。

她舔了舔唇，轻轻眨下眼，唇角轻翘地应了声"好"。

两人回到家门口，许微樱低头从包里掏出钥匙开门，顺手摸出手机看了眼时间。她想了想，偏头往身侧的段峭看去，问："我们就晚上七点半出门？"

段峭回视她，唇角微扬地"嗯"了一声。

两人约好时间，许微樱走进屋，关上门。

许微樱站在门边，抑制不住地发了一会儿呆。

恍恍惚惚，宛如在做梦。

她低头，看了看自己的手——被段峭牵住的手，指尖上似乎还存了他的温度，滚烫灼热。

168

许微樱舔了舔唇角,呼出一口气。她眼眸轻轻地弯了弯,往卧室走去,准备换件衣服,补点妆后,再出去和段峋……约会。

另一边,隔壁房间的客厅里,段峋随手从冰箱拿出一瓶冰矿泉水,拧开,仰头喝着往沙发走去。他靠着沙发,摸出手机,眼皮垂着,看一眼——六点四十五分。

嗯,还有大半个小时。

段峋唇角弯了下,准备起身去冲个凉。

就在这时,手机响了起来,是金毛蔡打过来的。接通电话,段峋随手把手机放在茶几上。

金毛蔡的嗓门响了起来:"阿峋,你人在哪儿啊?第一天休假,你来'渡夏天'啊!"

段峋言简意赅:"没空。"

金毛蔡蒙了,连忙说:"我都好几个月没见到你了,你攒了这么多天假,怎么会没空啊?"他纳闷,"你的假期难道不是为我攒的?"

听到这儿,段峋懒懒地往后靠,嗤笑了声:"你在做梦呢,和你有什么关系?"

金毛蔡追问:"不是!那你攒假是干吗啊?"

段峋唇角轻扯,声音里透着愉悦:"我呢,要忙着谈恋爱了,你少来烦我,知不知道?"

金毛蔡如五雷轰顶,不可置信地号道:"你怎么就谈恋爱了啊?你一结束单身,我还能用你的脸来给'渡夏天'拉客吗?"

段峋冷笑:"你有病?"

金毛蔡委屈地说:"你有女朋友、有对象了,我爸我妈要是知道了,肯定就要开始催我了,说不准就要拉我去相亲了!"

"说这么多,你是不是嫉妒我?"段峋喝了口冰水,他嗓音散漫,语气吊儿郎当的,"我不和嫉妒到失去理智,开始发疯的单身狗讲话呢。"

金毛蔡还没反应过来,段峋撂下一句"挂了",就干脆利索地切断了通话。

电话那头,金毛蔡站在"渡夏天"的柜台后面,听着手机里的忙音,号道:"他有病啊!"

段峋把手机抛在沙发上,起身往卧室走去,随手扯住T恤衣角,往上掀。

瞬间,他利落紧实的腹肌和腰腹的人鱼线,再无遮挡。

段峋利索地把T恤给脱了,穿着黑色长裤,赤着上半身往卧室走。站在衣柜前,他伸手去拿衣架上的衣服。

男人背过身，宽肩长腿，蜂腰蝶背。年轻的躯体挺拔有力，肩背肌肉线条十分紧致，似刀如刃。

段峋拿好衣服往卫生间走，过了一分钟，淅淅沥沥的水声响起，绿柚的香气越发浓郁，好闻到让人沉溺。

许微樱换好衣服、补好妆容，捞起桌面上的手机，距离七点半的约会时间，只剩下几分钟。她轻轻眨了下眼，起身往门外走去。

走到入户鞋柜时，她安静地想了几秒，换上了一双玛丽珍鞋，略微带点小高跟。

开门出去，她抬眼，视线就猝不及防地顿住。

段峋斜靠在门边，在等她。

段峋偏头看过来，两人视线对上，他目光毫不遮掩地看着她，唇角微弯地说："走吧。"

许微樱轻轻眨了下眼，舔了下唇角，应了声。

两人一起下楼。

坐上车，许微樱把包放在双腿上，伸手去扯安全带。只不过还没得及动作，段峋就俯身凑近，无比自然地给她把安全带系上。

许微樱睫毛颤了下，清晰地闻到了他身上清清浅浅的气息。

她没忍住地嗅了几下，下意识地温声问："你刚才是洗澡了吗？"

段峋的语气不太正经："是的。"他顿了下，唇角微扬，直勾勾地看过来，散漫地低声问，"还满意吗？"

许微樱呼吸一窒，条件反射地点了点头。

段峋偏头笑，眼底倒映着碎光，姿态莫名地有几分放浪。

许微樱心脏重重一跳，感觉在狭小的车内涌动的都是暧昧气息，在无休止地缠绕她。

她吸了吸鼻子，佯装镇定地轻呼一口气，随后胡乱憋出一句："段峋，就算我满意，你也要谦虚点。"

"嗯？"段峋眉梢轻扬，"什么意思？"

许微樱闭了闭眼，努力把"放浪"两个字给咽下去，诚恳地温声说："你不要笑得这么骄傲。"

段峋若有所思地看她，视线扫过她绯红的耳尖。

他抬手，指腹轻触了下她的耳朵。许微樱神色怔住，下一秒，段峋垂头凑近她颈侧，带着气音的低哑嗓音在她耳边响起："你这姑娘怎么回事，还挺霸道,我笑都不允许呢?"

男人温热的呼吸喷洒在她侧颈,她长睫颤抖,身体内仿佛被激起密密麻麻的痒。

她唇瓣动了动,什么话也说不出口。

段峭侧眸看她,唇角微弯地拉开距离。

两人视线相撞,他喉结上下轻滑,拖腔带调地笑:"还是你自控力不行,又认为我在勾引你?"

尾音慵懒,听得许微樱眼皮一跳,她差点被口水噎住。

她舔了下唇角,表情迟钝地偏头看向驾驶位的段峭。他手臂搭在方向盘上,神色懒散,唇角有似有若无的笑意,莫名流露出天然的不正经劲儿。

一时间,两人谁也没说话,车内涌动的暧昧气息却久未停歇。

许微樱呼吸窒了窒,沉默了几秒后,她眨眼看他,慢腾腾地回道:"我自控力挺好的。"

"是吗?"段峭掀了掀眼皮,不太相信的模样,"可我没看出来呢。"

许微樱愣了下:"嗯?你没看出来什么?"

段峭漆黑的眼眸看着她,眉梢轻扬,打趣道:"毕竟,我俩确定关系前,你不就占了我好几次便宜?"他挑眉,拖腔带调地笑,"所以,你自控力好这件事,我真没太看出来。"

许微樱的眼皮跳了下,她紧抿了下唇角,看着段峭。

她深呼吸,破罐子破摔地实话实说:"段峭,你不是笑得太骄傲,你是笑得……"

说到这儿,许微樱欲言又止地安静了。

段峭:"嗯?"

许微樱抿了抿唇,慢吞吞地说完:"太放浪了。"

段峭的眉心微不可察地一跳:"什么玩意儿?"

许微樱眨眼,声音柔和:"我的意思就是,想让你收敛点,不要笑得太放浪了。"她舔了下唇,慢声慢气地补充,"看起来不太正经呢。"

段峭眉梢轻抬,直直地看着她的脸。

停顿两秒,他舌尖抵住下颚,似是乐了:"不正经是吧。"

许微樱舔了舔唇角,佯装镇定,面不改色地"嗯"了一声。然而,就在她以为话题到此结束的时候,段峭忽然倾身凑过来,两人的距离一瞬间拉近。

段峭身上清新的绿柚气息如浪潮般袭来,许微樱怔怔地看着他近在咫尺的优越眉眼,心跳开始疯狂,完全乱了。

段峭伸手，温热的指腹克制地轻蹭了下她的下巴。

段峭轻扯唇角，喉结滚动，低笑了声："那怎么办，你先提前适应下？"

许微樱眨了下眼，感受着他指腹轻蹭的力度。

两人四目相对，他点漆的眼眸极其蛊惑人。

他嗓音低哑道："而且，我呢，也只放浪给你看呢。"

车子往两人约会吃饭的商圈开去，许微樱坐在副驾驶位，心不在焉地调整呼吸。她低头，出神地发着呆，可不知不觉间，唇角轻轻地弯了弯。

沉默了几秒后，许微樱舔了下唇，佯装自然地往段峭那儿瞄去。可未预料，恰好红灯，段峭同样偏头，朝她看了过来。

比起她的"假动作"，段峭的视线却是直白、毫不遮掩的。

"干什么呢？"段峭挑眉，"你这是在偷看我？"

许微樱一噎。她尽力维持面部表情，眉眼平静，淡定地回："我只是想问你，等会儿想要吃什么。"

"噢……"段峭语气懒洋洋的，"是吗？"

他语气中的揶揄，许微樱听得清晰，她舔了下唇角，好脾气地不和他计较。

许微樱想了想，低头翻开包里的手机，在点评软件里输入商圈的名称，紧接着，开在商场里的餐厅的信息都刷新了出来。挨个点进去后，有评分和顾客们拍的照片和点评。

许微樱认真地翻了翻。

段峭瞥了她一眼："在看什么？"

"餐厅点评，"许微樱指尖戳着手机屏幕，语气温软，"想挑选一家口味好的。"

绿灯亮起，段峭收回视线，他手打方向盘开出去，唇角上扬地"嗯"了一声。

车子开进了商圈的地面停车场，段峭和许微樱下车，决定去吃一家开在四楼、口碑不错的泰国菜。

两人有一搭没一搭地聊着天，往商场电梯的方向走去。

今天是工作日，商场内的顾客不算多。电梯门打开，段峭和许微樱走进去，里面一点都不拥挤。

只不过，当许微樱和段峭相隔一段距离时，下一秒，他就伸手抓住了她的手腕，动作自然又毫不客气地把她往身边拉。

两人距离贴近，许微樱的手下意识地按在段峭的手臂上，她仰头茫然地看着他。

"我俩站近点，"段峋低眉回视许微樱，理直气壮地说，"多留点空位，别挤到别人。"

许微樱扫了一眼没几位乘客的电梯，诚恳地问道："电梯这么空，会挤到谁？"

段峋攥着她的手腕，没松，低低笑了声："噢。那换个说法，行不行？"

许微樱的手被他捏得有点发痒，她弯了弯唇，好奇地问："什么说法？"

"我呢，不介意被你挤。"段峋挑眉，拖着尾音，"你来挤我。"

许微樱没忍住笑意，恰逢这时，电梯门打开，段峋瞥了她一眼，唇角微扬，笑起来牵着她的手一起走出去。

走进饭店，工作人员热情地迎了上来，安排桌位。

等段峋和许微樱坐下来后，工作人员翻着菜单，开始热情地介绍店里的招牌菜。

段峋和许微樱听着，时不时地应两句。

记下两道菜后，工作人员看着两人，似想到了什么，又试探性地说道："店里有推出的情侣套餐，两位客人需要了解一下吗？"

这对俊男靓女顾客进来时，她光顾着介绍菜单上的招牌菜，竟然忘了推荐套餐。

许微樱长睫颤了颤，下意识地看向段峋。

段峋回视她，眉梢轻挑，语气自然："就吃情侣套餐？"

许微樱眨眼，点头："行。"

段峋唇角弯了下。他偏头看向工作人员，礼貌地道谢："我们点情侣套餐，谢谢。"

工作人员笑着应了声"好"。

段峋拿起玻璃水壶，往杯里倒了点水，推向许微樱。他看着她："怎么不说话了？"

许微樱沉默了下，端起水杯喝了口，老实道："刚才听见情侣套餐，没反应过来。"

她和阿峋确定关系，成为情侣，开始谈恋爱，这让她感到非常雀跃和开心。但刚确定关系就出来约会，她听到"情侣"两个字时，反应慢了一拍，没有立刻反应过来。

"怎么回事，嗯？"段峋似笑非笑地看着她，"外人都能瞧得出我们两个是谈恋爱的情侣，你还慢一拍呢？"

许微樱舔了下唇，轻声说："我总得适应一下。"

段峋瞥了她一眼，看到她理直气壮的模样，笑了："行吧，给你时间适应。"

许微樱的眼睫动了动，还没来得及说话，就听到段峋一本正经地补充："我们吃这顿饭的时间，让你适应，够了吧。"

许微樱"不满"地看着他，没忍住反话正说："一顿饭的时间用来给我适应，你还挺大方。"

段峋笑着，打趣说："怎么，感觉时间长了？用不了一顿饭的时间？"他自顾自地补充，"那还挺好，时间越短，我越满意。"

许微樱握着水杯，听到他的话，没忍住微微弯了弯唇角。

两人吃完饭，往电影院走去。近期没有节假日，上映的新电影少，所以电影院的排片也少，电影的口碑质量也都挺一般。

段峋牵着许微樱，两人站在票务机前滑了滑屏幕，挑选着电影。

许微樱低头，看着今晚排片的电影介绍，她抿了下唇，嘀咕说："感觉这上映的新电影，都没有你那儿的电影好看。"

段峋十几岁时就有收集影碟片的爱好，国内外的各种题材的都有。

段峋垂眸，揉了下她的指尖，语气随意："你挑个时间。"

许微樱的手指被他揉得麻了下，她舔了舔唇，抬眼："什么时间？"

段峋垂头，直勾勾地看她，语气漫不经意："当然是你去我那儿看电影的时间。"

许微樱长睫轻颤了下，心跳有点快。确定关系前，她去段峋那儿看电影是出于兴趣，因而很平静淡定，但现在，她莫名地不好意思起来。

许微樱静了几秒，轻轻呼出一口气，温暾地回道："周五晚上吧。"

段峋唇角轻扯，尾音上扬地"嗯"了一声。

在影院的票务机前，两人挑了一部距离开场只剩下十几分钟的电影，国外的喜剧片，看了电影介绍，似乎还行。

影厅工作人员检了票后，许微樱看向不远处的观影厅，又往卫生间的指示牌方向看了一眼，她脚步顿了顿，对段峋说："我想去下卫生间。"

"嗯。"段峋瞧着她，指尖碰了下她的挎包细带，"用不用我给你拿包？"

许微樱眨了眨眼，点了点头。

段峋低睫，随手把她的挎包摘了下来："我在这儿等你，去吧。"

许微樱"嗯"了一声，往卫生间的方向走去。

许微樱在洗手台前洗手,"哗啦啦"的水声中,她听到了年轻女人说话的声音,她抬了下眼,从镜子里看见一位妆容精致的长发美女走了进来。

对方同样走向洗手台,一边接着手机,一边用另一只手拨了拨头发丝,整理发梢。

许微樱抽出一张纸巾擦着手,她没有听别人打电话的习惯,但两人距离近,年轻女人也丝毫没有避着她。

女人凑向镜子一边拨弄头发,一边说:"哎呀,我当然乐意啦,可我好不容易把 crush(心动对象)约出来看电影。"

许微樱愣了下,把纸巾扔进垃圾桶,往外走。

身后的女人娇笑了一声,说的话清晰地传了过来:"今晚当然要和他接吻啊。"

许微樱的眼皮跳了下,她轻轻抿了下唇,假装没听见,头也不回地走出卫生间。

直到视野内出现段峋,许微樱的脚步才顿了下。他手里拿着她的包,没玩手机,身形高挺地站着,宛如能聚光一样。

许微樱眨了下眼,走过去。

见到她,段峋唇角弯了弯,迈步迎上来,下巴轻抬:"走吧,进影厅。"

偌大的影厅,又是晚上的夜场,观众并不多,只有零零散散几位。许微樱和段峋并排坐着,电影开始后,都安静地看了起来。

过了一段时间,从入口的位置传出了声响。在暗淡的光线里,许微樱隐约见到两个人影走了进来,并且就在她前面一排的位置坐了下来。

两人落座时,压低声音聊了几句。

许微樱感觉声音有点熟悉,只不过影厅太黑了,她压根看不清人影,所以也没多想。

影厅的巨幅观影屏上,电影仍在继续,许微樱认真地看着,却万万没预料到,余光中,前一排的两位观众脑袋亲密地挨在了一块儿。

虽然看得不太清晰,但这姿势……显然是在接吻。

许微樱电光石火般地想起了刚才在卫生间撞见的年轻女人,她沉默了须臾,没想到这么巧,对方买的也是这场电影的票。

许微樱脑子里乱七八糟地想着,一时间视线没来得及挪开。

就在这时,她的手腕被身侧的段峋攥住了。

许微樱眨了下眼,茫然地偏头去看他。

段峋微倾身凑向她的耳边,距离拉近,似能听见彼此轻浅的呼吸声,她莫名紧张地抿了下唇。

"怎么回事,你还有这兴趣爱好?"段峋在她耳边漫不经心地低笑了声,暧昧似化为实质,"喜欢看别人接吻?"

光线暗沉的观影厅,段峋贴着她颈侧的低语,他温热的呼吸喷洒在肌肤上,许微樱莫名口干舌燥了起来,她沉默了一会儿,深呼吸一口气,平静地小声回:"我又不是变态。"

话音落地,在黑暗中,许微樱听见段峋闷闷地笑了声。

许微樱心跳乱了下,长睫轻颤,下意识地放缓呼吸,迟钝地把话说完:"所以,我才没有看别人接吻的兴趣爱好。"

段峋唇角轻勾了下,笑着低低"嗯"了声。

巨幅观影屏幕上,电影剧情进入高潮,两人恢复成和刚才一样的距离,各自坐在位置上安静地看电影,没再说话。

只是,许微樱此时已不能像之前那样全身心投入观影中,她总感觉坐在身边的段峋存在感太强了,让她老想偷瞄,连带着后续的电影剧情都完全没心思看了。

许微樱微不可察地叹了口气,她收敛心神,摸出挎包里的手机,轻轻地按了下,时间临近十点半。

段峋侧眸,注意到她的动作,嗓音很轻地问了句:"还想看吗?"

许微樱眨眼,老实地摇了下头:"不想了。"

电影剧情本就不算太出彩,加上刚才的事,她心跳微乱,完全没了继续看下去的心思。

"行。你明天还要上班,"段峋动作自然地牵住她的手,"我们提前撤。"

坐上车,许微樱低头系好安全带,段峋看了她一眼,启动车子开出去。

车内很安静,没有放音乐电台,两人也没有聊天,但气氛并不僵硬,相反十分自然,仿佛就算什么都不做,只是待在一起,就会感到惬意放松。

许微樱肩膀靠着座椅,偏头看向车窗外掠过的夜晚街景。她的视线轻轻上移时,看见车窗玻璃上倒映出段峋棱角分明的侧脸,他的唇角微微上扬。

许微樱眨眼,盯着看了几秒后,眼眸同样弯了起来。

车子开进芜禾小区,停好车,段峋牵着许微樱,两人散步似的往家走去。

夏季夜晚的芜禾小区,静悄悄的,十分安静,只能听见轻轻的风声。许微樱低头看了眼两人相牵的手,回收视线后,她四处看了看。

段峋瞥了她一眼，问："看什么呢？"

"没看什么。"许微樱实话实说，"就乱瞄一下。"

段峋懒懒地"嗯"了一声，继续说："早上我没什么事儿，明天我送你去上班。"

许微樱眨眼看他，想了想，慢悠悠地问："我出门还挺早的，你困不困？"

段峋好不容易才攒了假期休息，许微樱想让他多睡会儿。

段峋捏了下她的指尖："我的精力有那么差吗？会睡不醒？"

许微樱一噎，没想到他竟能理解成这意思。她抬眼看他，好脾气地解释："我不是说你精力差的意思……"

一句话还没说完，她的视线蓦地和段峋的眸对上，她呼吸一窒，后知后觉地反应过来，两人随意聊的话题有点暧昧。她顿了两秒，不好意思地抿了抿唇角，恰好这时，不远处的绿植里传来了动静。

许微樱眨眼，下意识地偏头看过去。

段峋唇角微弯，顺着她的视线瞧去。

下一瞬，两人就见到一只流浪猫从草丛里钻了出来。

许微樱有段时间没见到它了，而它翘着尾巴，圆润的猫瞳只短暂地往这儿看了一眼，就离开了。

芜禾小区里的这只流浪猫依旧是懒得理人，也不亲近人的姿态。

许微樱和段峋上楼，她没忍住地嘀咕说："它还是不亲近人。"

走上三楼，段峋停下脚步，似没听清她说的话，他语气漫不经意地问了声："你刚才在说什么？"

许微樱侧头看向三楼窗台，视线落在窗外的静谧夜色里，没多想地重述道："你正主不亲近人，都不理我。"

段峋直直地盯着她，稍稍弯腰，眉梢轻挑，唇角扯起弧度："什么？再说一遍。"

许微樱愣了下，心想自己不是已经说得很清楚了吗，段峋怎么还是没听清？她下意识地回头，却毫无征兆地跌入段峋浪潮般的眼眸深处。

两人的距离无限拉近，他身上清新的绿柚气息在夏夜里丝丝缕缕地萦绕着她。这一秒，许微樱受到蛊惑似的抬手，碰了一下他的手臂。

段峋眼皮低垂地看她，他瞳孔是纯粹的黑。

下一刻，他不再忍耐地捏住许微樱的下巴，把她按进怀里，垂头亲吻住她的唇。

"正主不亲近你。"又轻又温柔的一个吻落下来，伴随着他含混不清的话,"替身来亲你,行吗?"

"那你这是鸠占鹊巢。"许微樱长睫轻颤,嘴唇有点发麻,心绪杂乱。

段峋挑眉:"说什么呢,能用个好点的词吗?"

许微樱虚心请教:"什么?"

段峋低笑一声,吻上她的唇角,拖着尾音:"我这明明是替身成功上位。"

许微樱抬眼看他,舔了下唇瓣,忍不住笑出声。

/Chapter 07/
盛夏光年的热恋

　　许微樱开门回到家,手脚发麻地往客厅沙发的方向走,坐下来后,她轻呼一口气,才后知后觉地抬手贴了下脸颊。感觉到脸蛋上的热意后,她慢吞吞地放下手,忍不住弯了弯唇角。

　　洗漱完,她拿上吹风机插上电,开始吹头发。在吹风机"嗡嗡"的声音中,她的思绪有点飘,又回想起了刚才和段峋的亲吻。

　　他吻得很轻也很温柔,没有太用力,是很克制的一个吻。

　　可就算如此,回想起来,她的耳尖和脸颊上仍抑制不住地再次升起热意。

　　她轻轻呼出一口气,面色赧然,把吹风机拔掉放好后,就扑倒在床上。

　　许微樱的脸颊贴着枕头,伸手去捞放在床头充电的手机。她随手点开微信,信息列表里有二十分钟前黄嘉雯给她发来的消息。

　　黄嘉雯:樱妹!我刚刷到金毛蔡发的朋友圈了,你和段峋是不是已经确定关系,开始谈恋爱了?

　　许微樱怔了下,然后轻轻地弯了下唇,诚实地回复:嗯,是的,就在今天下班后。

　　回完消息,许微樱点进朋友圈,看见了金毛蔡发的一条朋友圈:家人们,求安慰!芜禾街巷第一大帅哥谈恋爱了,我问他,"渡夏天"能不能继续用他的脸来拉客。他却回我是不是有病,并对我展开嘲讽模式,说我是嫉妒到失去理智开始发疯的单身狗!可恶!

　　许微樱一时间没反应过来,下面有黄嘉雯的一条评论:刷到你这条朋友圈,我明白了,你确实只能是单身狗。

许微樱看着，没忍住地笑了笑。

微信里已经有了黄嘉雯的回复：你俩终于谈上了！！！

许微樱眨眼：你感叹号好多，夸张了。

黄嘉雯：实不相瞒，我还以为你们能继续隔着那层窗户纸拖段时间。

黄嘉雯偶尔会听许微樱说起自己和段峋的事情，心里早就为他们之间的"暧昧拉扯"举旗了，只不过，为了不影响许微樱的判断，她一直都是暗戳戳地嗑糖。

许微樱老实地回复：倒也不会，我也会支棱起来的。

黄嘉雯表示不相信，并发出了一个"真的假的"的表情包。

许微樱淡定地回答：当然是真的。

她翻了个身，点开手机上的一个女性向APP软件。她有好长一段时间没看了，点进去后却发现评论消息区有信息进来。

许微樱指尖一顿，茫然了一瞬。她没发过帖子，头像都是系统默认的原始头像，按理说是不会有消息进来的。

紧接着，她呼吸一窒，恍然大悟——去年她曾收藏并评论过一个有关"内啡肽"的帖子。

许微樱点进去，她曾在内啡肽帖子里发过的一条评论：我还没有男朋友，不过我和一位朋友待在一起时，是比较容易想睡觉的，请问这说明什么呢？

后生富贵豹：姐妹，你这位朋友，男的女的？

许微樱回复：男的。

当时，她和一位ID叫"后生富贵豹"的用户聊了两句，只不过后来对方直接没影了，她也就把这件事儿抛在了脑后。

时隔这么久，她再次收到了对方的回复：噢，我知道。这说明姐妹马上就要有男朋友了啊！

许微樱轻轻眨了一下眼，忍不住笑了下。

呆呆地看了半晌，许微樱轻轻打字回复：嗯，你说对了，已经有了。

她回复完信息就退出了APP，与此同时，微信里有消息传了过来，是段峋发来的：忘了一件事。

许微樱翻了个身：什么？

段峋言简意赅：还没和女朋友说，晚安。

段峋：早点睡，晚安。

许微樱躺在床上，看着屏幕上的信息，不自觉地弯起唇角，她的心跳再次快了起来，完全没有睡意。

夏夜，安静的房间内，许微樱安静地戳着手机，慢慢地打字：我感觉，你说的晚安，不是很有诚意。

段峋回得很快：嗯？

许微樱眉眼间含着羞怯，却依然淡定地提醒：你会不会觉得，用语音说更有诚意点？

另一边，段峋拿着手机，看着微信聊天界面上的信息，直接看乐了。他低垂眼帘，慢条斯理地发了一条语音过去。

许微樱的脸颊贴着枕头，长睫轻眨了下，看着段峋发来的语音消息，她把手机放在耳边，点开去听。

本以为段峋会和她说"晚安"，却未预料到她听见的是他拖腔带调的一句："女朋友，开个门。"

许微樱诧异地睁大眼睛，呼吸滞了下。迟疑了一瞬，她下床踩着拖鞋，打开卧室门走了出去。

许微樱有些紧张地伸出手，去扭动门锁。

打开门，段峋站在她眼前。他穿着黑色T恤，黑发慵懒，唇边有似有若无的笑意，目光灼灼地看过来。

许微樱眼睛闪了下，莫名地不好意思。她抬头看他，稍微侧了下身，轻声说："你要进来吗？"

"不了。"

"噢。"许微樱点头，重新站好。

短暂的几秒内，谁也没有再说话。许微樱抿了下唇，无端地有几分局促。

段峋的视线落在她身上，他稍弯腰凑近她，唇角微勾："知道我过来是干什么的？"

四目相对，似能感受到彼此轻浅的呼吸声。

"知道。"许微樱神色自若，镇定地"嗯"了声，"你过来和我讲晚安。"

她话音落地的瞬间，段峋眉梢轻扬，他伸手扯住她的手腕把她往怀里带。许微樱的额头抵着他温热的胸膛，轻轻呼吸间，肌肤的每一寸都似染上了他的温度。

段峋低头，盯着许微樱柔软的发顶，抬手毫不客气地揉了下。

然后，他稍稍弯腰，唇角若有若无地贴近她纤白的颈侧，低笑着说："早点睡，晚安。"

许微樱重新躺回床上，忍不住把脸颊埋进枕头，直到喘不过气后，她才缓慢地翻了个身，重新躺好。

许微樱盯着天花板，脸上的表情有点发怔。

段峋，他似乎总能撩到她。

许微樱浅浅笑了，随即又轻轻叹了一口气，对象"挺会撩人"，她却反应慢半拍，会不会显得她很呆？

她沉默着，脑子里胡思乱想了一通，直到睡意袭来，才困倦地闭上眼。

许微樱迷迷糊糊即将睡着时，脑子里无端地浮现出一个念头——明天要偷偷补下"课"。

第二天清晨，闹钟准时响。

许微樱睡眼惺忪地爬起来，进卫生间刷牙洗脸。整理好后，她拎上包走出去，和段峋一起下楼。

路上，段峋的手臂搭在方向盘上，侧眸看她："你下班，我也来接你？"

许微樱指尖僵了下，想到"偷偷补课"的事儿，她抿了下唇，摇头慢吞吞地回："今天不行，下班后会和朋友聚一下，待一小会儿。"

段峋"嗯"了一声，没多问，只说："快到家了，提前十分钟给我发条信息。"

许微樱眨眼，点了点头。

到了幼儿园，许微樱往饭堂走，今天黄嘉雯来得比她早，一看见她就冲她疯狂挥手。

许微樱弯唇笑了笑，端着餐盘打好早餐后，走过去在黄嘉雯身边坐下。

黄嘉雯一脸好奇地盯着她。

许微樱喝了一口粥，认真地说："我知道你现在很好奇是什么情况，我也有问题想问你。下班后，我们再仔细聊好吗？"

黄嘉雯眼睛一亮，立马应了下来，不过她也纳闷："有什么问题啊？"

"嗯。"许微樱眨眼，实话实说，"想找你补补'课'。"

黄嘉雯蒙了一瞬，不知道要补什么课。此时临近上班时间，她来不及细问，忙不迭点头："行，下班后，我们聊。"

许微樱笑着应了声。

一天的工作结束，两人边聊着天，边往地铁站走去，路过一家糖水店时，她们进去点了两份红豆双皮奶。

没过多久，两碗糖水端上桌，黄嘉雯舀了一勺吃着，她看向许微樱，好奇地问："昨天你们确定关系后，有干什么吗？"

许微樱眨眼，老实地点头："去约会了，看电影和吃饭。"

黄嘉雯欣慰地笑了下，并不由得嘀咕："你俩的暧昧期可真够长的。"她看着许微樱，好奇地追问，"樱妹，你找我要补什么课？"

"我感觉，我不太会撩人。我之前尝试撩过段峋，但效果不是很理想，完全就是耍流氓。"许微樱轻抿了下唇，实诚道，"所以就想问问你，有没有什么好用的撩人小技巧。"

话音落地，黄嘉雯没忍住笑出了声："原来你是想补这种'课'啊。"

许微樱淡定地低声说："就……就是试一下。"

许微樱的青春期，是安静无声、灰扑扑的，总是待在静悄悄的角落。但她知道，段峋不一样，他少年时就似盛夏阳光，是惹眼夺目，很值得被喜欢的存在。所以，在一起后，她会下意识地想，自己的性格会不会太无趣和沉闷了。

黄嘉雯听到这儿，愣了下，然后斩钉截铁地说："你只是话少，可一点都不无趣。"

许微樱轻轻抿了下唇，没说话。

黄嘉雯看着她，摸了摸下巴，仔细地想了下，说道："按照我谈恋爱的经验，感觉撩人的技巧，可以概括成三种方式……"

许微樱眨了下眼，安静地听着。

糖水店里，两人聊着天，时间不知不觉地过去。

黄嘉雯拍了下许微樱的肩膀，总结似的说："两个人在一起，对方中意你，你什么都不用干，不撩他，他都是动心的。"

许微樱长睫轻颤了下，若有所思地"嗯"了一声。

在离开糖水店前，许微樱还给段峋打包了一份红豆双皮奶。

许微樱和黄嘉雯在地铁站分开，她爬楼梯走出站口，往芜禾小区走去。路上，想起早上段峋说的话，她又摸出手机给他发了条信息：我快到家了。

两分钟后，段峋给了回复：行，来我这儿。

许微樱眨了下眼，低头看了看另一只手上拎的打包盒，回复：好。

段峋家的门敞开着，许微樱直接进去，踩上拖鞋，拎着双皮奶往客厅的茶几走去，顺便把包也给摘了。

许微樱转身，才注意到厨房料理台前的高挺背影，她眨了下眼，走过去。

听见身后的动静，段峋偏头："煲了汤，晚上喝点。"

许微樱愣了下，然后慢慢地说："我和朋友在一家糖水店待了一会儿，吃了那家的双皮奶，感觉味道还可以，我给你打包了一份，你尝尝。"

闻言，段峋唇角勾起，笑着"嗯"了声："谢了。"

许微樱抬眼看他，蓦地想起黄嘉雯说的话，耳尖倏然升起热度。她莫名有点不好意思，讷讷地没说话。

餐桌上，许微樱和段峋一起喝汤。

她用勺子舀着鲜美的汤喝了一口，又慢慢地啃排骨，视线没忍住地偷瞄了段峋一眼。

未料到，他原本低垂着的眼睛，却突然看过来，直接抓包。

段峋盯着她，问："看什么呢？"

许微樱眼皮跳了下，有点心虚，说："没，就是想说你煲的汤挺好喝的。"

段峋似笑非笑地"噢"了一声，没再说话。

两人喝完汤，许微樱主动收了碗，进厨房清洗干净。出来后，她和段峋坐在沙发上，视线落在茶几上的双皮奶上，她忍不住去看段峋，提醒："你现在不吃吗？"

段峋姿态悠闲地靠着沙发，偏头看她，低笑了声，故意问："我就不能等一会儿再吃？"

许微樱眨眼想了下，点头说："也行。"但旋即，她清润的眼眸看他，还是老实说出了自己的想法，"我想看你吃完，再回去。"

段峋毫不遮掩地将目光直直地落在她身上，他唇角上扬，伸手抓住许微樱的手腕把她往身边扯。

距离陡然拉近，许微樱的身体往一侧倾斜，她靠着段峋肩侧，清晰地感受到了他温热的体温。

许微樱眨眨眼，茫然地看他。

段峋垂睫，点漆般的眸回视她，语气懒洋洋的："坐近点，你才能看得清楚。"

两人的目光撞到一起。许微樱回过神，唇角微弯，忍不住笑了下。

段峋倾身拆开打包盖，他骨节分明的手指把双皮奶端起来。然后，他拿勺子舀上面的红豆，动作随意又自然地递到许微樱嘴边："分担下。"

许微樱轻轻"嗯"了声，张嘴含住勺子。

段峋直勾勾地看着她，眸色深了深。

许微樱气定神闲地嚼着红豆，仰头对段峋说："我已经吃饱了，只能分担吃几口。"

段峋喉结滚了滚，唇角轻扯，似随意地问："你平常晚上都吃饭吗？"

"看情况。"许微樱舔了下唇角，实话实说，"饿了就会吃，不饿或没胃口就不吃了。"

段峋没回话,而是用另一只手握住许微樱的手腕,指骨有一搭没一搭地摩挲。他看着她,语气不太畅快地说:"怪不得这么瘦,手腕上都没什么肉。"

许微樱眨了下眼,小声回:"也还好吧,没有很瘦。"

段峋看了她一眼,嗓音听不出什么情绪:"是吗?"

许微樱沉默了几秒,抿了抿唇。她撇过头,不再看他,假装要去看手机。

段峋攥住她手腕的手是一直都没松:"你往哪儿看呢?"

"噢。"许微樱讷讷道,"我现在要看手机。"

段峋把她往身侧扯了扯:"有话和你讲。"

"什么?"

许微樱回头看他。两人视线对上,他说:"我休假这段时间,你下班后,晚上我俩一起吃晚饭。"

许微樱神色稍愣,想到晚上段峋煲的汤,她下意识地问:"你做吗?"

段峋轻描淡写地"嗯"了一声。

段峋又舀了一勺红豆双皮奶,递到她嘴边。许微樱眨眼,本能地张唇就吃了。

"那周末我休息了,就我来做。"许微樱话音一顿,才反应过来什么,语气认真地说,"你都还没吃,没尝到味道。"

"是吗?"

段峋目不转睛地看着她,静了两秒后,他唇角轻弯地垂头,亲上了许微樱的嘴唇。

分开后,在许微樱怔住的神色中,段峋的手轻蹭了下她的唇角。他眉梢轻挑,嘴角笑意明显。

段峋慢条斯理地说:"现在不就尝到了?甜的。"

空气仿佛凝住,周围涌动的只有两人之间若有若无的暧昧气氛。许微樱用力地眨了下眼,反应慢半拍地看向段峋,顿觉嘴唇有点"麻",心理作用的"麻"。

段峋亲吻的力度不重,更像是在舔,宛如真的只是想要尝一下双皮奶的味道,没别的意思。

许微樱视线飘忽,一时间不知道该往哪儿看。

好半晌后,她仰头看他,佯装镇定地问:"还满意吗?"

段峋回视她,似有若无地笑了声:"怎么听着这话有点耳熟呢。"

许微樱掩饰般地端起茶几上的双皮奶,慢吞吞地舀一勺,小心翼翼地递到段峭唇边。

段峭吃了。他盯着她的唇,拖腔带调地说:"挺满意的。"

察觉到他的视线,许微樱怔了怔,下意识地舔了舔唇角,脑子有点乱地分不清段峭说的"满意"到底是指什么。

许微樱沉默了须臾,只讷讷回:"满意就行。"

段峭看着她,抬手揉了揉许微樱的脑袋,忍不住低笑了声。

许微樱心不在焉地回到家。

时间不早了,她洗漱完,趴在床上,伸手捞起手机,点开微信上和段峭的聊天界面。

她安静地盯着几秒后,抿了抿唇角,有点想要给他发条信息,含蓄地问一下他今晚会不会过来和她说晚安。只不过,还没等她酝酿好情绪,微信里弹出来黄嘉雯的信息。

黄嘉雯:情况怎么样?补完"课"后,有没有把小技巧运用到实战中?樱妹,你快来向我这个老师汇报下。

许微樱翻个身,实话实说:我还在消化。

黄嘉雯不可思议:不是吧?姐妹!统共就三个小技巧,挺简洁易懂啊,怎么这都还需要消化啊?

黄嘉雯:你就按照三个技巧撩,绝对有问题!

许微樱手指戳键盘:我是要消化一下,要好好地想一想,不想,会适得其反。

黄嘉雯:行吧,那你这得想到什么时候?

许微樱眨了下眼,记起和段峭约了周五晚上在家里看电影的事。她认真地打字:不会很久的,我会在一个合适的好机会里去撩人。

手机那头的黄嘉雯眼皮一抖,反而有点不放心了:樱妹,你信心看起来是挺足的,但我怎么感觉还挺不放心的。

许微樱想了想,解释道:也不是信心足,我尽量好好发挥的。尽人事,听天命。

黄嘉雯看乐了:好!祝姐妹成功。

许微樱弯了弯唇角,躺在床上有一搭没一搭地和黄嘉雯聊天。

不知不觉间,她握着手机的指尖松了松,困意止不住地袭来,眼睛都睁不开了。

许微樱贴着枕头,困顿地闭上眼,迷迷糊糊间不知道过去了多久。当随手放旁边的手机屏幕亮起光,她困倦地掀了掀眼皮,摸索着直接点开。

听见段峋的语音后,许微樱反应慢半拍地愣了下,她爬起来,全凭本能地往卧室外走,踩着拖鞋迷糊地去开门。

许微樱眼睛都没完全睁开,她垂着头,迟钝地没说话。

"已经睡了?吵醒你了?"段峋稍稍弯腰,瞧着她困意惺忪的脸,嗓音放低,"转身回房间,去睡吧。"

许微樱眼睫动了动,慢悠悠地"噢"了一声,却没动弹,似在想什么。

段峋耐心地看着她。

半响后,他伸手握住她的手腕,指腹摩挲了一下,语气很轻地提醒:"还不回屋?"

许微樱闭了闭眼,手腕被牵住时,她下意识往前挪动步子,靠近段峋。闻到他身上清新熟悉的好闻气息后,她没忍住再次往前靠了靠。

见状,段峋唇角微微一扬,把许微樱抱进怀里。他的手掌心贴着她后脑勺温柔地揉了下,自顾自地乐了:"怎么回事,你到底回不回房间去睡觉了?"

许微樱的眼睛彻底闭上了,脸颊贴着他温热的胸膛。

似终于想起来了什么,她声音困倦又闷闷地说:"你有钥匙。"

段峋挑眉:"嗯?"

"这套房的钥匙,你有。"许微樱语速很慢,似在提醒又似只是单纯叙述事实,"所以,你可以自己开门进来,我也就不会被吵醒了。"

段峋目光定住,瞳孔颜色深了深。

他手指捏了下怀里姑娘的耳尖,感受到她纤细身体轻颤了下。他垂睫看她,喉结上下轻滑,不太正经地出声:"痒?"

"嗯。"许微樱闷闷地应了声,老实回道,"有点。"

段峋的唇角浅浅勾起,他揉了揉她的脑袋,似漫不经心地道:"行,我知道了,会拿钥匙开门。"

许微樱将脸颊埋进他的怀里,听见从头顶传来的这句回应后,她下意识地仰头去看他。恰逢,段峋低头瞧她,她的额头刚好撞在了段峋的唇上,沾染上他的气息和温度。

四目相对,困倦到不太清醒的许微樱越发显得呆呆的。

她看见段峋漆黑的眼眸直勾勾地盯着她。接着,他语气不正经地说了一句:"怎么着?睡前,还要亲一下吗?"

许微樱长睫轻颤,唇瓣动了动,没来得及回话,下一秒,段峋微微垂头一个吻落在了她的额心,伴随着他含混不清的温柔话语:"满足你呗。"

身形高挺的男人抱着她,身上的清新的气息铺天盖地笼罩过来。他落在额头的亲吻和话语似勾人的"催醒剂",许微樱回过神来,用力地眨了下眼,认真地讲:"你说得不对。"

段峋笑了:"哪儿不对?"

"你亲我,明明是我满足你,不是你满足我。"许微樱语速温暾,清润的眼眸控诉似的看向他,"你不能耍赖皮。"

段峋漆黑的瞳孔里倒映出碎光,他视线直直地盯着她,唇角勾起:"那你想怎么样啊?"

许微樱呼吸停了停,视野内只有男人迷人的眉眼,极致沉溺。她受到蛊惑似的,头脑一热地说:"我想要亲回来。"

夏季夜晚,周遭的一切都静悄悄的,只有彼此轻浅的呼吸声在萦绕。

段峋静了两秒后,低笑出声。

许微樱莫名地有点紧张。

忽地,段峋毫无征兆地抓住许微樱的手腕。他的手指缓缓往下滑动,牵引般钩住许微樱的手指。肌肤相触时,他的温度通过指骨暧昧传递,撩起她的轻颤。

许微樱恍惚地抿了下唇,指尖似过了一层细小电流。

段峋深邃的眼底似浪潮,他的手指钩着许微樱的手指,按在他温热紧实的身体上,沿着他的黑色T恤不疾不徐地往上移。

段峋笑:"你想亲哪儿?"

许微樱神色呆讷,她的指尖被段峋带着停在了他的锁骨处。段峋眉梢轻挑,偏头:"这儿?"

男人穿着纯黑T恤,身形高大挺拔,现在稍稍弯腰,衣领微露,锁骨格外清晰。许微樱的眼皮重重一跳,她盯着按在段峋锁骨上的手指,心跳漏了一拍,整个人迟钝得缓不过神来。

她长睫颤抖,视线慢慢往上挪,去看段峋。

段峋唇角微弯,按着许微樱的指尖慢条斯理地继续往上滑,直至停在了他凸起明显的喉结处。

段峋低垂着眼看她,眸色好像比夜色还深沉。

贴着他的脖颈肌肤,他按着许微樱的指尖轻蹭了一下。目光相撞时,段峋喉结上下滚动,笑了声:"还是这儿?"

这一瞬间,许微樱的呼吸彻底停住,她不可思议地看着段峋,只感觉指尖的热度似焚烧的火，似撩起的寸寸风暴，被点燃着激起全身热意，她仿佛陷入了海浪漩涡中心，眩晕到会坠入海底。

在这个静谧的夏夜，男人的吸引力毫不遮掩地袒露。

昏沉又暧昧，沉沉的夜晚似乎能蛊惑人，使人为之着迷并深陷。

许微樱的心跳抑制不住地加快，她吸了吸鼻子，有点受不了了，脑袋短暂地蒙了一下。不等段峭继续动作，她另一只手抓住段峭的T恤衣摆，踮脚仰头，一鼓作气地胡乱亲过去。

因两人身高差的缘故，许微樱只亲到了段峭的下巴。

不过，她现在脑子混乱得管不了那么多了。

亲完后，许微樱完成任务似的说："可以了，晚安，我现在要回去睡觉了。"语毕，不等段峭回话，她就佯装镇定地转过身，留一个纤薄背影给他，头也不回地往卧室方向跑去。

段峭站在门口，歪头，笑出声。

第二天清晨，许微樱半梦半醒地睁开眼，她躺在床上，却没立马爬起来，而是发了一会儿呆，才磨蹭地进卫生间刷牙洗漱。

在"哗啦啦"的水流声中，清凉的水珠顺着她白皙的脸颊滚落。许微樱轻轻抿了下唇，又心不在焉了起来，凉丝丝的薄荷气味溢满舌尖，她不由自主地再次回想起昨天夜里的事。

想到等会儿段峭送她上班，许微樱就有点不自然。

她默不作声地再次用凉水洗了把脸，然后扯下毛巾擦干脸上的水珠。她轻呼一口气，收敛心神，回到卧室。

打开衣柜，许微樱安静地看了几秒，伸手取下一条夏裙换上，坐下来开始化妆。

收拾好自己，她站在鞋柜旁犹豫了一会儿，而后拎包开门出去，找段峭。

隔壁的房门敞开着，许微樱站在门边，抬眼往里面看去。段峭正坐在沙发上喝水，神色有几分困倦。他侧眸见到许微樱后，视线定格，柔声问："喝水吗？"

许微樱眨眼看他，点了下头。

段峭起身，拿了一瓶常温的矿泉水，随手拧开瓶盖，递给她。

两人一起下楼，许微樱慢吞吞地喝了口水，和段峭闲聊了几句。昨夜发生的一切宛如翻篇般掠过，谁也没有提起。

坐上车后，段峭伸手，动作自然地帮她理了下安全带，然后他打方向盘，将车开出去。

工作日的清晨，路上有点堵车。段峭手臂搭在方向盘上，抬眼看了下前方车尾。收回视线后，他偏头看许微樱："几点了？"

许微樱从挎包里摸出手机，报了一个时间。

段峭"嗯"了一声："明天要不要再早点出门？"

"不用，"许微樱弯唇笑了下，"不会迟到的。"

段峭应了声："行。"然后，他随意似的继续问，"晚上你想吃什么菜？"

许微樱轻轻眨了下眼，实话实说："我都可以，不挑的。"语毕，她抬眼看段峭，不由得问，"你什么都会做吗？"

听到这儿，段峭瞥她一眼："想什么美事呢。"

许微樱茫然了一瞬。

段峭伸手揉了下她的脑袋："我呢，只会做普通的家常菜，知不知？"

许微樱眨眼，点头，然后眼眸弯了弯，小声说："我也只会做普通的家常菜。"

段峭唇角微勾，前方车子动起来时，他开出去。

到地方后，许微樱下车往幼儿园走去，临近门口时，她脚步微顿，没忍住地回头看了一眼。

段峭的车停在路边，车窗打了下来。

她能隐约看见，他姿态懒散地咬了根烟，侧脸棱角分明。

这一幕，轻而易举地让人回想起昨夜的他。他引导着她的指尖落在他锁骨和喉结上，按压轻蹭的一幕幕，争先恐后地从她脑海里冒了出来。

许微樱眨了下眼，收回视线，心不在焉地继续往前走。

不知道她向黄嘉雯补完"课"后，努力消化掉的三个小技巧，能不能成功撩到段峭。毕竟，他从小到大都不缺人喜欢，这就表示他能被撩到的阈值很高。

许微樱轻呼一口气，脑子里乱七八糟地想着。她挠了下头，有点愁。

直到进了饭堂，拿上餐盘打好早餐，她才慢慢地收敛心神。

许微樱摸出手机，低头看了眼，今天是周三，后天就是星期五，要去找段峭看电影了。想到这儿，许微樱又开始愁绪万千。

过了一会儿，黄嘉雯抵达食堂，两人吃完后，一边闲聊一边往办公室走去。

黄嘉雯似想到什么，说："对了，樱妹，我这儿还有一个撩人的小法子。"

许微樱好奇："什么？"

黄嘉雯嘿嘿笑了下，凑到她耳边，嘀咕地说了一句："找机会和你对象

'贴贴'！"

许微樱听完，茫然地愣了下："这样吗，会不会太直白了？"

"你们都已经谈恋爱了。"黄嘉雯拍了拍她的肩膀，"直白点又没关系。"

许微樱"噢"了声，虚心地点了点头。

临近月底，财务这边工作挺多。许微樱处理起幼儿园的供销存管理，以及容姐安排她做的月度纳税申报。

许微樱心无旁骛地忙着工作，一上午的时间不知不觉地过去。中午，她和黄嘉雯一起往食堂走去，排队打好餐后，两人坐下来。

许微樱拿筷子夹了根青菜，细嚼慢咽地吃着。

黄嘉雯正在一边滑着手机屏幕，一边往嘴里送饭。

她的手机屏幕上，出现的是手游地图界面。

许微樱不怎么玩游戏，也看不懂，瞄了一眼后，就收回了目光。

黄嘉雯察觉到她的目光，把手机往她眼前递了递，饶有兴致地说："樱妹，新推出的一款手游还不错，你要不要也下载来玩一玩？"

"不了吧。"许微樱摇摇头，实话实说，"读大学时，舍友和同学都喜欢玩'王者荣耀'，有时会组队一起上分。我试过一起玩，但操纵角色的这种游戏，我玩起来很困难，就放弃了。"

黄嘉雯无言，惊诧地露出"你怎么这都不懂"的表情看向许微樱，然后苦口婆心地解释："姐妹，我这是让你一个人玩游戏吗？我是让你和你的对象一起玩！"

许微樱茫然了一瞬。

"男女朋友一起打游戏，组队上分，"黄嘉雯振振有词，"这是情侣恋爱间的基本操作啊！"

许微樱眨眼，后知后觉地"噢"了一声。

不过，她对自己打游戏的技术实在没信心，甚至挺担心和段峋一起打游戏，组队分还没上去，他会先被她气死。

所以许微樱想了想后，诚恳地问："能不能不打手游，换个游戏和对象一起玩？"

黄嘉雯："哪款游戏？"

"'开心消消乐'，"许微樱语气认真，"行吗？"

哪家情侣一起玩游戏促进感情，会玩"开心消消乐"啊？

黄嘉雯果断换了个话题，意兴盎然地讲："我玩这款游戏的时候，第一把匹配到了同城的一位妹妹。打字聊天时,她一口一个哥哥,说话可真甜!我在游戏里就和这位妹妹相互加了好友,两个人都登录上线时,可以一起组队。"

许微樱听完,茫然又疑惑:"她为什么叫你哥哥?"

黄嘉雯笑个不停:"因为我玩的是男号!"

许微樱眨眼,明白地点了下头。沉默几秒后,她好奇地问:"你玩的是男号,那你匹配到的妹妹,会不会是男的玩女号?"

"不可能吧!"黄嘉雯不可思议,"组队时,她一口一个'谢谢哥哥带我上分,爱你',还有'哥哥晚安,早点睡,晚上我们梦里见',讲话又甜又会撒娇,怎么可能是男的?"

许微樱"嗯"了一声。

末了,黄嘉雯想了想,斩钉截铁地总结:"不过,倘若真是男的,那这也太变态了!榆椿市哪儿来的变态!"

听到这儿,许微樱没忍住地笑了下。

饭后,许微樱回办公室午休,她从抽屉里掏出软枕放在办公桌上,趴上去闭上眼。

睡得迷迷糊糊时,她想到吃饭时和黄嘉雯聊的天。莫名地,她还是想要试一下和段峋一起玩"开心消消乐"。

毕竟,她也不会别的游戏。

想到这儿,许微樱才困倦地睡过去。

下午,许微樱打完下班卡,走出幼儿园往地铁站走去。

抵达芜禾小区门口时,许微樱握在手里的手机屏幕亮了。她低头点开看,是段峋发来的消息:到哪儿了,多久到家?

许微樱眨眼:快到家了,还有七八分钟。

段峋言简意赅:行。

许微樱按灭手机屏幕,不由得加快了脚步。

上楼后,许微樱看向段峋家敞开的房门,走进去,伸手把门带上,然后弯腰换上拖鞋。

餐桌上摆着热气腾腾的煲汤和一盘香菇菜心,许微樱偏头往厨房看去,灶上正蒸着什么,却没见到段峋。

直到听见有流水声从卫生间的方向传出,她才反应过来,段峋在卫生间。她刚想去厨房,卫生间门打开,段峋走出来,眉骨间有几分湿润的水汽。

看见她,他眉梢轻扬:"去洗手,准备吃饭。"

许微樱"嗯"了一声,仰头看他,疑惑地问:"厨房的火还没关,是在做什么?"

段峋语气随意:"蒸鱼。"

许微樱唇动了动,想到这几天都是段峋做饭,莫名地有点不好意思。沉默了几秒后,她佯装无意道:"你有什么喜欢吃的菜吗?"

段峋掀了掀眼皮,嗓音懒洋洋的:"都行,我不挑。"

两人吃完饭,收拾干净餐桌。许微樱看向自己随手放在茶几上的手机,又想到玩游戏的事。她望向懒散地靠着沙发的段峋,语气如常道:"我今天想打个游戏,就先回去了。"

段峋微微坐直了身子,看着她,问:"怎么,你在这里不能玩?"

许微樱眨了下眼,唇角微弯了下,语气倒是一如既往的淡定:"也行吧。"

说完,她捞起手机,坐在沙发的另一侧,和段峋隔了点距离。

段峋侧眸,视线落在她身上,漆黑的眸毫不遮掩地打量她。见到许微樱打游戏,坐得离他还挺远后,他唇线抿直,喉结不太畅快地滚了滚。

客厅内的气氛一时间僵滞住,两人谁也没说话。

许微樱关了手机音量,心不在焉地点进"开心消消乐"的游戏界面,视线却偷瞄了眼另一侧的段峋。

他懒散地靠着沙发,低垂着眼睫,同样在看着手机。

只不过,他眉眼间没几分情绪,表情很淡。

在这一瞬间,许微樱心里有点后悔,她不解自己的行为哪里出现了差错。现在的情景,和她设想中的完全不一样!

在她的设想中,段峋应该会问她玩什么游戏,她就自然而然地回复他,然后两人一起玩。

可气氛怎么就变成现在这个鬼样子了?

许微樱抿了下唇,握着手机的指尖僵了下。

又过了一会儿,她没忍住,动作轻轻地往他那儿挪了下。

段峋瞥了她一眼,神色淡淡地起身,往冰箱的方向走去。

许微樱的呼吸滞了滞,不知道刚才段峋是不是注意到了她的小动作。她抬眼看了下段峋的背影,索性一鼓作气地再次拉近距离。然后,许微樱举着手机,假装什么都没发生过似的低下眼,安静地坐着。

段峋拉开冰箱,随手拿出一瓶冰水,拧开盖子喝了一口。

他转身,视线落在许微樱现在坐的位置上,神色不变地走过去。

段峤随手把水放在茶几上,坐到原来的位置上。突然,他毫无预兆地伸手,攥住许微樱的手腕,把她往身边扯,抱着她按在自己腿上坐着。

许微樱惊讶地看着他。

良久,她有点不好意思地抿了下唇,却没有惊慌失措。

段峤的力度不轻不重地掐着她的腰,语气带着玩味:"一直往我这儿挪,你想干吗?"

两人的姿势格外亲密,他刚喝过冰水,唇很凉,似有若无地贴着她侧颈讲话时,让她的耳尖都有点发颤。

她舔了下唇角,举起手机界面给他看,老实回答:"就想,和你一起打个游戏。"

段峤握着她腰的手没松,毫不客气地把她按进怀里。

当他看见许微樱手机屏幕上的游戏是"开心消消乐"后,动作顿了下。静了两秒后,段峤唇角轻扯,下巴抵着许微樱纤白的颈侧,他的吻若有若无地落下来。

"可以。"他无奈地开口,嗓音微哑,"你是不是故意的?"

他的唇带着凉意,许微樱感觉到了细微的痒,是一种宛如从心尖上延伸出来的痒,缠绵得有点难耐。

她放缓呼吸,想动一下。

段峤察觉到了她的想法,恶劣地一手掐她的腰,一手按她的双腿,不让她动。

许微樱呼吸一滞,完全动弹不得,她索性承认道:"我本来想和你一起玩的游戏,就是'开心消消乐'。别的游戏,我又不会玩。"

段峤漫不经心地应了声:"是吗?"

"嗯。"许微樱舔了下唇角,老实回答,"情侣一起打游戏,是恋爱的基本操作。"

段峤唇角微不可察地勾了下,又把许微樱往怀里压。

她愣愣地张了张唇,亲密地贴靠他。

"哪儿学的?"段峤低笑了声,凉唇贴着许微樱的颈侧,明明是带着丝丝凉意贴她侧颈低语,呼吸却温热,带着截然不同的感受入侵过来,似极致的蛊惑。

段峤轻而易举地让她战栗起来。她坐在他腿上,一时间僵硬到不能动弹,只感觉口干舌燥得要命。她愣愣看着茶几上的矿泉水瓶,反应迟钝地说:"我想要喝水。"

语毕,许微樱伸手就去拿不远处的水瓶,她拧开瓶盖,仰头慢吞吞地喝了一口。

清凉的冰水溢满口腔,许微樱的思绪慢慢回笼。她舔了舔唇上的水渍,然后,用力眨了眨眼,举装镇定地问:"段峋,你要喝吗?"

段峋偏头看她,抬手,指骨轻蹭了下许微樱刚沾了水的湿润唇瓣。

他闷笑了声,语气很轻:"你怎么回事?"

许微樱茫然地放下举着水瓶的手,疑惑地问:"怎么了?"

段峋抱着她,随手接过她手里的水瓶放在一边。他捏了下她的指尖,蹭掉她指腹上的水迹,唇角轻扯,慢条斯理地故意说:"你这一打岔,气氛都没了。"

许微樱长睫轻颤,后知后觉地,清润的眼眸中浮现出一丝懊恼。

她按着段峋的手臂,想了想后,憋出一句:"那,那我们能不能……"

话音落地,她不好意思地抿了下唇,有点卡壳。

段峋眉梢轻挑,拖腔带调地耐心应:"能不能什么?"

许微樱放轻呼吸,舔了下唇角,安静了几秒后,她一鼓作气说完:"回档重来?"

段峋点漆的眸直勾勾地看着她,他唇角勾起,温热胸膛震动,发出极其愉悦的低笑。

许微樱回眸,神态有点不自然地看着他。

当她落入段峋浪潮般溺人的眼眸时,她长睫轻颤,反而率先不好意思地退下阵来。

许微樱轻轻呼出一口气,下意识地解锁手机,打开"开心消消乐"小游戏,视线飘忽忽地讷讷道:"我要开始玩游戏了。"

段峋抱着她,把她手机的音量调高。

"开心消消乐"的音效声响起,段峋的下巴抵在许微樱的肩头:"现在想起要玩游戏了?"

许微樱抿了下唇,讷讷地应了声。

客厅里安静下来,只有游戏的背景音效声时不时地响起。

许微樱窝在段峋怀里打游戏,心不在焉地点着彩色小方块。段峋唇角微弯,顺手点过去,帮她一个个消除。

清脆的音效声"叮叮当当"地响着,段峋盯着她,忽然说:"干吗呢,能专心点吗?"

"坐在你腿上,被你抱着玩游戏,"许微樱眨眨眼,吸了下鼻子,语气温软，实话实说，"我专心不了。"

段峋吊儿郎当地笑："那你下来？"

许微樱摇头，长睫轻眨："不要。"话音落地，似乎觉得回答得不够坚定，顿了一下后，她偏头看他，一字一顿地重复一遍，"我才不要。"

听到她这话，段峋动作收紧，把她按进怀里。他亲了亲她的侧颈，抑制不住地放声大笑。

从段峋那儿出来，许微樱拿着手机开门进屋，她脑子里一片空白，只感觉浑身发热。

许微樱深深吸了一口气，坐在客厅的沙发上，抬手捂了捂脸。她现在才后知后觉地反应过来，刚才在段峋那儿，自己有多黏人。

明明是段峋先抱着她，可后面，她像是树袋熊一样，在他怀里不肯下来了。

许微樱神色怔怔地抿了下唇，感觉周身都沾染上了段峋身上的清浅气息。

她轻轻呼出一口气，努力平缓快速跳动的心跳，放在一边的手机忽然亮了起来。

许微樱低眼看去，是黄嘉雯拨来的视频通话。她伸手拿起手机，接通视频。

视频里，黄嘉雯兴致昂扬，开门见山道："樱妹，我刚才刷朋友圈，刷到了一个好活动，适合情侣一起去！"

许微樱眨眼，好奇地问："什么？"

黄嘉雯眼睛发亮："海边的城市阳台那儿邀请了乐队，举办音乐活动，主题是'港乐情歌专场'。"

海边的城市阳台，每天晚上都挺热闹，举办的活动也多。

许微樱闻言，明白似的点了下头。

"港乐情歌专场！"黄嘉雯振振有词地继续讲，"这多适合谈恋爱的情侣一起去啊。"

许微樱抿唇笑了笑，附和地点了点头，问："什么时候？"

黄嘉雯："快了，就这周五。"

许微樱稍愣，轻轻眨了下眼，实话实说道："周五就没机会了，约好了要看电影。"

黄嘉雯可惜地咂了下嘴："那就没办法了。"

许微樱弯了弯唇，问："星期五，你过去听吗？"

黄嘉雯回答得斩钉截铁："不去。办的是港乐情歌专场，我又没谈恋爱，一个人过去，太傻了。"她嘿嘿笑了笑，继续说，"周五晚上，我宁愿瘫在床上打游戏,听游戏里的队友一口一个'谢谢哥哥带我上分,哥哥好棒好棒',来充当我的精神食粮。"

许微樱没忍住笑了下。

两人聊了一会儿。挂断通话后,黄嘉雯还是把音乐活动的宣传介绍转发给了许微樱。

介绍页上有乐队的名称,许微樱不熟悉,只隐隐约约有印象,记得听大学舍友提过这个乐队。

舍友去看过他们的Livehouse(小型现场演出),并发过朋友圈,说他们的歌很好听。

想到这儿,许微樱继续往下看去,看到周五活动当晚,他们会唱的歌单。十首港乐,许微樱只听过两三首,印象中都是情歌。

她仔细看完活动介绍,心底莫名对这个在海边举办的活动,生出了兴趣。

她有点想和段峋一起去听。

只不过转念想到周五约好了要在家看电影,许微樱也就慢慢地打消了这个念头。

周五这天,许微樱睡眼惺忪地从床上爬起来,洗漱完,伸手从衣柜里取下一条浅粉夏裙。

榆椿市的夏天,足够长。

许微樱图方便,懒得去想穿搭,夏季穿裙子的时候比较多。而今年夏天,许微樱就只买了这条浅粉夏裙,今天是她第一次穿。

换好衣服,许微樱坐在梳妆台前化妆,拿起眼线笔,勾勒出细细的内眼线。

许微樱轻轻眨了下眼,站起来。当她侧眸看到镜子中自己的身影后,视线顺着裙摆下移,脸上的神色有一瞬间的不自然。

镜子里的年轻女人,雪肤乌发,肤色白皙,眉眼清纯靓丽。

浅粉夏裙衬得她肌肤越发粉白。视线下移,能见到这条裙子的长度是偏短的,在膝盖以上,露出了她细嫩的大腿肌肤。

新买的这条裙子,是许微樱的衣柜里最短的一条夏裙。

许微樱抿了下唇,深吸一口气,神色淡定地走出去,准备换上鞋去隔壁找段峋。

房门打开的瞬间,两人的视线不轻不重地撞上,段峋正站在门口等她。

许微樱眨了下眼,舔了下唇角,慢悠悠地说:"走吧。"

段峋的视线坦然地落在她身上,轻轻应了声,动作自然地牵起她的手,在手里攥着。他指腹摩挲了下她的腕骨,语气随意:"这条裙子,没见你穿过。"

"新买的。"许微樱老实说,"第一次穿。"

段峋唇角微弯地"嗯"了声。

两人坐上车,许微樱把挎包放在腿上。因为裙子比较短,坐下来后,露出的肌肤避无可避地变多。

在只有她和段峋两个人的车里,她莫名有点不好意思。

许微樱抿了下唇,掩饰地拿出手机按开解锁。短暂的几秒内,她还是没忍住悄悄侧眸,偷偷地去瞄一眼段峋。却没预料到,段峋手臂随意地搭在方向盘上,他还没有启动车子,眼皮垂着,漆黑的眸子目不转睛地看着她。

许微樱跌入他幽深的眼底。

下一秒,男人倾身,气息汹涌袭来,他垂头吻上了许微樱的唇角。

两人的呼吸交缠,许微樱长睫轻颤,受到蛊惑似的轻轻仰颈去回应他。

分开后,段峋喉结轻滚,克制地伏在许微樱颈侧,带着低哑的喘息在她耳边,慢条斯理地说:"晚上约个会?"

许微樱呼吸有点不稳,舔了下唇角,轻轻地说:"今天晚上,我去找你看电影,不就已经是约会了?"

段峋低着眼,唇角轻弯,似有若无地笑了下:"出去吃饭。"

许微樱眨了下眼,后知后觉地"嗯"了声。旋即,她想到城市阳台今晚会举办的活动。沉默几秒后,她看他,慢吞吞说:"我想去城市阳台吃。"

段峋答应了。他视线下滑,盯着她的唇。

许微樱察觉到他的目光落点,有点不好意思地问:"你怎么……总看我的嘴唇?"

段峋眉梢轻挑,伸出手,指骨轻蹭了下她的脸,油腔滑调地笑:"你唇上涂的口红,被我给亲掉了,需要补一下吗?"

许微樱呼吸一窒,脸颊和耳尖热度飞升。

她面上保持镇定,摇了摇头,说:"我涂的不是口红,是唇釉。"

"我只知道口红。"段峋挑眉,嗓音坦诚,"这两样,有什么区别?"

许微樱怔了下,脑子瞬间短路了,她也不知道该怎么和段峋解释唇釉和口红的区别。

段峋看着她,不太正经地出声:"要不然这样,哪天,你涂口红了,我们再接个吻。"他笑,"我分辨下?"

许微樱眼睫动了动,出乎意料地"嗯"了声,诚恳地说:"可以,也不是不行。"

段峋直直地看着她,伸手揉了下她的脑袋,低笑出声。

到了幼儿园,许微樱和黄嘉雯一起吃完早餐,两人一边聊着天一边往办公室走去。许微樱想到嘉雯推荐的活动,偏头对她说:"晚上我们会去城市阳台听歌,参加活动。"

闻言,黄嘉雯眼睛一亮,笑眯眯地开口:"我就说,这个活动不能错过啊!去海边听港乐情歌专场,太适合搞对象了!"

许微樱弯唇笑了笑。

不过,黄嘉雯纳闷地问:"那你们还看电影吗?"

"看的。"许微樱眨了下眼,点头,"明天是休息日,不用上班。"

下午,临近下班,许微樱把工作都完成了,手机上收到了段峋的消息。

段峋:我在门口等你。

许微樱轻弯了下唇:嗯,好,我也快下班了。

两人简单地聊了几句。

许微樱想了想,从包里摸出唇釉,起身往卫生间走去。

站在洗手台前,她拔掉唇釉盖,往唇上轻轻地补涂了一层。

就在这时,有人走进卫生间,正是周园长。

两人的视线对上,许微樱倏然间有点脸红,她放下唇釉,嗓音温和地打了声招呼。

周洁玲看着许微樱,目光从她手里的唇釉上扫过,她笑了下:"晚上有约会?"

许微樱"嗯"了一声,点了点头。

周洁玲语气了然:"和峋崽?"

许微樱眼睫轻颤了下,然后,语气认真地回:"嗯,是和阿峋。"

周洁玲笑了笑,说:"微樱,我们简单聊几句?"

许微樱呼吸轻了轻,她不知道园长会和她聊什么,脑子有点茫然地点了点头。

许微樱坐在园长办公室的沙发上,而周洁玲没有如往常般坐在办公桌后面的椅子上,而是直接坐在了许微樱身边。

"我是峋崽最亲的长辈。"周洁玲看着许微樱,笑了下,"你们年轻人正在谈恋爱,那我也就是你的长辈,不用紧张,我们就简单聊几句。"

许微樱轻轻眨眼,安静乖巧地"嗯"了声。

周洁玲点了下头,眼底流露出几分难解的复杂,嗓音温和地讲:"微樱,我就想和你聊一下,峋崽的情况……"

许微樱从园长办公室走出来,已经到了下班时间。

她低下头,表情有点恍惚地往办公室走去。

幼儿园的办公室员工基本上一到下班点就会迅速收拾东西,打卡离开。而黄嘉雯知道今天晚上许微樱有约会,也先走了。所以,当许微樱回到办公室,屋子里已经空了。

许微樱吸了下鼻子,看着空荡无人的办公室,慢慢地收敛心神。

收拾完东西,许微樱打卡走出办公室。

走到幼儿园门口,视野中是段峋停在街对面的车。他身形高挺地倚着车门,懒散地敛眸,摸出手机按了按。

许微樱的手机屏亮了下。

只不过,她没有分出心神去看,而是朝他走了过去。

靠近后,段峋见到了她,刚想放下手机,许微樱就伸出手环住他,脸颊埋进了他的怀里。

段峋低眸看她,把她往怀里按了按。

他喉结滑动,手心贴着她的后脑勺揉了下,放轻嗓音:"这是怎么了,发生了什么事?和我讲讲?"

许微樱环抱着他,脸颊贴着他温热的胸膛,她用力地蹭了蹭,嗓音闷闷地说:"也没什么,就是想抱一下你。"

盯着她半晌,段峋唇角轻扯,似是接受了她的这个说法。

他"嗯"了声,漫不经意道:"行吧。"

许微樱扯住他的衣服,从他怀里仰头,清润的眼眸直勾勾地看他。犹豫几秒后,她还是轻唤了声"阿峋"。

段峋耐心地应:"嗯?"

许微樱用力地眨了眨眼,宣言似的认真地讲:"我会对你好的。"

段峋喉结滑动,眼眸深深地看她,微低的语气里有种别样的温柔:"嗯,我知道。"

车子往海边的城市阳台开去,落日余晖中,海水澄澈,铺洒着橘子海般的光线,风景看起来很美。

许微樱和段峋走进一家视野很不错,可以看见落日的餐厅。

时间不知不觉地过去,吃完晚餐,天色暗了下来,在夏夜中只能看见海面翻涌的波涛。

段峭牵着许微樱从餐厅出来,两人一起往海边走去。此时,夏夜的海边沙滩上有不少人,熙熙攘攘,十分热闹。

许微樱眨了下眼,往城市阳台的方向看去,说:"我们去那儿走一走。"

海边的城市阳台相当于一个巨型的广场,十分热闹,靠近时,隐隐约约有歌声和欢呼声传过来。

段峭捏了下许微樱的指尖,若有所思地说:"今天晚上,这儿有活动?"

许微樱眨眼,点了点头,实话实说:"今晚会有乐队在这儿唱歌,港乐情歌专场。"

段峭拖腔带调地说:"情歌啊!"

许微樱听出了他语气中的揶揄,她舔了下唇,撇过头,假装看风景。

段峭唇角弯起,牵着她往活动现场走去。

广场中央搭建了舞台,宛如小型的室外Livehouse,设备都很专业,歌手正在舞台上唱着一首《老派约会之必要》,曲调很好听。

在歌声中,许微樱抬眼往舞台中央看过去,当歌手唱到"多想一见即吻,但觉相衬,何妨从夏到秋,慢慢抱紧"时,这样缠绵又暧昧的歌词,让许微樱没忍住地仰头去看了眼身侧的段峭。

段峭的视线跟过来:"看我干什么,是想接吻?"不等许微樱回话,他就自顾自地补充,"不行呢,人好多,我会害羞。"

许微樱噎了下,眼皮重重一跳,她有点羞恼地看着他:"我才没有这个意思。"

段峭不羁地笑着:"是吗?"

许微樱抿了下唇,别过头,继续去听歌,不再理他。

段峭唇角弯了弯,又撩拨地去揉捏她的指尖。

许微樱眼睫动了动,手指被他揉得有点发麻发痒。

两人一时间都没有注意去看表演、听舞台上的歌手唱歌,所以都不知道,此时乐队已经休息退场,有位主持人开始热场,要邀请听众上台唱歌。

现场的摄影转过来时,恰好转到了段峭和许微樱两人身上,屏幕上投影出两人的画面。

与此同时,舞台上的主持人兴奋地喊:"现在有请这对情侣上台演唱!"

话音落地,周边的观众都发出了欢呼声。

段峭没反应过来:"什么玩意儿?"

许微樱眨眼,也是一脸蒙。

许微樱和段峋两人颜值太高，在屏幕上十分亮眼，主持人也很兴奋，继续说道："欢迎幸运情侣上台演唱！"

许微樱后知后觉地明白了，小声讷讷地说："你去吧，我在下面等你。"

段峋挑眉，攥着她手腕没松："主持人叫的是幸运情侣，你让我一个人去，好意思？"

"挺好意思的。"许微樱抿唇看他，语气诚恳，"你一个人可以的。"

周围的起哄欢呼声越来越大，段峋盯着许微樱，要笑不笑地"嗯"了一声："可以，你等我下来。"

许微樱眨眼，假装没有听见他说的话，并小声催促："你快上去吧，摄影机一直在照过来。"

段峋直接气乐了，他伸手，毫不客气地捏了下她的脸，然后转身往舞台走去。

邀请的是情侣，却只上来了一位。这是活动现场经常会发生的事，主持人也没有多说什么，立刻开始兴奋地和段峋聊天。

段峋脸上的表情很淡，一副对上台这件事也没什么兴趣的模样。但架不住他颜值太高，只是随意地站在那儿，就宛如聚光灯一样，能轻而易举地吸引在场所有人的目光。

这一刻，舞台下的欢呼声如翻滚的浪潮，许微樱站在人群中，轻轻眨了眨眼，仰头看他。

主持人笑容满面地看着身边的大帅哥，热情地问："今天晚上我们现场的活动是港乐情歌专场，请问你要唱哪首歌？"

段峋隔着欢呼的人群，视线直直地落在一处，他唇角似有若无地勾了下："《夏日倾情》。"

主持人闻言，欢呼出声，并安排乐队伴奏。

人群中，许微樱听见段峋说的这句话，心脏重重一跳，脸上的表情有点发怔。

海边，晚风吹过，柔和的歌曲伴奏响起。许微樱仰头看向舞台上的段峋。他手持话筒，下颚线弧度流畅利落，眉眼褪去了少年的青涩，却唱着当年在夏夜庭院里的同一首歌。

"是你吗，手执鲜花的一个，你我曾在梦里，暗中相约在这夏……"

男人神情散漫，可慵懒勾人的声音却引人沉醉。

舞台下的听众们都安静下来，认真听歌。

夏夜的海边，许微樱遥遥地看向段峋，他同样看着她，两人视线交汇。

他唇角轻轻勾起，低吟唱着："你不敢相信吗，我已深爱着你。见你一面也好，缓我念挂。"

城市广场里，男人的一首粤语歌结束，人群中发出了欢呼声。而段峋随手还了话筒后，就干脆利索地下了舞台。

他走到许微樱身边，捞起她的手腕在手里攥着，嗓音温润低沉："下次再遇见这种事，我就让你一个人上。"

许微樱自知理亏。她凑近他，小声说："我们回家吧。"

"乐队还没唱完，不听了？"

许微樱眨眼，想了想，实话实说："感觉没你唱的好听。"

段峋的唇角轻轻地扬起："行吧。"

/Chapter 08/
My cookie can

车子开进芜禾小区,许微樱从包里摸出手机,看了一眼,时间临近十点。挺晚了。

所以,许微樱和段峋一起上楼后,她泰然自若地说:"我们现在就一起看个电影吧。"

段峋瞥了她一眼,应了声。

房门打开,许微樱换上拖鞋,轻车熟路地去翻碟片。

段峋进厨房洗了洗手,倒了两杯水放在茶几上,然后坐在沙发上,任由她一个抽屉一个抽屉地翻看。

许微樱想到今晚要尝试着去撩段峋,对晚上要看的电影没有任何头绪,她翻了好一会儿,都没找到感兴趣的。

段峋闲散地靠着沙发,看着她,懒洋洋地问了句:"你是想看什么?"

许微樱沉默了下,小声回:"我还在找。"

她翻了翻,感觉都不太满意,拉开了另一个抽屉。

段峋按开手机回了几条信息,当他再抬眼,就见到许微樱手里拿了一张碟片,看着他,却没说话。

段峋挑眉:"怎么?"

许微樱轻轻抿了下唇,走过去,伸手把影碟的封面翻给他看。她慢吞吞地问:"这部电影,你看过吗?"

段峋微微坐直身子,视线落在她手里拿的影碟封面上。他眉心微微一跳,这电影看着尺度挺大。

印象里,这是金毛蔡带来的玩意儿,闹着要和他一起看。他没兴趣,让金毛蔡拿走。没想到,金毛蔡直接将碟片塞进了柜子,现在被许微樱给翻了出来。

段峭移开视线,慢悠悠地重新往后靠,语气自然:"这是金毛蔡拿过来的,我没看。"

许微樱眨眨眼,"噢"了声。

然后,她低头,又认真翻看了下剧情介绍。

沉默了几秒后,许微樱嗓音温和,诚实道:"我看过。"

段峭的眉眼无意识地僵了一下,他眉梢轻挑:"你刚才讲什么呢?再讲一遍。"

"这部片子,"许微樱语气坦诚,"你没看过,我看过而已。"

段峭直勾勾地盯着她,唇角轻扯,听乐了:"你还挺自豪?"

许微樱怔了下,长睫轻颤。她摇了摇头,认真回道:"我就是和你聊天,没有自豪的意思。"

段峭看着她,打趣道:"聊天是吧?那行,你什么时候看的?"他抬了抬下巴,"来,和我讲讲。"

许微樱的脸微微泛起粉红,她端起茶几上的水喝了一口,不疾不徐地说:"大学时,在宿舍和舍友一起用电脑看的,她从网上下载了这部电影。"

许微樱眨了下眼,她记得,这部片子挺经典的,好像是大三时舍友招呼着大家一起看的。

段峭目不转睛地瞧她:"记得还挺清楚。"他掀了掀眼皮,漆黑的瞳孔倒映出碎光,唇角似有若无地勾起,"听你这意思,片子里的剧情,都还记得呢?"

许微樱舔掉唇边的水渍,放下水杯,回想了一下:"一部分吧。"

段峭没再接腔,只神情散漫地靠着沙发,不知道在想些什么。

客厅里安静下来,许微樱眨了下眼,神色有几分茫然,不明白段峭怎么就不说话了。她低头看了看手里拿着的碟片,又抬眼瞄了下段峭。

想到黄嘉雯教给她的撩人小技巧——神色自然、语气真诚地赞美对方。许微樱在脑子里乱七八糟地模拟着,静了须臾后,她清润的眼眸看向段峭,唤了声:"阿峭。"

段峭唇角轻扯:"怎么了?"

"也没什么。"许微樱舔了下唇角,认真地想着适合夸段峭的词汇,细声细气地说,"就是想夸一下你。"

"嗯？"

许微樱神情诚恳地看向他，语气真诚地补充："你还挺纯情。"

段峋眉心一跳，漆黑的眼眸直勾勾地看着她，下意识地问了一句："你讲什么？"

许微樱眨巴着眼，好脾气地重复了一遍："你还挺纯情。"

段峋垂下眼睫，喉结轻滑，唇线抿直，眸光深深地落在她身上，神色不明。

两人目光交汇，许微樱静静地看着他。饶是她反应再迟钝，也发现了自己刚才夸段峋的话并没有让他高兴的事实。

气氛在这一瞬间如同淌进了未知的暗流。

许微樱嘴唇动了动，有点无措地想要说些话时，段峋偏头看她，喉结滚动了一下，轻描淡写地说："过来，接个不纯情的吻。"

不等许微樱反应，她的手腕就被扣住，段峋毫不客气地把她抱进怀里。他强硬又禁锢似的扣着她。许微樱睫毛轻颤地看着他，下一秒，她的下巴被捏住，男人的吻不再克制地重重落下来。

两人不断贴紧，唇舌交缠，段峋的手紧贴着她纤薄的腰，把她往怀里压。

他身上的气息铺天盖地地狠狠侵袭过来，宛如要让许微樱身上的每一寸骨骼和血肉，都标记上独属于他的气息。

许微樱唇齿间都是他炙热的温度，她舌尖感受到了被用力吮咬的刺痛感，唇瓣透着止不住的麻意。她大脑有瞬间的眩晕，像是要溺在段峋纠缠不清的吻中，呼吸彻底乱了套，她抓着他衣摆的指尖都仿佛在燃烧，变得灼热滚烫。

时间不知不觉地过去，两人呼吸缠绕。

距离稍稍拉开，许微樱轻喘着气去调整混乱的呼吸。她抬了抬眼，视线上移，看见了肆意纵吻后的段峋，他的唇透出了绯色。

许微樱看呆了，下一秒，对上了段峋的眸。他幽深的眼底，宛如有化不开的浓雾，放纵的情念会蛊惑地拉着你一起沉沦。

许微樱发怔。

段峋垂眸看她，抬手，指尖把她脸颊边的发丝掖到耳后，他唇角似有若无地勾起，嗓音微哑地说："还纯情吗？"

许微樱舔了舔湿润发麻的唇瓣，放缓呼吸。

她慢吞吞地摇头，诚实地小声回："不纯情。"话音落地，她深呼吸一口气，没忍住补充道，"一点都不纯情。"

段峋抱着她，捏了捏她的指尖，低笑了声。

许微樱没什么力气地趴在段峋怀里，视线看见不远处的电影封面，她思考了一番，还是觉得要认真解释一下。

许微樱从段峋怀里仰头，清澈的眼眸看着他，神色认真地说："我刚刚就只是想夸一下你。"

段峋按着她的腰把她压进怀里，若有所思地盯着她："所以，你夸我纯情？"

许微樱轻轻抿了下唇角，眉眼平静地扯开话题："有点口渴了，我想要喝水。"

说完，她坐直身子，伸手去拿茶几上的水杯。

她在段峋怀里动了起来，粉色裙摆无可避免地往上滑，雪白细嫩的大腿肌肤显露。

段峋瞥了她一眼，下一秒，他按在她腰间的温热手心缓缓下滑，直至停在她裙摆处，指尖有一搭没一搭地勾着。

许微樱眨眼，低头看了看，然后她歪头看向段峋。男人的指腹温热，勾着裙摆时偶尔会蹭到她的大腿，似带有电流般地激起细细的痒意。

两人对视，段峋眉梢轻挑，他勾着许微樱裙摆的指尖毫不客气地把她的裙子往下拽了拽，遮住她白皙的大腿肌肤。

许微樱茫然地愣了下。

"注意点，裙摆上去了。"段峋笑，语气吊儿郎当地说，"我帮你理一下，不用谢。"

许微樱低眼看了下已遮住大腿肌肤的裙摆，后知后觉地"噢"了声。她移开视线，俯身端起水杯，张嘴慢腾腾地喝了一口。

段峋懒散地靠着沙发，看许微樱喝水，他伸手轻戳了下她的腰："另一杯水，递给我呗。"

他指腹按过来时，贴着薄薄的夏裙，宛如轻抚，感受格外清晰，许微樱条件反射地颤抖了下，想躲。

段峋瞧着她，忽地起了兴致，恶劣地去戳她的侧腰。

"有那么痒？"他轻笑，"你往哪儿躲呢？"

许微樱左手端着水杯，只能姿势别扭地用右手去按段峋的手腕："就是痒，你把手收回去。"

"是吗？"段峋唇角轻扯，指尖却没离开她的腰。

许微樱看了看他修长干净的手指。随着他的动作，她耳尖开始发烫。她轻轻呼出一口气，舔了下唇，继续讲："你再不收手，我不给你递水杯了。"

"威胁我呢。"段峋语气懒散又随意,"那我等会儿再喝。"

许微樱凝眸看他,索性直接放下水杯,两手都去抓段峋的手腕。可段峋虽姿态闲散地靠着沙发,指尖没用什么力气,也不是许微樱能拨开的。

许微樱长睫轻眨,想了想,看向段峋,温声温气地讲:"我以后不叫你'阿峋'了,重新喊你一个称呼,好吗?"

段峋笑着,手臂勾着她的腰,把她往身前扯,饶有兴致地问:"什么新称呼?"

许微樱靠着他:"我也是刚刚才想到的。"

她抬眼看他,抿了下唇,语气温暾又真挚地一字一顿道:"段纯情。"说到这儿,她顿了下,镇定自若地补充,"那部片子怪经典的,我都看过,你却没看过,所以,你确实挺纯情的。"

"你说是吧?"她眨眼看他,浅浅地笑,"段纯情。"

被这样形容,段峋气乐了,他搂住她的腰:"你故意气我啊?"

许微樱睫毛轻颤:"什么啊?只是实话实说。"她看向茶几上的水杯,继续说,"段纯情,你要喝水吗?我可以给你拿水杯。"

段峋眉心一跳,直勾勾地盯着许微樱,静了两秒后,他唇线抿直,手环住她的腰,嗓音听不出情绪地说:"不喝。"

"噢。"许微樱应了声,然后指尖碰了下段峋的手臂,好脾气地说,"那你先松开手,我还要喝。"

听到她这话,段峋不仅没松手,反而手掌心更有力地贴着她,气息和温度悄然传递。

许微樱眨了下眼:"段纯……"

她最后一个字还未说出口,段峋便按着她,用力地吻上了她的唇角,伴随着他含混不清又透着不满的话:"我哪儿纯情了?"

他的吻很重,舌尖探进来,又咬又舔。

许微樱的唇瓣感受到了绵绵麻意,不过并不痛。

分开后,段峋用力地把许微樱按进怀里,手心牢牢地锁着她。许微樱唇角弯了弯,有点想笑。静了几秒后,她指尖去碰他的手臂,扯开话题:"我现在可以喝水了吗?"

段峋盯着她,没回话,摆出懒得理人的姿态。

许微樱眨眼:"好渴。"

段峋眼睫微动,勉为其难似的松了手。他下巴轻抬,言简意赅地说:"去喝。"

许微樱唇角轻扬，俯身去端茶几上的水杯，顺带把另一个水杯也端了起来，侧身递给段岣。

段岣掀了掀眼皮，刚想伸手去接，没想到许微樱没拿稳，水杯滑了一下，大半杯水直接倾洒下来，段岣的衣服被水浸湿了大片，手臂上也沾了水珠。

事发突然，许微樱看着段岣湿了的衣服和手臂，愣住了。迅速回过神后，她放下杯子，连忙抽了几张纸，去给他擦。

段岣身子稍稍后倾，靠着沙发。良久，他低垂着眼睛看着许微樱按在他腰腹位置的手。下一秒，他握住许微樱的手腕，若有所思地笑了："你是不是又是故意的呢？"

许微樱抬眼，茫然地看他。

段岣一字一句地说："你故意泼我水。"

"不是故意。"许微樱呼吸一窒，连忙解释，"我只是手滑。"

段岣笑了，语气懒洋洋的："可是我不信。"

许微樱眼皮一跳，抿了下唇，好脾气地继续道："我故意泼你水，干什么？没理由的。"

"因为你想看我，"段岣刻意顿了下，才似笑非笑地说，"脱衣服。"

许微樱下意识地低头去看段岣的衣服，他腰腹的位置，被水迹洇染了一大片。现在回想，她拿纸巾贴着段岣湿衣服时，她手心的感触格外紧实，似能清晰感受到他腹肌线条的结实。

许微樱反应慢半拍地眨了眨眼，没及时说话。

段岣抓着许微樱的手腕，慢条斯理地轻轻摩挲了一下。然后，他顺着她的视线，眼尾扫了下自己的腰。段岣盯向她，语调慵懒："穿着衣服，你能看见什么？"

许微樱抬头看他，两人视线对上，段岣唇角微扬，语气带着玩味："我脱了给你看？"

话音落地，许微樱眼眸动了动，神色有瞬间的不自然。她轻轻吐气，视线再次落在他身上，轻轻眨了下眼。

半晌，她抿了下唇，语气平静地说："你要想脱，也不是不行。"她看着段岣，嗓音镇定地提醒，"但是，这是你自己主动脱的，不是我要你脱的，你不能赖在我头上。"

"我脱了，不是给你看？"段岣姿态自在地靠着沙发，"我这么纯情的人，脱给你看，还得是我主动求来的？"

客厅灯光施施然地落下来，段岣低头，眼眸倒映出碎光，眉眼悠然。

许微樱不可思议地盯着他,刚才还不服"纯情"两个字的段峋,现在竟然接受得良好了。

许微樱睫毛轻颤,脸色"唰"地红了。她深呼吸一口气,看着他湿了的衣服,淡定地扯开话题:"衣服湿了,一时半会儿也干不了,你去换件干的衣服吧?"

段峋懒懒地"嗯"了一声:"我刚好去冲个凉。"

许微樱眨眨眼,点了点头。

段峋起身,嘱咐道:"我很快就出来。"

许微樱应了声"好"。

往卧室方向走去时,他似乎想起什么,脚步一顿,偏头,视线落在许微樱身上:"我现在脱,"他骨节分明的手指扯了扯衣摆,"看吗?"

客厅里,男人身形高大挺拔,宽肩长腿,灯光落在他身上,让他看起来像是在夜晚专门诱惑人的妖精。

许微樱呼吸滞了滞,轻轻抿了下唇,宛如被蛊惑了似的,脑子一热地点了点头。

段峋唇角轻扯,下一刻,他反手,慢条斯理地把衣摆往上掀。

利落紧实的腹肌,肌理线条分明的人鱼线,毫无遮挡地显露。许微樱看过去,眨了眨眼。

段峋瞥她,随手脱了上衣,没再说什么地转身往卧室走去。

许微樱看向男人高挺的背影,他穿着长裤,赤着上身往卧室走,客厅的灯光倾泻在他身上,脊背线条被照得很漂亮,似飞舞的蝴蝶。

坐在沙发上的许微樱,莫名地有点口干舌燥,她伸手去端茶几上的水杯。

短暂过了几分钟,卫生间传来淅淅沥沥的水声。

许微樱轻轻呼出一口气,舔了舔唇上的水渍,看着手里喝完的空水杯,她起身拿水壶把水杯倒满,然后抽出纸巾把沙发上溅到的水痕仔细擦了。

恰逢这时,段峋放在旁边的手机亮了起来,弹出了金毛蔡的电话。

许微樱探头看了看手机,又往卫生间的方向望去。金毛蔡的来电还在响着。许微樱抿唇,心想他可能有很重要的事找段峋,所以她拿起手机,往卫生间走去。

许微樱站在卫生间门口,在淅淅沥沥的水声中,轻轻拍了下门。

下一瞬,水声停歇,段峋的声音传了出来:"怎么了?"

"你有电话,是金毛蔡打过来的。"

水声再次响起,段峋随意地笑了下:"你帮忙接一下。"

许微樱扑闪着眼,低头看着手机来电界面,温暾地应了声"好"。她接通电话,放在耳边,往客厅沙发走去。

电话那头,金毛蔡嚷着:"阿峋,你在干吗呢,怎么现在才接?"

许微樱沉默了两秒,温声回道:"金毛蔡,是我。"

金毛蔡知道段峋和许微樱在谈恋爱,听见她的声音后,他乐呵呵地笑了:"阿峋呢?"

"他现在不在。"许微樱语气平静。

金毛蔡也不闹了,解释自己来电的原因:"我也没什么事,就是朱俊豪的婚期定下来了。我在微信上收到了他的电子请柬,阿峋肯定也收到了,就想和他说一下,到时候一起过去参加朱俊豪的婚礼的事。"

许微樱不认识朱俊豪,但她听明白了,对方是阿峋和金毛蔡两人的共同好友。

许微樱点头应了声,然后和金毛蔡简单聊了几句后,挂了电话。

段峋的手机,他一直没换过的屏保再次映入眼帘,许微樱后知后觉地记起,段峋还没有把这张照片发给她。

不远处传来卫生间门被打开的声音,许微樱抬眼看过去,见到了洗完澡走出来的段峋。

他周身有清凉的水汽,套了一件黑灰无袖美式背心,正拿着毛巾随手擦头发。

抬手时,他手臂肌肉线条流畅,青筋显露。

许微樱抿了下唇,有点不好意思,佯装淡定地移开视线。

段峋坐下来,伸手端起水杯喝了口:"金毛蔡找我干吗?"

"他是讲朱俊豪的婚期,"许微樱把手机递给他,"说是婚期定下来了,这几天会办婚礼,他收到了电子请柬,你肯定也收到了,想跟你一起去参加婚礼的事。"

段峋唇角轻弯,"嗯"了一声,伸手去接手机,并动作自然地握住了许微樱的手腕,把她往怀里扯。

段峋身上清新浅淡的绿柚气息,伴随着清凉水汽萦绕过来。

许微樱趴在他怀里,好闻到下意识地吸了下鼻子,多嗅了几下。

段峋解锁手机的动作顿住,低眸看许微樱,没忍住地闷笑说:"干吗呢,能稍微克制点,别光明正大地耍流氓吗?"

许微樱手指按着他手臂当支撑点,她舔了下唇角,神态自若:"我感觉,你又在勾引我。"她说，"所以，我就不克制了吧。"

段峭低笑一声，乐了。

他按开手机，开始回复消息。微信里有朱俊豪发来的信息和请柬，段峭打字回复过去，随手点开电子婚礼请柬。

手机屏幕上弹出了婚礼信息，伴随着音乐，一张张切换放着夫妻俩拍的婚纱照。

段峭扫了一眼，刚想退出来，听见音乐声的许微樱从他怀里探出头。她自顾自地调整了个姿势，视线落在他手机屏幕上，感兴趣地看着。

瞧见这一幕，段峭也就不切出婚礼请柬的界面了，他抱着许微樱一起看。

许微樱靠在段峭怀里，盯着他手机屏幕上的婚纱合照。在舒缓的音乐声中，她好奇地问："新郎是你和金毛蔡的同学吗？"

"嗯，是高中同学，偶尔会聚一下。"段峭轻轻揉了下她的脑袋，"去年就听他说要结婚了，不过似乎女方家里出了点事，婚期就往后延了一年。"

许微樱点了点头，看向结婚照上，穿着洁白婚纱、笑容灿烂的新娘。似被新娘甜蜜的神态所感染，她的唇角也不由自主地轻轻弯了起来。

一时间客厅里安静下来，只有婚礼请柬舒缓的配乐声。末了，电子请柬播放完，画面定格在了婚礼的日期时间和酒店的名字上。

许微樱眨眼看了看，她思索地想了下，回眸看着段峭，温暾地说："婚礼是下周三。"

段峭看她："要不要一起过去？"

许微樱抿了下唇，慢吞吞地摇头："不了，我就不去了，那天要上班。"

段峭最亲近熟悉的发小是金毛蔡，她已经认识了。这位高中同学朱俊豪，她没见过本人，而她本人也不是能说会道的性格，若是和段峭一起去参加婚礼，到了现场，免不了会拘谨。

段峭唇角轻扯地"嗯"了一声，他捏了捏她的指尖，继续道："下周三，我和金毛蔡一起去参加婚礼，晚上会回来得晚点。"

许微樱清润的眼眸回视着他，眼眸弯弯地应了声"好"。

段峭随手退出播放完的婚礼请柬，手机屏幕上出现微信聊天界面。许微樱眨了下眼，抬手握住段峭温热的手腕。

段峭偏头看她，似笑非笑地问："怎么？"

许微樱语气认真："你还没把手机屏保的照片发给我。"

听到这儿，段峭低笑了声："现在发给你。"

许微樱点头，她调整了一个姿势，舒服地靠着他。

212

段峋环抱住她,点开他和许微樱的聊天界面,找到当年夏日庭院里猫狗的这张合照,发了原图给她。

他手上随意,完全没有避着许微樱不能看他手机的意思。

所以,当许微樱的视线落过去时,她眼眸微微弯起,心情不错。就在这时,她目光顿住,在微信里,段峋给她的备注是——My cookie can。

好奇怪。

许微樱有瞬间的迷茫,不知道为什么被叫"我的饼干罐"。

她没琢磨明白,下意识地去看他。

四目相对,段峋那浪潮似的黑眸瞧着她,眉梢轻挑:"怎么了?"

许微樱眨眼,到底没好意思直接问他。她慢悠悠地摇了摇头,小声扯开话题:"我好像有点困了。"

不知不觉间,过了凌晨十二点。

她和段峋待在一块儿比较容易犯困,她吸了下鼻子,都有点想打哈欠了。

段峋力度不轻不重地按着许微樱的腰,见她长睫耷拉着,透出微微的困意,他低头亲了亲她的额心,声音放低:"行,困了就回房间睡觉去吧。"

许微樱轻轻"嗯"了声。

想到今晚的电影没来得及看,她又感觉好可惜。沉默几秒后,她仰头,清润的眼眸看着段峋,问:"白天,我能和你一起看电影吗?"

段峋稍稍垂头,额头抵着她,轻轻笑了声:"还挺黏人。"

许微樱长睫轻颤。段峋唇角扬起,手上的力度加重,把她往怀里压,他顺势吻上了她的唇角,伴随着他含混不清又愉悦的声音:

"好中意,你黏我。"

许微樱回房间洗漱完,倒在床上躺着,脸颊贴着枕头轻蹭了下,下意识地抬手碰了下唇瓣。

唇上的丝丝麻意还未消退,连指尖都仿佛留着属于段峋的气息,在一点一点地浸透她。

许微樱出神了一会儿,然后摸索着拿起手机,解锁点开。微信聊天界面里,是段峋发来的多年前猫猫狗狗的合照。她认真地看了一会儿,仔细地按下保存,然后把猫猫狗狗的合照设置成手机屏保,才心满意足。

准备关灯睡觉时,段峋在微信里给她的备注莫名地在脑海中冒了出来,占据了她的心神。

许微樱茫然地挠了下头,盯着雪白的墙壁,想不明白备注为什么这么奇怪，竟然叫作"我的饼干罐"。她躺在床上，打了几个滚，脑子里乱七八糟的。

许微樱伸手再次拿起手机，解锁点开，准备发帖询问一下。

她盯着手机屏幕，点开APP，指尖戳进了发帖区。

这款APP里，许微樱的账号是系统默认的原始头像，她也只发过两条评论。

第一次发帖，她莫名有点紧张。

许微樱仔细地想了想，斟酌着慢慢打字：无意间看见了微信上，对象给我的备注，叫"My cookie can"，我有点不太清楚是什么含义，感觉叫"我的饼干罐"也挺奇怪的，但没好意思去问他。就想请问姐妹们，这是有什么特别的意思吗？

许微樱眨眼，检查了一遍打出来的字。确认无误后，她小心翼翼地点了发送。

已经是凌晨了，许微樱想着，可能不会有人刷到她的帖子，便打算放下手机。

就在这时，她发出的新帖有用户评论了："My cookie can"……"我的饼干罐"？我也想知道为什么会有这种备注，哈哈哈哈，姐妹，你对象很喜欢吃饼干吗？

许微樱认真看过去，想了想，回复：没有吧，他没有很喜欢吃饼干。

回复完这条评论，陆陆续续又有新的评论冒了出来：不懂这个备注是不是有别的意思，但我还是建议，姐妹直接问呗，都谈恋爱了，直接点啊。

许微樱抿唇，老实地打字：因为刚确定关系没有太长时间，所以有点不好意思。

某网友：熬夜刷到这个帖子，就是缘分，帮姐妹顶一下。

许微樱唇角弯了下，诚恳地回复：谢谢姐妹。

帖子里有十多个评论冒了出来，许微樱都认真地回复了。只不过，大家都不清楚其中的含义。

时间不知不觉地过去，许微樱握着手机，渐渐抵不住困意，眼皮都快要睁不开了，思绪也跟着迟钝起来。

许微樱打了个哈欠，打算明天醒来再继续看帖子。

她摸索着把手机充上电后，脸颊贴着枕头，胡乱地蹭了蹭，困倦地闭眼睡了过去。

夏季夜晚，卧室里静悄悄的，许微樱陷入梦乡，不知道过了多久。

当她再次掀开眼皮，半梦半醒时，下意识地去拿放在一边充电的手机。

她按了按屏幕，手机屏的微光照过来，猫猫狗狗的合照壁纸映入眼帘，这才稍微清醒了点。

她闭了闭眼睛，没有细看手机屏上的时间，只凭本能似的戳开 APP，点进她发布过的唯一一个帖子。

周遭安静无声，许微樱躺在床上翻了个身，手指滑了滑。

此时，帖子里已经冒出了很多新的评论，许微樱慢半拍地眨了下眼，盯着手机界面。

有一位 ID 叫"食过夜粥的周女士"的用户，给她评论：正在外吃夜宵，刷到了这个帖子，再一看见姐妹的 IP 地址是同省，哈哈哈，我就瞬间明了！

食过夜粥的周女士：我敢肯定，姐妹你对象是当地人。

食过夜粥的周女士：饼干罐就是指蓝罐曲奇盒。小时候，大家基本上都吃过这款蓝罐，家家户户都会买，是小孩子的童年记忆。吃完的盒子，会留着装一些宝贝的物品，只有重要的宝贝才会被装进去。

看到这儿，许微樱指尖微顿，目光定住。

这位姐妹还有最后一条评论：所以，"My cookie can"＝我的蓝罐曲奇盒＝我的宝贝。

静悄悄的卧室里，许微樱听见自己的呼吸声。她握着手机，再次看着帖子里的评论回复。

不知不觉间，她唇角弯了弯，混沌的大脑似乎清醒了过来。她舔了下唇，克制着压了压笑意。

下一瞬，她就没忍住地把脸颊埋进枕头里，直到呼吸不稳，有点憋不过气，她才脸颊泛红地重新躺好。

许微樱抬手摸了下微微发烫的脸颊，轻轻呼出一口气，彻底没了睡意。

当她再次打开手机界面，眯眼看过去，才发现时间还很早，不到凌晨五点。她握着手机，安静地看了几秒后，按灭屏幕，随手放下来。

许微樱脸颊贴着柔软的枕头，闭上眼，重新酝酿睡意。

她轻轻地呼出一口气，竟然又想和段峋待在一块儿了，明明两人才分开没几个小时。

许微樱后知后觉地反应过来，自己确实挺黏人，并且比小时候黏段峋多得多。

双休日，许微樱都是和段峋待在一起，莫名地感觉时间过得很快。

周日，两人一起出门。坐上车，许微樱系好安全带。段峋看她，问："晚上想吃什么？"

许微樱想了想："要不要去茶餐厅'废记'吃？有一段时间没过去了。"

段峋眉梢轻扬："行。"

穿过城市的车水马龙，段峋把车停在茶餐厅街边的停车位，他和许微樱下车过马路，朝"废记"走去。许微樱的手心被身侧的人握住。他掌心温热，力度不轻不重，贴合地牵住了她的手。

许微樱视线下移，落在两人的手指上，随即反手握住了他的手。

十指相扣。

段峋似有若无地笑了下。

许微樱仰眸，镇定自若地看着他，闲聊着说："好久之前，你们消防队来这儿出过警，我和朋友当时就在茶餐厅吃饭。"

段峋顿了下，面露回忆："对面小区的高层住户家有小朋友玩闹，意外悬挂在了窗外的那次？"

许微樱："嗯，记得当时情况很紧急，你们安排了绳降救援。"她轻声说，"你上场负责的救援。"

段峋眉梢轻扬，唇角轻弯："记得还挺清楚。"

许微樱抿唇，眼眸里闪过一丝羞怯。但她确实清楚地记得去年的事，她和黄嘉雯下班后，来茶餐厅吃晚饭，撞见了段峋的出警现场。他吊在高空，进行惊险救援。

许微樱低声喃喃："好危险。"

闻言，段峋瞧着她："觉得我的工作，很危险？"

许微樱吸了吸鼻子："火里来水里去，能不危险吗？"

段峋紧握着她的手，眉眼专注："做一名消防员，说不需要承担风险是假的。"顿了下，他笑着，神色坦荡无畏，"但总有人要去承担这份风险，扛起这份责任。"

许微樱的手指被段峋紧握，他温热的气息传递过来，能顺着脉搏直达心脏。她恍神地看着他，不自觉地，唇角露出了一个笑。

她爱的阿峋，纵然经历了人生的磨难和苦痛，他也自始至终都是她记忆中，最最鲜活蓬勃的勇敢少年。

.

晚上，两人坐在沙发上，翻了一部电影来看。电影名叫《都市情缘》，主演是 Leon 和吴倩莲，这是一部 1994 年上映的老电影。

播放电影之前，许微樱仔细翻看了剧情介绍——以爱情和父子情为题材的剧情片。

安静的客厅里,许微樱和段峋坐在沙发上一起看电影,两人谁都没说话,只有电影的对白声响起。

《都市情缘》中最为经典的一幕场景,是在电梯里,梁智武懒散地靠着电梯壁,他前方,是JoJo和她的男朋友威哥。

在一句句交谈声里,JoJo伸手去牵男朋友的手,却意外牵住了梁智武的手指。

男人低眼,看着两人相牵的手,他唇角勾起一抹笑,并反手紧握。

当电梯门打开,JoJo才骤然反应过来,她牵错了人。她走出电梯时,侧头回望,两人视线交汇时,梁智武唇角弯起,肆无忌惮地笑了下。

许微樱认真地看着这一幕,隐隐约约地记起,她似乎刷到过相关剪辑。

她下意识地偏头去看段峋,却未料到,她视野内就是他灼灼的目光。

两人视线撞在一块儿,段峋懒散地靠着沙发,唇角轻弯,先发制人:"正看着电影呢,怎么又偷看我了,被逮到了吧。"

许微樱一噎,好脾气地说:"明明是你没认真看电影,先偷看我。"

段峋瞥她,眉梢轻挑,低笑没回话。

许微樱见他不说话了,偏头再次看了眼电影后,她又稍微凑过去,盯着段峋的脸,说:"刚才Leon在电梯里的那一幕,你们有点像。"

"嗯?哪儿像?"

许微樱视线下移,落在他骨节分明的手指上,想起之前在商场电梯的经历,她歪头认真地讲:"喜欢——在电梯里牵手。"

电视里播放着《都市情缘》这部旧港片,电影画面偏黯淡,呈现出海水般的深蓝。

在电影的粤语对白中,坐在沙发上的许微樱讲完这句话后,落在段峋修长手指上的目光并未移开。下一秒,她伸出指尖,动作极其自然地轻轻碰了一下他的手背。

仿佛只是随着她说的"喜欢在电梯里牵手"所延伸做出的举动,仅此而已。

可许微樱想要收回手时,背靠沙发的段峋眸色暗了暗。他低垂眼睫,神色不明地看着她,下一瞬他反手握住她的手腕,猛地把她往怀里扯。

他动作突然,许微樱愣了一下,却不惊慌也不抗拒,只是轻轻眨眼。她自顾自地调整了下姿势,缓缓跨坐在段峋腿上,面对面地与他对视着。

段峋漆黑的眸直勾勾地瞧着她,两手按着她的腰,慢条斯理地把她往怀里压了压。

彼此的体温和呼吸在纠缠，段峋略带玩味的嗓音，轻轻响起："我喜欢在电梯里牵手，记得还挺清楚呢。"

许微樱抿了下唇，老实回道："也不是记得清楚，就是刚才看见电影里的男女主角牵手的场景，突然想到了。"

说到这儿，她下意识就想扭头再去看一眼电影。

只不过，许微樱的脑袋刚想转过去，段峋的指腹就捏住了她下巴，固定住她的脑袋。

视线交汇相撞，许微樱长睫轻颤，盯着段峋近在咫尺的眉眼。暧昧的氛围缠绕，带着段峋身上熟悉好闻的气息，宛如能把许微樱给淹没。

他瞧着她，却不说话，这让她莫名地有几分紧张。

许微樱舔了下唇角，讷讷地问："你怎么不讲话了？"

段峋看着她，捏住她下巴的指腹，抚着她的脸颊往上移，捏着她微泛红的耳尖揉了揉。

"耳朵红了。"段峋指尖轻抚，嗓音很低，"是紧张，还是害羞？"

男人的动作幅度明明很轻，却像是带着细小电流，许微樱身体有瞬间的酥麻和痒意，她发怔地望着他，诚实回道："都有。"

语毕，许微樱没忍住动了下，抬手想要把段峋揉她耳垂的指尖给拨开。

段峋配合地放下手，不太正经地笑："除了喜欢在电梯里牵手，还喜欢什么，你知道吗？"

许微樱跨坐在段峋腿上，被他抱在怀里，两人姿势亲密。她抿了下唇，目光无意识地落在了段峋脖颈锁骨处的咬痕上。他肌肤上还残留着上次被她重重咬出的痕迹，泛着淡淡的绯色。

许微樱眨眼，不受控制地伸出指尖，轻触了下段峋脖颈处的咬痕，摇头道："我不知道……"

段峋看着她指尖触摸的动作，喉结轻轻滑动，按着她腰的手缓缓收紧。

许微樱被他带着无比亲密地贴近他，呼吸间都是他身上绿柚的清浅气息，她睫毛轻颤，移开定在他脖颈处咬痕的目光，抬了抬眼皮，看向他。

视线对上，段峋点漆的眼眸似深雾，下一瞬，他的吻不再克制地落下来，伴随着他暧昧至极的低语："我还喜欢，在家里和你接吻呢。"

许微樱感受着唇瓣被抵入的气息和力度，她呼吸乱了，大脑有瞬间的空白，唯有本能似的抬起手臂，勾住了他的后颈，生涩又轻轻地回应他。

电影中，粤语对白仍在继续，段峋咬住她的唇，动作越发肆意。

不知不觉间，许微樱宽松的睡衣往上掀了一小片，段峋温热的手固定在她纤细雪白的后腰,贴着她细腻的肌肤,无意识地摩挲着。

随着他的动作,许微樱的脊背似乎在发颤,酥酥的麻意传遍全身。

不知过了多久,段峋的手松了松。

两人呼吸交织,许微樱神色发怔,还未完全反应过来,只感觉到唇瓣似乎有点肿了。段峋的气息无孔不入地包围过来,他看着她,眸色仿佛比夜色还深沉。

段峋唇角轻弯,垂头埋进许微樱的颈窝,低哑的嗓音中带着轻笑的喘息。他喉结滚动,手指扯了扯她宽松睡衣的衣角,不紧不慢地整理好后,懒散地抱着她。

良久,电影《都市情缘》播放到了后半段,许微樱起身喝水,重新坐回沙发上,她已经完全没了继续看电影的心思,只感觉,身侧段峋的存在感太强烈,让她控制不住地回想起刚才跨坐在他腿上的深吻。

许微樱眼睫颤了下,端着水杯的手指莫名有点发抖。

她轻呼一口气,放下水杯,没忍住地偏头往段峋那儿偷瞄一眼。

然而,段峋靠着沙发,正好唇角轻弯地看过来,直接把她的偷瞄抓个正着。

两人视线相撞,段峋伸手,指腹轻蹭掉许微樱湿润唇瓣上的水痕,他眉梢轻挑地笑:"干吗,还想接吻?"

许微樱一时无言。

她摇头,佯装镇定地说:"没这意思,你多想了。"

"那你不好好看电影,总看我干什么?"他顿了下,眼眸毫不客气地直勾勾地盯着她,笑说,"就你这举动,我以为你有继续接吻的念头,不是很正常?"

许微樱呼吸一窒,脸颊热了下。她深呼吸一口气,不和他计较,好脾气地解释:"我只是看一下你,没有要继续接吻的意思。"

"是吗?"段峋低眉看许微樱,唇角轻弯。

下一秒,他倾身,清新的气息袭来,他扣住许微樱的腰,垂头吻上她的唇角,语气很轻,嗓音低哑:"不巧了,我有。"

电影是什么时候结束的,许微樱脑子晕乎乎没了印象,只记得离开段峋那儿,她开门进屋后,才感觉自己全身都僵硬似木头了。

许微樱倒在床上,心不在焉地盯着雪白的天花板,脑海中止不住地回想先前的一幕幕。

她耳尖在发烫,神色不自然地舔了舔唇角,指尖下意识地抚上侧腰,大脑不由自主地浮现出一个念头——段峋的吻，放浪形骸。

她轻轻吐气，伸手拿过放在床头的手机，魂不守舍地点开微信朋友圈刷了刷。

两个小时前，黄嘉雯发了一条朋友圈，是一张游戏五连胜的截图，配了文字。

明天见黄女士：竖！大！拇！指！

许微樱忍不住笑了笑，点开游戏截图，仔细地看了下，这是黄嘉雯最近常玩的一款游戏。

许微樱唇角轻弯，给黄嘉雯的朋友圈点赞，打字评论道：你好厉害，竖大拇指！

发布评论的下一秒，黄嘉雯就给她发了聊天消息：樱妹！这都几点了，还没睡啊？明天可又是周一了！

许微樱不常熬夜，明天又是工作日，按理来讲，她应该已经睡了，所以黄嘉雯看见朋友圈里许微樱的点赞和评论后，还挺吃惊。

许微樱眨眼，沉默了会儿，老实回复：和段峋刚看完电影，就还没有睡。

黄嘉雯恍然大悟：差点忘了！我姐妹以后是有夜生活的女人！熬夜会是常态了！

许微樱握着手机，脸上的表情有点愣怔。她想了想后，诚恳问道：和对象一起看电影，就算是有夜生活了吗？

微信那头的黄嘉雯瞧见许微樱这句话后，没忍住乐了。八卦心态上来，好奇好姐妹和对象进展到哪一步了，黄嘉雯直接给许微樱拨了一个视频通话。

许微樱撑着手臂坐起来，倚着床头靠背，按了接通。

黄嘉雯趴在床上和许微樱视频，开门见山道："樱妹，怎么样啊？"

许微樱茫然："什么？"

黄嘉雯："你现在和你对象拍拖，进展到哪一步了？情况怎么样啊？"

许微樱长睫轻颤，下意识地问："和对象谈恋爱，还需要有进度条的吗？"

黄嘉雯拿着手机，在床上翻了个身，解释："我是问搞对象的亲密度，是不是只到拥抱和牵手啊？"

鉴于许微樱和段峋两人确定关系前的暧昧期的磨蹭程度，黄嘉雯压根没想着两人能有什么进展。

许微樱神色诧异地怔了下，想了想："只有拥抱和牵手吗？"

黄嘉雯振振有词："不然呢？"

许微樱有点不服气，提醒说："你可以想得大胆点。"

"除了拥抱和牵手，"黄嘉雯挑眉，挠了挠下巴，"我还真想不到别的。"

许微樱看她一脸为难的样子，莫名有点憋闷。安静几秒后，许微樱轻呼吸了一口气，神色认真地讲："告诉你，我和我对象现在的进展。"

黄嘉雯连忙追问："什么？"

许微樱舔了下唇，语气温软又认真地说："突飞猛进。"

黄嘉雯"啊"了一声，没反应过来。

许微樱静默了两秒，神色淡定地再次补了一句："非常地突飞猛进。"

躺在床上捧着手机的黄嘉雯听明白了，她盯着手机屏幕里气定神闲的许微樱，却是打心眼里表示不信。她轻"啧"一声，纳闷地问："真的假的？还突飞猛进？"

"嗯。"许微樱抿了下唇，真诚地点头，"确实挺突飞猛进的。"

黄嘉雯依旧一脸狐疑，许微樱拿着手机，看着黄嘉雯，沉默了下后，没忍住问："你这是不信吗？"

"不信，就你说的'突飞猛进'，能猛到哪儿？"黄嘉雯干脆利索地点头，来了兴致地追问，"举个例子。"

许微樱"噢"了一声，若有所悟地回："我和对象都亲过了，还不突飞猛进吗？"

她较真的话音落地，黄嘉雯愣了两秒，回过神后，"啊"了一声，爆笑出声。

"不是吧，樱妹！打个啵，就算突飞猛进了？"黄嘉雯不可思议地狂笑，"我真是要笑'发财'了！"

瞧着黄嘉雯笑得前俯后仰的模样，许微樱的呼吸滞了下，后知后觉地感到有点窘。毕竟，情侣间，亲吻是挺平常的事，好像也确实算不上"突飞猛进"。

许微樱舔了舔唇，轻轻呼出一口气，佯装镇定地和黄嘉雯重新扯了个话题聊。

晨光从窗户透进来，许微樱努力掀了掀眼皮，却依旧困得要命，完全没有睡醒。她洗漱完，连眼皮都耷拉着。

许微樱揉了揉眉心，神色倦倦地打开衣柜。

她随手从衣架上扯下一条裙子换上，顶着一张素净雪白的脸，换鞋走了出去。

隔壁的房门如常敞开着，段峋正懒洋洋地靠着沙发看手机，许微樱神色困倦地站在门口，她目光微挪，看见段峋面前的茶几上有他拧开的还在冒着凉气的冰水。

下一秒，许微樱慢慢地眨下眼，她没多想，全凭本能反应似的蹬掉鞋子，往客厅茶几方向走去。

段岣靠着沙发，回了几条消息后，一偏头，看见了走过来的许微樱。

他眉梢轻挑，想起身和她一起出门时，就瞧见走过来的许微樱，目标很清晰地伸手去拿他面前的冰水。

段岣诧异了一瞬，便眼疾手快地握住她另一只手腕，把她往怀里扯。

许微樱眨了下眼，蒙了蒙，反应慢半拍地看他。

段岣回视许微樱，揉了下她的脑袋："干吗呢？"

"嗯？"许微樱愣了两秒，眨了眨眼，看向茶几上的冰水，认真地讲，"我想喝。"

段岣唇角轻弯，似笑非笑地点头："看出来你想喝了，但你大早上的喝什么冰水。"他指腹轻捏了下她白皙的脸颊，"喝常温的？"

许微樱吸了吸鼻子，把脑袋埋进段岣怀里，嗓音困倦地回答："昨天晚上没睡好，现在还是好困，就想喝冰水清醒一下。"

段岣低睫看她，手心揉了揉她发顶："昨晚几点睡的？"

许微樱用脸颊胡乱蹭了蹭他温热的胸膛，她从他怀里仰头，抿了抿唇，温暾地说："和嘉雯开了视频聊天，就睡得晚了，临近一点。"

段岣盯着她泛着疲乏的眉眼，"嗯"了一声："行吧。"他捏住她指尖揉了揉，继续道，"少喝点，只喝一两口，行不行？"

许微樱点头，应了声"好"。

段岣一手抱着她，一手去拿茶几上的冰水。他将水递给许微樱，温声提醒："一两口。"

许微樱握着冰凉的矿泉水瓶，眉眼平静地"嗯"了一声。她张唇，仰头慢吞吞地喝了两口。清凉的冰水溢满唇齿，许微樱眼皮动了动，瞬时清醒不少。

段岣看她喝了两口后，就不由分说地接过水来。

许微樱眨眼看他，舔了舔唇，认真地说："我还想喝。"

"想什么呢？"段岣喝了口水，嗓音散漫，"不是说好了，你只喝一两口？"

许微樱噎了下，想了想，带着商量似的口吻说："这是刚才说的，现在我再喝一两口，继续清醒一下。"

段岣唇角似有若无地勾起："你这是耍赖，还没清醒呢？"

许微樱淡定地"嗯"了一声，她的视线落在他手中的冰水上，主动伸手想要去拿。可未料，段岣点漆似的眸看过来，随手就把冰水放在了另一侧她碰不到的位置。

许微樱愣了下，仰头看他，纳闷地问："你不给我吗？"

"不给，喝冰水对身体不好。"段峭瞥她，语气漫不经心，"你不是还没清醒，那换个方式？"

许微樱茫然了一瞬。

段峭静了两秒后，垂头轻轻贴合地吻上她的唇角。他的唇泛着丝丝凉意，似乎比冰水还要凉。段峭眉梢轻挑地笑，慢条斯理地说："我的唇也挺凉的吧，现在清醒了没？"

许微樱眨眼，努力保持淡定："嗯，清醒了。"

段峭抬手把她脸颊边的长发掖到耳后，愉悦地笑出声，眸里含着笑意。

夏日清晨，浅金色的阳光施施然地倾落，似浮光跃金，安然又静谧。在柔和的光线中，许微樱抬眼看向唇角上扬的段峭，也笑了。

段峭心情很好地牵住她的手，道："走了，送你上班。"

许微樱看了看两人相牵的手，弯了弯唇角，起身和段峭一起出门。

两人有一搭没一搭地聊着天。

许微樱想到段峭后天会去参加朋友的婚礼，她偏头看了他一眼，好奇地问："朱俊豪的婚礼，有邀请你去当伴郎吗？"

段峭唇角轻扯，嗓音悠悠的："怎么想起来问这个问题？"

许微樱眨眼，盯着他的脸，诚实回道："就好奇，所以问一下。"

段峭瞥她一眼，散漫地说："有。但是，我婉拒了。"

许微樱顿了下，没说话，只茫然地看着他。

"朱俊豪婚期迟迟未定，去年还改过日期。"段峭捏了捏她的指尖，语气随意，"当伴郎也要抽时间跟着彩排，我工作没时间，就婉拒了。"

许微樱明白地点了点头。

旋即，她又怔了下，"工作"两个字让她想起，段峭的假期只剩下这最后一周的几天了。

想到这儿，许微樱紧抿了下唇，不禁往他身侧凑了凑，靠近他一些。

瞧见她的小动作，段峭用指腹轻轻摩挲她的腕骨，开心地笑了："靠我这么近，是只牵手还不行吗？"他刻意顿了下，才补充道，"你是不是还想要我抱你？"

许微樱认真思索了下，慢慢说："是有这个想法。"

段峭直勾勾地瞧着她，下一秒，他牵着她手腕的手一用力，又顺势一扯，揽住了她的腰。

今天早上,黄嘉雯来得比许微樱早,坐在饭堂窗户边的位置吃早餐,见到许微樱进来后,她连忙伸手挥了挥。

许微樱眨眼,弯唇笑了笑,端着餐盘坐在黄嘉雯身侧的位置。

黄嘉雯咬了一口烧卖,偏头看了许微樱一眼,想到昨天夜里两人聊天的内容,她就止不住地想笑。

许微樱表情淡定地问:"你笑什么?"

黄嘉雯笑个不停,堪称被准确无误地戳到了笑点:"我现在见到你,就想到了你讲的,和对象亲了就算关系突飞猛进。"

许微樱长睫轻抖,莫名有点窘。但她脸上的神色依旧平静,语气认真地回:"我建议,你把'突飞猛进'这四个字给忘了吧。"沉默了两秒后,许微樱温暾地补充,"我不要面子的吗?"

听到这儿,黄嘉雯忍不住爆笑出声,肩膀抖个不停。

她盯着许微樱,继续说:"樱妹,昨晚开视频时,你说'突飞猛进',我就猜到了肯定猛不到哪儿去!"

许微樱眨眼,弯了弯唇角。

想了想后,她点头,认真地说:"也确实,算不上突飞猛进。"

"就是啊。"黄嘉雯笑着点头,然后,她似乎想起了什么,探头往另一边的餐桌看过去。

许微樱歪头,顺着她的视线,看见几位幼师同事正在那边的餐位上吃早饭,里头就有王瑶瑶。

许微樱收回视线,拿着勺子,继续喝粥。

黄嘉雯转过头,凑到许微樱身边,八卦地讲:"我听说,王瑶瑶也有男朋友,谈恋爱了。"

许微樱眨眼看着她,一本正经地说:"你好关心她。幸亏我知道你们闹过不愉快,要不然——我都误会你对她有意思了。"

黄嘉雯抬手打闹地拍了下许微樱的肩膀:"樱妹,没看出来,你还挺会扯的!"

许微樱忍着笑意,随口问:"你从哪儿知道她有男朋友了?"

黄嘉雯嘿嘿笑了笑:"我听小方老师讲的。"

许微樱明白地点了下头。

两人一边吃早餐一边闲聊着,距离上班时间没几分钟了,许微樱和黄嘉雯收掉餐盘,一起往办公室走去。

周一的工作挺多,许微樱打开电脑,登录财会系统后,一上午忙得没停,

224

直到中午临近下班的前几分钟,她才喝了口水。

下午上班,许微樱的工作量少了一些。

等她手头的工作处理得差不多后,她端起水杯去饮水机旁打水,路过黄嘉雯的座位时,黄嘉雯朝她使了个眼色。

许微樱停下脚步。

"走?"黄嘉雯往办公室门口瞟了一眼,"我的厕所搭子。"

许微樱好笑地点了点头,顺手把水杯放在了黄嘉雯的办公桌上。

往厕所去的路上,黄嘉雯点开手机看了一眼,有点不爽地挠了下头。

许微樱看着她,问:"怎么了?"

"都是我妈啦!下午收到她发过来的连环消息,说要给我介绍男仔认识。"黄嘉雯无语,翻了个白眼,"不就是想给我安排相亲。"

许微樱愣了下:"现在就给你安排了吗?"

黄嘉雯只比她大一岁,才二十四岁而已,家里人就介绍相亲,似乎太早了。

"反正他们的意思就是赶早不赶晚。"黄嘉雯点头,吐槽道,"她知道我还没男朋友,就坐不住了,想给我介绍。"

说到这儿,黄嘉雯嘿嘿笑了笑:"不过,我妈发信息后,我都找挡箭牌成功给挡回去了。"

许微樱好奇地看她:"什么挡箭牌?"

"宋泊。"黄嘉雯振振有词,"小舅舅都还没谈恋爱,我急什么?所以我就和她讲,要真闲得没事干,不如去给小舅舅介绍。"

许微樱弯唇笑了笑。

回到办公位坐下来,许微樱端起水杯抿了口水,滑动鼠标,准备继续工作。她顺带点开了电脑登录的微信,想看下容姐有没有把数据资料发给她。

不过,微信界面上,率先映入眼帘的是段峭发来的消息。

许微樱轻轻眨了下眼,伸手去拿放在旁边的手机。

段峭:晚上约个会?

许微樱唇角弯了下:好。

另一边,段峭回得很快:行,等你下班。

许微樱和段峭聊了几句后,就继续专心工作。当她把下午的工作都仔细忙完时,视线扫过电脑屏幕右下角的时间,距离下班只有十分钟了。

她偏头往黄嘉雯的方向看了一眼,拿起手机给黄嘉雯发了条信息过去。

收到消息的黄嘉雯,抬手朝许微樱比了一个"OK"的手势。

打完下班卡，许微樱和黄嘉雯打了声招呼，就往幼儿园门口走去。段峭的车如往常一样停在街道对面，她抬脚走过去。

恰逢这时，许微樱斜背的挎包，细背带被人从身后轻轻地扯了一下。

许微樱下意识地偏头，看到是段峭，他不知道什么时候出现在她的身侧，伴随着的还有他身上熟悉的绿柚气息。

许微樱的视线轻轻定住，盯着段峭五官硬朗利落的脸。

他鼻梁高挺，眉骨优越，好看得能轻而易举地扰人心神，惹眼又招人。许微樱长睫颤了下，未移开目光。

段峭唇角似有若无地勾起："总看我干什么？"

两人视线对上，许微樱眨眼，坦诚地说："你好看，就看了。"

段峭牵住许微樱的手腕，手心扣住她，两人肌肤的温度相互传递。往街道对面走的路上，段峭侧眸看她一眼，低笑道："是吃糖了吗？嘴这么甜。"

许微樱唇角轻轻地弯了弯，有点不好意思，就没再讲话。

拉开副驾驶的车门，许微樱见到位置上有两盒甜品，包装得很好看。

许微樱呆了下，把甜品袋拿起来，坐上车后，放在腿上，看向段峭："买给我的吗？"

段峭偏头，伸手毫不客气地揉了下她的脑袋，说："不给你买，还能给谁买？"

许微樱"嗯"了一声，低头小心翼翼地从礼品袋里拿出一盒。打开后，清新的甜莓果肉香气扑面而来，盒子里的甜品极其精致漂亮。

许微樱眨眼看着，沉默了两秒后，看向段峭，问："我可以现在就尝尝味道吗？"

听到这儿，段峭意味不明地问："你怎么回事？"

许微樱茫然一瞬："怎么了？"

段峭目不转睛地看着她，半晌后，认真地回答："我们谈对象，就是想让你开心，现在能不能尝，哪需要问我。"

落地有声，许微樱的心跳倏地漏了一拍。她抿了抿唇，清润的眼眸看着他，一本正经地说："我也想让你开心的。"

段峭眉梢轻扬，唇角勾了下。

许微樱眼眸弯了弯，想了想，温声解释："有的车主不喜欢别人在车上吃东西，所以我就问一下，担心你也不喜欢。"

段峭听见这话，反而不爽了，他抬手捏了下她脸颊，一字一句道："你想什么呢。"段峭瞥向她，"我俩这关系，你干什么不行？"

许微樱愣了下，脸颊发热。

静了两秒后，她温暾地轻"嗯"了声，表示知道了。

两人定下吃饭的地点，往商圈开去。许微樱坐在副驾驶，动作小心地从甜品盒里拿出一块甜品，张嘴慢悠悠地咬了一口，清新酸甜的草莓气息溢满唇齿，口感很好。

许微樱慢慢地嚼着草莓果肉，偏头看了眼驾驶位的段峋。她轻轻眨了下眼，心不在焉地想到大学时发生过的一件事。

上大学前，许微樱对在车上能不能吃东西，是否需要提前询问车主这一行为，没有什么概念。毕竟，她乘坐交通工具时，极少会吃东西。

直到进入大学经历的一件事，让她莫名地记下这一点。

宿舍里，许微樱虽然安静话少，但经过一年的相处，大家也都慢慢熟悉了。舍友们相处得融洽，偶尔会商量着一起出去吃饭聚会。

那时，宿舍里率先脱单谈恋爱的姑娘叫小然，她性格外向活泼，男朋友是外校的一个男生。

大家定下聚会的时间和地点的那天，恰好男生开车出去办事，会路过学校。所以小然热情地说可以让男朋友顺带送大家过去，她给男朋友发了信息，对方没有拒绝，一口应下。

女孩们表达了谢意，小然则大大咧咧地摆手说只是顺路的事。

下楼出校门时，小然有一袋拆封的薯片还没吃完，她拿在手上准备把它吃完，以免浪费。

却未料到，当几人一起走到校门口时，小然的男朋友见她拿着薯片要上车，他语气冷了下来，不由分说地让她把薯片扔了，说他有洁癖，不能带零食上车。

当时，小然愣了一下。

在那天后不久，小然果断地和男朋友提了分手。

后来，小然再说起时，语气很洒脱："我能理解，他不喜欢别人在他车上吃东西。但我不能理解，在两人谈恋爱时，他会用对待外人的态度来对待我。这会让我觉得，他其实没有那么喜欢我。"

这件事已久远，可许微樱莫名地记得很清楚。

可能，在别人看来这只是一件小事，但在小然那儿，她清晰地明白，前男友只是没那么喜欢她而已。

再后来，没过多久，另一位舍友刷微信朋友圈时，刷到了以前做兼职加过的一位女孩子发布的"官宣"朋友圈。她成了小然前男友的新女友,朋友圈其中的一张照片就是她坐在车里,和男生举奶茶碰杯。

他说有洁癖,不允许小然带零食,却能和现女友一起在车上喝奶茶……

小然拿着舍友的手机,看完照片后,平静地耸耸肩:"幸亏分得早,跑得快。"

末了,小然总结似的说:"喜欢就是天秤,从各种事情上的倾斜来看,如果他不向我倾斜,他就是没那么喜欢我。"

车子开进商圈停车场,段峋停好车,手臂随意搭在方向盘上,侧眸看向这一路都在出神的许微樱。他眉梢轻挑,问:"想什么呢?"

许微樱听见段峋的声音后,往车窗外看了一眼,才反应过来到目的地了。

她睫毛颤了下,有点不好意思和段峋讲这件事情。

许微樱舔了下唇,下意识地把手里咬了一口的甜品,往他那儿递了递,温暾地问:"很好吃,你要不要尝一下?"

段峋唇角轻扯地"嗯"了一声。下一秒,他伸手握住许微樱的手腕,温热的指骨固定住她。他垂头,咬了口她手里的甜品。

许微樱呼吸停了下,被段峋握住的手腕肌肤好像在发烫。

分开后,许微樱轻呼一口气,她眨眼,慢慢地收回手,继续吃着甜品。

段峋尝到了很甜的水果味,他目光灼灼地看着许微樱,唇角似有若无地弯了下。

许微樱吃完甜品,段峋伸手扯了两张抽纸,动作自然地攥住她的手心,擦了擦她指尖。她眼眸弯了弯,任由他动作。

/Chapter 09/

她的少年

周一,商场里人不算多,段峋牵着许微樱的手,目标明确地往五楼的火锅店走。进到店里,在服务员的带领下,两人找到位置坐下来,开始点单。

这段时日,许微樱晚上下班后,都是和段峋一起吃饭,双方了解彼此的口味。段峋不挑食,但显然他吃得比较清淡,吃不了太辣,而许微樱从小到大也不太吃辣。所以,许微樱看着菜单上的锅底口味,说:"点清汤和番茄汤底的鸳鸯锅?"

段峋把拆开烫好的餐具推到她手边,眼尾随意扫了下菜单,点头。

服务员把锅底送过来,同样也把菜品推了过来。

汤锅内冒着香喷喷的热气,许微樱夹着一块牛肉丸,慢慢嚼着。

就在这时,火锅店的门口再次传来服务员热情的"欢迎光临"声,许微樱恰好朝向门口,所以她抬了抬眼,看了过去。

走进来的顾客,是王瑶瑶。

王瑶瑶挽着身侧男人的手臂进来,两人举止亲密,显然是男女朋友关系。

许微樱眨了下眼,想到了早上在饭堂吃饭时,黄嘉雯和她讲的话。

王瑶瑶的神色有瞬间的变化,她显然也看见了许微樱。许微樱弯了下唇,礼貌地朝她笑了下。

见状,王瑶瑶同样笑了笑。

两个人虽是在同一个幼儿园工作,但彼此并不熟悉,加上黄嘉雯的原因,私底下即使偶遇了,也不会多接触。

许微樱继续吃东西。

段峭喝了口柠檬水，注意到她刚才的动作，疑惑地问："看见熟人了？"

许微樱实话实说："不是熟人，就是幼儿园里的一位同事。"说到这儿，许微樱舔了下唇角，默默地补充，"你见过她，她找你要过联系方式。"

段峭眉心微微一跳，唇角轻扯："什么时候的事，我没印象。"

"去年。"许微樱静了几秒，慢吞吞地回，"你来幼儿园参加消防演练的那天。"

去年消防演练时，段峭只记得，他给许微樱发信息，她迟迟没回的事。

段峭要笑不笑地说："别人要联系方式的事，我没印象，但去年那天，我给你发消息，你一直没回，我倒是记得清楚呢。"

他话音落地，许微樱握着筷子的指尖捏紧了一下，差点噎住，段峭竟然趁机翻旧账！

许微樱长睫颤了颤，挺后悔聊到这个话题。沉默了下，她佯装镇定地淡定回答："我记不太清了，都去年的事了。"

言外之意就是我都忘了，你也忘了吧。

"是吗？有人要加我联系方式的事，你不是记得挺清楚吗？"段峭似笑非笑地说，"不回消息的事就记不清了？还挺奇怪呢。"

许微樱轻眨了下眼，心虚地小声回答："我当时不是和你解释过了？"

段峭笑了下："现在又想起来了？"

许微樱一脸淡定地点了点头："对，又想起来了。"

段峭唇角上扬，伸手捏了下她脸颊："这么会耍赖呢。"他盯着她，亲昵地笑，"可我还挺欠，就喜欢你和我耍赖皮。"

男人手指微凉，捏着许微樱的脸颊时，指腹还似有若无地蹭了下，激起了细细的痒和麻。许微樱眨了下眼，脸颊有点热。

她抿了下唇，看向段峭，讷讷地没讲话。

段峭弯唇，指尖贴着许微樱的脸颊，把她的发丝掖到耳后。随后他拿起玻璃水壶往她的水杯里添上柠檬水，漫不经心地讲："今天下午，我拿钥匙开门进了你的房间。"

许微樱闻言，"嗯"了声，神色如常。

段峭看着她，笑了："我进你屋，你就这反应？"

许微樱小口喝着柠檬水，茫然道："那要什么反应？"

段峭挑眉，语气不太正经："你就不担心，我进你屋，干坏事啊？"

许微樱瞅着他，顺着他的话摇摇头，诚恳地回："我还真不担心。"她停顿了片刻，笑了下，温暾地慢慢补充，"毕竟，你纯情。"

230

段屿漆黑的眸直勾勾地看着她,唇角勾起,像只能摄人心魄的狐狸。

许微樱和他对视,脸颊发热,指尖都发烫。沉默了片刻,她垂头端起水杯,战术性地抿了一口,果断换个话题:"你进屋,是有什么事吗?"

段屿虽然有钥匙,但许微樱搬进去后,他没用钥匙开过门,今天是第一次。

段屿掀了掀眼皮,视线落在许微樱泛红的脸颊上,说:"放了点东西。"

许微樱眨眨眼,"嗯"了一声,没细问。

火锅店在五楼,吃完饭,许微樱想散步消食,于是两人没再乘坐电梯,而是闲逛地走向商场内的旋转楼梯。

这家商场,入驻五楼的连锁餐饮店多,四楼就只有一家游戏电玩城。

这个时间点,电玩城里稍显冷清。

许微樱朝里面看了一眼,视线直直地落在了一排娃娃机上。她脚步顿住,不知道在想什么,表情欲言又止。

段屿揉捏了下她的指尖:"想玩?"

许微樱仰头,清润的眼眸盯着段屿,安静了两秒后,她没忍住地问:"那一排的娃娃机,你有喜欢的吗?"

段屿挑眉,没反应过来:"嗯?"

许微樱睫毛轻颤,抿了抿唇,嗓音里透着难以察觉的期待,她认真地回答:"你要是有喜欢的,我可以夹给你。我抓娃娃的技术,挺好的。"

很多年前,许爸爸的朋友淘汰了一台二手娃娃机,送给了他。

许爸爸把它摆在了小超市门口,用来招揽顾客。

那时,许微樱读高二,文理科分班,学习压力大。所以休息日回到家,她会在小超市晚上闭店后独自一人心无旁骛地一遍又一遍地抓娃娃,以此来释放学习压力。

不知不觉间,她抓娃娃的技术就练出来了。

许微樱眉眼间透着不自知的期待,段屿垂头,回视着她。静了两秒后,他完全明白了她的意思,肩膀微抖着笑出声,神色愉快。

段屿唇角上扬,下巴轻抬,毫不客气地说:"你不是说技术好,我只喜欢难抓的娃娃,你抓个送我。"

许微樱唇角弯了弯,笑着应了声"好"。

毕竟,在许微樱心里,没有技术含量就能抓出来的娃娃,她也不想抓给段屿,给他抓娃娃,就要给他抓最难的、最好的。

段屿牵着许微樱走到一排娃娃机前,他扫了一眼,问:"哪种最难抓?"

许微樱眨眼,目光落在中间的一台娃娃机上,凭借经验,老实回道:"这台吧。"

"行。"段峋扯了下唇,直截了当地说,"我就要这个。"

许微樱"嗯"了声,她兑好币,走过去。段峋站在她身侧,悠闲地盯着看,当她推杆时,他手指隔着玻璃指了一下,道:"我要这个。"

许微樱茫然:"同一台娃娃机里的不都一样吗?"

"我不管。"段峋眉梢轻挑地笑,"你就说给不给?"

许微樱噎了下,莫名联想到了"恃宠而骄"这四个字。她舔了下唇角,没有拒绝,点头:"好,就给你抓你指明要的那个。"

段峋撩眼看许微樱,满意似的勾起一抹笑。

许微樱眨巴着眼,心跳节奏倏然快了一拍。她深吸一口气,轻声问:"你还有想指定要的吗?"她舔了舔唇,补充道,"指给我,我都抓给你。"

话音落地,段峋眉梢微微一扬,无比愉悦地放声大笑。

在娃娃机前,尽管"恃宠而骄"的段峋会分散许微樱的注意力,但她抓娃娃的技术是过硬的。段峋指明要的娃娃,许微樱都抓了出来。

许微樱低头数了下,还剩下几枚游戏币,她偏头看向身侧的段峋。

段峋身形高挺,五官硬朗利落,今天穿了一身黑,酷得就像电影里执行任务,一枪击中目标的特工。现在,这位酷哥低垂着眼睑,唇角似有若无地勾起,看着手里的毛绒娃娃,并揉捏了几下。

许微樱眨了下眼,表情有点出神。

段峋掀了掀眼皮看她,心情很好地笑了:"想什么呢?"

许微樱唇角弯了弯,伸出手心,把剩下的几枚游戏币给他看:"还有币,你还有想要的娃娃吗?"

段峋扫了下这一排的娃娃机,两秒后,视线停住,毫不客气地回答:"再来最后一个。"

许微樱顺着他的目光看过去,笑着"嗯"了一声。

两人一起走过去,许微樱开始投币抓娃娃,段峋拿着好几个毛绒娃娃,就站在一边自在地看。

隔壁的娃娃机前有一对情侣,只不过抓娃娃的男生反复抓了好一会儿都没抓上来,急得满头大汗。女生实在看不下去,找个理由去卫生间了。

女生走后,男生看着不仅不用动手抓,反而神色悠闲地等女朋友抓娃娃给他的段峋。

一时间,那男生的目光极其复杂。

232

许微樱把段峋指名要的最后一个娃娃抓出来，递给他。

段峋看了一眼，却没有接："这个你拿着。"

许微樱愣了一下，下意识地问："不喜欢了吗？"

"不是，拿不下了。"

说罢，段峋一手拎着几个毛绒娃娃的吊绳，一手握住了她的手腕。他手心的力度稍重地握着，指尖却缓缓往下滑了滑，直至贴合似的紧扣住许微樱的手心。

夜晚，电玩城里，冷气开得足。许微樱一直在抓娃娃，所以手心的肌肤是温热的，而段峋的指腹带着微微的凉意。他十指相扣地牵住许微樱时，指尖的凉意一点又一点地传递过来，是很舒服的感觉。

许微樱轻轻抿了下唇，垂头看着相牵的手，心跳再次抑制不住地加快，她后知后觉地反应过来，段峋刚才话里的意思——他拿不下玩偶，是因为他要和她牵手。

明天是工作日，许微樱还要上班，所以和段峋从电玩城出来后，两人就回家了。

到小区时临近九点半，许微樱拎着甜品，摸出钥匙去开门。她偏头看了眼拿着一堆毛绒娃娃的段峋，不禁弯唇笑了下。

段峋瞥她，问："笑什么呢？"

许微樱眉眼弯弯地摇头，她似乎想到了什么，温声问："下午你进屋，是放了什么东西？"

他揉着毛绒娃娃，嗓音懒洋洋的："给你的礼物。"

在许微樱怔愣的神色中，段峋稍稍弯腰，语气很轻："你进屋看一下喜不喜欢呗，我也是第一次买。"

许微樱开门进屋，站在入户鞋柜处，还没来得及换鞋，就看见了客厅沙发上的几个礼盒。

她没有想到，段峋说的礼物不止一个。

许微樱进卫生间仔细洗了洗手，擦干手后，才往客厅沙发的方向走去。

沙发上的三个礼盒精美漂亮，非常有质感。许微樱坐下来，伸手拿起一个沉甸甸的礼盒放在膝盖上，然后小心翼翼地去拆。

拆完层层包装，她看见了一条款式漂亮精致的月白色裙子。

比她衣柜里的所有夏裙都要好看。

许微樱偏头看向另外两个礼盒。沉默须臾后，她轻轻放下已拆开的礼盒，去拆另外一个，里面是一条柔软清新的薄荷绿夏裙。

末了，最后一个礼盒拆开，是一条颜色明媚的小粉裙。

许微樱手指轻轻地抚了下裙子柔软的面料，似是能想象到段峋为她挑选裙子时的用心。她吸了下鼻子，唇角弯了弯，用衣架撑起裙子，往卧室走去。

三条裙子被平放在床上，许微樱静看两秒后，拿起睡衣，往卫生间走去。

当她清清爽爽地出来，再次走进卧室，站在床边，指尖刚要撩起睡衣一角准备试衣服时，动作顿了下。

许微樱的视线看向放在床头充电的手机，她伸手扯过手机，点开微信。

看着和段峋的聊天界面，她思考半晌，才有点紧张地打字，发了条信息过去：你现在要过来吗？

过了两分钟，段峋给了回复：嗯？

许微樱盯着手机，慢吞吞地回：要不要，看一下我试穿你送的礼物？

夏季夜晚，卧室内无比静谧，只能听见许微樱清浅的呼吸声。所以，当客厅外，扭动门锁的开门声隐隐约约地传过来，许微樱耳尖地捕捉到了。

许微樱轻舔了下唇角，低头看向床上的三条漂亮裙子，纠结地想了想，选择先试穿月白色裙子。

裙子十分合身，贴合地包裹着许微樱的身体，柔软的裙摆丝滑地垂落，露出了她纤细雪白的小腿。

许微樱轻眨了下眼，看向化妆镜，有点不好意思。

她想到段峋还在客厅里等着，也就没耽搁太多时间，伸手拿梳子简单地梳理了下长发。

她走向门边，深吸一口气，动作轻轻地开门，从卧室走出去。

五分钟前，段峋刚从浴室出来，正随手拿着毛巾擦湿发。听到手机响动，他伸手捞过手机滑开解锁，是许微樱发来的信息。待看清消息的内容，他擦头发的动作骤然停住。

完全没有预料到。

段峋捏着手机，若有所思地发了会儿呆，然后套了件黑色T恤，捞起隔壁房间的钥匙，没犹豫地开门走了出去。

此时，段峋闲散地坐在许微樱家客厅的沙发上，听见卧室房门被打开的细微响动后，他目光炯炯地往许微樱身上看过去。

她雪肤乌发，眉眼靓丽，穿着白色裙子，露出了精致小巧的锁骨，长发柔顺地披在肩头，看过来时，眼眸澄澈又柔润，像下凡的小仙女。

客厅内，两人视线交汇，段峋毫不遮掩地盯着许微樱，他喉结轻滚，却没出声。

许微樱睫毛轻颤了下，她抿了抿唇角，控制住脸上的表情，温声问："你感觉怎么样？"

段峋瞧她，半晌后，唇角轻扯地笑："没看清。"

许微樱愣了下。

"太远了呢。"段峋往后靠，语气悠然，"离近点，让我感觉下。"

许微樱无奈地瞅他，不过还是好脾气地往他那儿走过去。她刚想坐到段峋身侧的位置，她的小拇指被他伸手牵引似的钩住了。

这瞬间，暧昧气氛横生，宛如能燃起炽热的火。

许微樱呼吸滞了下，段峋的手指蹭着她的指尖："换个位置坐呗。"

许微樱张了张嘴，只感觉被他轻蹭过的手指已激起了麻麻的颤意。不等她说话，他拉着她，语气不太正经："坐我腿上。"

许微樱耳尖热了下，但脸上的表情依旧镇定，没有拒绝地侧坐在了段峋的腿上。

段峋轻轻扯唇，手臂环住了她纤薄的腰。

许微樱鼻尖闻着他身上熟悉的好闻气息，佯装平静地问："现在看得清了吗？"

段峋眼眸里倒映出灼热的碎光，随着她话音落下，他眉梢轻挑地笑了下。下一刻，他覆在许微樱后腰上的指尖轻抚过她身穿的轻薄裙料，顺着她背部的细细脊骨，缓缓地往上滑了滑。

许微樱眼皮重重一跳，感觉脊背都在发麻，她没忍住地软了下后腰，彻底靠进了段峋怀里。

段峋稍稍垂头，额头抵着她，这才轻笑着一字一句地回："现在看清了。"

彼此的呼吸在暧昧交织，许微樱心跳乱了，连带着脑子都有点眩晕。所以，她本能反应似的伸手勾住他的后颈，出声："段纯情，我感觉，你在撩我。"

段峋手心按着她的腰，笑了声，慢悠悠地说："你这是，还倒打一耙？"

许微樱没回过神："嗯？"

段峋稍稍偏头，凑向她的耳边，玩味的语气中透着暧昧："你刚才给我发的邀请信息，难道不是你在撩我？"

段峋贴在她颈侧，轻笑暧昧的话语似带着明晃晃的钩子，勾人心魄。

许微樱长睫轻颤，脸颊瞬间热了起来，雪白肌肤泛起了浅浅的粉意。她发给段峋的信息，确实和他讲的一样，目的……是在撩他。

235

许微樱下意识地放缓呼吸，勾住他脖颈的手臂不自觉地往下压了压。

两人视线对上，许微樱舔了下唇，好奇地小声问："那你，有被撩到吗？"

段峋眸色深了深，似溺人的幽暗浪潮。他唇角微不可察地勾起，手心按她腰肢的力度加重，嗓音低哑："显而易见。"

许微樱弯了弯眼眸。

段峋撩眼看她，唇角扬起。

下一秒，他垂头，缠绵地吻上了她的唇角。

夏季晚夜的十一点半，段峋已经离开有十分钟了，许微樱手脚发麻地把裙子脱下来，挂进衣柜。

她重新换上睡衣，躺回床上。

只不过，她脸颊上的热意迟迟未消，耳尖更是泛着绯红，肌肤滚烫。许微樱抬手，捂了捂发烫的脸颊。她重重地吐出口气，在床上连续翻了两个滚。

从心底冒出的燥感依旧存在，她没有平静下来，反而感觉到口渴。

许微樱轻舔了下唇瓣，认命地从床上爬起来，走出卧室，去客厅喝水。端起凉水壶往水杯里倒了大半杯水，她走进厨房，窗户外却似乎传来了隔壁淅淅沥沥的水声。

许微樱动作不自然地顿了顿，匆匆把水杯冲洗后，回到卧室。

他难舍难分的吻、温柔的抚摸，刚才的感受宛如电影倒放一般，止不住地从神经末梢里冒出来，刺激着她。安静无声的房间里，许微樱神色发怔地盯着天花板，静默须臾后，她努力去平缓呼吸，然后闭眼去酝酿睡意，不去回想刚才发生的事。

可指尖仍有点发颤，脸颊还是烫的，热意滚滚。

这一晚上，许微樱的大脑混乱至极，思绪不停地飘着，迷迷糊糊间，都不知道什么时候睡着的。

翌日清晨，许微樱伸手摸索着去关掉闹铃，睡眼惺忪地进卫生间刷牙洗脸。当她拨开水龙头，听见水声后，昨夜的记忆如浪潮般再次涌现，她彻底清醒了。

许微樱呼出一口气，脸上的表情有点僵。

收拾好自己，许微樱轻眨了下眼，深吸了一口气，控制好脸上的表情，伸手开门去隔壁找段峋。

只不过，屋门一打开，段峋就出现在了她的视野内。他握着手机站在门口，神色悠然，看起来和往常一样。

许微樱的睫毛抖了下，她和他打了声招呼，然后关上门，迈步就要下楼。

段峤掀了掀眼皮，视线落在她身上，唇角似有若无地勾了下。他伸手扯住了她的背包细带，把她往身前拉，好笑地问："今天这么急着下楼呢？"

许微樱脚步顿住，侧眸看他，努力平静道："担心会堵车。"

"噢。"段峤笑了下，捏了捏她的指尖，拖腔带调地重述她的话，"是担心会堵车啊。"

许微樱听着他的揶揄话音，脸上的表情有点羞恼，莫名觉得他好欠。她仰头，眼睛一眨不眨地盯着他，不禁诚恳地问："你都不害羞吗？"

"害羞？"段峤挑眉，指腹摩挲着她的腕骨，语气悠悠的，不太正经地笑，"你是说，昨晚上的事？"

许微樱眼神飘忽了一瞬，慢吞吞地点了点头。

段峤眉梢轻挑："不好意思呢，我段纯情一点都不纯情，所以，我才不会害羞呢。"

许微樱噎了一下，她瞅他，彻底无言。

段峤唇角轻扬，牵着她下楼。

两人往停车场走去，中途，段峤揉捏了下她的指尖，随口问："怎么没有穿新衣服？"

许微樱眨眼，下意识地低头看今天穿的衣服。想到衣柜里挂着的三条漂亮的新裙子，她眼眸弯了弯，诚实回道："我昨天晚上没有洗头发，所以就没穿，明天穿。"

许微樱穿上新裙子这天，段峤去参加朋友的婚礼，她在饭堂吃早餐时，段峤发来消息：晚上我不在家，你不管饿不饿，都要吃晚饭。

许微樱抿了下唇，打字过去：好，会吃的。

她看着聊天框，没忍住又补了一条信息：你去参加婚礼，晚上几点会回来？

另一边，段峤的车停在幼儿园门口，他还没离开。盯着聊天界面，他唇角轻扯了扯，回了几个字过去。

许微樱小口地喝着粥，低头看向他的信息。

段峤言简意赅地回：要等我？

许微樱舔了舔唇角，她指尖按着键盘，诚实地打字：嗯，等你。

嘈杂的饭堂里，许微樱一边吃着早餐，一边和段峤聊天。黄嘉雯端着餐盘走过来时，她才放下手机。

黄嘉雯坐下来，没立马吃饭，而是一直盯着许微樱，没移开视线。

许微樱握着餐勺的指尖松了松，她看向黄嘉雯，茫然地问："怎么了？"

黄嘉雯眼睛发亮地回："樱妹，你今天穿的这条新裙子，我有点眼熟，似乎刷到过这个牌子！"她饶有兴致地追问，"你什么时候买的啊？"

黄嘉雯喜欢逛街买衣服，这是她的兴趣爱好，所以每次许微樱穿新衣服，她总能眼尖地第一个看出来。

许微樱抿了下唇，她低头看了看身上的粉色裙子，老实回答："不是我买的，是对象送的。"

黄嘉雯乐了，笑眯眯道："眼光够好啊！"

许微樱眉眼弯弯地笑了笑，清润的眸里笑意柔软。

黄嘉雯同样笑个不停，打心眼里为许微樱高兴："樱妹，感觉你在谈一场很好、很棒的恋爱。"

黄嘉雯可以感受到，许微樱和对象在一起后，看似和往常一样，实际上她的状态是柔软又明媚的，是发自内心的开心愉悦。

闻言，许微樱弯唇"嗯"了一声，点了点头。

她在和那年夏天就认识的耀眼少年谈一场很好很棒的恋爱。

许微樱这一天忙忙碌碌，投入工作，时间不知不觉地过去。段峋应该是在忙，所以一直没发消息过来。中午午休结束后，许微樱揉了揉睡意蒙眬的眼睛，端起水杯往饮水机那儿走去。

接完水，路过黄嘉雯的座位时，她的手臂被黄嘉雯拉住了。

许微樱停下脚步，一偏头，见到黄嘉雯一脸精神的模样，她纳闷："你没睡觉吗？"

黄嘉雯摇头："没，我中午玩手机呢。"说到这儿，她盯着许微樱身穿的裙子，继续说，"樱妹，我就说你这条裙子，感觉眼熟，我刚刚刷到了！"

黄嘉雯在手机上点了点，眼睛发亮地把手机界面给许微樱看。

视线落在上面，许微樱彻底清醒过来，她轻轻吸气，讷讷道："这么贵啊……"

"可不是！"黄嘉雯手指比画了一个数，"这个品牌的裙子，最低都这个数。我还刷到过娱乐圈女明星的私服穿搭，好几个当红小花都喜欢买这个牌子的裙子穿。"

许微樱听着黄嘉雯说的话，低下头，抿了抿唇，指尖下意识地抚了下裙摆。这条裙子的价格，就可以抵过她好几个夏季买的衣服，而段峋给她买了三条。

许微樱神色怔了怔，端着水杯，心不在焉地回到办公位坐下来。

她出神地喝着水,水珠滑过喉咙,心情复杂。

直到另一张办公位上的容姐喊了她一声,她才回过神来。她轻轻呼出一口气,起身朝容姐走过去。

下午,许微樱走出地铁站口,往芜禾街巷走去。路过"渡夏天"时,她偏头看了一眼,卷帘门已经拉上了,今天未营业,金毛蔡和段峋一起去参加婚礼了。

许微樱想起早上段峋发来的叮嘱信息,脚步顿了下,然后转了个方向往超市走去,准备买点菜带回去。

半小时后,她拎着购物袋,走进芜禾小区。

上楼后,她眨眼看了下隔壁紧闭的房门,往常段峋都会提前把房门敞开,等她回来,今天晚上他不在家,她还有点不适应。

许微樱垂眼,翻出包里的钥匙去开门。

一个人吃完饭,时间还很早,段峋还没回来,她就装了点猫粮,随手拿上钥匙,下楼去找流浪猫。

许微樱不常见到它,但今晚,她在它常常出现的凉亭见到它了。

她轻车熟路地走过去,安静地喂它。

时间稍纵即逝,流浪猫吃饱后,懒洋洋地甩了下尾巴,跳下长椅离开。

许微樱唇角弯了弯,也同样起身离开,上楼回家。

已经晚上九点了,许微樱眨了下眼,点开微信,才看见段峋在两个小时前,给她发了条信息:临时要替下伴郎,稍晚一点,差不多十点结束回去。

许微樱下楼喂猫的时候没带手机,看完消息后,她想到举办婚礼的酒店位置,距离芜禾街巷需要二三十分钟的车程。她认真地打字回复:好,你快到家了,我下楼接你。

消息发送后,段峋没回,许微樱猜想他应该是正在忙。她切出聊天界面,随手刷看起了朋友圈。

她指尖滑了滑手机屏幕,看见了金毛蔡发的朋友圈,她点开看,只见金毛蔡拍了一个几秒钟的小视频,配文是恭喜朱俊豪结婚的祝福语。

点开小视频,酒店婚礼现场热闹的声音就倾泻了出来。

视频显然是金毛蔡坐在位置上举着手机随手拍的,镜头有点晃。

所以,许微樱就不太确定视频里一闪而过的穿黑西裤和白衬衣的高挺身影是不是段峋。

许微樱轻轻眨了下眼,又把几秒的小视频看了一遍后,没再多想地切了出来。

夜晚，芜禾小区格外安静，只能听见晚风吹过树梢的簌簌声，悠然又静谧。许微樱仰头看了下星空，往小区门口走去。

她站在门口安静地等着，过了一会儿，一辆出租车亮着车灯开过来。

许微樱看过去，下意识地往前面走了走。

车子停下后，车门打开，段峋率先下车。接着，他俯身从车里把金毛蔡给拽了出来。

瞥了眼醉得迷迷糊糊的金毛蔡，段峋扯了扯领带，微哑的语气中有些不耐："我对象还在等我，别指望我送你上楼回家，你自己爬都给我爬回去。"

金毛蔡努力站稳身子，揉了揉头，嘟哝道："不是吧，几步路的距离，你送送我怎么了？"

"几步路的距离，"段峋扯唇，"你爬回去，怎么了？"

听到这儿，金毛蔡放弃挣扎，摇摇晃晃地往小区走去。

段峋伸手拽住金毛蔡，金毛蔡故作喜极而泣的模样："阿峋，你这是愿意送我上楼了？"

"你在做梦？"段峋看都没看他，"带你进小区后，剩下的路，你自己爬回去。"

相隔着距离，许微樱看见段峋随手拽着金毛蔡，往小区门口走过来，她迈步迎过去。

她仰头，对上了段峋点漆似的眼。

婚礼现场，段峋临时当了伴郎，穿了黑西裤和白衬衫，系了条花领带。现在，领带似乎被扯过，松松垮垮地系着，姿态漫不经意得有些慵懒。

两人视线交汇，许微樱抿了下唇，看向晕晕乎乎的金毛蔡，温声问："他看起来喝得挺醉了，还能走路吗？要送他上楼回家吗？"

段峋搀扶着金毛蔡，语气随意："他没醉，不用送，他能走。"

金毛蔡含糊地应了句。

许微樱长睫轻颤，"嗯"了一声。

三人进入小区，金毛蔡晃晃悠悠地往他住的楼栋走去，段峋看了他的背影一眼，就知道他能摸回家，便放心地收回视线，低头看向许微樱。

段峋伸手毫不犹豫地牵住她的手，温热的掌心扣住她的手。

许微樱的唇角弯了弯。她闻到了他身上的淡淡酒气，关心地问："晚上的婚礼，你酒喝得多吗？"

段峋揉捏了下她的指尖，嗓音懒散："喝了几杯白的和几杯红的。"

许微樱轻轻皱了下眉，凑过去，继续问："那你现在有没有感觉到不舒服？"

段峋配合地垂头，盯着她："嗯？"

许微樱："你有晕，或者反胃想吐的感觉吗？"

段峋的视线深深落在她身上，静了两秒后，他肩膀微抖地低笑了声。他把她往怀里揽，语气吊儿郎当的："有点晕。"

许微樱将他的胳膊搭在自己的肩膀上："我扶你上楼。"

段峋卸了力气似的，懒洋洋地贴着许微樱，任由她动作。

许微樱也没感觉重，只是下意识地侧头去看他。段峋的手臂搭在她的肩膀上，宛如把她圈了起来。他稍稍垂头凑过来，眼眸悠然地盯着她看。他清浅的温热呼吸落在她颈侧，激起一阵泛麻的痒感。

许微樱长睫颤了颤，莫名地有点口干，她舔了下唇角，讷讷道："你现在是能走的吧？"

段峋唇角轻弯地笑："能。"

许微樱眨眼，慢吞吞地"嗯"了声。

两人一起上楼走到门口，许微樱摸出钥匙把房门打开，她握住他的手臂，拉着他一起进屋。

段峋唇角弯了弯，顺从地和她一起进去。

"你坐下等一会儿。"许微樱偏头看向餐桌上一罐还没拆封的蜂蜜，"我烧水，冲点蜂蜜水给你喝，可以解酒。"

蜂蜜是许微樱下午去超市时，想到段峋在婚礼现场免不了会喝点酒，特地买回来的。

段峋靠着沙发，轻轻应了声。他安静地看着许微樱把蜂蜜罐的塑封撕开，用勺子舀了两勺进水杯里，然后冲了点热水。

她用勺子搅了搅，往沙发这边走来。

许微樱坐在段峋身侧，把水杯递过去，认真道："你喝点蜂蜜水，要是还晕，就和我讲。"

段峋低垂眼睫，眸色深了深。他伸手接过杯子，喉结滑动着喝了一口蜂蜜水，然后就放下了杯子。

许微樱眨眼，瞅着茶几上只喝了一口的蜂蜜水，又偏头看向身子后倒靠着沙发的段峋。她凑过去，不太满意地问："你怎么只喝了一口？"

段峋舔掉唇瓣上的湿润，歪着脑袋看她："这蜂蜜水太甜了，我就喝一口行不行?"

说着话,他伸手把许微樱往怀里扯了扯,放松地抱住她。

许微樱趴在段峋身上,她的视线上移,对上了他近在咫尺的眉眼。她认真思索了下段峋说的话,然后摇头拒绝:"不行,只喝一口太少了,你至少也要喝半杯。"

许微樱手心撑着段峋温热结实的肩膀,她爬起来,伸手拿起茶几上的蜂蜜水,递给段峋。

她清澈的眸看着他,嗓音放轻,哄人似的说:"你就喝半杯,喝半杯就可以了,缓一缓。"

段峋听着她说的话,伸手捏了下许微樱的脸颊,不禁低笑了声:"你哄小孩呢?"

许微樱长睫轻颤,轻轻抿了下唇:"那你喝吗?"

段峋唇角似有若无地勾起,他"嗯"了一声,接过蜂蜜水,直接把一杯都给喝了,再随手把空杯子放在了茶几上。

许微樱眼眸弯了弯,调整了下姿势,趴在段峋身上,盯着他看。

段峋姿态散漫地靠着沙发,环抱着她,闭目养神。

她伸出手指,没忍住地去扯了下他的领带。

段峋掀了掀眼皮,盯着许微樱,抬手揉了下她后脑勺,不太正经地笑:"你想干吗……这是想脱我衣服?"

许微樱眨眼,噎了下,实话实说:"我只想给你把领带解了。"

段峋眉梢轻挑,许微樱指尖动了动,认真地继续去扯段峋的领带,她好奇地问:"怎么突然临时代替伴郎了?"

段峋手心按着许微樱的腰,固定住她。

"有位伴郎,在现场玩得情绪太激动,不小心崴了脚,我就临时替了下。"

许微樱"嗯"了声,白皙的指尖勾住段峋的领带,稍微用了点力度,把它给扯了下来。领带滑过他的衬衫,发出了细微的衣料摩擦声。

许微樱手指拎着领带,把它放在一边。

就在这时,她的手腕被段峋扣住了,他手指轻柔地摩挲了一下。许微樱呼吸停了停,心里发痒,她的视线愣怔地上移,却率先对上了段峋的衣领。

他松垮的领带被扯下来后,白衬衫顶端的扣子不知道什么时候也松了一颗,微微露出了他凸起的锁骨。

看得不算太清晰,许微樱愣愣地眨了下眼,视线对上段峋的脸。

他酒劲应该是上来了,神色如常,眼底的眸光却比平日更慵懒缱绻,如浓雾弥漫的春夜。

许微樱静静地看了他几秒,呼吸轻了轻,脑子里突然被一个念头所占据——她现在想要去亲段峋,很想去亲他。

许微樱长睫轻颤了下,她抿了下唇。

下一秒,她没有丝毫犹豫地凑过去,贴合地吻上了段峋的唇。他的唇温热,上面有丝丝的蜂蜜甜味,她不自主地伸出舌尖轻舔了舔。

段峋的呼吸沉了沉,他突然抬手扣住了她的后脑勺,加深了这个吻。

许微樱感觉唇齿间都是段峋吻过来的甜味,她呼吸紊乱,微微的眩晕感袭来。

一吻结束,许微樱张唇轻轻调整着呼吸。

段峋撩眼看她,唇角轻扬。他垂头埋进许微樱颈窝,高挺的鼻梁蹭了下她侧颈的细腻肌肤,微哑的嗓音在她耳边响起:"刚才竟然主动亲我呢。"

三天后,段峋的假期彻底结束,他返回消防基地。

许微樱虽然表现得挺平静,但每天早上出门前和下班回到家后,总是会无意识地恍神。

两人每天在微信上聊天,但段峋不在身边,她还是会想念。直到段峋休假回来,他紧扣住她的手。许微樱看向两人相牵的手时,唇角弯了弯,才会感觉自己对他的想念由他填补了回来。

时间过得很快,榆椿漫长的夏季落至末尾,橙黄橘绿的秋在十一月份迎来交替,早晚气温开始大幅度下降,空气中添了凉意。

许微樱出行时,看向街路两边的绿植树木,枝叶树梢已浸上了浅浅的薄黄。

办公室里的两位姐姐在降温后摆出了养生壶,会煲煮上润肺止咳的梨汤和热乎乎的姜茶。休息日,许微樱和黄嘉雯一起去逛街时,若是走进奶茶店,也都开始改点热饮。

时间进入十二月,许微樱握着手机给段峋发消息时,她总会无可避免地想到去年的12月9日和那场令人情绪低落的雨,以及宛如能悄无声息地融入连绵雨幕中的段峋。

许微樱抿了下唇,握着手机的指尖无意识地加重了力度。

今年的12月9日,未落雨,却是个阴绵天。

天色昏沉得似调色失败的颜料,人仰头看一眼,就会感觉到压抑。

许微樱走出地铁站口,加快了回家的脚步。她上楼后,如去年今日一般,见到了站在窗台边,静静咬着一根烟的段峋。

视线交汇时,段峋看着她,轻轻扯了下唇,接着他拿掉烟蒂,掐灭。

许微樱失神地眨了眨眼,下一秒,她扑进他的怀里,紧紧地、用力地拥抱他。

许微樱手指抓着段峋的黑色外套,脸颊埋进他的怀里。她鼻尖闻到了独属于段峋身上的气息,淡淡的烟草味,以及沾染上的似有若无的香烛气味。

许微樱吸了下鼻子,从段峋怀里仰头看向他,她唇瓣轻动,想说些什么,可大脑里一片空白。

段峋用力地把她往怀里按了按,眼眸深深地看着她。

半晌,他垂头,亲了亲她的额头。

他嗓音低哑:"在哄我?"

许微樱用力地点了点头:"嗯。"

段峋看着她,指腹把她脸颊边的长发掖到耳后,低声道:"会上瘾。"

"没关系,"许微樱抓着他的外套,语气无比认真,"上瘾也没关系。"

她不会离开年少时就初遇的少年身边,不会和十七岁时祝愿她"天天开心,快乐成长"的少年分开。

所以,她的少年,上瘾也没关系。

往后的每一年,她都会陪伴在他身边。

去年的今天,她没有用力地去抱住阿峋,她细细回想,似乎还能感受到当时萦绕在心头的丝丝缕缕的后悔情绪。所以,今天,她伸出手臂环抱住他的力度,前所未有的重。

悄无声息间,元旦渐渐临近。

幼儿园各个班级的老师开始为小朋友们筹备活动,每个班级都申请了装饰用品采购。申请单发过来后,黄嘉雯就进行了统一整理,之后开始和供应商对接采买班级装饰品。

收到货品后,黄嘉雯核对好单据及数量,让老师们抽空来办公室把一箱箱的装饰用品领回去。小方老师装饰好班级后,还剩余几张贴纸和彩带,就重新退给了黄嘉雯。五颜六色的贴纸和彩带很漂亮,当天下午,许微樱和黄嘉雯就抽空用这几样装饰用品,把办公室给装饰了一番。

那天,天朗气清,办公室的洁净玻璃窗上贴上了漂亮的贴纸。温和的阳光照耀进来时,细细的光影有了颜色,格外柔和美丽。

元旦假期临近,许微樱手机上除了收到工作群里发出的放假消息,也有和段峋一起约会吃过饭的餐厅,它们的小程序也推出了有关跨年夜的活动消息。

许微樱滑动手机屏幕,还刷到了海边的城市阳台在今年举办跨年烟火的活动信息。

许微樱安静地看着信息,恰逢这时,段峋发来一条语音。

她抬手,把手机贴在耳边,安静地听。

段峋的声音中有低不可闻的笑意,宛如是贴着她耳畔喃语:"倒计时一下?还有三天,我们见面。"

许微樱唇角弯了弯,给他回了个"好"字。

年末的最后一天如期而至,下班后,许微樱脚步轻快地走出幼儿园大门。

融融晚霞中,她触目所及的视野内,街道路边站着等她下班的段峋。橘子海般的落日,光线聚拢,他眼眸直直地看过来,唇角扬起一抹笑。

落日余晖里,他利落眉眼间的少年气,亦如从前。许微樱长睫轻颤,眼眸弯了弯。她走过去,仰头看他,温声问:"你几点从消防基地回来的?"

"下午两点。"

段峋垂头,伸手攥住她的手腕,手心力度稍重地握着,指腹摩挲了一下。

半晌后,他盯着她,唇角弧度微敛:"这段时间,你晚上是不是又没好好吃饭?"

许微樱没反应过来:"嗯?"

段峋捏了捏她的指尖:"我摸着,手腕又细了。"

许微樱眼皮一跳,低头看了看正被段峋握住的手腕,认真地回:"没有吧,我没瘦。"她仰头看他,语气诚恳,"我脸上的肉都还在。"

许微樱眉眼纯净,皮肤白皙,美丽得像下凡的仙女。

"我看看。"段峋眼皮微抬,盯着她,静了两秒后,忽地抬手轻捏住了她的脸颊,微凉的指腹蹭过她细腻的肌肤。

许微樱控诉似的看着段峋,含混不清地说:"不是说看吗?你怎么又动手了?"

段峋心情不错地勾了下唇,他配合地松开手,慢条斯理地回:"行,我不动手。"

许微樱慢悠悠地眨了眨眼,看段峋真的把手松开后,她心里反倒闷了一下。她张了张嘴,想继续说话时,段峋在晚霞落日中俯身吻住了她的唇,伴随着他又轻又暧昧的笑:"不准动手,我动嘴献个吻,行吗?"

许微樱长睫轻颤,清润的眼底有温柔笑意。

245

元旦跨年夜这天，商圈店铺推出了各种各样的活动，广场中央的跨年夜倒数显然已成为"传统"，周遭人声鼎沸，和去年的跨年夜一样，无比热闹。

段峋牵着许微樱的手，他往广场显示屏看了一眼后，唇角渐渐扬起。

许微樱好奇地问："你笑什么？"

段峋收回视线，揉捏了一下她的指尖，心情很好地道："你实现了——我去年的愿望。"

许微樱神色愣怔了一下，她偏头看向不远处的巨幅 LED 显示屏，有关去年和段峋在一起跨年的记忆如潮汐般涌来，她记得清晰。

——"明年，我们也一起跨年，好吗？"

许微樱笑了笑，然后握住他骨节分明的手指，暖暖地说："往后你每一年的愿望，我都会实现的。"

段峋深深地看着她，他紧扣住她的手心，喉结上下滚动地一字一句道："不许耍赖反悔。"

"嗯。"许微樱笑着，"不会耍赖。"

在段峋这儿，她永远不会反悔。

两人在商圈吃完饭，就驱车前往海边的城市阳台，看跨年烟火。

跨年夜的海边，城市阳台上亮着闪烁的灯光，柔柔的光线照耀着夜晚的海。这一方天地，海浪轻轻翻滚，带来海水的湿润气息。

段峋牵着许微樱往观赏区走去，他揽住她，捏了捏她的手心，问："冷不冷？"

许微樱眨眼，摇头，温暾地实话实说："不冷，我穿得多。"

段峋手指拢了拢她外套衣领，唇角轻弯地"嗯"了一声。

海边的跨年烟火并不是只有在凌晨十二点才会绽放，而是从晚上九点开始，每间隔二十分钟，就会放一次。伴随着周围市民们的欢呼声，"砰砰砰"的声音冲上云霄，绚烂烟火尽数绽开，烟花灿烂又明亮地点燃冬夜。

许微樱仰头看着，她摸出手机，对准夜色中绽放的明灿烟火按下了视频拍摄。当她要结束录像时，她本能似的微微偏移了镜头，手机录像里出现了段峋偏头看她、挑眉笑的身影。画面定格，被烟花点燃的冬夜，已然成为他的背景底色。

许微樱的心跳倏然漏了一拍，她指尖按了暂停，神色莫名地有几分不自然。

段峋眼尾的余光扫过她的手机，在喧闹嘈杂的环境中，他倾身贴近她耳边,轻笑着问:"偷拍我呢?"

许微樱眼睫稍动,感受到他温热的呼吸轻轻地落在了她颈侧,她咽了口口水,讪讪地小声扯开话题:"我想去趟卫生间。"

段峭眉梢轻挑,伸手揉了揉她的脑袋,低笑了声:"去吧。"语毕,他手指勾了勾她挎包的系带,"要不要我给你拿包?"

许微樱眨眼,应了声。

段峭点头,摘下许微樱的包包,随手挂在肩上,眉梢轻扬:"我在这儿等你。"

许微樱唇角弯了弯,点了下头,转身往卫生间走去。

卫生间距离不远,只不过人多,需要排会儿队。许微樱跟着人流站在女卫生间门口,她从口袋里摸出手机,点开刚才拍摄的小视频看了看。

视频播放结束,许微樱盯着画面末尾定格的段峭身影,眼眸弯了弯。

她打开微信,恰好看见了妈妈给她的信息回复。今天到了城市阳台后,她拍了张这儿的热闹夜景发给妈妈看。

妈妈张岚带着笑意的声音倾泻出来:"在看海边跨年烟火?夜景真漂亮啊,有没有烟火的照片,拍下来给我和你爸爸看看。"

许微樱笑了起来,同样回了条语音过去,应了声"好"。

只是,她瞬时想起,刚才烟火绽放时,她没有来得及拍照,而是录下了小视频,而视频中有段峭。

许微樱眨了下眼,心中无端地生出了几分紧张。

毕竟,爸爸妈妈虽然知道她谈恋爱了,却不知道,她的对象就是当年在小镇上坐在小超市门口教她粤语的少年。

她也不确定,父母还记不记得阿峭。

许微樱抿了抿唇,发送了刚才拍摄的烟火小视频。然后,她指尖按下键盘,认真打字道:妈妈,我是和男朋友一起,来海边看的跨年烟火。

消息发送后,许微樱盯着手机界面,呼吸都轻了轻。

时间好像过去了很久,妈妈的语音聊天邀请弹出时,许微樱眨了下眼,她也顾不得排队了,握着手机去了旁边稍安静一点的位置,按了接通。

张岚带着笑意的声音传了出来:"樱樱,我没看错的话,你男朋友不就是你初三毕业那年暑假,你一直跟着玩的少年。"

许微樱轻呼一口气,用力地"嗯"了声:"我还以为,你不记得他了。"

"怎么会不记得。"张岚似想起什么,笑了,"那年冬天,我和你爸还见到过他。"

冬天？许微樱愣了下，问："妈妈，哪年的冬天？"

张岚拍了下额头："好像是没和你讲过。"她回忆着，"就你高一的那年冬天，我记得是十二月底吧，你还在学校，没放假回来。你爸在街上遇见了他，还以为看错了。"

说到这儿，张岚嗓音低了低："那天下了挺大的一场雪，你爸和我讲，他像没地方去似的在雪地里走，穿得也不厚……你爸见他状态有点不对，担心出事，就把他拽着给领回家了……"

语音通话结束，许微樱握着手机，愣愣地出神。周遭的喧闹声仿佛尽数消隐，脑海中唯有那年落雪的冬天，在不停地拉扯她的思绪，原来，夏日结束，少年的段峭在冬天回去过。

那年的十二月份，他经历的事情，许微樱是知道的。

许微樱用力地眨下眼，喉咙有点发涩，她抬脚，机械似的往回走。

见到段峭，许微樱唇瓣动了动，眉眼间的神色依旧茫然。

段峭注意到她神色不对，抬手轻揉了下她的脑袋，嗓音放轻："从卫生间回来怎么这副样子？怎么了，发生什么事了？"

许微樱吸了下鼻子，伸出指尖碰了下他手腕，慢腾腾地小声说："我想回去了。"

段峭盯着她的脸："困了？"

许微樱眨眼，下意识地点了点头。

段峭反手握住她的手，"嗯"了一声："行，我们回家。"

许微樱感受着段峭手心肌肤的热度，没忍住地往他身边靠了靠。

段峭牵着她往停车场走去。

坐上车后，段峭倾身，动作自然地给她把安全带系上。

许微樱闻到段峭身上熟悉的气息，抑制不住地回想起多年前段峭回小镇的那个冬天，她喉咙微紧想要去询问，可沉默须臾后，还是没有说出口。

到家后，许微樱摸出钥匙去开门时，段峭毫无征兆地伸出手，揽住她的腰，把她按进了怀里。

许微樱仰头，目光愣怔。

"我怎么看你不是困，而是心不在焉。"段峭稍稍垂头，气息沉沉地压下来，他盯着她的眼睛，担心地问，"怎么了？"

许微樱抿了下唇，讷讷地说："就是困。"

段峭盯着她，手心的力度加重。见她不言语，半晌后，他似勉为其难地、无奈地应了声："行吧。"

248

许微樱慢吞吞地"嗯"了一声。

下一刻,段峋低头,吻住了她的唇瓣,似是安抚,似是占有,气息铺天盖地地压下来。

许微樱的注意力被转移,呼吸乱了。

末了,他道:"给你止止困,不用谢。"

许微樱唇角发麻地进屋,她坐在客厅沙发上端起水杯慢慢喝着水。不知过去了多久,她指尖蜷缩了一下,似是做出了决定。她深吸一口气,起身往卧室走去。

再出来时,许微樱手里多了一串钥匙。

这是段峋那儿的钥匙,是他曾经给她的。

许微樱低垂眼睫,看了看手里的钥匙,走了出去。

冬季夜晚,楼道里静悄悄的,隔壁房门关着,许微樱拿钥匙轻轻地开门。

房门打开时,许微樱愣了一下,她没想到客厅已经关了灯,段峋也没如往常一样坐在客厅。

房门带上,发出细微的一声响,她慢腾腾地挪动步子,往关着门的主卧走去。

这是许微樱第一次拿钥匙进段峋的房间,她也有点紧张,只是想起要问的问题,就把这一丝忐忑给压下去了。

许微樱舔了下唇,伸手握住卧室门把手,轻轻拧开后,里头的灯光泄出来。

此时,段峋穿着家居服,姿态闲散地靠着床头,手机随意地放在一边,看见她出现在门口,他还懒洋洋地歪了下头。

许微樱呼吸室了室,小声问:"我突然过来,你都不惊讶吗?"

"我对象来找我,惊讶什么。"段峋招手,"过来。"

许微樱"噢"了声,慢慢地走到床边。段峋挑眉看她,下一秒,他扯住她的胳膊,让她坐在床边。段峋捏了捏她的手,似在感受她的体温,又把软被往她身上搭。

许微樱呼吸间是万分熟悉的绿柚气息,这让她放松下来。她手指捏着被子,偏头,清澈的眸看着段峋,说:"我过来,是有问题想问你。"

段峋从身后贴近她,搂抱住她,道:"问吧,想知道什么。"

许微樱靠在段峋温热的怀里,吸了下鼻子,轻声说:"今晚在海边的时候,我和妈妈打了个电话,才知道……你那年冬天回去过。"

段峋眉梢微微一扬,盯着她看:"对,回去过。"他抬手,轻轻揉了下许微樱的长发，唇角轻弯，"叔叔和阿姨，最近怎么样？"

许微樱抿了下唇，低声道："挺好的。"说完，她挪了下身子，抬眸看段峒，嗓音温软，"那时候，你怎么又回去了？"

段峒抬手把她耳边的发丝掖到耳后，坦诚道："也没什么，就是当时不想待在芜禾街巷，也不想待在榆椿。"

许微樱神色愣怔地看他，喉咙一涩，眼眶不受控制地红了。

"好冷，"许微樱嗓音有点发颤，"我们那儿的冬天，好冷。"

段峒盯着她泛起红意的眼尾，心脏跟着紧了紧，他用力地把她按进怀里，故意说："瞧不起谁呢，我会怕冷？"

许微樱的眼泪依旧不受控地滚下来："我妈说，当时你穿得不厚。"

段峒用指腹轻轻拭去她的泪珠，轻声道："当时不是没经验吗？穿衣就没注意。"说到这儿，他捏了捏她的指尖，"去年冬天，我去找你的时候，不就穿了羽绒服？"

许微樱把脸颊紧紧地埋进段峒温热的胸膛，眼角的泪再次落下。

她也不知道自己怎么了，一想到少年的阿峒在小镇落雪的冬天漫无目的地走，她就好难过。明明她最初遇见的阿峒是家庭幸福圆满，和周园长口中说的一样，是被爱意包围着长大的孩子，可为什么，一夕之间，爱他的父母都离开了他。

许微樱的肩膀轻轻颤抖着。段峒心疼地闭了闭眼，想说什么，却未说出口。

末了，他把许微樱从怀里扯出来，微热的手指擦掉她眼角的泪，嗓音微哑地说："不哭了，好不好？"

许微樱的眸湿漉漉的，她环住他的脖颈，脑袋埋进他的颈侧，带着细微的哭腔："我忍不住。"

段峒的手臂搂着她的腰，把她往床上带："分散一下注意力？"

许微樱眨了眨湿润的眼，吸了下鼻子，茫然地问："什么？"

段峒漆黑的眸直直地盯着她，眸色深了深，他搂着她腰肢的手贴着她的身体往下滑了滑。

主卧里亮着浅色系的灯光，光影轻浅地散落。许微樱蕴着水雾的眸，似隔了浓雾的湖面，望着眼前近在咫尺的男人。

彼此的呼吸在暧昧中交缠，段峒的眉眼间有着珍重的情意。

许微樱怔怔地看着他，下一瞬，她伸手情不自禁地勾住他的后颈，往下压了压，脸颊埋进去，喃喃地唤了声："阿峒。"

一声"阿峒"，让段峒的呼吸沉了沉，他指尖贴着她细腻的肌肤，似有若无地蹭了一下。

许微樱的呼吸停了停，身体轻轻颤抖，紧张地看向段崅。

两人视线交汇，她跌进段崅浪潮似的溺人眼眸，她微微眩晕地仰颈，心甘情愿地与他一起沉沦。

段崅抱着她，垂头吻上她的侧颈。

许微樱的每一寸肌肤都仿佛燃起灼热的温度，她生涩地抱住他，贴紧他，他身上清新浅淡的绿柚气息宛如催化剂，在一点一点地让她失去理智。

冬季夜晚，整个世界都似乎陷入寂静，房间内萦绕着层叠的旖旎气息，唯有两人的温热呼吸亲密交织。

许微樱柔软的黑发散落在床铺上，她抑制不住地闭了闭眼，段崅带着气音的微哑嗓音在她耳边蛊惑似的响起："脸这么红呢？"

汹涌不绝的情念如熟悉的电流感不间断地刺激着她，缠绵的暧昧氛围涌动不歇。许微樱迷迷糊糊地贴着他，吸了下鼻子，声音发颤地道："关灯。"

夜色很深，寒风吹动树梢的动静在窗帘上映了出来，卧室里开了空调制暖。许微樱安静地坐在床上，抬起手臂，鼻子轻嗅了嗅，闻了闻身上熟悉的绿柚气息。

刚在浴室里，她用了段崅的沐浴露。

闻着熟悉的味道，她唇角无意识地弯了下，然后懒散地往后倒去。

许微樱偏头看了眼正站在衣柜前拿衣服的段崅。

她有一瞬间的失神，倏然地，回想起了她高二那年。

在学校狭小的图书室里，她曾偶然翻阅过的一本佩索阿的诗集。当她翻开发黄泛旧的纸页，看见在佩索阿的诗集里写了这么一句话——我们只是经过，然后遗忘，而太阳每天都很准时。

阳光融融的午后，年少的许微樱在图书室里，翻开诗集的那一霎，她想起的是谁？

似乎，就是两年前的盛夏暑假，她初遇见的少年。

她曾以为他也只是路过。

许微樱愣怔地想着，而段崅换好衣服，正目光深深地看着她。

原来，当年认识的少年，不只是路过，他参与的将会是她的漫漫一生。

"先睡吧。"他柔声说。

许微樱裹着被子，脸颊贴着枕头，懒懒地躺在床上。她困倦地闭上眼，想要酝酿睡意，但精神莫名地亢奋，根本睡不着。

沉默了下，许微樱放弃入睡，睁开眼。

瞄到段峋放在床头柜上的手机，许微樱伸手去拿他的手机想看下时间。

已是凌晨四点半了，许微樱眨了下眼，神色怔忡。

恰逢这时，卧室门被推开，段峋进房间，视线随意地扫了眼许微樱拿的手机。他掀开被子上床，伸手把她往怀里抱。

许微樱趴在段峋怀里，举起手机解释："我手机没带，拿你的手机，只是看下时间，"她清润的眼眸看着他，小声说，"没别的意思。"

段峋伸手捏了下她的脸，然后把手机解锁，道："玩不玩？"

许微樱愣了下，然后轻轻弯了弯唇角，点了点头。

她指尖滑过段峋的手机，除了常用的几个APP，段峋手机里的软件并不多，而最显眼的莫过于一个火焰蓝色的APP，显示着"消防"两个字。

许微樱好奇地瞅了两眼，问："我能点开吗？"

段峋抱着她，唇角微不可察地勾了下："点，顺带做几道题。"

许微樱没反应过来，点开后才明白，这是一个消防知识测验APP，里面是各种类型的消防知识题。

许微樱好奇地看了一会儿，想了想，若有所思地问："做测验题，这是还要考试吗？"

"嗯，要考。"段峋揉捏了下她的指尖，"每月固定会有线上测试。"

许微樱抿了下唇角，将脸颊埋进段峋怀里蹭了蹭，小声说："好辛苦。"

段峋笑着揉了下她的后脑勺，故意问："做题吗？"

许微樱沉默了下，感觉现在做题似乎怪怪的。

半晌，她从他怀里探出头，淡定地扯开话题："不急，以后再做，我先玩个游戏。"

说完，她自顾自地调整了个姿势，点开手机里的"开心消消乐"。

游戏音效声响起，段峋唇角扬起，手指拨开了她后颈处的柔软发丝。下一秒，他垂头亲向她后颈软肉，吻得缠绵又暧昧。

许微樱握着手机的指尖麻了下，这一关游戏直接败了。

许微樱呼出一口气，佯装镇定地说："你不要打扰我玩游戏。"

段峋轻佻地笑，他咬了口许微樱的后颈，声音含混不清："怎么着，我没游戏好玩？"

许微樱的眼皮重重一跳，握着手机的指尖彻底使不上力气了，"吧嗒"一声轻响，手机掉在了床上。

这瞬间，她听见了段峋极轻地低笑了声。

许微樱身子发麻，脸上的表情有瞬间的不自然，怎么在段峋这儿，她的自制力就不高了呢。

她调整好呼吸，然后慢吞吞地换了个姿势，清润的眸看向段峋。

沉默两秒后，许微樱长睫轻颤，思索着，语气认真地说："你不要总是勾引我。"

段峋舔了下湿润的唇角，听见她的话，他的手抚上她的腰线，把她往怀里压，禁锢般地搂抱着她，漆黑的瞳孔倒映出碎光："难道你不喜欢吗？"

许微樱亲密至极地趴在段峋身上，肩颈都止不住地发颤。

她脸颊热了起来，反应慢半拍地胡乱说："你不要勾引我，我的自制力不高，不能坐怀不乱。"

话音落地，段峋抬眼看她。他唇角轻扬，垂头亲吻她的额心，把她按进怀里，胸腔微微震动，愉悦地笑出声。

许微樱被段峋搂抱在怀里，迷迷糊糊间，她都不知道自己是什么时候睡着的，只记得自己困倦地贴在他胸膛前，闻着他身上熟悉的清浅气息，感到格外安心。

恍惚间，她在睡梦中，似乎回到了很多年前的夏天。

民宿庭院里，清透的阳光从树梢枝叶间洒落，树下的躺椅上有模糊的少年人影。

微风吹过，树梢轻摆，蝉鸣声中，光影似拖曳的间奏，把一整个夏天在许微樱的眼前温柔地按下了暂停键。

…………

睡醒，许微樱缓慢地睁开眼，看见段峋推开卧室门，走过来，坐在床边瞧她。他伸手把她脸颊边睡乱的长发掖到耳后，并顺势把她扯进怀里，嗓音很轻道："还睡吗？"

许微樱愣怔地抬头，视线上移。

四目相对，她看着段峋利落的眉眼，这一瞬间，他和出现在梦中的少年的身影重叠了。

许微樱的眸子清亮起来，她情不自禁地笑了一下，彻底回过神来。

她摇了摇头，温声回道："不睡了。"

段峋目光扫过她唇边的笑，同样心情很好地扬了扬唇："行，不睡了就起来洗漱，汤也快煲好了。"

他顺手揽过她的腰，把她从床上抱下来。

许微樱踩着拖鞋进了卫生间，洗手台上已经放置好了新的牙刷。她看了看，眼眸轻弯，伸手拿起来。

她洗漱完，来到客厅找段峋，偏头往阳台看了一眼。

今日天气晴，阳光倾泻进来，浮光跃金似的，瓷砖地面漾出金色光影，有微风吹过，空气中似落下了一层薄薄的金粉。

许微樱舒适地眯了眯眼，崭新的一年掀开扉页，一月始，榆椿市的冬日，天气晴朗，她和段峋一起度过。

/Chapter 10/
温柔爱她一生的阿峋

元旦假期结束,许微樱开始上班,段峋也重返消防基地。

下个月就是除夕,幼儿园的员工群和各个班级的家长群也发出了今年放寒假的通知。

许微樱翻开办公桌上的日历,算算日子,距离放假也只有半个多月的时间了。临近年关,财务部门的工作量加重,要做年底财务封账,各个部门的财务预算,以及申报测算企业所得税等工作。所以许微樱有几天下班后都和容姐一起加了班。

周四这天,容姐定了下午的时间,两人一起出个外勤,去一趟税务局办理业务。

中午在饭堂吃饭时,黄嘉雯咬着筷子问许微樱:"你们几点出去?"

许微樱偏头往不远处容姐坐的位置看了一眼,收回视线后,她道:"容姐说两点半出去。"

黄嘉雯小声问:"下午从税务局办完事后,你们还回来吗?"

"不回了。"许微樱摇头,"去税务局都要半个小时,一来一回就是一个钟头了。办完事肯定都五点多了,就不会再专门回来打下班卡了。"

黄嘉雯赞同地点头:"回头你和容姐补一张外出考勤单给我。"她眼睛发亮,"哪天有机会了,我也要去出个外勤。"

她话音落地,许微樱没忍住地笑了笑。

两人在饭堂一边吃饭一边聊天,吃完后,就一起回了办公室午休。

临近下午两点半,许微樱收拾好整理的资料,装进文件袋,她把包包背上。她和容姐一起下楼,去税务局。

容姐家的小朋友今年读小学三年级,每天早上,容姐都要送他去学校,所以会开车上下班。许微樱坐上她的车,两人抵达税务局后开始取号排队,一下午的时间,许微樱和容姐都在税务局待着。

办完事情出来,时间刚过五点,容姐看了眼手机,笑着对许微樱道:"小樱,你住哪儿,我送你回去。"

芜禾街巷距离这儿不近,许微樱向来有分寸,不好意思麻烦容姐。

容姐很热情,许微樱想了想,弯唇笑道:"容姐,你送我去前面的地铁站就行。"

两人在城市的车水马龙中穿梭,却没想到,临近地铁站口时,路边的一处商铺周边围了不少人,旁边还停了一辆警车。

容姐看过去,惊诧:"发生什么事了?警车都过来了。"

说着话,她把车子停在了地铁站口的路边,许微樱下车后,她也顺带下来了。

许微樱眨眼,朝围了一圈的喧闹人群看过去。她仰头时,能看见高楼上有一个摇晃的人影,此时,围观人群中传来"快下来""别跳,危险"的劝阻声此起彼伏。

恰逢这时,鸣笛的消防车从路口开过来。车停下后,消防员迅速下车,训练有素地展开气垫床,另有几人上楼实施救援。

许微樱站在地铁站口看着。

不知过去了多久,直到消防员完成救援把救援对象安全地带下来后,她才心不在焉地和容姐告别,走进地铁站。

地铁在播报声中到站,许微樱走上去,在空位上坐下后,神色怔忡。她隐约记起,两年前,她再见到阿峋,他就是在高处实施绳降救援。

忙碌的一周结束,知道段峋会在周六的下午回来,许微樱终于放松下来。

周六这天,她醒来,难得地赖床了一会儿。

早上十点,她从床上爬起来。

吃完早餐,许微樱拿起钥匙下楼出了小区,往芜禾街巷的菜市场走去。

许微樱从菜市场出来后却没回她住的房子,而是用钥匙打开了段峋那儿的房门。

段峋经常煲汤,厨房有电汤锅,她那儿没有。许微樱轻车熟路地进去,直接进了厨房备菜。她把买的排骨清洗干净,山药和玉米切块,放入汤锅,按下开关键慢慢煲了起来。

其他的菜,许微樱切好装盘后,就打算等段峋回来再炒。

慢悠悠地收拾到下午两点,许微樱倒了杯水坐在沙发上喝着。点开手机,和段峋聊了几句后,得知他还要一会儿才能到家,她想了想,干脆起身翻开影碟机,边看电影边等段峋回来。

客厅里,除了电影对白声,就再听不见别的声音。午后的阳光柔和又温暖,许微樱不知不觉间起了困意,迷迷糊糊地倒在沙发上,闭上了眼。

段峋开门进屋,见到的就是倒在沙发上睡觉的许微樱。

他眼眸轻弯了下,先去卫生间洗了洗手,才回到客厅。

段峋低睫看向许微樱,指尖轻碰了下她的脸颊,声音很轻:"怎么在沙发上睡着了?"

许微樱还未醒,只是感觉在半梦半醒间听见了熟悉的声音。

段峋也没有要吵醒她的意思。

他俯身把她抱起来,往卧室走去,途中还垂头吻了吻许微樱的额头,轻笑着呢喃:"回房间,我陪你一起睡。"

冬日傍晚,老城区芜禾街巷似树梢枝头过了霜降时节的柿子,整个世界的光线呈现出柔和的暖橘色。

在一处暖和的民居里,主卧内,许微樱和段峋相拥而眠。

睡梦中,许微樱鼻尖闻到了熟悉的清浅气息,下意识地往段峋怀里钻了钻。

段峋懒散地合眼低头,亲吻她的发顶,拥着她。

暖橘色的落日晚霞宛如柔柔的水波泅满床铺,稀疏平常的冬日傍晚,房间内涌动的是独属于他和她的温情。

这一觉,许微樱睡得很满足。

当她缓慢地睁开眼,视野内是段峋坚实温热的胸膛,而她正躺在他怀里。

她才后知后觉地反应过来,段峋已经回来了。

许微樱眨了下眼,轻轻挪动身子,偏头往窗户外看去,天色已经暗下来,一时间,倒不知道几点了。

想到这儿,许微樱慢腾腾地起身坐起来。

在软被窸窸窣窣的摩擦声中,段峋掀了掀眼皮,他伸手圈上她的腰肢,嗓音有几分刚醒来的轻哑:"不睡了?"

许微樱低头,盯着他略带慵懒睡意的脸庞,温温地应了声:"手机在客厅,我下床看看几点了,厨房还有煲的汤。"

257

段峭把脸颊埋进她怀里，贴着柔软的毛衣蹭了下，抚上她腰线的手无意识地揉捏了下她腰间的软肉。

许微樱睫毛轻颤，身子瑟缩了一下。

他力度不重，她没有感觉到疼，但她腰部敏感，会有酥麻感。

段峭看过来，眉眼间漾出了几分笑意。他声线微哑，语气调侃："你这是比我还敏感呢。"

许微樱一时无言，瞅着他，脸上的表情依旧平静，只顺着他的话音淡定接腔："没有，不能和你比，你最敏感了，你就是娇花。"

段峭漆黑的眸看着她，抬手捏了下许微樱的脸颊，不太正经地笑："娇花啊，行，记得好好怜惜我。"

时间已过了晚上七点，许微樱看着手机，在心里算了算时间，她从下午开始睡，这一觉睡了好几个小时。

段峭往餐桌走去，他倒了杯温水，递给许微樱。

许微樱接过水杯喝着，仰头好奇问："你下午几点到家的？"

段峭稍稍弯腰，直勾勾地看着她，静了两秒后才回："四点半。"

两人视线对上。段峭溺人的眼神让许微樱端着水杯的指尖下意识地紧了下，她长睫轻颤，战术性地端起水杯又喝了一口。

只不过，她这次喝得有点急促，有水渍从唇角溢了出来。

许微樱刚想把唇边的水渍给舔掉，段峭伸手捏住她下巴，垂头吻上了她的湿润唇角。

他的亲吻来得突然，许微樱长睫簌簌，回应着往他怀里靠了靠。

不知过了多久，两人分开时，许微樱只感觉嘴唇麻得厉害，双腿都发软了。她靠在段峭怀里，脸颊上泛着薄红，被段峭搂抱着，才能站稳。

段峭抱着她，厨房里的煲汤泛着香，他心里有股温暖的安定感。

许微樱煲的汤按了定时，所以早就煲好了。炒完菜后，两人终于坐下来一起吃晚饭。

等吃过饭，段峭清理好餐具和厨房后，时间都过了九点。

刚吃完饭，许微樱懒得不想动。她坐在沙发上，低头看了眼手机的时间，打算等一会儿再回去洗澡。

她懒洋洋地看着手机，段峭从厨房出来，用抽纸擦干手上的水。

他坐下来，瞥了她一眼，随口问："下午你看的是哪部电影，能把你给看睡着？"

许微樱实话实说："没印象了，反正剧情挺无聊的。"

段峋靠着沙发，嗓音懒散："现在还要再挑一部电影看吗？"

许微樱看着他，眼睛一亮，毫不犹豫地应了声："要。"然后她想了想，慢吞吞地补充，"你来选影碟吧，选个不无聊的。"

"行，"段峋眉梢微扬，他加重了语气似的回，"选个不无聊的，我们一起看。"

许微樱点了点头。

段峋去挑影碟时，她起身给两人的水杯都添了水。

再次坐下来，许微樱看向画面略显阴沉的电影，愣了下。她偏头看向段峋，讷讷地问："恐怖片吗？"

段峋"嗯"了一声，笑着说："恐怖片不无聊。"

知道他是故意的，沉默两秒后，许微樱语气镇定地说："从小到大，我也看过不少恐怖片，不会害怕的。"

"是吗？"段峋喝了口水，看向电影，语气随意，"但是吧，我们看的这部，恐怖指数有点高哦。"

听到这儿，许微樱的眼皮抖了下。她目光落在电影画面上，氛围阴沉的镜头画面中，是密密麻麻耸立的破败老式公寓楼，阴郁灰暗的气息扑面而来，公寓楼外，一位身形落魄的中年男人正以渺小之躯仰视着这栋阴沉的旧楼。

下一秒，画面中缓缓出现两个繁体字——"殭尸"。

许微樱无奈，段峋挑的这部电影岂止是恐怖指数有点高，简直是恐怖指数拉满。

她隐约记得，大一时，有舍友讨论过这部电影，提及这是中国香港最后一部经典的僵尸片，是对林正英的悼念……

许微樱没看过这部片子，后来也只是偶尔在媒体平台上刷到过有关这部电影的推荐和影评，总之，很恐怖，很精彩。

她从未预料，今晚会和段峋一起看这部电影。

许微樱沉默了下，移开视线，感觉手指有点发软，但眉眼间的神色依旧镇定。

段峋偏头，视线落在她身上，煞有介事道："你要是害怕呢，别强撑，可以来我怀里躲躲。"他语气中透着不正经的欠揍，"我可以勉为其难地保护你一下。"

许微樱有点无言，莫名地还有点想笑，感觉电影似乎都不怎么恐怖了。

静默几秒后，许微樱眨眼看他，诚恳地说："谢谢，我婉拒。"

屏幕里，影片第一幕就是钱小豪饰演的凭借僵尸片红极一时的动作明星一朝落魄，在某个阴沉的天气中搬进了一栋公寓旧楼……许微樱坐在沙发上，认真地看电影。

《僵尸》作为一部经典的僵尸题材恐怖电影，饱满的剧情、阴森森的恐怖氛围，以及钱小豪经典的"红线糯米"，把这部僵尸片的惊悚感渲染得极其到位。

不知不觉间，许微樱投入其中，也没觉得有多害怕。

只不过，电影播放到一半时，她的身侧传来一阵动静。

许微樱偏头看过去，视线和段峋对上，下一秒，她就被扯了过去，坐在了他的腿上。

许微樱有点茫然："你干什么？"

段峋搂抱着她，眼尾的余光扫过电影画面，他把下巴抵在她肩上："有点冷。"

许微樱蒙了一瞬。她握住他圈在她腰上的手臂，关心地问："你要加件衣服吗？"

"不用。"段峋闭了闭眼，脸颊埋进她侧颈，高挺的鼻梁蹭了蹭她脖子，嗓音轻轻的，"你让我抱抱就行。"

"噢。"许微樱眨眨眼，安抚似的拍了拍他的手。

不过，坐在段峋腿上后，许微樱却发现，他没在看电影了。他下巴抵在她颈侧，修长的手指却总是在揉捏她毛衣上缀着的两颗毛绒小球，好像小狗找到了新玩具一样。

顿时，许微樱也心不在焉了起来。

直到电影结束，她才醒悟过来——段峋哪里是怕冷，他是害怕看这部恐怖电影。

想到这儿，许微樱舔了舔唇角，自顾自地调整了下姿势，跨坐在段峋腿上。她清润的眸看着他，笑问："看电影时，你是不是害怕了？"

段峋按着她的腰，眉梢微微一扬，直白道："我表现得很明显？"

"嗯，有点明显。"许微樱好奇，"这部电影，你之前没看过吗？"

"没，片子买回来，就放着一直没看，只听说挺恐怖。"段峋的手指还在揉捏着许微樱毛衣上缀着的毛绒球，"今晚呢，就当你保护我了。"

许微樱笑了下，眉眼弯弯地看他。

段峋挑眉，松开了捏毛绒球的手指，转而慢条斯理地往上移，动作轻而缱绻地去勾许微樱的衣领，指腹轻蹭。

许微樱呼吸停了停，舔了下唇角。

段峋歪头，笑道："为表谢意，今天，你对我做什么都行。"

许微樱穿的是一件柔软的奶黄色毛衣，衣领被段峋勾着，微微露出了雪白细腻的锁骨肌肤。

在灯光下，白得晃眼。

许微樱长睫轻颤，看着段峋唇角的笑，知道他又在故意勾引她了，可她偏偏，还挺吃他这一套。

她亲密至极地贴靠着段峋，闻着他身上的清浅气息，视野内是他的喉结，下一秒，她凭借本能，张唇吻了过去。

凌晨五点，半梦半醒间，许微樱脑子里倏地被一个念头给占据。她记起，她要给段峋的东西还没有给他，还在隔壁她的卧室里。

这个念头升起后就无法消止，她没有多想地就要从床上爬起来去隔壁。

段峋用手臂圈着许微樱，感受到她的动静，他用手指把她颊边的发丝掖到耳后，问："想去卫生间？"

许微樱摇头，声音温柔："我要去隔壁，还有东西没给你。"

段峋笑了。

他亲了亲她的额头，没问是什么，只嗓音很轻地哄道："你睡醒再给我，行吗？"

许微樱没讲话，只睡眼蒙眬地想要爬起来。

段峋看她坚持，他捏了捏她的指尖，歪头笑："一起。"

他下床，单手把许微樱抱起来，捞起钥匙，开门出去。

许微樱趴在段峋肩头，柔软的黑发垂落下来，挂在脸颊边有点痒，就趴在他肩膀上蹭了蹭。

段峋正拿着钥匙开门，察觉到了她的动作，他目光微微一顿，然后笑出声，是极其愉悦的笑。

他抱着她，开门进去。

走进她的卧室，段峋把她放到床上。他凑过去盯着她，声音很低："要给我什么？"

许微樱揉了揉眼睛，偏头看向梳妆台的抽屉。

段峋顺着她的视线看过去，揉了揉她的脑袋："在抽屉里？"

"嗯，"许微樱困得有些迷糊，"在抽屉里。"

段峋"嗯"了一声，走过去，伸手拉开抽屉。

里头是一个红色木盒子，上面刻着"普陀寺"三个字。段峋神色怔愣了一瞬，心脏紧了紧。他轻轻地把红色木盒子拿起来，打开，里面是一条红色祈福绳。

段峋静了两秒。

他坐到床边，伸手把许微樱按进怀里："什么时候去求的？"

许微樱眯着眼，慢吞吞地回："昨天。"

周四那天她和容姐外出，目睹一场消防救援后，就控制不住地频频想起阿峋……

许微樱被段峋抱在怀里，额头抵在他温热的胸膛前，她闭了闭眼，呢喃："我要阿峋，平平安安。"

段峋垂头吻向她的柔软发丝，认真地低声回答："你的阿峋，会实现你的所有心愿。"

凌晨五点多的晨间分外静悄，遥遥天色露出鱼肚白，似油画空白一笔，安静地等待着一场灿烂的日出。

一切都是惹人希冀的模样，她的阿峋，会实现她的心愿。

临近幼儿园放假日期，许微樱的爸爸妈妈在和她聊天中也期盼着她的归家。

她放假前的一天，段峋休了一天假。

那天，两人一起去逛了超市。撒有金箔粉的对联和贴画堆叠在一起，金灿灿的底色勾勒出新年的前奏，耳熟能详的"好一朵迎春花"在语笑喧阗的超市中循环播放。

从超市出来，坐上车后，段峋摸出一颗糖果，撕开包装，塞进许微樱的嘴里。

转而，他俯身吻她。

末了，他咬着从许微樱嘴里顺过来的糖果，挺不要脸地讲："我喂你吃糖，你是不是也得让我尝尝味道才行。"

许微樱眨眼看着段峋，眼眸弯了弯，好脾气地不和他计较。

冬日温暖明灿的阳光在车窗玻璃上漾出光影，把段峋的黑发染上浅浅的金色，他在柔和的光线中看过来，对她露出笑容。

此情此景，让许微樱有瞬间的恍神，她情不自禁地伸手勾住他的脖子，在柔柔的冬日光线里和他接吻。

老家的冬季总会落雪，在落雪的日子里，空气中有着清洌的气息。

下雪天，小镇街道边生长的松针树上会缀满雪花，积了一片莹莹雪白，掩盖了它原本的葱绿色。许微樱回到家乡，偶然路过时，随手拍下照片后，会伸手抚掉松枝上的雪。

她和段峋聊天时，把松针树的雪景照片发给他看，并闲聊着提及了抚雪的事。

他问她，手冷不冷？

许微樱想，听见他说这句话的时候，好像就没那么冷了。

许微樱在家陪伴父母一段日子后，有住在隔壁市的亲戚邀请许爸爸和许妈妈过去住几天。

盛情难却，他们就答应了对方的邀请。

对方让许微樱跟着一起，但许爸爸和许妈妈知道女儿内敛安静的性子，她肯定不会愿意跟着，就没有勉强她。

父母离开前，笑着嘱咐许微樱照顾好自己，他们过几天就会回来。

许微樱乖巧地点头。

不想跟着父母去亲戚家，除了不热爱交际的原因，许微樱心里明白，还因为要等段峋。她知道，今年冬天，他会过来找她，就如去年落雪的冬夜一样，两人总会见一面。

段峋抵达小镇，是在一个雪天午后，天色澄澈得似干净的玻璃。

见到许微樱后，他牵起她的手就往自己的黑色羽绒服口袋里揣。许微樱眨眼看他，不禁笑了一下。

两人一起去宏村找民宿落脚。

天空又开始下雪，段峋和许微樱在雪地里走，雪花飘落，两人有一搭没一搭地聊着天，伴随着鞋底踩过积雪的声响。

一切是那么静谧又柔软。

宏村古朴的徽派建筑被覆上一层雪花，兜了浅浅晶莹。此刻，这里人影寥寥，显现出了有别于其他几个季节的安然宁静。

段峋牵着许微樱走进悠长的青石小巷，在那家两人年少时初次遇见的民宿入住。

久别经年，民宿发生了不少变化，经营的老板换为一对面貌和善的老夫妻。庭院里的格局也有了细微的改变，因为阿叔喜欢下象棋，石桌台面上就刻画出了纵横交错的棋盘，墙角处也修了一泓水池。

阿姨指向水池，和善又热情地笑道："平日里会有几条鲤鱼摆尾游动，但现在天太冷，就把它们迁了出来，水池面上只能见到结的薄薄一层冰……"

安静的除夕，民宿里，许微樱和段峋是唯一的住客。

当他们知道段峋是从不会落雪的南方过来的时候，老夫妻笑着要段峋教几句粤语，说回头有时间了，也要去那儿旅游，看看海。

落雪的庭院里，阿叔和阿姨饶有兴致地学习着粤语中的常用语。

许微樱唇角轻弯，安静地听着。她偏头看向段峋，恍惚间，记忆中的夏日场景在脑海中不断闪烁，段峋点漆的眸回视她，他唇角弯了弯，冲她露出愉悦的笑。

显然，不期而然地，他同样回想起了那个暑假。

夜晚，庭院内亮起了一盏暖黄的灯，雪色地面折射出融融的光泽，似染上了温度。

阿叔和阿姨早已回房休息，只有许微樱和段峋还在一楼待着。

段峋懒散地倒在躺椅上，然后伸手把许微樱往怀里按。

一楼开着暖气，不算冷。许微樱还穿着羽绒服，被扯进段峋怀里时，她抬眼看他，诚恳地问："你有没有觉得，有点挤？"

段峋看着她："没觉得，这样就刚好。"

说着话，他还不紧不慢地把她往怀里压。

许微樱整个人贴进他怀里，都不能动弹了。她抬眼，无言地瞅他。安静了好一会儿，她舔了下唇角，好脾气地由他去了。

许微樱趴在段峋怀里，自顾自地调整了一下姿势。她小声好奇地问："那年的冬天，你来这里，待了几天？"

自从跨年夜，许微樱从妈妈那儿知道段峋曾在那年冬天回来过后，这件事就一直留在她心里。她虽然有很多疑惑，但从来没问过父母，也许是因为，她更想从阿峋这里得到答案。

段峋搂着许微樱，看着她，声音很轻："两天。"语毕，他停顿了一下，眉眼间罕见地有一丝不自然。段峋揉了揉许微樱的脑袋，低声补充，"我睡了你的房间。"

许微樱眨眼，唇角轻弯地笑了下，倒是没有惊讶。

毕竟她当时在学校，家里也没有多余的空房间，爸爸带着阿峋回家，似乎只能让他睡在她的房间了。

段峋抱着许微樱，温柔地亲了亲她的额头。

他闭上眼，散漫的嗓音中，回忆里掺杂了几分遥远的不敢触碰的柔软。

人生篇章的起点，若是徐徐从头展开，段峋的应是很美满。

他从小在悠然静谧的芦禾街巷长大，爸爸妈妈经营着一家工厂，家境优渥，父母对他的爱毫不遮掩，也从不会拘束他的兴趣爱好。

小学时，段峋对画画感兴趣，父母就立刻给他报了班。连带着他最亲近的发小兄弟蔡铭宇也和家里人闹着要学画画，要和阿峋一起。

在段峋成长的路上，他是被爱意包围长大的孩子。

所以，年少时，他从未设想过父母会离开他。

十七岁那年的炙热夏天，结束了一场在宏村的集训，回到榆椿市后，父母在饭桌上还笑着问他要考哪一所美院，是不是要离家近一点……可幸福美满的家庭，在他十七岁的冬天，毫无征兆地脱轨，被摧毁。

榆椿市的十二月对段峋而言，沉重又混乱。

当他看向墓碑，盯着父母的照片，他时常会茫然、恍惚，似活在一场醒不来的噩梦里。

那段日子，他自始至终表现得很冷静。姨妈去学校给他请了长假，她会陪在他身边。金毛蔡会陪着他，很多长辈也都会陪着他。但是，大家都有自己的生活，他也不愿意让他们为他耗费太多时间和精力……

十二月末，一切都似"尘埃落定"了，段峋坐在沙发上，看着空荡荡的屋子，突然好想离开芦禾街巷，离开榆椿市。

他不想待在这儿。

念头升起时，他心里只想要把时间倒转回到夏天，他下意识地购买了去宏村的票。

可是，抵达时，他穿着适合榆椿市气温的黑色外套，走在雪地里，显得太过单薄。

他似乎也感觉不到冷，只是在雪地里漫无目的地走着。不知不觉间，他走进了那年夏天的夜晚，他多次去过的宏村隔壁的小镇。

在小镇落雪的街道，许爸爸撞见了茫然无措地走着的段峋。

他认出了段峋，还记得段峋。

这个活了大半辈子的中年男人，一眼就看出了面前的少年状态不对——他太过沉默，雪落在他的肩头，他也不管不顾，眼眸空洞。

眼前的少年和他在夏日见到的年轻人，判若两人。

许爸爸记得，那时少年坐在小超市门口教女儿粤语时生机勃勃的精气神。因他生得太好，连带着住在小镇上的小姑娘，会特意挑选他在的时间点光顾小超市。若是忙不过来了，他还会好脾气地帮忙招揽顾客，就连一箱一箱的酒水饮料，他也是帮忙搬抬过的。

许爸爸看着段峋，不知道是发生了什么事情，但他不会任由段峋一个人待在雪天里。

他不由分说地拽上了段峋的胳膊，把段峋领回了家。

许妈妈拿出一件厚外套让段峋换上，少年乖顺地穿上了，却依旧沉默。

晚上，许妈妈做了一顿丰盛的晚餐，她在饭桌上努力找话题，只有讲到段峋送给许微樱的那幅素描画时，他眼睑动了动，才给出细微的反应。

那是少年在假日分别前，送给许微樱的礼物。

一幅很精致传神的素描画，用浅棕色画框细致装裱，许微樱就将它摆在书桌上。女儿在校住宿时，许妈妈进女儿房间打扫卫生时，总会多看几眼这幅画。

可没想到，某天晚上，有亲戚带小孩过来串门。小孩调皮，摸进了许微樱的房间，他一眼就看见了摆在书桌上的素描画，伸手去拿，结果没有拿稳，"砰"的一声，素描画摔在了地上。

画框直接碎了。

听见声响，许妈妈连忙进屋去看，见到画框碎了后，她心底也是一惊，她是知道，女儿有多么珍视这幅画的。

幸亏素描画没有被划破，她连忙小心翼翼地将画捡起来。

后来女儿回家，见到被损坏的素描画，她那时的反应让许妈妈才反应过来，这幅画在女儿心底有多重要。

——女儿知道是哪家亲戚的小孩摔了她的画后，走出家门，去到那个亲戚家，当着那小孩的面，摔坏了他喜爱的玩具。

在许爸爸和许妈妈心底，他们的女儿听话、安静、脾气性格都很好，从来没有过叛逆期。

而那次，是夫妻俩第一次见到女儿如此生气。

"复仇"回来后，女儿看着没了画框，孤零零放在桌上的素描画，眼泪一颗接着一颗地砸了下来。

她想去拿画，可手背上都是泪水，手伸出去又只好放下来。

她就站在书桌边，看着画，一声不吭地哭。

许爸爸和许妈妈连忙去哄她，直到当晚重新买到一个合适尺寸的画框，把素描画再次裱起来后，女儿才止住泪水……

饭桌上，许妈妈说起这件事，她也感觉这是女儿的私事，说出来不太好，但没办法，总要找一找话题的。而且她看得出来，面前这个只比女儿大两岁的少年，虽然没哭，但他沉默又安静的模样和当时哭泣的女儿是一样的，都很难过。

夜晚，偶有烟火绽放，点亮一方天空。

在亮着暖色灯光的民宿庭院里，段峋抱着许微樱，用指尖轻触了触她的脸颊。他目光深深地看着她，嗓音很低："怎么就哭得那么厉害呢，叔叔阿姨都担心坏了。"

许微樱抿了抿唇，喉咙有点发紧，眼眶似乎又酸涩起来。

她吸了下鼻子，将脑袋埋进段峋怀里，闷声闷气道："好生气，就是好生气，非常生气……我现在还很讨厌那个小孩，很讨厌……"

她慢吞吞地说着，眼泪再次忍不住地滚落，声音哽咽。

段峋怔了下，然后伸手轻轻地把她从怀里带出来，指尖轻轻地揩去她眼角的湿润。

他凑过去吻她，嗓音轻哑："哭什么，我不心疼吗？"

许微樱吸了吸鼻子，眼眸湿润地望着他，却没说话。

"还哭呢。"段峋伸手把她颊边的长发掖到耳后，低哄似的轻声道，"我唱首歌，哄哄你。"

许微樱湿漉漉的长睫颤了颤，她趴在他怀里，缓慢地应了声"好"。

段峋搂着她，稍稍垂头，下巴抵在她的肩上。他温热的唇瓣贴近她耳郭，低喃似的用粤语轻唱。

"从前我在太空舱，小角色一个我。"他轻而动听的声音，在深冬的夜晚，为许微樱唱着《恋上外星人》，"流落宇宙某一方，全凭你夜看星光。"

恰逢这时，天空再次被烟火点燃，雪夜被镀上色彩，似幻梦中的场景。

段峋贴在许微樱颈侧，呼吸清浅，呓语般轻轻哼唱着："你黑暗中喜欢我，才令我绽放花火。"

…………

深夜，段峋把许微樱抱在怀里睡着，他盯着她的睡颜，轻轻地在她额头落下一个吻。

许微樱不知道的是，那个白茫茫的冬天，十七岁的阿峋沉默又安静地听着许爸爸许妈妈聊天，在他被许妈妈安排住进许微樱的房间后，他看着她放在书桌一角，重新换上了画框的素描画，看了好久好久。

那时候，少年心底莫名地浮现出了一个念头——他不想再让她哭，他愿意为她画许多幅，只属于她的画。

在十七岁的冬天，阿峋拜别了许爸爸和许妈妈，他说，他要回榆椿市了。

只是，没有人知道，他在县城停留过。

落了雪，四周白茫茫一片，阿峋沉默地站在县城一中附近。他的目光穿过雪色，往校门口看去，在来来往往的学生里，他见到了许微樱——他在夏日遇见的"小朋友"。

她穿着厚厚的羽绒服，耳朵上戴着毛茸茸的耳罩，旁边有一位女同学跟着她一起，不停地在说着什么，她垂着眼睫安静地听着。

隔着片片雪花和来往的人流，阿峋的视线落在她身上，她看起来要比夏天见到时高些。

阿峋看得认真，肩膀上也落了浅浅的雪。

良久，直至看不见她的身影，他才转身离开。

…………

春节假期结束，许微樱重返榆椿市。

不知不觉间，季节交替，炎热漫长的夏季如约而至。芜禾街巷的茶饮店"渡夏天"也在此时姗姗来迟地入驻了外卖平台。

傍晚，夏风吹过，老城区芜禾街巷是悠然静谧的，空气中弥漫的是不知名的花草清香。段峋休假回来，许微樱和他慢悠悠地在芜禾街巷散步时，她好奇地问："金毛蔡怎么现在才入驻外卖平台？"

段峋牵着许微樱的手，捏着她的指尖，笑着说："你看金毛蔡像很勤快的样子吗？"

听见他这话，许微樱不由得也笑了起来。

两人牵手走在暖洋洋的晚霞中，偶尔逛逛路边的小店，对许微樱来说，就是生活中独属于她的浪漫。

某天工作日的中午，许微樱和黄嘉雯吃完午饭，两人一起往办公室走去。

路上，许微樱的手机有信息进来。她点开，发现是大学舍友小然发来的，就是那个察觉出男朋友没有那么喜欢她后，果断分手的姑娘。

小然说，这周她会来榆椿市出差，要是有时间的话，周六中午，两人聚一聚，见一面。

许微樱盯着手机界面上的信息，回复：好。

大学四年，同宿舍的四个姑娘，有两个毕业后回了家乡，小然和许微樱是外省来榆椿市读书的，只不过，小然毕业后，没有留在榆椿，也没有回家乡，而是去了北京。

四年的"宴席",一朝散,许微樱是唯一的一个读书和工作都在这儿的人。

周六中午,许微樱和小然约在了大学读书时,她们曾吃过的一家烤肉店。

小然性子爽利,笑容依旧灿烂,只是她的着装不再是大学时极其小众的穿搭风格,今天她穿了黑西裤和职业衬衣,手边有行李箱和电脑包。

两人中午吃完饭,小然就要赶去机场,飞往北京。

烤肉店内,肉片发出滋滋的声响,香味萦绕。许微樱翻着烤肉,小然撬开烧酒瓶,倒了满满一杯,她笑着举杯说:"走一个!"

许微樱看着她,关心地问:"下午还要赶飞机,会不会喝醉?"

小然一口饮尽一杯烧酒,摆摆手,豪爽道:"烧酒而已,这点度数,我都没看在眼里。"

烤肉店里,旧友相聚,在酒杯碰撞的声音中,两位姑娘聊及过往,眉眼间的神采和读书时似乎并没有什么变化。

用餐结束,在车水马龙的路边,小然拎着行李箱和电脑包,笑容灿烂地向许微樱挥手告别。

车流绵绵,出租车转瞬就隐了踪迹,开向看不见的远方,许微樱目送小然离开。

能和小然见一面,许微樱心底是开心的,但她现在也有几分难言的失落。

许微樱偏头,看见烤肉店门口摆放的自动饮料柜,她走过去,又买了两瓶烧酒带回家。

今天是周六,段峭下午会休假回来。

许微樱摸出钥匙开门,她把其中一瓶塞进冰箱,然后撬开另一瓶,拿杯子倒着喝了几口。

烧酒是水果味,带了点甜,许微樱喝着就往沙发上坐,回想起大学四年的光景。

不知不觉间,她把一瓶烧酒都给喝完了。

烧酒的度数不高,但她酒量一般,喝完后,不由得感觉有点困顿的晕。

许微樱闭了闭眼,懒洋洋地躺倒在沙发上。

段峭一进门,眼尾的余光扫到茶几上的空酒瓶。

他走过去拎起酒瓶看了一眼,扔进了垃圾桶。然后,他看向躺在沙发上,脸颊泛红的许微樱。

段峭静了两秒,伸手捏了下她的脸:"你挺牛啊,"他要笑不笑地,嗓音很低,"把一瓶都喝了。"

许微樱缓慢地睁开眼,见到是段峭,她撒娇似的,反应慢半拍地讲:"你不要掐我的脸。"

段峋斜眼看她:"醉鬼还挺有要求。"

语毕,他伸手毫不客气地再次捏了下她的脸。

许微樱有点恼,慢腾腾地翻个身,背过去,不理他。

段峋瞥了她一眼,没再出声,径直进了卫生间。

他再出来时,手里多了一条毛巾。

段峋坐下来,伸手把许微樱捞过来,按进怀里。

许微樱缓慢地眨了下眼,还没反应过来怎么回事,脸颊上就被贴了热毛巾。

段峋轻轻地给许微樱擦了擦脸,思忖着低声问她:"中午不是和大学舍友见面吗?回家后,怎么还喝了酒?这是分开心里难受?"

温热毛巾擦脸的感觉很舒服,许微樱闭了闭眼,配合着段峋的动作。她吸了下鼻子,温暾地回答:"没有难受,就是心里有点空落落的。"

段峋"嗯"了一声:"人生的节点,总是人来人往。"

许微樱长睫轻颤,神色有点发怔。两人视线相撞,段峋按着许微樱的腰,他垂头,额头抵着她。

"但我不一样。"段峋眼眸深深地看着她,语气认真,"我会参与你的一生呢。"

许微樱的心跳倏地漏了一拍,她看着他,温柔地笑着点了点头。

她知道的,当年遇见的少年——阿峋会参与她的一生。

许微樱和段峋谈了好长一段时间的恋爱了,彼此深深契合,从未闹过别扭。但前不久发生的一件事,让许微樱一想到就不禁发笑。

她感觉阿峋有的时候,还挺幼稚的。

事情起因是两人都喜欢的女歌手卫兰传出要在南山市开演唱会的消息。

南山市离榆椿市不远。

恰逢段峋有假期,两人就决定去看演唱会。

演唱会当晚,许微樱和段峋检票进了内场看台,在人声鼎沸的闪闪星光里,听着歌手动听的歌声,氛围很好。

直至卫兰唱完一首经典情歌,开始现场互动,导播的摄像镜头不停切换,表演舞台的大屏幕里闪过众多观众的身影。

人山人海中,许微樱眼睛亮晶晶地看着舞台大屏幕,感觉场景似曾相识。她和段峋在海边听乐队的港乐情歌专场时,同样有过互动……

想到这儿,许微樱下意识地露出了一个微笑。

与此同时,镜头画面定格,大屏幕中出现了许微樱眉眼弯弯的笑颜。

下一秒,导播镜头偏移,偏向了许微樱身侧的一位陌生男人,显然是因为两人穿的衣服颜色相似,被误认成了情侣。

许微樱和陌生人同时呆住。

两人尴尬得没有及时反应过来,一旁的段峋唇线缓缓拉直,轻轻"啧"了声。在现场震耳欲聋的欢呼声里,他伸手把许微樱扯进怀里,语气不爽又纳闷:"怎么回事,我看起来不像是你男朋友?"

这时,后台的导播才反应过来认错了情侣。

现场的观众不约而同地笑了起来。

许微樱眨眨眼,看着段峋,同样没忍住地弯了下唇。

演唱会现场,导播认错情侣的事,只是一个小插曲,气氛随着歌声的响起再次热烈起来。

然而,对某人来说,这件事过不去。

演唱会结束,许微樱和段峋重返榆椿市。段峋心里一直记着这件事,等到看着段峋给她添置的物品,都变成了情侣款,并且有愈演愈烈的趋势,许微樱才后知后觉地发现这一点。

当鞋柜里又出现两双情侣款运动鞋时,许微樱看着沙发上的段峋,失笑问:"演唱会的事,你现在还没忘吗?"

段峋靠着沙发,挑眉:"这件事给了我极大的不安全感,想让我忘了,可没那么容易。"他懒洋洋地瞧着她,"我不得记个百八十年?"

许微樱忍着笑点了点头。

手机里弹出新消息,她手指戳开。

回完消息,许微樱抬眼,视线和段峋对上,他眉梢轻扬,下一秒,她就被拽进了他怀里。

许微樱趴在他怀里,清润的眸子看着他:"干吗?"

"和你商量一件事呗。"段峋捏了捏她的无名指,摩挲着揉着。

许微樱感觉手指有点痒,却没抽开,只好奇地问:"什么?"

段峋用力地抱着她:"算算日子,这不是快到恋爱一周年了嘛。"

许微樱眨了眨眼,想了想,应了声:"嗯。"

"所以,你什么时候,"段峋盯着她的脸,将头在她侧颈蹭了蹭,"带我回去见家长?"

他温热的呼吸落在许微樱肌肤上,激起细细的痒,莫名地让她有点想笑。

许微樱唇角弯了弯，温声问："你是不是在撒娇呢？"

段峭的视线直勾勾地看过来，嗓音很低："你是不是在扯开话题呢？"

许微樱蒙了一瞬："啊？"

段峭箍着她，唇线微抿："你不想带我回家见家长？"

许微樱一时无言，没想到在这个时候，段峭的心思还真挺"敏感"。

她凑过去，哄人似的："想带你回去。"

段峭瞟眼看她，却没说话。

许微樱伸手勾住他的脖子，吻他的唇，声音温柔又认真地强调："我只想带你回去见家长，只有你。"

两人的距离无限贴近，呼吸交织。

段峭满意地勾起一抹笑，然后扣着许微樱的腰，深深地回吻她。

一吻结束，许微樱趴在段峭怀里，神色羞赧。她气喘吁吁地调整呼吸，却又被段峭下一句"不要脸"的话给呛到。

他似是有恃无恐了，抱着她，来了一句："你要真不带我，也没事，我不和你计较。"他眉梢轻挑，"我可以自己回去见家长，又不是不识路。"

榆椿市的夏风炙热又温柔，许微樱休了年假。

她拥有了一个悠长的假期，段峭更是为休假提前做了申请，两人商量在恋爱一周年时见家长。

去段峭长辈家拜访的那天，他最亲近的长辈看向许微樱的目光中，有欢欣的湿润。周洁玲紧紧地牵握住许微樱的手，说了很多很多的话。

假期空闲，在回小镇前，段峭和许微樱进行了一次恋爱旅行。

榆椿市周边有旅游海岛，两人乘船去了小岛，入住了靠近湛蓝海边的一处民宿。

房间里有大大的落地玻璃窗，望出去，视野可及之处是澄澈的海水，海洋在浅金色的阳光中泛着柔柔的波浪。

房间里开着空调，凉凉的，很舒服。许微樱趴在床上，脸颊贴着枕头蹭了蹭。她看向窗外的海，不想动弹。

段峭站在床边，"啧"了一声，然后毫不客气地伸手把她按进怀里，捏了捏她的脸，纳闷地问："你怎么回事？过来这儿，不出去转转，你就在屋里睡觉？"

许微樱眨眼看他，语气诚恳："也没有想要睡觉的意思，就是感觉外面挺晒的，打算等一会儿，我们再出去。"

段峭唇角轻扯,眼睛微眯:"晒是吧。"

许微樱"嗯"了一声。

"行。"段峭眉梢微扬,把她重新放到床上,然后伸手去拿许微樱带来的化妆护肤袋,在里面翻了翻。

许微樱坐在床上,看着段峭的动作。

下一秒,段峭翻出了一瓶防晒霜。

他漆黑的眸看着她,语气透着不正经:"我伺候你涂个防晒霜。你想涂哪儿,我都能涂,别客气。"

许微樱的眼皮重重一跳,刚想说句拒绝的话,段峭已经俯身凑近她,他唇角勾起,伸手推了下许微樱的肩膀。

她身体不稳,仰倒在柔软的床上。

许微樱视线内是房间的吊顶,她吞咽了口口水,莫名有点紧张,问:"你是不是想占我便宜?"

"说什么呢。"段峭语气散漫,余光扫过许微樱搭在床边纤白笔直的腿。

他稍稍倾身,温热的指腹沿着许微樱细腻的大腿肌肤撩拨,又暧昧地蹭了蹭。

许微樱呼吸一停。

段峭看着她:"给你涂防晒霜,这就算占便宜了?"静了两秒后,他厚脸皮地补充,"我明明是打算,伺候你涂完后再占呢。"

海岛的傍晚,晚风轻轻吹过,橘子海似电影中最美的一帧画面。

两人并肩在沙滩上慢悠悠地散步闲聊,回去后,在小岛上开的一家海鲜排档吃了晚餐。

现在不是旅游旺季,小岛上的游客不算多,但岛内的店家和小商贩每天都会正常开门。

许微樱和段峭回民宿的路上,看见了一家服装店铺亮着灯,商品是一件件支起来的花衬衣。

海风吹过,花衬衣轻轻摆动。

许微樱不由自主地牵着段峭往那儿走去。

段峭捏了捏她的手,问:"你这是要去哪儿?"

许微樱脚步停下,仰头看他,眨了眨眼。

段峭身形高挺,眉眼锋利,气质桀骜,看起来又拽又不好靠近,衣服深色系偏多。

许微樱伸手指向不远处的服装店，认真地说："我要给你买。"

段峋瞥过去，看着花里胡哨的衬衣，都没反应过来："什么玩意儿？"

"你不能拒绝，"许微樱看着他，眉眼淡定地补充，"必须穿。"

段峋听乐了："还挺霸道，你是油炸蟹吗？"（"油炸蟹"在粤语中通常用来形容那些横行霸道、气焰嚣张的人）

"嗯。"许微樱点头，她心不在焉地往服装店走，随口回，"我就是霸道，就是油炸蟹。"

段峋指腹摩挲着她的腕骨，肩膀轻抖，大笑出声。

第二天上午，民宿房间内，许微樱洗漱完坐在沙发上，翻着化妆袋，准备补点淡妆。但她手指刚翻出粉饼，余光瞥见从卫生间出来的段峋，睫毛轻颤了下，不禁多瞄了几眼。

段峋赤着上身走到床边，正俯身去拿床上的一件花衬衣。

在许微樱的视线角度，他俯身时，脊背线条极度漂亮，清晨海边的阳光落进来，似在他利落紧实的肌肉线条上勾勒出了光影。

他随手拿起床上的红色花衬衣，给穿上了。

她视线下移，能见到他脚踝处戴了一条细细的红色祈福绳。

许微樱缓慢地眨了下眼，看着段峋穿的花衬衣和脚踝上的红色祈福绳，脸上的表情有点发怔，不知道在想什么。

段峋看向许微樱，唇角若有若无地勾起，问："大清早的，就偷看我？"

许微樱倏然回神，正经地说："没偷看，我挺光明正大的。"

段峋撩眼看她，笑了声。

他走过去，俯身攥住许微樱的手腕："衬衣扣还没扣，帮我扣一下呗。"

许微樱手指感受着段峋的温度，"嗯"了一声，慢吞吞地给他扣衬衣扣子。

红色衬衣的花色十分热烈，莫名地，许微樱的心跳止不住地加快。她舔了下唇角，下意识地加快了手中的动作。

不过，当她把段峋的衬衣扣子给扣齐后，发觉衬衣上的花纹，有点眼熟。

许微樱若有所思地说："这衬衣上的花纹，是不是簕杜鹃？"

段峋一直盯着许微樱，听见她说的话后，才看向身上的花衬衣，辨认着。

静了两秒后，他眉梢微微一扬，低笑了声："嗯，是簕杜鹃。"

许微樱眨眼，同样弯唇笑了下。

段峋和许微樱一共在海岛上待了三天。

海风吹过，空气中有海水的湿润气息，在天色未明时，段峋牵着许微樱在静悄悄的海边，一起捕捉了一场灿烂又盛大的日出。

路过花店时，穿着花衬衣的段峋，捧着一束明艳灿烂的鲜花出现在许微樱的面前，他把鲜花往她怀里塞，趁她闻花香时，他倾身凑过去偷吻她的唇。

傍晚时分，浅金色夕阳把天空渲染，橘子海如莫奈的油画。段峋骑着租用的电动车载着许微樱在晚风中追了一场好美、好美的落日。

回到榆椿市的上午，有着阳光明媚的好天气。

两人到家后，许微樱想回卧室睡个回笼觉，段峋缠人地要一起睡。

阳光晴朗，卧室内开着空调，温度舒适宜人，段峋懒洋洋地抱着许微樱，两人相拥而眠。

夏风吹过，芜禾街巷路边的绿叶树梢摆动发出簌簌声响，阳光从枝叶间的缝隙洒落，光影晃动，有份独属于老城区的安然。

睁眼醒来，已是午后，许微樱和段峋一起下楼，去了常光顾的盛记茶楼。

落日黄昏不期而至，两人聊着天往回走时，段峋捏了捏许微樱的指尖，直直地看着她，嗓音很低地笑："今天，我们抄个近路？"

许微樱长睫轻眨，她想到了近路里一起走过很多次的青石长巷和簕杜鹃花墙。

她唇角弯了弯，点头"嗯"了一声。

两人一起走进熟悉的青石长巷。

许微樱想了想，说道："现在是不是簕杜鹃盛开的花期？"

"嗯。"段峋唇角上扬，"正是最好花期时。"

段峋牵着许微樱，两人一起迈上长巷中的青石梯。黄昏的晚霞在天边，宛如看不见尽头的悠长青石梯，其实是有簕杜鹃花墙在安然等待。

宝歌舞厅的歌声，悠悠然地传了过来，曲调格外温柔。这似曾相识的温柔，让许微樱脸上的神情恍惚了一瞬。

段峋眼眸深深地看着她，牵着她的手越发紧了紧。

傍晚暖橘色的夕阳中，浓浓盛开的簕杜鹃映入眼帘。

在鲜艳绚丽的花墙下，许微樱撞进了段峋专注看着她的眼眸里，她视线上移，在微风吹拂的簕杜鹃花枝中，看见了坠着的一枚钻戒。

看着钻戒，许微樱的心跳猛地变快，她唇瓣动了动，想要出声说些什么，却哑然，耳边只能听见低吟的温柔歌声。

许微樱用力地眨了下眼，怔怔地对上了段峋的视线。

段峋低垂眼睫，点漆般的眸盯着她。

他伸手取下坠在花枝处的钻戒。

他紧扣住她的手，眉眼间是郑重的情意："你愿不愿意，让我来爱你的遥遥一生？"他目光深深地看着她，"我们结婚吧？"

晚风吹过，空气中有浅淡花香。

倏地，许微樱眼眶酸涩起来。

她望着他，点头："好。"

段峋眼底有泪光闪烁，他直直地盯着她，笑了起来。他握住她的手，垂头，专注地把钻戒戴进了她的无名指。

傍晚，柔和的光线里，段峋认真地看着许微樱戴上戒指的手。

他唇角扬起，愉悦地笑着。

许微樱眨眼，看向段峋唇边的笑，同样眼眸弯弯地露出了笑容。

夏日傍晚，芜禾街巷中浓浓盛开的簕杜鹃花墙下，宝歌舞厅的温柔歌声悠悠地唱着——

"衣柜里面藏着花园，心仪男孩长驻身边。"

低吟的曲调，和许微樱十五岁那年的夏天听见的那首《黄色大门》重重交叠。

恍惚间，许微樱眼前，似看见了九年前，她被悠然的歌声吸引，在夏日阳光中，轻轻推开民宿门的那一幕。那时，她不知道的是，推开民宿的木门，她见到的是会温柔爱她一生的少年。

/Extra /
美梦成真

戴上戒指后,许微樱低头,认真地看着它。她唇角轻轻地弯了弯,脸上的表情却有些怔忡。

她没有想到,原来,她在年少时,念念不忘的少年,有朝一日真的会常驻她身边。

许微樱眼睫轻眨,像小孩子弹钢琴一样,动了动被段峋套上了求婚钻戒的手指。

"怎么不说话了?"段峋眉眼愉悦,看着她的动作,伸手去牵握她的另一只手,十指相扣。

许微樱回过神,坦诚地温声说:"感觉像在做美梦,有点恍惚。"

段峋牵着许微樱的手,捏了捏她的指尖,低眉看她,唤了声她的名字。

许微樱抬眸:"怎么?"

段峋眉梢轻扬地笑了下,下一秒,他手掌心扣住许微樱的腰把她往怀里带,然后,他垂下头,吻上了她的唇。

夏风吹过,在浓浓盛开的箭杜鹃花墙下,他抵开她的唇齿,放纵地和她热吻。他身上轻轻浅浅的绿袖气息侵袭过来,宛如能把许微樱淹没。

许微樱双腿有点发软,本能反应似的伸手勾住了他的脖子,并不自觉地往下压了压。

段峋低笑了声。

一吻结束,他用手指轻轻揩过许微樱湿润的唇。他盯着她,漫不经心的嗓音里含着几分轻哑:"要和你说一件事。"

许微樱喘了口气,语气茫然:"你要说什么?"

段峭稍稍弯下腰,专注地看着她,眸底倒映出许微樱的身影。

他唇角轻扬,眉眼间恣意的少年气一如从前,他一字一句地说:"你愿意嫁给我,我才是美梦成真。"

许微樱带段峭回老家见家长,陪同的还有他最亲近的长辈。

两家正式确定下的婚期,在来年春暖花开的季节。

许微樱和段峭重返榆椿市。

回到芜禾街巷的那天晚上,她洗完澡从卫生间出来后坐在床上,点开微信。她想了想,心血来潮地想发一条朋友圈。

朋友圈很短,无配图,只有一句《黄色大门》的歌词——

心仪男孩常驻身边。

许微樱很少发朋友圈,所以这时生出了几分紧张。她捧着手机,打完字,过了好几分钟,都磨蹭着没有发送。

恰逢这时,段峭洗完澡,赤着上身走了进来。他腹肌紧实,劲腰利落,还有几滴水珠沿着他结实的胸膛往下滑落,沾湿了裤腰。

见状,许微樱顺势把手机放下,下意识地说:"你怎么不穿衣服?"

段峭把毛巾搭肩上,眉梢轻挑地看她:"你看得还少?"

许微樱缓慢地眨了下眼,视线不自觉地盯向段峭腰腹位置漂亮的人鱼线条。沉默两秒后,她老实地"嗯"了一声:"看得确实不少。"

段峭笑了声,走到许微樱面前,漆黑的眸直勾勾地看着她:"来,现在动个手。"他下巴轻抬,唇角勾了下,"让你摸。"

许微樱坐在床沿,段峭站在她身前,两人一坐一站,她的视野内就是水珠滑落过的紧实腹肌。

许微樱耳尖发热。

她轻呼一口气,抿了下唇角,抬起手,动作轻轻地摸向段峭的劲腰。

指尖触到的瞬间,她清晰地感受到了段峭结实的腰腹紧绷起来。许微樱怔了下,抬眼看他,喃喃问:"你被我摸得紧张啊。"

"说什么呢,被你摸,我会紧张?"段峭哼笑了声,伸手揉捏了下许微樱的脸颊,吊儿郎当地补充了句,"我这是敏感,你不是知道?"

许微樱不禁"扑哧"笑出声,她的手不轻不重地按在了他紧实的腰腹上,仰头看他，配合地回："嗯，你是挺敏感的。"

11月3日，是段峋的生日，他今天休假，会晚点回来。

许微樱去订蛋糕。

蛋糕店里，店员热情地推荐了一个新款口味，说味道很不错，买过的顾客都反馈很好吃。许微樱接受了"安利"，订下了这一款。

没想到，晚上切了蛋糕后，许微樱尝了尝，轻轻蹙眉，觉得太酸了。

许微樱抿了抿唇，看向段峋，温声说："我还是应该订草莓味的才对，这个吃起来太酸了。"

许微樱这边说着话，段峋却是一副没仔细听的模样。他把她按在腿上坐着，指腹挑了点奶油往她脸颊上蹭。

许微樱无语，索性也挑了点奶油要往段峋脸上抹。可她姿势有点别扭，转身的时候手指一滑，浅色奶油蹭到了他锁骨上。

段峋看着她，语气揶揄："你把奶油往哪儿抹呢？"

许微樱刚想说自己不是故意的，段峋却不给她说话的机会："奶油往我身上抹，你还有这兴趣爱好？"

许微樱无语地看着他，轻轻哼了一声。

段峋手心固定住她的腰肢，忽地垂头凑过来，吻掉了许微樱唇角蹭到的一点奶油，然后咬住了她的唇。

许微樱在他的深吻中，呼吸变得有点重，手指紧抓住了他的衣摆。

一吻结束，段峋低笑了声，搂着许微樱，额头亲昵地抵着她的额头。他笑道："蛋糕哪儿酸了，我尝着，就挺甜呢。"

许微樱的脸颊泛起粉意，但表情依旧淡定，只慢吞吞地说："阿峋，你别太浪了。"

段峋胸腔震动，笑出声。

他盯着许微樱，唇角勾起，神情放松。下一秒，他托着许微樱，轻松地把她抱起来："只浪给你一个人看。"

家里的生活用品快用完了，段峋生日的第二天下午，两人一起去了超市。

乘坐扶梯上楼后，段峋随手推了一辆购物车跟在许微樱身边。

许微樱拿起一袋商品，看了看上面的生产日期后，放进了段峋推着的购物车里。两人一边挑选东西，一边聊着天。

选购得差不多后，许微樱和段峋就往收银台结账的区域走去。

超市入口，除了收银员人工结账，还有几台自助收款机。许微樱见人工收银台的队伍排得还挺长，迈脚要往自助收款机那边走，只不过她才迈步，手臂就被段峋给扯住了。

许微樱扭头，神色茫然："怎么了，还有东西要买吗？"

段峋看着不远处摆在货架上的宠物粮，往那个方向扬了扬下巴："家里的猫粮是不是快没了？"

许微樱有喂养小区流浪猫的习惯，家里常备猫粮，段峋休假回来后，晚上会陪着她下楼一起喂。

许微樱顺着他的视线看过去，想了想，应了声："嗯，是要快没了。"

段峋一手推着购物车，一手牵着她，往猫粮货架的方向走去："行，我们补点货。"

走到货架前，许微樱看向摆出来的几款猫粮，面露纠结。

段峋瞧她："不买家里的那款猫粮了？"

许微樱思索着回答："想换一款了，感觉猫猫吃了后会掉毛。"她伸手指了指段峋的衣服，"我记得前几天我们去喂它，它往你怀里钻，弄得你满身都是毛。"

投喂的时间久了，猫咪开始熟悉他们，偶尔会往段峋和许微樱怀里钻。

段峋眼底浮现笑意："我们结婚后，就把小区里的那只流浪猫带回家养吧。"

许微樱怔了下，而后笑着点头，应了声"好"。

挑选好猫粮放进购物车里后，许微樱和段峋继续闲逛，有一搭没一搭地聊着天。

许微樱："那只猫要是不愿意跟我们回家怎么办？"

段峋开玩笑说："我把它绑回去呗。"

许微樱忍着笑意，"嗯"了一声。

段峋眉梢轻扬："除了养只猫，以后我们家，还要不要再养只狗？"

许微樱心动地点了点头，和他聊起了喂猫和养狗的事。

往后，他们的家里，会有一只猫和一只狗。

十一月底的某天，段峋休假回来，两人早早地吃完晚饭，就在芜禾街巷慢悠悠地散了会儿步，不知不觉间，两人再次走上了青石阶梯，路过芜禾街巷的宝歌舞厅时，许微樱往那儿看了一眼。

她在芜禾街巷住了挺长一段时间了，却从未踏足过宝歌舞厅。

段峋牵着许微樱的手,见她感兴趣,问:"进去看看?"

许微樱眨眼,"嗯"了一声。

撩开宝歌舞厅厚厚的红丝绒门帘走进去,许微樱环视一圈,纳闷道:"怎么没有人。"

段峋:"来宝歌舞厅跳舞的都是住在芜禾街巷的阿叔阿姨,现在还没到时间点呢,他们晚点才会过来。"

许微樱明白地点点头。

段峋牵着她的手,亲昵地拉着她在一处单人沙发上坐下来。

段峋靠坐在沙发上,手臂牢牢地圈住许微樱的腰肢,把她按进怀里,他下巴搁在她发顶上,还蹭了蹭,缠人得要命。

许微樱有点不好意思,小声说:"有没有人,别被看见了。"

"这时候,哪儿有别人。"段峋固定住许微樱的腰,亲了下她耳尖,声音很低,"只有我们。"

许微樱后颈一麻,瑟缩地笑了笑,说:"别亲那儿,好痒。"

段峋唇角轻弯地抱着她,脑袋靠在了她的肩膀上。

两人在宝歌舞厅待了一会儿后,十指相扣地走了出来。傍晚时刻,远处天色被橘红色的余晖渲染,回家路上的长长青石梯都浸在了黄昏中,果真是夕阳无限好。

恰逢这时,宝歌舞厅内重新播放了一首粤语歌,隐约有深情又动听的歌声飘出来。

许微樱听过这首歌,随着曲子,不自觉地轻轻哼唱了几句。

段峋偏头,看着许微樱,唤了声她的名字。

许微樱问:"怎么了?"

在芜禾街巷的青石阶梯上,温暖的夕阳中,段峋紧紧牵着许微樱的手,自然而然地对她说:"明天上午起早点,我们去把证领了。"

微风吹过,许微樱看着他,她笑着,自然地应了声"好"。

段峋和许微樱牵手的身影渐行渐远,宝歌舞厅的悠然歌声飘过来,歌手深情地唱着:"能共你沿途爬天梯,黑夜亦亮丽。"

翌日,是个有着耀眼阳光的好天气。

许微樱坐在副驾驶,在柔和的光线里,眯了下眼睛,然后低头看着放在膝盖上的挎包,敞开的包袋里有两本红色的结婚证。

许微樱眨眨眼,无声地笑了笑。

她偏头看向正扶着方向盘，开车的段峋。他穿着很正式的白衬衣，侧脸轮廓利落，唇角轻轻扬着，眉眼愉悦。

许微樱眼底浮现出笑意。收回视线，她垂头打开手机。她点开微信朋友圈，指尖按着屏幕，在这一刻，她把存在草稿箱里，一直未发送的朋友圈，点击了发布。

许微樱：心仪男孩会常驻身边。

熟悉的朋友们都知道许微樱和段峋要领证结婚了，这条朋友圈发出去后，点赞和评论数迅速增加，朋友们都送上了祝福。

许微樱垂眼看着评论和祝福，手指顺势往下滑了滑。

倏然地，她指尖停顿了下。

许微樱轻眨了下眼，神色微怔地盯着一条朋友圈，静了几秒后，她眼眶有点热。

手机屏幕上是十几分钟前段峋发出来的一条。

段峋：美梦成真。

- 全文完 -